*Chère lectrice,*

Si vous n'êtes pas déjà en train de vous faire dorer sur des plages ensoleillées, je suis sûre que, comme moi, vous vous régalez de l'arrivée de l'été, avec ses pique-niques improvisés entre amis, ses longues soirées au jardin, quand le soleil semble devoir ne jamais se coucher, et surtout ses nombreuses occasions de faire la fête. Car quoi de mieux que les flonflons des bals pour virevolter avec son amoureux, ou, pour celles qui n'auraient pas encore trouvé l'âme sœur, se laisser entraîner dans la danse ? Alors, vous laisserez-vous tenter par la salsa, qui vous fera onduler au rythme chaud de la musique cubaine entre les bras d'un bel inconnu ? Oserez-vous goûter au charme sulfureux du tango, afin d'y vivre la plus passionnée des courses à la séduction ? Ou préférerez-vous la douceur d'une langoureuse étreinte au son d'un piano romantique ?

Quelle que soit votre préférence, je suis sûre que les lumières de la fête brilleront de mille feux pour vous, et je vous souhaite de sentir, dans la chaleur de la nuit, votre cœur battre un peu plus fort que d'habitude...

Bonne lecture,

*La Responsable de collection*

Un père à marier

\*

Les élans du cœur

# SARA ORWIG

# Un père à marier

Collection *Passion*

_____

*éditions* Harlequin

*Cet ouvrage a été publié en langue anglaise
sous le titre :*
HER TORRID TEMPORARY MARRIAGE

*Traduction française de*
ROSA BACHIR


HARLEQUIN®

est une marque déposée du Groupe Harlequin
et Passion® est une marque déposée d'Harlequin S.A.


Originally published by SILHOUETTE BOOKS,
division of Harlequin Enterprises Ltd.
Toronto, Canada


*Photo de couverture*
GRAPHICOBSESSION / ROYALTY FREE

# 1.

— Je n'aimerais pas perdre mon épouse, bien sûr, c'est terrible. Mais avoue que le problème que tu rencontres peut être résolu de façon agréable, dit Ben Holcomb en s'adossant au comptoir et en regardant Josh Brand.

— Si tu étais à ma place, tu penserais comme moi, je t'assure, répondit Josh. Je ne suis pas prêt à avoir une autre femme dans ma vie. Je cherche une nounou pour ma fille, pas une aventure. J'ai engagé trois personnes en moins de deux mois ! Je voulais juste une nurse, et elles, elles ne pensaient qu'à me passer la corde au cou.

— Arrête de passer des annonces au niveau local, tout le monde dans le coin sait que tu es un beau parti, conseilla Tom Shellene sur un ton traînant.

— J'ai déjà essayé, répliqua Josh.

Il parcourut du regard la salle presque déserte et les tables éraflées. Le soleil de l'après-midi filtrait à travers l'unique et étroite fenêtre qui donnait sur la rue principale de Latimer, cité texane.

— J'ai reçu dix réponses, continua Josh, et à peine deux ont débouché sur un entretien. La première candidate a parlé sans s'arrêter pendant deux heures. La deuxième avait des idées sur l'éducation incompatibles avec les miennes.

Il prit une longue gorgée de bière fraîche et soupira.

— Que sont devenues les nounous aux joues roses et aux cheveux gris d'antan ? Comme celle qui m'a élevé ?

— Elles ont des carrières à mener, ou elles ont leur propre famille, dit Ben.

— Apparemment…

Josh caressa les cheveux blonds de l'enfant de dix mois installé dans son siège-auto, sur le comptoir.

— Je ferai mieux de déguerpir avant que le shérif me voie et fasse un scandale parce que j'ai fait entrer un bébé dans un bar. A bientôt, les gars. Viens, ma Lili, dit-il en soulevant le siège.

Ses amis le saluèrent, et Josh sortit dans la chaleur du printemps. Le soleil flamboyait haut dans le ciel, faisant briller les chromes des pick-up garés autour du parc. Près du palais de justice, un bâtiment en grès rose à deux étages, de hauts mûriers jetaient des cercles d'ombres tachetées sur la pelouse. D'habitude, Josh adorait sa ville, son ranch, et se réjouissait de l'arrivée des beaux jours. Mais cette année lui avait réservé tant d'épreuves qu'il en était devenu presque insensible au monde qui l'entourait.

Il attacha le siège de sa fille Elizabeth sur la banquette arrière de son pick-up noir puis alla s'installer au volant.

— Nous rentrons chez nous, Lili. Peut-être que l'annonce de cette semaine nous amènera la nounou idéale.

Il rejoignit la route principale de la petite ville du comté de Clayton, au bord des montagnes. En quelques minutes, il atteignit l'autoroute menant à son ranch, le Triple B.

L'esprit agité, il jeta un regard vers sa fille endormie, et sentit son cœur se gonfler d'amour. Elle était si petite, si fragile ! Il l'aimait plus que tout. Sa mère, à Chicago, était prête à accueillir Elizabeth, mais il ne pouvait supporter l'idée d'être séparé d'elle. Dans un geste de frustration, il cogna du poing sur le volant.

Une heure plus tard, en approchant de sa maison, il prit un virage et découvrit un pick-up bleu, garé sur le côté, à l'ombre d'un chêne. Le véhicule était en équilibre sur un cric, et un pneu gisait sur l'herbe. Josh actionna la pédale de frein pour ralentir. Se tournant vers le bébé, il annonça :

— Lili, il se pourrait que je doive porter secours à un collègue.

Puis Josh aperçut le conducteur, penché en avant,

son jean délavé dévoilant son dos tandis qu'il posait le pneu sur sa chape et le faisait rouler jusqu'au pick-up. Instantanément, Josh reconnut la longue tresse blonde et la paire de jambes les plus longues de tout le comté. C'était Mattie Ryan, la propriétaire du ranch voisin.

— Tout compte fait, Lili, je ne vais pas proposer mon aide. Si je le fais, elle va m'envoyer paître !

Quand il eut parcouru une quinzaine de mètres, il appuya sur l'accélérateur et regarda sa voisine s'agenouiller et mettre le pneu de secours en place. Jetant sa longue tresse blonde par-dessus son épaule, elle se mit à revisser les boulons.

— Oh, et puis zut ! Les bonnes manières ont la vie dure.

Il freina à la hauteur de Mattie et baissa sa vitre.

— Salut, Mattie. Besoin d'aide ?

Elle lui lança un regard par-dessus son épaule, ses yeux verts aux cils épais le fixant d'un air sérieux.

— Salut, Josh. Non, ça ira.

— Comme tu veux, dit-il, remontant la vitre et accélérant.

Il regarda dans son rétroviseur : Mattie soulevait le pneu dégonflé avant de le hisser à l'arrière de sa voiture.

— Voilà une fille qui ne voudrait pas d'une liaison, Lili.

Mattie Ryan était une grande jeune femme d'un mètre quatre-vingts, vigoureuse, aussi indépendante qu'un chat de gouttière. Et peu intéressée par la gent masculine. Selon de vagues rumeurs, un petit ami l'avait laissée tomber à l'université. Josh ignorait les détails de l'histoire.

Lui et Mattie avaient grandi dans des ranchs voisins, fondés par leurs arrière-grands-pères ; si le père de Josh et le vieux Ryan avaient passé leur vie à se quereller, ils s'étaient toujours montrés courtois en public. Mattie avait perdu sa mère à l'âge de dix ans, et Frank Ryan avait élevé sa fille comme le fils qu'il n'avait jamais eu. A présent, Mattie devait avoir vingt-huit ou vingt-neuf ans. Elle avait deux sœurs cadettes, qui avaient quitté la région depuis longtemps et n'étaient jamais revenues.

Maintenant que Frank Ryan était mort, Mattie devait s'occuper de sa grand-mère et faire tourner le ranch. Josh avait entendu dire que la maladie et le décès de son père lui avaient imposé de lourdes dépenses…

Il roula machinalement, tandis que des idées de plans impliquant sa voisine se bousculaient dans sa tête.

Plus tard, cette nuit-là, il décida de s'accorder au moins trois semaines de réflexion. En attendant, il se démena pour se partager entre son travail et Elizabeth, dont Rosalie, sa cuisinière, s'occupait pendant la journée. Au bout d'une semaine et demie, désespéré, il appela Mattie et convint d'un rendez-vous avec elle, lui disant qu'il voulait parler affaires.

Alors qu'elle replaçait un harnais dans la sellerie de l'écurie, Mattie entendit un bruit de voiture. Elle sortit et distingua un pick-up noir rutilant qui approchait de la maison, soulevant dans son sillage un nuage de poussière. C'était le véhicule de Josh Brand !

Elle gagna la maison au pas de course pendant que le pick-up tournait et disparaissait de son champ de vision.

Elle devinait sans mal la raison de cette visite. A chacun de ses pas, sa colère montait d'un cran. Depuis la mort de son père, l'offre de Josh serait la quatrième proposition de rachat du ranch. Elle serra les poings. Elle pouvait se débrouiller seule ! Son père lui avait transmis tout son savoir. Et tant que sa grand-mère serait en vie, elle ne vendrait pas. Ni le mauvais temps, ni le bétail malade ou encore les dettes ne lui feraient perdre son foyer. Le jour viendrait où elle céderait la propriété, mais ce n'était pas pour tout de suite.

Quand elle atteignit la maison, Josh se tenait sur le perron, mains sur les hanches, attendant qu'elle lui ouvre la porte. Elles sentit son pouls s'accélérer, et pesta intérieurement. A vingt-huit ans, elle avait six ans de moins que Josh, et depuis toutes ces années, c'était comme s'il n'avait jamais remarqué qu'elle était une femme. Ce qui lui convenait tout à fait. Depuis l'âge de treize ans, elle s'était habituée à la douleur d'être plus grande que la plupart des garçons. Josh était l'un des rares à la dépasser. Il avait toujours fait battre son cœur d'une manière incontrôlable et elle n'aimait pas ça. Hier comme aujourd'hui. Si Josh ne lui prêtait peut-être aucune attention, elle en revanche lui en accordait beaucoup trop.

Sous son Stetson noir, Josh avait, comme à son habitude, attaché ses longs cheveux de jais avec une lanière de cuir. Ses pommettes saillantes, son nez droit et impérieux trahissaient ses origines d'Indien Kiowa. Mattie reluqua ses larges épaules et son corps mince.

— Josh ! appela-t-elle en courant vers la maison.

Josh se retourna pour voir Mattie. Elle était d'une grâce sauvage, avec ses longues jambes et sa poitrine généreuse qui se balançait sous sa chemise de jean. Il se sentit soudain mal à l'aise, et son estomac se noua. Cette jeune femme était remarquable, bien que discrète. La moitié des hommes de la ville avaient peur d'elle. Elle pouvait être aussi énergique que son borné de père, et pour la centième fois, Josh se demanda s'il faisait le bon choix. Il porta sur elle un regard pragmatique. Elle était belle, et aussi robuste que sa meilleure jument.

Mattie gravit les marches du perron deux par deux. Quand elle vit Josh la détailler des pieds à la tête, sa colère s'aggrava et ses joues s'empourprèrent. Embarrassée par ses vêtements de travail couverts de poussière, elle serra de nouveau les poings.

— Tu voulais me voir ? dit-elle.

Sur la plus haute marche, elle s'arrêta et dut lever les yeux pour voir son visage — fait très rare. Elle savait que Josh était plus grand qu'elle, mais elle n'avait jamais été aussi près de lui qu'à cet instant, et ne s'était jamais rendu compte à quel point il la dépassait. Ses yeux de braise l'observèrent avec une intensité qui lui coupa le souffle. Les Brand étaient des gens coriaces, et Josh allait sans doute faire pression sur elle en lui faisant une offre d'achat très alléchante.

Elle leva le menton et le considéra sans ciller, refusant de détourner le regard en premier.

— Si nous entrions ? proposa-t-elle.

— Bien sûr.

Ils se tinrent là, silencieux. Elle inspira profondément. Quand il posa les yeux sur sa poitrine, elle fulmina, même s'il avait été le premier à baisser les yeux. Elle crut déceler dans son regard une note d'amusement, qui s'évanouit en quelques secondes.

Lorsqu'elle ouvrit la porte, Josh se pencha. Ce ne fut qu'à cet instant qu'elle vit le bébé, endormi dans son siège, et un sac à langer. Elle savait que Josh était père, et qu'il avait perdu sa femme dans un accident de voiture l'année dernière. Cela la surprit qu'il ait emmené son bébé avec lui. N'avait-il pas quelqu'un pour s'occuper de son enfant ?

— C'est ton bébé ? s'enquit-elle, avant de s'aviser du ridicule de sa question. Oui, bien sûr, j'imagine que

14

oui. Tu ne te baladerais pas avec l'enfant de quelqu'un d'autre !

Elle était furieuse contre Josh de lui causer cette gêne. L'enfant était-il un garçon ou une fille ? Encore une question stupide. La robe rose que le bébé portait ne laissait subsister aucune ambiguïté.

— Entre, dit-elle.

Leurs bottes résonnèrent sur le parquet ciré tandis qu'elle précédait Josh et son bébé dans le long couloir frais. Ils pénétrèrent dans une petite pièce, située dans un coin éloigné de la maison.

Mattie s'installa derrière son bureau en chêne, espérant donner un caractère aussi professionnel que possible à cette entrevue, qu'elle voulait terminer au plus vite. Elle parcourut du regard les bibliothèques vitrées, le portemanteau, les chaises de cuir vert.

— Assieds-toi. Veux-tu boire quelque chose ?

— Non, merci.

Il posa sa fille sur la chaise à côté de lui et s'assit, laissant tomber son chapeau et le sac à langer sur le sol. Mattie était déconcertée. Les yeux sombres et scrutateurs de Josh la faisaient se sentir nerveuse, et vulnérable. Elle détestait cela. Regardant de nouveau autour de la pièce, elle s'arrêta un instant sur la grande carte du ranch accrochée au mur. Oui, elle était propriétaire d'un des plus grands ranchs de la région, et l'homme assis en face d'elle ne devait pas l'intimider ! Même si elle le trouvait beau comme un dieu, et qu'il faisait battre son cœur à un rythme effréné.

— Bon, pourquoi voulais-tu me voir ?

— Tu n'y vas pas par quatre chemins !

— A quoi bon tourner autour du pot ? Nous n'avons pas de temps à perdre en bavardages inutiles.

— Nous sommes voisins, Mattie. Si nous devenions amis ?

— Nos familles se querellent depuis trois générations. Il est trop tard pour sympathiser.

Mattie était maintenant furieuse contre elle-même. Qu'y avait-il chez Josh Brand qui la mettait dans tous ses états ? Avec les autres hommes, elle pouvait garder son sang-froid. Brusquement, elle mesura à quel point sa réponse avait été peu amène. Embarrassée, elle ajouta :

— Bon, j'imagine que nous pourrions essayer d'être amis. Mais je doute que ce soit la raison de ton appel...

— Non, c'est vrai.

Il croisa les jambes. Il semblait détendu, comme s'il se trouvait dans son propre bureau et que c'était elle l'invitée.

— Ma femme a été tuée dans un accident de voiture il y a huit mois, commença-t-il abruptement.

— Oui, j'en ai entendu parler, et je suis navrée, dit-elle, surprise de lire de la douleur dans ses yeux.

Elle savait à quel point la perte d'un être cher était

16

pénible, mais Josh Brand paraissait invincible. L'évidence de sa souffrance n'en était que plus étonnante.

— Au moins, dit-elle, il te reste ton bébé.

Il opina et coula un regard vers l'enfant endormi.

— Je veux garder Elizabeth auprès de moi, dit-il gravement. C'est pour ça que je suis ici.

Il la fixa de son regard intense et pénétrant, et Mattie eut un mauvais pressentiment. Qu'avait-elle à voir avec la perte de sa femme ? Peut-être voulait-il lui vendre son ranch ? Cette idée la décontenança, et son esprit se mit à fonctionner à toute vitesse. Avec tristesse, elle songea qu'elle ne pourrait jamais l'acheter. Elle avait assez de dettes comme ça, et se demandait déjà comment elle allait pouvoir continuer à faire tourner le Rocking R. Josh, lui, possédait un ranch splendide et prospère.

— Mattie, j'ai engagé trois nounous successives et je n'ai pas réussi à en trouver une qui me convienne un tant soit peu.

— Je suis désolée de l'apprendre, dit-elle, déroutée.

S'il était venu l'engager comme nounou, il avait perdu la tête !

Josh hésitait. Il savait qu'une fois les mots prononcés, il ne pourrait pas les reprendre. Il serra les poings, les desserra, et regarda de nouveau Elizabeth, qui dormait paisiblement, inconsciente du tourment que vivait son père.

17

Il reporta son attention sur Mattie. Elle le fixait de ses grands yeux verts, et il pensa fugacement qu'elle avait un joli visage. Toutefois, cela importait peu qu'elle soit jolie ou non.

— Que penses-tu des enfants en général ? dit-il tout à trac.

Mattie cligna des yeux, l'air surpris, puis lorgna Elizabeth.

— Ils sont mignons, répondit-elle d'un ton à la fois prudent et curieux.

— Bien. Mattie, je suis venu te faire une proposition.

— Oh ! Si tu penses que je pourrais être nounou, c'est non. Je ne saurais même pas…

Il leva une main et secoua la tête.

— Non, bien sûr.

— Alors, où veux-tu en venir ?

Sa curiosité allait grandissant : Josh semblait sur le point de s'évanouir. La sueur perlait sur son front, et il était livide, malgré sa peau mate. A cette minute, cet homme pourtant robuste se désintégrait sous ses yeux.

— Est-ce que ça va ?

— Oui.

Lorsque ses yeux sombres et fascinants rencontrèrent les siens, elle se sentit en danger. Quoique Josh lui demande, elle aurait à mener la bataille la plus difficile de sa vie pour ne pas lui céder.

18

— Comment vont tes sœurs ?

— Elles vont bien, repartit Mattie, de plus en plus intriguée.

— Carlina est mariée, non ? Elle vit à Denver et ne reviendra pas vivre ici, n'est-ce pas ?

— Exact. Ni elle ni Andrea ne reviendront jamais vivre au ranch. Excuse-moi, mais nous nous éloignons du sujet, non ?

— Pas tant que ça.

Il se pencha en avant, posant les coudes sur ses genoux, ses pieds bien à plat sur le sol.

— Nos ranchs sont mitoyens. Tes sœurs ne veulent pas du ranch, et tu n'as ni héritier ni mari à qui le léguer.

— Mes sœurs m'ont dit que je pouvais faire comme je l'entendais, déclara-t-elle sur un ton distant. Je peux gérer leurs parts. Ce ranch n'est pas à vendre. Ni maintenant ni jamais.

— Je ne veux pas l'acheter.

Plus confuse que jamais, Mattie dévisagea Josh. Il agrippa le bras de sa chaise, et ses articulations devinrent blanches.

— Alors, quoi ? demanda-t-elle.

— Je veux que tu m'épouses.

# 2.

Mattie l'observa sans pouvoir rien dire pendant un long moment.

— C'est complètement absurde ! s'exclama-t-elle enfin.

— Ecoute-moi…

Josh jeta un regard vers Elizabeth pour se donner du courage. Il fallait aller jusqu'au bout, à présent. Mattie le dévisageait avec des yeux inquiets ; s'il avait pointé une arme sur elle, elle aurait sans doute essayé de le jeter au sol. Sa proposition avait dû l'effrayer autant que lui. Et, d'une certaine manière, cela le rassurait.

— J'ai besoin d'une femme à la maison. Je ne veux pas d'une épouse au plein sens du terme. Il me faut une mère pour Elizabeth. Une personne comme toi, intelligente, forte et gentille.

Mattie rougit et cligna des yeux. Etait-ce parce qu'elle était surprise d'apprendre ce qu'il pensait d'elle ? se demanda Josh.

— Tu ne sais rien de moi, murmura-t-elle.

— Allons, on se connaît depuis toujours. Et je me suis renseigné.

Les yeux de Mattie lancèrent des éclairs, et avant qu'elle puisse se plaindre, il s'empressa de poursuivre :

— Nous pourrions associer nos ranchs et les diriger ensemble. Je suis disposé à te céder une part de mes terres. En échange, tu aurais la charge d'engager une nounou pour Elizabeth et de veiller à son éducation. Je t'aiderais, bien sûr.

Déconcertée, Mattie se passa la main sur le front.

— C'est ridicule ! Tu n'as qu'à engager toi-même une nounou !

— C'est ce que j'ai fait. Ça n'a pas fonctionné.

— Eh bien, essaie encore, dit-elle avec irritation. Tu engages bien des hommes pour ton ranch. Embaucher une nurse, c'est à peu près la même chose. Pourquoi les précédentes nounous ne faisaient-elles pas l'affaire ?

Il détourna le regard.

— Jusqu'ici, je n'ai pu trouver aucune employée d'âge mûr, et les autres… eh bien… Je ne suis pas un apollon, mais les seules femmes que j'ai engagées voulaient vivre une relation durable avec moi.

— Alors, tu n'as qu'à épouser l'une d'elles !

— Elles veulent une vraie histoire d'amour. C'est plus que je ne peux leur donner. Je n'aimerai aucune autre femme.

Elle lut la douleur dans ses yeux, et vit qu'il luttait pour refouler ses émotions.

— Je ne veux pas d'un mariage d'amour. Je ne veux plus jamais connaître une telle souffrance.

— Je suis désolée, dit-elle, se sentant triste pour lui.

Il haussa les épaules, puis caressa les cheveux de sa fille, comme pour se rassurer du fait qu'il l'avait, elle. La compassion de Mattie se teinta de surprise. A l'évidence, il supposait qu'elle serait ravie de se contenter d'un mariage qui n'impliquait ni son cœur ni son corps. Elle se sentait à la fois flattée et contrariée. Et, au-delà de sa stupéfaction, les mots qu'avait choisis Josh pour la dépeindre résonnaient dans son esprit : intelligente, forte et gentille… l'éloge était surprenant.

— Je ne connais rien aux enfants, dit-elle en regardant le bébé endormi.

— Pas besoin. Tu sais comment diriger un ranch. Tu as les capacités pour engager une nounou. Avec toi dans la maison, je n'aurai pas de problèmes. Nous pourrions conclure un arrangement très profitable pour tous les deux, si tu voulais bien y réfléchir. Tu gagnerais un beau paquet de terres…

— Toi aussi, en fait, le coupa-t-elle.

— Oui, c'est vrai. Tu n'as pas d'héritiers. Le danger, c'est que tu pourrais tomber amoureuse un jour, et vouloir te marier. Nous pourrions alors faire annuler notre union et mettre fin à la fusion de nos deux ranchs. Je souhaite passer un contrat prénuptial, pour protéger l'héritage d'Elizabeth.

— C'est insensé ! Je ferai passer une annonce, et j'embaucherai une nounou pour toi. Oublie cette histoire de mariage.

Il se pencha légèrement, se passant la main sur les cheveux. Ses doigts étaient longs et carrés, ses ongles courts. Ses yeux noirs captivaient Mattie.

— Je sais que je t'ai choquée. Je suis désespéré, et j'ai eu assez de temps pour penser à tout ça. Tu devrais étudier ma proposition. Elle présente de nombreux avantages pour toi. Je sais que tu as eu une année difficile. La maladie de ton père t'a coûté cher. Tu dois prendre soin de ta grand-mère, et payer les études de médecine de ta sœur Andrea, si j'ai bien compris.

Mattie fronça les sourcils.

— Tu as fouiné dans ma vie, s'indigna-t-elle.

Elle ne pensait qu'à moitié à ce qu'elle disait. Josh la voulait comme épouse, elle, la vieille fille du comté de Clayton ! Impossible ! Elle était sous le choc, et dut faire un effort pour se concentrer sur leur conversation.

— Tout le monde dans cette ville connaît les faits et gestes de son voisin, observa Josh. C'est une petite communauté. Toi aussi, tu en sais beaucoup sur ma vie.

— Peut-être, mais je ne te connais pas vraiment. Nous ne pouvons pas nous marier. Nous sommes des étrangers l'un pour l'autre.

— Je ne parle pas d'un véritable mariage. Si tu tiens aux relations physiques, je pourrai te contenter, je suppose. Mais mon cœur est aussi sec que le bois de ce bureau.

Agitée, Mattie se leva et alla à la fenêtre pour contempler ses terres, qui s'étendaient à perte de vue. L'offre de Josh était absurde. Elle ne pouvait pas s'imaginer mariée à lui, fût-ce pour la forme.

— Josh, je suis navrée, mais j'ai ma vie, dit-elle en se tournant vers lui. Je ne connais rien aux bébés, je ne sais pas comment être une épouse. Ta proposition me flatte mais…

— Mattie, je sais tout. Ton père a hypothéqué une grande partie du Rocking R. Tu as de grosses dettes.

— Bon sang ! Personne dans ce comté ne peut garder un secret, du banquier au…

— Viens dîner chez moi ce soir, l'interrompit Josh. Apprenons à mieux nous connaître.

A court d'arguments, elle le fixa en silence.

— Juste un dîner, Mattie. Tu n'as pas peur de moi, n'est-ce pas ?

— Non ! cria son cœur. D'accord, ajouta-t-elle, le cœur en émoi.

Elle se sentait perdue. Elle n'avait jamais connu de relation sérieuse. Pourtant, elle avait travaillé avec des hommes toute sa vie ; mais elle n'avait eu qu'un flirt, à l'université. Josh, lui, avait toujours eu du succès auprès des femmes. Au lycée, pendant les matchs de foot, les compétitions de rodéo, les filles avaient constamment papillonné autour de lui. Mattie se souvenait de sa femme, belle et sophistiquée.

— Bien. Je passerai te prendre vers 19 heures, annonça-t-il.

Comme Elizabeth geignait, Josh la sortit du siège. Mattie le vit se transformer sous ses yeux. Il berça le bébé et lui parla, tâchant de la calmer. Sa voix s'adoucit, son visage se détendit. S'il n'était plus du tout impressionnant, il demeurait incroyablement séduisant. Il fouilla dans le sac à langer pour en extraire un biberon, que le bébé téta aussitôt, fixant son père de ses grands yeux noirs.

— Voici ma fille. Elizabeth, je te présente Mattie. Mattie, voici Elizabeth.

— Elle est mignonne. Je n'ai jamais côtoyé de bébés.

— Moi non plus, avant elle…

— Je ne crois vraiment pas que…

Il leva la tête et regarda Mattie avec une intensité qui la fit taire. Puis il traversa la pièce, effaçant la distance entre eux. Le pouls de Mattie s'emballa. Il s'arrêta à quelques centimètres d'elle seulement. Il était trop près. Si près qu'elle pouvait sentir le parfum de son après-rasage, mêlé à une odeur de talc et de lait. Le bébé émettait de doux bruits de succion en tenant son biberon, et Mattie l'observa. Les doigts d'Elizabeth étaient petits et délicats, ses cils sombres longs et épais, et elle avait une belle peau rosée.

— Ne décide rien à la hâte, dit Josh. Viens dîner, et nous en discuterons plus en détail. Pense à ce que tu pourrais gagner… et à ce que tu as à perdre.

— Je pense que c'est toi qui as le plus à perdre. Tu pourrais tomber amoureux de nouveau.

Il secoua la tête.

— Plus jamais. J'adorais Lisa. Avec ces nounous en mal de mariage, j'ai eu l'impression d'étouffer. Mais j'ai besoin de quelqu'un pour Elizabeth. Si tu acceptes de nous aider, je saurai être reconnaissant.

— C'est facile à dire pour l'instant !

— Réfléchis à un accord prénuptial. Exige de moi des garanties, et tu verras à quel point je suis sincère et sérieux. Je compte bien tenir mes promesses.

Il l'observa en silence pendant un instant. Le cœur de Mattie battait maintenant à grands coups furieux.

— Je te verrai à 19 heures, dit-il.

Il se tourna, remit son chapeau et se dirigea vers la porte. Mattie le dévora des yeux, comme éblouie.

Il était à mi-chemin de sa voiture quand elle reprit ses esprits et le rejoignit.

— Laisse-moi t'aider à porter quelque chose, proposa-t-elle, en saisissant le siège et le sac.

Ils marchèrent jusqu'au pick-up de Josh, où il lui reprit le siège-auto. Ses doigts effleurèrent les siens, et Mattie en ressentit un picotement électrique. Pourquoi diable lui faisait-il autant d'effet ?

26

— Est-ce que tu peux porter Elizabeth une minute ?

Sans attendre sa réponse, il lui confia le bébé. Mattie regarda le petit être chaud lové dans ses bras. Deux petits yeux noirs semblaient la sonder avec la même franchise que son père.

La jeune femme était aussi effrayée qu'incertaine. Elle ne pouvait pas être responsable de cet enfant ! Saisie par la panique, elle leva les yeux vers Josh. Occupé à attacher le siège-auto, il était penché, son jean soulignant ses jambes musclées.

— Allez, Lili, dit-il en se retournant.

Sa voix habituellement grave eut une inflexion d'une douceur qui fit fondre Mattie.

— A ce soir, donc.

Ayant attaché Elizabeth, il grimpa derrière le volant et se mit en route. Mattie les regarda s'éloigner, toujours sous le choc.

Un *mariage* ! Josh Brand voulait qu'elle l'épouse ! C'était incroyable, impossible, délirant. Jadis, la nouvelle l'aurait comblée de joie. Mais Mattie n'était plus une adolescente et elle avait acquis, parfois à la dure, le sens des réalités. Josh ferait mieux de continuer à passer des annonces, et d'engager une personne fiable. Un jour, il épouserait une femme qu'il aimerait sincèrement.

Josh Brand l'avait invitée à dîner. C'était comme un coup de tonnerre dans le ciel nuageux mais sans surprise qu'était sa vie. Pourquoi lui avait-il demandé de l'épouser ? *Il me faut une mère pour Elizabeth, une personne comme toi, intelligente, forte et gentille…* Les mots la grisèrent jusqu'à ce qu'elle affronte la vérité. Josh Brand n'avait jamais fait attention à elle auparavant. Il voulait une nurse idéale, qui supervise la vraie nounou. Mattie serra les dents et se dirigea vers la maison à grands pas. Si elle ne pouvait pas dire oui à son offre, elle avait accepté de dîner avec lui, alors il n'y avait aucun moyen d'échapper à cette soirée. Pour l'heure, il lui fallait réfléchir à ce qu'elle allait porter.

Quand elle annoncerait la nouvelle à sa grand-mère Irma, celle-ci en ferait tout un plat. Irma pensait qu'elle devait se marier et la poussait continûment à voir du monde. Comme si cela pouvait lui faire du bien ! Elle avait grandi dans ce comté, et aucun homme n'avait jamais exprimé le désir de sortir avec elle. Jusqu'à maintenant. Elle secoua la tête et entra dans la maison, se dirigeant droit vers le placard de sa chambre.

Du haut de son mètre quatre-vingts, Mattie arpentait la pièce longue de douze mètres, l'estomac noué. La paix qui régnait dans la maison n'était pas dans son cœur.

— Mattie, pour l'amour du ciel, veux-tu t'asseoir ! dit Irma Ryan depuis un fauteuil à bascule. Je pense que tu devrais oublier cette maudite tresse et porter une robe, pour une fois.

— Je me sens mieux dans un jean, répliqua Mattie.

Croisant les doigts nerveusement, elle regarda sa grand-mère, une petite femme aux cheveux blancs avec des lunettes à double foyer. Pourquoi toutes les autres femmes de la famille Ryan ne dépassaient-elles pas un mètre soixante-cinq ?

— A mon avis, tu ne devrais pas te préparer à l'avance et l'attendre. Laisse Josh bavarder avec moi un instant. C'est à lui de patienter.

— Tout ce qu'il veut, c'est parler affaires. Il veut acquérir une part du ranch.

— Sottises ! Il ne t'inviterait pas chez lui s'il voulait juste t'acheter des terres. Mattie, tu ferais bien de suivre mes conseils.

Mattie avait mauvaise conscience. Elle ne se souvenait pas avoir jamais menti à sa grand-mère, mais elle ne pouvait se résoudre à révéler que Josh Brand voulait l'épouser. Irma se mettrait aussitôt à planifier le mariage dans les moindres détails.

— J'entends une voiture, dit Mattie.

Elle alla à la fenêtre. Le pick-up noir remontait l'allée menant à la maison. Pourquoi avait-elle l'impression que c'était le destin qui venait frapper à sa porte ?

— Retourne dans ta chambre, ordonna Irma. Lottie ira l'accueillir. C'est son travail.

Malgré sa nervosité, Mattie rit.

— Toi et Lottie voulez le passer en revue, c'est ça ?

— Evidemment ! Lottie travaille pour nous depuis que tu es bébé, elle est comme une mère pour toi. C'est normal qu'elle veuille rencontrer l'homme qui t'invite à sortir.

— Ce n'est pas si important.

— Mattie, ne t'avise pas de partir sans l'amener me voir ! Maintenant, fais-moi plaisir, va dans ta chambre et laisse-moi discuter avec lui. Je n'ai pas échangé plus de quelques mots avec un beau jeune homme depuis des années.

— Et tu n'as pas besoin de commencer ce soir.

— S'il te plaît… Je n'ai pas beaucoup d'occasions de m'amuser.

Mattie eut un geste de capitulation et quitta la pièce. Sa grand-mère avait de multiples occasions de faire des choses qui lui plaisaient, comme jouer aux poker en mâchant du tabac, le samedi après-midi, avec quelques vieux compères.

Quand la sonnette résonna, Lottie Needham sortit de la cuisine en hâte. Avec ses boucles grisonnantes et ses joues roses, elle sourit à Mattie.

— Je sais que Mme Ryan veut rencontrer votre soupirant, dit-elle.

— Oh, pour l'amour du ciel, Lottie, ce n'est pas

mon soupirant ! Va ouvrir la porte. Je serai dans ma chambre.

Mattie se dépêcha de monter l'escalier et fila jusqu'à sa chambre. Là, elle se regarda dans le miroir. Elle avait essayé une bonne dizaine de tenues, pour finalement décider, exaspérée, de s'habiller comme n'importe quel autre soir. Elle portait donc un jean et une chemise de toile bleue. Elle avait tressé ses cheveux et s'était maquillée à peine plus qu'à l'ordinaire. Comment allait-elle faire avec Josh ? Elle ne savait pas entretenir une conversation, discuter d'un contrat qu'elle refusait lui serait d'autant plus difficile…

Essuyant ses paumes moites contre son jean, elle descendit l'escalier.

A mi-chemin, elle entendit le rire de Josh. Que lui avait donc raconté grand-mère ? Puis ce fut cette dernière qui s'esclaffa.

— Vous avez l'air de bien vous amuser tous les deux, dit Mattie en entrant dans la pièce. Bonsoir, Josh.

Il se leva du canapé et déroula sa longue silhouette, posant sur Mattie un regard qui la fit frissonner. Il s'était changé. Comme elle s'y attendait, il portait un jean, avec une chemise bleu marine, aux manches remontées. Ses longs cheveux noirs étaient attachés sur sa nuque. Il était d'une beauté ténébreuse… Un diable en jean, qui essayait d'acheter son âme ! Qu'elle le veuille ou non, il provoquait chez elle une réaction primaire.

— Salut, Mattie, dit-il calmement. Si tu es prête,

nous pouvons y aller. Irma, j'ai été ravi de discuter avec vous.

— Revenez nous voir ! dit grand-mère gaiement.

— J'en ai bien l'intention, répondit-il avec le même entrain.

Lorsqu'ils quittèrent la pièce, Josh prit le bras de Mattie. Comme ils passaient devant le miroir en pied du couloir, la jeune femme lorgna leur reflet, de nouveau surprise de constater à quel point Josh était grand. D'habitude, elle dépassait les hommes, ou, au moins, faisait la même taille qu'eux. Mais Josh était d'une stature imposante.

— Tu es en beauté, dit-il.

— Merci, marmonna-t-elle, incrédule.

Ils traversèrent la véranda, descendant les marches pour rejoindre le pick-up de Josh. Il tendit le bras pour lui ouvrir sa portière. Elle atteignit la poignée au même moment que lui, et il referma sa main sur la sienne.

— Excuse-moi, dit-elle, rougissante, en se demandant s'il se doutait de son inexpérience des hommes.

Elle grimpa dans le pick-up, puis le regarda plier son corps massif pour se mettre au volant.

— Ta grand-mère est intéressante. Je ne me rappelle pas lui avoir beaucoup parlé avant ce soir.

— C'est un sacré personnage. Elle a eu deux crises cardiaques, et c'est encore un choc de se dire qu'elle a survécu à mon père. Je croyais qu'il serait toujours avec moi.

— Oui, je comprends ce que tu veux dire…

Elle sut qu'elle venait de toucher un point sensible. Il songeait sans doute à sa femme.

— Je suis désolée, je ne voulais pas te rappeler ton deuil.

— Ce n'est rien. Je dois m'y faire.

— Où est Elizabeth ?

— Avec Rosalie, ma cuisinière.

— Pourquoi ne fais-tu pas de Rosalie ta nounou ?

— J'aimerais bien ! Mais elle prend de l'âge, et ses enfants lui ont acheté un appartement dans l'Arizona. Elle s'en va le mois prochain.

Mattie se sentait mal à l'aise, et trop sensible au charme de son voisin. Elle laissa dériver son regard sur les traits rudes de son visage, ses pommettes marquées, sa bouche, aussi attirante que le reste de sa personne. Il dégageait une telle assurance que cela la rendait encore plus nerveuse. Craignant qu'il la surprenne en train de l'observer, elle se détourna pour regarder les terres qui défilaient à toute vitesse sous leurs yeux, les rangées de chênes à flanc de coteau, et les fleurs sauvages de printemps qui venaient d'éclore.

— Nous avons eu beaucoup de pluie la semaine dernière, fit-elle remarquer.

— Oui, je suis content. Tu as une bonne source d'eau sur tes terres, avec la crique de Cotton.

— Oui, Dieu merci.

Elle savait que ses ressources en eau étaient meilleures

que celles de Josh. Cela n'avait-il pas largement contribué à ce qu'il « s'intéresse » à elle ?

— Josh, vraiment, c'est impossible, s'exclama-t-elle soudain.

Cet homme lui mettait les nerfs à vif. Il était séduisant, sexy, populaire. Rien à voir avec elle.

— Qu'est-ce qui est impossible ? Ma proposition ?

— Oui. Je pense que tu n'en as pas suffisamment pesé les conséquences.

Elle fouilla dans sa poche et en extirpa une feuille de papier.

— J'ai pris un peu de temps pour faire une liste des femmes du coin qui pourraient t'épouser.

Il rit, un rire profond qui provoqua des picotements en elle.

— Sans blague ! Comment sais-tu quel genre de femme j'aimerais épouser ?

— Tu m'as bien demandée, moi, alors que tu me connais à peine. Ça prouve que tu n'es pas difficile.

— Détrompe-toi, je suis très difficile. J'ai déjà beaucoup réfléchi à la question.

Il lui lança un regard qui la fit se recroqueviller. L'espace d'un instant, elle en oublia sa liste : Josh Brand avait passé des heures à songer à elle et à la considérer comme une épouse potentielle… Même s'il s'agissait d'un mariage sans amour.

— Bon, vas-y. Qui figure sur ta liste ? s'enquit-il, amusé.

Elle déplia sa feuille de papier.

— Que dis-tu de Reba Talmadge ?

— Pas assez fiable.

— Reba ?

A ce que Mattie savait, Reba était pragmatique, sérieuse, et plutôt séduisante. Et elle venait de rompre ses fiançailles.

— D'accord, et que penses-tu de Candice Webster ?

— C'était la première nounou. Et la réponse est non. Un non catégorique.

Mattie se mordilla la lèvre.

— Alyssa Hagen ?

— Jamais. Elle n'arrête pas de parler et elle a un rire qui ferait fuir n'importe quel homme.

Inquiète, Mattie parcourut sa liste. Josh était difficile, en effet !

— Barbara Crandall ?

Il tendit le bras et retira la liste des doigts de Mattie, puis en fit une boule qu'il lança au passage dans une poubelle.

— J'ai envisagé toutes les femmes de ma connaissance, et je pense avoir fait le meilleur choix possible.

Mattie essuya ses paumes moites l'une contre l'autre avec nervosité. Il la troublait tant ! Il était trop beau, trop viril… Il pouvait avoir presque toutes les femmes qu'il voulait. Pourquoi la choisirait-il *elle* ?

— Détends-toi, Mattie…

— C'est difficile, dans ces circonstances.

— Nous allons juste partager un dîner et discuter de l'avenir.

Elle ne répondit pas, et contempla le soleil déclinant dans le ciel, les ombres qui s'allongeaient, jusqu'à ce que Josh s'engage sur la route menant à son ranch. Un peu trop tôt à son goût, sa vaste demeure aux multiples recoins apparut à l'horizon. L'avancée du toit en pente recouvrait une véranda qui encerclait toute la maison. Des pots d'hibiscus rouges en ornaient les angles, et un colibri voletait parmi les fleurs. Au-delà de la maison, on apercevait des bâtiments divers : une écurie, deux fois plus grande que la sienne, un corral, un dortoir, un autre bâtiment qui devait être un bureau. Un tracteur était parqué dans une remise, et un autre pick-up sommeillait devant le garage à trois étages. Les constructions étaient en bon état, l'endroit semblait prospère et accueillant. Josh gara son véhicule, en descendit et vint lui ouvrir sa portière.

— Viens, je vais te faire visiter. Rosalie a pris Elizabeth chez elle. C'est là-bas, au bout de cette route, dit-il en indiquant une petite maison, derrière les allées de chênes.

Mattie suivit Josh sous la véranda. Il ouvrit la porte de service et attendit qu'elle entre dans la cuisine.

— Je t'offre une bière ? Du vin, du thé ?

— Du thé, ça me paraît bien.

Elle passa en revue les placards et le sol en mosaïque.

La pièce était spacieuse et agréable, l'arôme du pain chaud planait encore dans l'air. Sur le comptoir carrelé, elle découvrit deux pains dorés et gonflés.

Il lui tendit un verre de thé glacé.

— Tu veux du sucre ou du citron ?

— Non, merci.

Il posa sa bière sur la table et, s'avançant vers Mattie, posa doucement les mains sur ses épaules. La chaleur de ses paumes éveilla en elle une autre forme de chaleur. Josh, lui, ne ressentait rien de particulier, elle était prête à le parier.

— Mattie, détends-toi. On dirait que je suis le diable et que je t'ai demandé de me vendre ton âme.

— C'est un peu comme ça que je te vois. Ta proposition m'a choquée. Tu devrais trouver une nounou et oublier ce mariage, dit-elle tout en détaillant ses cils épais, ses lèvres bien dessinées.

— Viens visiter ma maison, lui dit-il avec une voix cajoleuse à laquelle elle ne put résister.

Elle hocha la tête. Même si la cuisine était spacieuse, Josh l'emplissait, par sa hauteur, ses larges épaules et sa virilité brute. Mattie laissa dériver son regard le long de son dos, jusqu'à ses hanches étroites, et sa bouche devint sèche.

— Tu me suis ? dit-il en se retournant.

— Euh… oui.

Rouge de honte d'avoir été surprise en train de l'admirer, Mattie rattrapa Josh et marcha à côté de lui jusqu'à un grand séjour confortable, décoré dans des tons verts et marron, avec une cheminée de pierre au-dessus de laquelle un fusil ancien était suspendu. Les meubles étaient massifs, comme les hommes de la famille Brand. Elle traversa la pièce pour s'approcher d'un mur lambrissé et couvert de portraits.

— La galerie des canailles, plaisanta Josh en venant à côté d'elle, son épaule touchant légèrement la sienne. Lui, c'est mon arrière-grand-père, Daniel Brand.

— Qui a tenté de tuer mon arrière-grand-père, dit-elle gaiement.

— Je croyais que c'était l'inverse, dit Josh.

Elle rit.

— Au moins, à l'époque où nos pères ont repris les ranchs, ils ne se tiraient plus dessus. Simplement, ils ne se parlaient pas, à moins d'y être obligés.

Mattie longea le mur. Si elle regardait les clichés, elle pensait davantage à l'homme qui se tenait si près d'elle, son corps effleurant le sien. Elle s'immobilisa devant le portrait d'un petit garçon aux yeux bruns, aux cheveux noirs et lisses et au sourire malicieux.

— C'est toi, dit-elle.

— Oui. Maman a accroché ces photos. Je n'ai jamais pris la peine de les déplacer, ni Lisa.

— C'est la maison dans laquelle tu as grandi ?

— Oui. Après la mort de papa, maman s'est remariée et nous sommes allés vivre à Chicago. Quand j'ai épousé Lisa, nous avons emménagé ici. Lisa a fait redécorer la maison, mais elle n'a pas beaucoup touché à cette pièce, ni à la salle à manger.

— Cette maison ressemble à la mienne.

Ils passèrent dans une salle à manger meublée d'une longue table et de douze chaises en acajou. Un service à thé en argent brillait sur le buffet poli.

— Tu as une belle maison.

— Merci. Les chambres sont au bout du couloir, dit-il sur un ton anodin. Allons sur la terrasse, je vais faire griller des steaks.

Elle songea que tous deux avaient des racines texanes qui remontaient loin dans le temps. Leurs origines étaient les mêmes, mais leurs ressemblances s'arrêtaient là.

Il retourna dans la cuisine pour aller chercher un plat de steaks, puis ils sortirent sur la terrasse.

— Assieds-toi pendant que je fais cuire ça. Rosalie a déjà préparé des pommes de terre et des carottes, alors le dîner sera bientôt prêt.

Aussitôt que les steaks furent sur le feu, il avança une chaise de jardin et s'assit en face de Mattie.

— C'est vraiment beau chez toi, remarqua-t-elle.

— Le ranch marche bien. J'ai entendu dire que tu avais acheté deux nouveaux chevaux à Ed Williams…

— J'essaie d'améliorer notre écurie.

— Bonne idée.

Il étudia son visage. Chaque fois qu'il lui adressait un de ses longs regards intenses, elle se sentait piégée et désavantagée, comme s'il tentait de voir son âme et qu'il y parvenait.

— Mes origines indiennes ne te posent pas de problème ?

— Non, bien sûr !

Il haussa ses larges épaules.

— Je ne pensais pas que ça te gênerait, mais il y a certaines personnes que ça peut déranger.

— Ce n'est pas toi la cause de mes objections à ton offre, c'est moi. Je ne connais rien aux bébés.

— On apprend vite, dit-il sur un ton désinvolte, comme si la question était déjà réglée pour lui.

Mattie se demanda combien de choses dans sa vie n'étaient pas allées de la façon qu'il souhaitait. Il avait perdu sa femme et son père, mais en dehors de cela, elle le soupçonnait d'obtenir tout ce qu'il voulait.

Il revint vers le barbecue, et elle le regarda retourner les steaks, ses yeux allant de ses épaules jusqu'à son postérieur. *Son mari* ? La tentation serait atroce !

Après quelques minutes, ils s'installèrent à la table de la cuisine. Des pommes de terres dorées, des carottes vapeur et des tranches de pain maison accompagnaient les steaks.

— Tu es un bon cuisinier.

— Merci, mais le mérite en revient principalement à Rosalie. Je ne sais pas faire le pain.

Ils discutèrent de la vie de rancher, et Mattie eut l'impression que ses nerfs allaient lâcher. Elle voulait en arriver au fait, décliner son offre et retourner à sa vie bien tranquille, même si c'était une existence solitaire. Pourtant, Josh était beau et séduisant… Une étincelle d'excitation s'alluma en elle, et elle tâcha de l'ignorer.

Quand ils eurent fini de dîner, il refusa qu'elle l'aide à débarrasser.

— Il doit faire plus frais dehors, à présent, dit-il. Allons faire un tour, je te montrerai les écuries.

Elle acquiesça, bien qu'elle fût tentée de fuir à toutes jambes. Le soleil déclinait vers l'ouest, et une brise légère s'était levée. La maison était une oasis aux pelouses verdoyantes et aux tapis de fleurs écloses, au-dessus desquels des arroseurs automatiques projetaient en tournant lentement des flots d'argent, tandis que deux grands chênes offraient la fraîcheur de leur ombre. Une haie de pieux entourait la cour, et ils suivirent une allée sinueuse menant au portail.

— Josh… Ta mère ne pourrait-elle pas séjourner ici, le temps que tu trouves une nounou ?

— Elle est trop occupée. Mon beau-père est Thornton Bridges. Il est député, et il songe à se lancer dans la course au sénat, lors des prochaines élections. Ils ont une vie sociale bien remplie, et maman s'investit beaucoup dans des œuvres de charité. Elle serait heureuse de prendre Elizabeth avec elle à Chicago, mais je ne veux pas abandonner ma fille.

L'air souleva des mèches de cheveux de Mattie

lorsqu'elle leva la tête pour regarder les hectares de terres. Au loin, elle pouvait distinguer des vaches en train de paître. Ils quittèrent l'allée pavée, passèrent le portail et suivirent le large sentier gravelé menant aux écuries. Un colley vint bondir et sautiller autour de Josh.

— Tout doux, Grady, dit-il, et le chien les escorta en cadence.

Ils arpentèrent les vastes écuries, où Josh lui montra la sellerie, puis ils rejoignirent un pré clôturé où paissaient des juments. Ils restèrent derrière la clôture pour observer les chevaux. Des montures aussi belles que les siennes, songea Mattie. Josh s'appuya contre un pieu et se tourna pour lui faire face. Elle voulut reculer, il était trop près d'elle.

— J'ai bien réfléchi à ce que je souhaitais avant de te demander en mariage, Mattie, dit-il sur un ton calme.

Elle leva les yeux vers lui. Il était un des rares hommes qui la faisaient se sentir petite.

— C'est tout bonnement impossible. Je ne connais rien aux bébés. Je ne connais rien aux hommes non plus.

— Pourtant tu travailles avec des hommes tous les jours. Tu l'as toujours fait.

— Ce n'est pas la même chose. Je veux dire, je ne suis jamais sortie avec personne.

— Cela n'a pas la moindre importance pour moi. Et

je pense que le mot « jamais » est inexact. Tu es sortie avec un jeune homme à l'université, non ?

— Ce n'était qu'un petit flirt. Je me sens en complet décalage avec mon époque. Je n'ai jamais eu d'histoire sérieuse avec quiconque.

Josh s'interrogea : que penser des rumeurs dont il avait eu vent ? Elle était aussi farouche qu'une pouliche rétive avec lui, mais il pensait que c'était à cause de son offre, pas parce qu'elle dînait avec un homme. Elle continuait d'observer les juments. Seule la couleur rosée de ses joues trahissait son émotion.

— Je croyais que tu avais eu une relation sérieuse à l'université. C'est ce que j'ai entendu.

Mattie afficha un sourire désabusé.

— Eh bien, ce que tu as entendu était faux. Peut-être que grand-mère a lancé cette rumeur, parce qu'elle a toujours voulu que je trouve un mari. Mais, non, j'ai juste échangé quelques baisers avec ce garçon. Je suis plus grande que la plupart des hommes que je connais. Quand j'étais petite, j'étais un garçon manqué. Parfois j'ai l'impression que je fais peur aux hommes.

— Tu ne me fais pas peur, à moi.

Josh se dit que les garçons avec lesquels elle avait grandi avaient dû la blesser. Dans quelle mesure le père de Mattie avait-il tenu les hommes à distance de sa fille ?

Il observa son profil, ses cheveux blonds et épais, ses grands yeux verts, ses lèvres pleines. Puis il s'arrêta sur sa gorge lisse et sa poitrine généreuse, qui emplissait sa chemise bleue. Sa voisine était plus que séduisante. Elle était belle. Il ne l'avait jamais remarqué avant aujourd'hui. Et il était étonné de l'attention qu'il lui portait maintenant. C'était la première fois qu'il regardait vraiment une femme depuis la mort de Lisa.

— Tu travailles avec des hommes. Tu fais des rodéos. Si tu n'as jamais eu de petit ami, c'est que tu l'as bien voulu, aussi.

Mattie s'empourpra, et Josh comprit qu'il avait raison.

— Oui, peut-être, admit-elle.

Josh attrapa sa tresse épaisse et tira à peine dessus pour que Mattie tourne la tête vers lui. Il plongea son regard dans ses yeux verts parsemés de flocons d'or.

— Tu n'as pas besoin d'avoir de l'expérience en la matière. Notre mariage ne sera pas très différent de ta vie actuelle, hormis le fait que nous partagerons le même toit et que tu devras surveiller la nounou d'Elizabeth. Je me fiche des relations physiques. Je ne te ferai jamais d'avances. Je te laisserai tout l'espace vital dont tu as besoin.

Mattie rougit, cette fois violemment.

— Ce marché me paraît inenvisageable, et je pense que dans six mois, tu le regretteras terriblement.

— Tu as tort. Je te le répète, j'ai beaucoup réfléchi à tout cela.

— En dehors du fait que tu ne devrais pas te précipiter

dans un mariage de pacotille, j'ai une autre raison de te dire non. Je n'en ai jamais parlé à personne. Même pas à grand-mère.

Mattie marqua une pause, et Josh se demanda quel terrible secret elle s'apprêtait à lui révéler.

— Quelle est cette raison ?

Mattie fixa l'horizon.

— Un jour, dit-elle, j'espère vendre le ranch et aller vivre loin d'ici.

# 3.

— Tu ne veux pas de tout cela ? s'étonna-t-il en désignant les terres de la main. Je m'étais imaginé que ton ranch était tout pour toi. C'est ce que tu as toujours connu. Que souhaites-tu, alors ?

— Mon père a toujours compté sur moi, et il m'a élevée pour que je prenne la relève quand il serait parti. Mais je rêve d'autre chose.

— Ta famille vit ici depuis plusieurs générations. Tu abandonnerais cette maison, comme ça ?

Elle leva le menton, ses yeux lançant des éclairs, et il devina que quand Mattie avait décidé quelque chose, elle pouvait se montrer très têtue.

— Mes sœurs sont parties sans l'ombre d'un remords. Si toute ma famille est partie, pourquoi devrais-je préserver un héritage dont je ne veux plus ?

— Difficile d'imaginer que tu n'en veux pas.

Il se remémora ses disputes avec Lisa, qui avait toujours voulu quitter le ranch.

— Je n'aurais jamais rien fait qui puisse chagriner

papa, mais cette propriété n'est pas tout pour moi. Il ne m'a jamais demandé mon avis. Il a supposé, c'est tout. Il a laissé partir mes sœurs. A l'adolescence, elles sont allées en pension, et ne sont jamais revenues. Et elles ne reviendront jamais.

— Ton père est décédé, à présent. Qu'est-ce qui te retient ici ?

— Grand-mère. Je ne la blesserai pas en vendant le ranch. Je resterai jusqu'à ce qu'elle nous quitte.

Mattie leva le menton, et il lut la détermination dans ses yeux.

— Tu dois me promettre de n'en parler à personne, Josh. Cela tuerait grand-mère, et je ne veux pas la faire souffrir.

— Je ne dirai rien, répondit-il machinalement, encore dérouté. Que veux-tu faire ?

Elle promena un doigt le long de la clôture. Ses mains paraissaient délicates, songea Josh, même si elles devaient avoir autant de callosités que les siennes.

— Ça peut sembler idiot, mais pendant des années, j'ai rêvé de suivre des études de droit. J'ai déjà lu quelques livres.

Quand elle leva les yeux, il lut de la défiance dans son regard, comme si elle s'attendait à ce qu'il se moque d'elle.

Or il se sentait anéanti. Elle avait semblé être la réponse parfaite à son problème. Et une familière culpabilité le rongea quand il se souvint à quel point

47

Lisa avait détesté la vie au ranch, et comment elle l'avait supplié d'aller vivre en ville.

— Bon, c'en est fini de mon idée...

— J'apprécie ton offre, dit-elle, laissant retomber sa main de la clôture. Je suis flattée.

Il se frotta la nuque.

— Tu étais la solution idéale, soupira-t-il. Je croyais que l'on ferait une bonne équipe, tous les deux.

— Je ne me vois pas emménager chez toi. Mais, vraiment, je suis flattée.

Il lui adressa un faible sourire.

— Tu te sous-estimes.

Contente, elle lui rendit son sourire.

— Peux-tu me ramener chez moi, maintenant ?

Il opina et ils se dirigèrent vers son pick-up.

— As-tu d'autres parents qui pourraient reprendre ta propriété ? demanda Josh.

— Non. Mon oncle Dan, l'unique frère de papa, s'est installé en Arizona, dans un ranch qui appartient à la famille de sa femme.

— Tu aurais dû discuter de ton avenir avec ton père...

— Ça ne lui est jamais venu à l'esprit que je puisse avoir envie d'autre chose, ni à celui de grand-mère, d'ailleurs. De toute façon, aucun des deux ne l'aurait accepté. Mes sœurs, elles, se sont rebellées très tôt, depuis qu'elles ont été en âge de comprendre qu'il y avait d'autres endroits sur terre où vivre.

48

Josh comprenait aisément pourquoi ni son père ni sa grand-mère n'avaient pensé une seconde qu'elle voulait partir. Au Texas, les ranchs se transmettaient de génération en génération. C'était la tradition, inculquée depuis l'enfance. Lui-même n'avait jamais songé à mener une autre vie, et il n'avait pas non plus imaginé que Mattie pouvait avoir envie de partir. Il n'y avait pas de garçon dans la famille Ryan à qui léguer l'affaire, et Mattie était la fille aînée. De plus, elle était la seule à avoir appris comment diriger un ranch.

Il la regarda, curieux d'elle et de ses rêves.

— Pourquoi le droit ?

— Je pense que cela m'est venu quand j'avais dix ans. Maman a été tuée par un chauffard ivre, qui avait à son actif plusieurs arrestations. Il est sorti du tribunal sans même une amende, et j'étais si scandalisée que j'ai rêvé de devenir avocate pour poursuivre des gens comme lui. Je ne veux pas mener cette existence rurale toute ma vie. J'ai le sentiment qu'il y a mieux ailleurs, et je veux avoir une chance de le vérifier par moi-même.

— Quelle était ta spécialité à l'université ?

— La biologie animale. J'ai étudié la littérature aussi, c'était ma matière préférée. Mais j'adorais mon père, et je ne l'aurais jamais fait souffrir. Il voulait que j'étudie quelque chose qui puisse me servir au ranch.

— Moi, j'ai abandonné mon premier cycle pour revenir ici et reprendre les rênes à la mort de mon père...

— Apparemment, tu as fait du bon travail.

— J'essaie. Ton père aurait pu vivre très vieux. Dans ce cas, qu'aurais-tu fait ?

— Je serais probablement restée ici pour toujours. Peut-être qu'à un moment, je lui aurais avoué ce que je voulais, mais j'en doute. Je me sens seule sans lui, et les problèmes sont incessants — le mauvais temps, les animaux malades —, tu sais de quoi je parle. La vie n'est plus la même sans lui, et je ne veux pas me battre pour le ranch toute ma vie.

Ils marchèrent en silence jusqu'à ce qu'ils atteignent le pick-up. Là, elle se tourna pour lui faire face.

— Josh, continue à chercher une nounou. Tu t'en féliciteras plus tard. Tu ne devrais pas t'engager dans un mariage sans amour.

— Je veux garder Elizabeth avec moi…

— Laisse-moi passer une annonce et rencontrer des candidats. Je pourrai t'aider à trouver la bonne personne.

— C'est… c'est une bonne idée. Je rédigerai l'annonce et je te l'apporterai.

Elle sourit, entrouvrant ses lèvres pulpeuses, et son regard s'illumina. Elle était attirante, songea Josh. Décidément, pourquoi n'avait-elle jamais fréquenté personne ? Les mauvais hommes aux mauvais moments ? Qu'aurait été la vie de Mattie si elle avait quitté le ranch ?

— Si tu deviens avocate, tu trouveras ce que tu

50

recherches… et quelqu'un avec qui tu voudras vraiment avoir une relation amoureuse.

— Bah… J'ai déjà vingt-huit ans, et je commence à avoir mes petites habitudes.

— Allez, venez, vénérable dame. Je vous ramène chez vous.

Mattie grimpa dans le pick-up et ils roulèrent dans un silence plaisant. Josh raccompagna Mattie jusqu'à sa porte, où il s'arrêta et posa les mains sur ses épaules. Le contact de sa peau, son corps si proche la troublèrent — et Mattie prit la pleine mesure de ce qu'elle avait rejeté ce soir.

— Si tu changes d'avis à propos du droit, fais-le-moi savoir.

— Apporte-moi ton annonce, et je ferai passer des entretiens.

— D'accord, Mattie.

Il caressa sa joue d'un baiser. Ses lèvres étaient chaudes, et une légère odeur de bière s'échappait de son souffle. Elle voulut se pencher plus avant, découvrir ce que c'était de l'embrasser. Ce serait, elle le soupçonnait, meilleur que tout ce qu'elle avait connu.

— Merci pour le dîner, Josh.

— Je suis si déçu, Mattie… Enfin, je reviendrai demain ou après-demain avec mon annonce.

Il sourit et haussa les épaules.

Son sourire en coin débordait de charme. Des fossettes apparurent sur ses joues, ses dents blanches parfaites contrastant avec sa peau mate. Par le passé, elle l'avait quelque fois observé en public, en train de rire, et l'avait trouvé effroyablement séduisant. Si jamais il décidait d'avoir recours à son charme, il lui serait impossible de lui résister.

Elle le vit marcher à grands pas dans la nuit, monter dans son pick-up et s'éloigner. Un sentiment d'échec l'envahit, comme elle regardait ses terres ; si elles faisaient partie d'elle-même, elles lui donnaient parfois l'impression d'étouffer. Le ranch était un tyran implacable ; les décisions étaient difficiles à prendre, et le fardeau d'avoir à diriger cette affaire toute seule pesait lourd sur ses épaules.

L'obscurité tomba sur le ranch, lui rappelant à quel point elle était seule. Avait-elle commis la plus grosse erreur de sa vie, ce soir ? Si elle vendait le ranch et quittait le Texas, regretterait-elle plus tard son choix ? Penserait-elle à Josh avec remords ? Un mariage sans amour ne pouvait pas être une bonne idée. Elle repensa au baiser rapide de Josh sur sa joue. Josh était beau, excitant, mais elle craignait qu'il ne fasse guère attention à elle, avec le genre d'accord qu'il proposait.

En frissonnant, elle rentra chez elle, soulagée que sa grand-mère soit déjà rentrée dans sa petite maison, située à quelques mètres. Mattie ne se sentait pas d'humeur à répondre à une salve de questions, du style « pourquoi était-elle rentrée si tôt ? », ou « pourquoi ne sortait-elle pas avec Josh de nouveau ? »

Deux jours plus tard, comme elle sortait d'un box de l'écurie, une silhouette sombre apparut dans l'embrasure de la porte.

— Mattie ?

Elle tressaillit quand elle reconnut la voix grave de Josh. Son offre de mariage avait occupé ses pensées presque en permanence ; même si elle l'avait déclinée, elle ne pouvait pas oublier Josh.

— Alors, tu as écrit ton annonce ? s'enquit-elle.

— Irma a dit que tu étais dans l'écurie avec une jument malade.

Mattie caressa le cou du cheval alezan.

— Elle va mieux. Le vétérinaire est passé hier, et elle se remet bien.

Josh s'approcha de la jument. En voyant son jean et son T-shirt blanc impeccables, Mattie fut gênée de sa propre tenue et repoussa fébrilement des mèches rebelles qui lui barraient le visage.

— Tu as l'annonce ? répéta-t-elle.

Josh repoussa son Stetson noir vers l'arrière et s'appuya contre le box. Son T-shirt soulignait son torse musclé et ses biceps puissants. Le cœur de Mattie commença à battre plus fort tandis qu'elle le contemplait. Il secoua la tête, et elle vit une telle détermination dans ses yeux qu'elle en eut la bouche sèche.

— Mattie, tu as dit que tu ne vendrais jamais cet

endroit aussi longtemps que ta grand-mère vivrait. Est-ce que tu étais sérieuse ?

— Oui. Quand Irma nous aura quittés, alors je vendrai, répondit-elle, espérant que sa voix ne trahisse pas son émotion.

Josh se tenait si près d'elle, et il la regardait avec une telle intensité ! Elle devinait, à sa posture, qu'il allait essayer de la convaincre de quelque chose.

— Je me souviens de ton grand-père, dit-il. Il est mort il y a quelques années.

— Nous l'avons perdu il y a deux ans, et papa, cette année, dit-elle, momentanément submergée par un sentiment d'abandon qu'elle éprouvait moins souvent maintenant.

— Ton grand-père a vécu vieux ?

— Oui, jusqu'à quatre-vingt-quatre ans.

Elle pouvait sentir le parfum envoûtant de son après-rasage, compter les poils de sa barbe naissante. Elle écoutait à peine ce qu'il disait.

— Quel âge a Irma ?

— Elle aura quatre-vingt-un ans bientôt.

— Et comment est sa santé ?

— Elle a le cœur fragile, mais il ne lui a pas causé de soucis depuis plusieurs années. Josh…

Elle s'interrompit, troublée. Elle voulut reculer et buta contre le box. Il avança, si près qu'elle put percevoir la chaleur de son corps.

— Mattie, dit Josh, la voix plus douce, j'ai réfléchi à

notre discussion. Si tu restes au ranch aussi longtemps qu'Irma sera en vie, il se pourrait que tu sois encore là pour plusieurs années.

Elle avait les yeux grands ouverts, et une veine pulsait dans sa gorge. Josh se demanda s'il la troublait, et trouva cette idée rassurante. Certain au fond de lui qu'elle serait parfaite pour Elizabeth, il était prêt à prendre des risques pour obtenir ce qu'il désirait.

Le cœur de Mattie parut s'arrêter, puis se mit à battre la chamade, car elle devinait où il voulait en venir.

— Oui, en effet, dit-elle.

— Epouse-moi. Nous établirons un contrat prénuptial qui te libérera du mariage à la mort d'Irma.

— Non ! Je ne peux pas !

La panique s'empara d'elle. Elle ne savait pas comment lutter contre cet homme déterminé. Pourtant, elle avait engagé et renvoyé de nombreux employés, géré des conflits avec des salariés en colère ; mais négocier avec Josh Brand était bien différent. Qu'y avait-il chez lui qui la bouleversait au point de l'empêcher de penser ?

— Ecoute-moi, ordonna Josh calmement. Epouse-moi, et reste avec moi pendant une année. Elizabeth aura alors presque deux ans, et d'ici là, nous aurons une nounou bien installée. Je paierai tes études de droit. Tous tes frais. Et je rembourserai l'hypothèque que ton père a prise sur le ranch.

Josh lui aplatit le col de sa chemise de coton blanc, et Mattie prit une profonde inspiration. Comment pourrait-elle vivre sous le même toit que lui ? Il la troublait déjà rien qu'en se tenant là, à discuter.

— Si tu restes cinq ans — Elizabeth sera alors à l'école primaire — je te céderai un quart de mon ranch à notre séparation, ou je te donnerai une somme équivalente. En plus de tout le reste.

Choquée, elle cligna des yeux et se mordit la lèvre.

— Tu ne peux pas faire ça ! C'est trop…

— Pas quand il s'agit de ma fille, répondit-il d'un ton posé et résolu.

Elle sut d'instinct qu'il pensait chaque mot qu'il avait prononcé.

— On en revient au point de départ. Je ne peux pas m'occuper d'elle, dit-elle, pendant que son estomac faisait des siennes.

— Je le sais mieux que toi, répliqua-t-il. Tu diriges ton ranch toute seule, tu soignes les chevaux malades, tu aides les vaches à mettre bas. Alors tu peux bien commander une nounou !

— Tu sais bien qu'il ne s'agit pas seulement de cela. J'ai perdu ma mère à l'âge de dix ans, je sais ce que c'est que de grandir sans mère. Ce dont ta petite fille a besoin, c'est d'une maman.

Il tressaillit, et Mattie se reprocha de s'être montrée trop abrupte.

— Une nounou, c'est le mieux que je puisse faire, rétorqua-t-il sèchement. Mais je lui donnerai tout l'amour

56

possible. Et si tu es avec nous — même pour un an —, tu peux nous aider à prendre un bon départ.

— Josh, je ne…

— Ecoute, dit-il sur un ton qui fit oublier à Mattie ses arguments.

Sa voix était douce ; cependant il émanait de lui un air d'autorité qui la fit taire.

— Nous établirons un contrat prénuptial, poursuivit-il. Si nous décidons de nous séparer avant la mort d'Irma, tu récupèreras ton ranch — et toutes les choses que je t'ai promises.

Elle ferma les yeux, sa beauté l'empêchait de penser.

— Je ne peux pas faire ça.

— Si, tu le peux. Tu es parfaite. Nous pouvons travailler ensemble. Tu dirigeras ton ranch, et moi le mien. La seule différence, c'est que tu vivras chez moi et que tu devras t'occuper de la nounou et d'Elizabeth. C'est tout.

Josh retint sa respiration. Mattie était la femme idéale. Elle serait aussi compétente qu'on pouvait l'être. Elle avait bon cœur, il le savait, sinon elle n'aurait jamais été aussi loyale envers sa famille, en restant au ranch alors qu'elle rêvait de le quitter. Et malgré le peu de temps qu'il avait passé avec elle, il l'appréciait déjà. Elle n'avait pas parlé sans cesse. Elle pouvait diriger son ranch mieux que beaucoup d'hommes de sa connaissance. Et elle était honnête et franche — des qualités rafraîchissantes après les tentatives de séduction perfides des trois dernières nounous. De plus, elle était belle. Quoiqu'il n'ait pas laissé entrer le physique en ligne de compte. Il voulait Mattie Ryan. Il avait besoin d'elle. Et il fallait qu'elle ait besoin de lui. Il n'ignorait pas qu'elle traversait une période difficile, et qu'elle portait seule de lourdes responsabilités. Il connaissait bien ce sentiment de solitude.

Elle ouvrit les yeux et le regarda.

— Laisse-moi passer.

Il recula sur-le-champ et la regarda s'éloigner. Son jean était serré, et sa démarche empreinte d'un déhanchement léger qui attira son attention sur ses longues jambes et ses fesses. Décontenancé, il s'avisa que son corps réagissait à la vue de ses courbes — ce qui n'était pas arrivé depuis Lisa. Devant les criantes avances des nounous, il était resté de marbre, mais il ne l'était pas à cet instant. Cette fille était un sacré bout de femme.

Mattie se retourna alors et lui fit face comme si elle était armée pour un duel. Elle avait les mains sur les hanches, les yeux brillant de colère.

— Je pense que tu le regretteras. Suppose que tu tombes de nouveau amoureux ?

— Ça n'arrivera pas. J'adorais Lisa, et je n'aimerai pas d'autre femme. Je ne ressens plus de désir, dit-il, en sachant que jusqu'à ces cinq dernières minutes, l'affirmation était vraie.

— A mon avis, tu as tort. C'est trop tôt. Dans six mois, tu verras les choses différemment.

— Si c'est le cas, nous pourrons toujours annuler le mariage, et tu obtiendras tout ce que je t'ai promis. Demande ce que tu veux dans le contrat. Exige des garanties plus élevées si je te quitte, Mattie. Et tu verras à quel point je suis sérieux.

Pour la première fois de sa vie, Mattie eut l'impression qu'elle allait s'évanouir. Elle savait qu'elle commettait une erreur. L'idée d'avoir la pleine responsabilité d'un petit bébé était terrifiante. Tout comme l'idée de vivre sous le même toit qu'un homme énergique et dynamique comme Josh.

Et en même temps, elle était diablement tentée d'accepter. Elle se sentait seule, et travailler avec son père lui manquait. Josh était beau, fort, et viril. Il l'attirait tant ! S'il ne lui avait rien offert en échange, sa proposition l'aurait déjà charmée. Un mariage, même platonique, le remboursement de l'hypothèque du ranch, le paiement de ses frais d'université — comment pouvait-elle refuser une telle offre ?

Son regard ténébreux soutenant le sien, Josh marcha vers elle. A chacun de ses pas, les battements du cœur de Mattie s'accéléraient. Ses paumes devinrent moites, ses émotions s'intensifièrent.

Il s'arrêta à quelques centimètres d'elle seulement, et lui releva le menton pour plonger les yeux dans les siens.

— Tu es la femme que je veux, celle dont j'ai besoin. Demande-moi tout ce que tu veux.

— Ce que tu me proposes est déjà plus que généreux.

Elle pouvait à peine parler.

— Je ne pense pas que tu aies besoin de temps pour y réfléchir. Ta grand-mère vit dans sa propre maison. Tu vis seule, en fait. Qu'as-tu à perdre ? Au contraire, tu as tout à gagner. Tu pourras mettre fin à ce mariage quand tu le souhaites après un an. Ce n'est pas trop demander, n'est-ce pas ?

Elle se contenta de hocher la tête.

— Nous pouvons aller chez le notaire demain. Ta vie ne changera pas beaucoup.

— Elle va changer considérablement, si j'ai un bébé sur les bras !

— Seulement jusqu'à ce que nous ayons engagé une nounou pour s'occuper d'elle.

— Nous en avons déjà parlé. Tu sais que je prendrais soin d'elle moi-même, si je savais comment faire.

Il espérait de sa part un « oui » immédiat. Et elle savait ce qu'elle devrait répondre à une telle proposition. Cela la sortirait d'un pas difficile, et cela renflouerait ses finances. Cela l'aiderait de bien des manières ! Et puis, elle se sentait si seule, dans cette grande maison vide ! Diriger le ranch était une énorme responsabilité…

Néanmoins, elle ne pouvait se résoudre à donner sa réponse, car elle continuait à penser au bébé de Josh.

Comment prendre soin d'un enfant ? En outre, si elle vivait sous le même toit que cet homme sexy et séduisant, à coup sûr, elle tomberait amoureuse de lui.

Cette perspective la fit se figer de peur. Mattie pourrait se perdre pour lui. Lui pourrait tomber amoureux — d'une autre femme — ou bien, comme il l'assurait, ne plus jamais aimer... Elle aurait, dans tous les cas, le cœur brisé.

— Je pense que tu connais déjà ta réponse, dit-il doucement.

— Non, c'est faux, répliqua-t-elle.

— Qu'as-tu à perdre ?

— Suppose que je tombe amoureuse de toi ? lâcha-t-elle à brûle-pourpoint.

Il parut tout d'abord surpris, puis afficha un bref sourire.

— Tu n'es encore jamais tombée amoureuse de qui que ce soit. Je ne pense pas que cela arrivera, mais si c'était le cas, eh bien, nous serions mariés. Je serais ton époux au plein sens du terme.

— Tu ne m'aimerais pas en retour.

Son sourire disparut, et elle eut l'impression qu'un vent glacial l'envahissait quand il la considéra d'un air grave.

— Je ne pense pas qu'aucun de nous deux ne court ce risque. Non, je n'aimerai plus. Jamais. Mais je ne crois pas que tu tomberas amoureuse de moi, Mattie. Tu es très pragmatique, et tu as réussi à éviter l'amour jusqu'ici. Quoiqu'il arrive, tu auras beaucoup en compensation, lui rappela-t-il. A quel point tiens-tu à tes études de droit ?

— Au point de saisir la première chance qui se présente.

— Alors, tu as ta réponse. Tu ne tomberas pas amoureuse si tu gardes ce but à l'esprit.

Josh savait ce qu'il voulait, et il la soupçonnait d'être sur le point d'accepter. Il approcha et lut la méfiance dans son regard. Effleurant son épaule, il caressa sa gorge du pouce. Il savoura le contact de sa peau chaude et satinée, et fut agréablement surpris en découvrant que son pouls palpitait.

— Mattie, nous pouvons nous apporter beaucoup l'un l'autre. Dis-moi que tu vas m'épouser. Tu y gagneras, comme Elizabeth et moi. Tu ne souffriras pas.

— Tu as embauché trois nounous, pour les renvoyer en très peu de temps. Tu as donc commis trois erreurs. Et moi ? Tu pourrais aussi regretter ton choix très vite.

— Non, je ne le regretterai pas.

— Tu n'en sais rien ! s'écria-t-elle.

Elle était encore ébranlée par la caresse de son pouce sur sa gorge. Des frissons la parcoururent, telles de minuscules étincelles enflammant ses nerfs. La réponse de Josh la décevait, bien qu'elle ait le mérite d'être franche. Pourquoi tomberait-il amoureux d'elle ?

— Je serai moi aussi engagé pour une année, lié par les promesses que je t'ai faites. Et, je te l'ai dit, demande-moi ce que tu veux si j'essaie de fuir mes obligations.

Le silence s'instaura entre eux pendant qu'elle considérait son offre.

Tout en l'observant, Josh songeait qu'il n'avait jamais eu autant de mal à convaincre une femme de quoi que ce soit, excepté lorsqu'il avait essayé de persuader Lisa de rester vivre au ranch. Et il avait l'intention d'obtenir ce qu'il voulait maintenant. Mattie ne pouvait qu'y gagner. Sur un plan financier, elle serait bien plus à l'aise. Ils pourraient vivre dans une seule maison. Elle se mordillait la lèvre, et il pouvait lire son tourment dans ses yeux. Mais Josh avait l'intuition qu'elle était sur le point de dire oui.

— Epouse-moi, Mattie, insista-t-il avant de retenir son souffle.

Le cœur de Mattie battait à se rompre. Toute cette histoire était grotesque ! Mais l'offre était aussi irrésistible que l'homme qui l'avait faite. Fermant les yeux comme si elle allait sauter d'un haut plongeoir, elle hocha la tête.

— Oui, j'accepte.

— Hourra !

Il eut un cri de joie et, la soulevant dans ses bras, il la fit tournoyer. Surprise, elle s'accrocha à ses épaules puissantes — une sensation plus qu'agréable.

— Josh ! Repose-moi !

Il poussa un autre cri exubérant, la posa à terre et la serra dans ses bras.

— Merci, mon Dieu !

Il pencha la tête pour lui donner un rapide baiser. Quand la bouche de Josh toucha la sienne, Mattie cessa de respirer. Malgré elle, ses lèvres s'entrouvrirent. Son corps s'embrasa.

Sans réfléchir, elle le repoussa en appuyant contre son torse. Il recula, l'air aussi désarçonné qu'elle.

— Nous pouvons bien nous embrasser, puisque nous allons nous marier !

— Cela ne fait pas partie du contrat, marmonna-t-elle, ahurie, ses lèvres la picotant encore.

— Comme tu veux. C'est merveilleux, Mattie ! Tu ne le regretteras pas ! Je vais appeler mon avocat, et nous établirons le contrat prénuptial dès demain.

Elle sentit la tête lui tourner. Même si cela n'avait été qu'un petit baiser impulsif, que Josh avait sûrement déjà oublié, ses lèvres la brûlaient. C'était comme si un éclair avait traversé le ciel ensoleillé pour venir la frapper en plein cœur. A la fois excitée et ébranlée, elle était malgré tout inquiète de voir Josh si enthousiaste.

— Josh, calme-toi.

— Non, il n'y a pas de raison de se calmer ! Nous savons tous les deux ce que nous voulons. Quand pourrons-nous organiser la cérémonie ? Veux-tu un grand mariage ?

— Non, dit-elle gravement.

Dans quoi s'était-elle donc embarquée ? Elle n'avait pas l'habitude des hommes expansifs et impulsifs. Son défunt père était un homme pudique et taciturne. Comment allait-elle faire avec Josh ?

— C'est un faux mariage, rappela-t-elle, songeant à peine à la cérémonie, et s'interrogeant davantage sur Josh lui-même. Je ne vais pas mettre une belle robe ou sortir le grand jeu comme si c'était vrai. Et ça ne serait pas bien pour toi. Les gens vont penser que tu aurais dû attendre plus longtemps.

Le sourire de Josh s'effaça.

— J'adorais Lisa, tout le monde le sait. Très bien, nous aurons un tout petit mariage. Seulement la famille et quelques amis. Quand ça ?

— Il faut que je consulte mon agenda.

— Allons l'annoncer à Irma.

— Tu ne penses pas que nous devrions sortir ensemble avant de clamer la nouvelle ?

Mattie avait de nouveau les mains sur les hanches, nota Josh, elle fronçait les sourcils et se mordillait la lèvre. Lui pourrait supporter les ragots, mais cela serait peut-être plus facile pour Mattie s'il sortait en public avec elle quelques fois.

— Je t'emmène dîner ce soir, décida-t-il. Nous sommes mardi. Nous pourrions sortir tous les soirs de cette semaine, et samedi, nous dînerons en ville, comme ça tout le monde nous verra et commencera à spéculer sur nous.

— Nous pourrions aussi dire que c'est un mariage de convenance.

— Non.

Il se rappela les avances des nounous. Et il savait que Mattie avait été blessée par les hommes de la région. Il ne tenait pas à ce que quelqu'un se moque d'elle. Tout comme il ne voulait pas être courtisé par d'autres jeunes femmes.

— Je tiens à ce que les gens pensent que c'est un vrai mariage, ajouta-t-il.

Mattie aussi préférait cela. On avait ricané dans son dos assez longtemps.

— Ils vont se demander pourquoi tu m'as choisie.

— N'importe quel homme sensé serait vert de jalousie.

— C'est gentil, dit-elle sans conviction.

L'incrédulité se lisait dans ses yeux, s'entendait dans sa voix. Josh devina que sa féminité avait été humiliée bien souvent, de bien des manières. Il approcha et lui releva le menton.

— Je ne suis pas en train de te flatter pour obtenir quelque chose. D'ailleurs, je n'en ai pas besoin. Et je ne suis pas du genre à mentir. Tu crois vraiment que je te demanderais de m'épouser — même si c'est un mariage de convenance — si je ne te respectais pas ? Je te confie Elizabeth. Je ne le ferais pas si je n'appréciais pas ta compagnie. Il y a certaines femmes dont je ne pourrais pas supporter la présence sous mon toit.

66

Nous allons vivre et travailler ensemble. Il me faut une personne intelligente et compétente — une personne que j'estime, Mattie.

Elle le dévisagea, le cœur battant, pendant que ses mots l'enveloppaient comme une cape de soie. Et elle sut, avec un sentiment de tristesse, qu'elle allait tomber amoureuse de cet homme. Un homme qui ne l'aimerait jamais en retour, et qui un jour, dissoudrait leur mariage sans un regard en arrière.

Elle voulait un diplôme de droit, se rappela-t-elle. Mieux valait garder cela à l'esprit et s'y accrocher de toutes ses forces — sinon, elle risquait de connaître le plus grand chagrin de sa vie.

# 4.

— Tu es magnifique, ma chérie !

Debout dans une petite salle de l'église, Irma souriait à Mattie, ses yeux bleus brillant de bonheur.

Comme Mattie frissonnait dans la soie ivoirine de sa robe de mariée, sa grand-mère lui toucha le bras.

— Ma petite, mais tu es toute froide !

— Je ne pense pas que j'aurais dû avoir un si grand mariage.

Mattie voulait crier la vérité. L'homme qu'elle épousait avait besoin d'une nounou, pas d'une épouse ! Mais elle et Josh s'étaient mis d'accord pour se taire. Et elle savait que cela ferait souffrir Irma de savoir pourquoi cette cérémonie avait lieu.

— Tu dis des bêtises ! s'indigna Irma.

— Grand-mère, il a perdu sa femme il y a moins d'un an.

— Ne sois pas si vieux jeu, Mattie ! Vos familles sont anciennes, et nous avons beaucoup d'amis et de parents. Allons, ton oncle Dan est venu avec toute sa clique depuis l'Arizona. Si ton père ne peut pas te conduire à l'autel, au moins son frère t'offre gentiment de le remplacer. Alors, tu vois, ce serait ridicule d'avoir un tout petit mariage. Nous pouvons aussi bien faire la fête et nous réjouir. Avec de la chance, on ne se marie qu'une fois !

— En effet, marmonna Mattie.

Elle observa son reflet dans le miroir ovale. Ses cheveux étaient relevés en un chignon élaboré ; quelques mèches bouclées tombaient sur la nuque. Si elle se reconnaissait à peine, elle aimait son image. Néanmoins, l'angoisse lui nouait l'estomac.

La lumière du soleil filtrait à travers la fenêtre, et pendant que Mattie ajustait son voile sur sa tête, le diamant de sa bague de fiançailles étincela.

Après avoir frappé à la porte, Andrea passa la tête dans l'embrasure.

— Oh ! Comme tu es belle ! s'exclama-t-elle, en avançant vers Mattie.

Mattie avait demandé à Carlina et à Andrea d'être ses demoiselles d'honneur. Andrea était vêtue d'une robe bleue lui arrivant au genou ; c'était une robe pratique, et Mattie regretta que la sienne ne le soit pas. Elle regarda sa sœur dans le miroir.

— Tu es très jolie, dit-elle.

Andrea était une petite jeune femme blonde, aux cheveux bouclés et aux yeux bleu azur. Elle et Carlina ne dépassaient pas un mètre soixante-huit. A côté d'elles, Mattie s'était toujours sentie trop grande.

— Tu es une mariée magnifique, Mattie. Je suis si heureuse pour toi !

Quand elles s'étreignirent, Mattie eut la gorge nouée. Elle avait toujours été très proche d'Andrea, elle était comme une mère pour la benjamine de ses sœurs. Alors qu'elle brûlait de lui avouer la vérité, elle ne put s'y résoudre. Si Andrea apprenait que son union était un simple contrat de papier, qui lui permettrait de payer ses études et ses frais, elle serait anéantie, et supplierait Mattie de ne pas se marier.

— Coucou, dit Carlina joyeusement en entrant dans la pièce.

Carlina, elle, était brune, et avait des yeux bleus que sa robe mettait en valeur.

— Tu es fabuleuse, dit-elle en prenant Mattie dans ses bras.

— Vous êtes des amours d'être venues toutes les deux, dit Mattie.

— Je ne peux pas croire que tu te maries si vite, et en plus avec Josh Brand ! dit Carlina. J'ai toujours pensé que tu épouserais quelqu'un de calme et de solitaire comme papa.

— Comment sais-tu que Josh ne l'est pas ? demanda Mattie sans réfléchir.

— Souviens-toi, je suis sortie avec un de ses amis pendant quelque temps. En parlant de temps, tout le

70

monde attend la mariée. Oncle Dan est prêt. Grand-mère, les invités te réclament.

— Ma chérie, si ta mère et ton père pouvaient te voir ! dit Irma, les larmes aux yeux.

Mattie la serra dans ses bras, puis ses sœurs quittèrent la pièce avec sa grand-mère. Elle jeta un dernier regard à son reflet.

— Qu'est-ce que je suis en train de faire ? murmura-t-elle, soudain tentée de fuir par la porte de service.

Elle inspira profondément, redressa les épaules et alla retrouver son oncle.

Il ressemblait à son père, en plus jeune. Lorsqu'elle le rejoignit dans le narthex, elle sentit sa gorge se nouer de nouveau.

— Tu es superbe, murmura-t-il en prenant son bras sous le sien.

— Merci, répondit-elle, tandis qu'une petite voix lui hurlait qu'elle était en train de jouer une sinistre farce.

Il y avait foule dans l'église. Irma avait pris place sur un banc à l'avant, tout comme Sibyl et Thornton Bridges, la mère et le beau-père de Josh ; Elizabeth était assise sur les genoux de sa grand-mère.

Dès qu'Andrea et Carlina atteignirent le bout de l'allée, une musique d'orgue annonça la mariée, et les invités se levèrent. Mattie avança, et rencontra le regard de son futur époux. Elle frissonna de la tête aux pieds. Josh était ténébreux, dangereux, sexy. Elle ne savait presque rien de lui. Leurs rendez-vous avaient été difficiles : il n'avait presque pas fait attention à elle, lui avait-il semblé. Et à présent, après cette cérémonie, toutes les terres des Ryan lui appartiendraient, à lui comme à elle. Il représentait à la fois une menace et une planche de salut…

Avec l'impression qu'un lourd fardeau venait d'être ôté de ses épaules, Josh inspira. Tout en se félicitant d'avoir résolu beaucoup de ses problèmes, il regardait devant lui, surpris. La jeune femme qui se dirigeait vers lui était adorable. Il s'était rendu compte que Mattie était séduisante, mais il ne se souvenait pas l'avoir vue en robe avant cet instant. Et, oui, elle était extraordinaire ainsi. Son regard se posa sur tout son corps, s'arrêtant momentanément sur le décolleté de la robe ivoirine et les courbes qu'il dévoilait. Sa taille était étroite et son allure altière. Elle était intelligente, belle, pleine de bonne volonté. Dans sa vie, il avait conclu nombre de contrats — pour acheter des terres, du bétail ou des chevaux — mais celui-ci pourrait bien être la meilleure affaire qu'il ait jamais réalisée. Mattie s'arrêta à quelques centimètres de lui, et ses yeux verts ne quittèrent plus les siens. Les hommes du comté devaient sans doute être aveugles ou tout simplement stupides pour avoir laissé Mattie leur filer entre les doigts. Et c'était tant mieux pour lui.

Mattie n'entendit pas les mots que le pasteur prononçait. Oncle Dan plaça sa main dans celle de son promis ;

elle embrassa son oncle avant de se tourner vers Josh. Son regard était impénétrable. Elle murmura :

— Moi, Matilda Maud Ryan, je te prends, Joshua Kirby Brand, comme légitime époux.

C'était impossible, pourtant elle répétait ses vœux, et Josh répondait d'une voix claire :

— … comme légitime épouse.

Sonnée, elle contempla l'alliance d'or que Josh lui avait passée au doigt, et l'anneau sobre qu'elle avait glissé sur le sien. Rêvait-elle ? Elle eut le souffle coupé quand le pasteur annonça :

— Vous pouvez embrasser la mariée.

Elle perçut comme un voile de tristesse dans les yeux bruns de Josh, et comprit qu'il songeait à sa défunte épouse. Sa *véritable* épouse. Puis il se pencha et déposa le plus doux des baisers sur ses lèvres. Un tout petit baiser, qui provoqua pourtant en elle une vague de chaleur qui la balaya de la tête aux pieds. Lorsqu'ils se regardèrent, la tristesse de son expression disparut. Cette fois, ses yeux étaient empreints de curiosité.

Josh prit son bras sous le sien et la guida le long de l'allée. Il s'arrêta pour embrasser sa mère avant de soulever Elizabeth dans ses bras, adressant un sourire à Mattie qui la rendit mélancolique. Si seulement tout ceci était un vrai mariage, si son sourire était celui d'un mari amoureux !

Levant le menton, elle s'ordonna d'oublier de telles

idées. Elle avait passé un accord avec cet homme, rien de plus.

Dès qu'ils furent dans le narthex, son attention fut captée par les invités.

Une fois les photos prises — une idée d'Irma —, ils se rendirent dans le ranch de Mattie, où se tiendrait la réception. Dans toute la maison, des buffets étaient dressés. L'immense pièce montée blanche trônait sur une table du patio ; là des musiciens jouaient des airs de musique country. Après quelques minutes, Josh retrouva Mattie. Il avait quitté sa cravate et sa veste, remonté ses manches, et, à sa vue, Mattie sentit son cœur palpiter.

— Si nous dansions ? proposa-t-il. Tout le monde attend que nous ouvrions le bal.

— Je ne sais pas danser ! se récria-t-elle, horrifiée de n'avoir pas prévu cela.

Il sourit.

— Détends-toi. Le two-step est la danse la plus simple qui soit. Il suffit d'avancer et de reculer en rythme.

— Je ne peux pas !

— Allons, Mattie ! C'est plus facile que les courses de rodéo, dans lesquelles tu excelles.

Il lui entoura la taille et lui prit la main, tout en la poussant dans le dos. Elle se mit à avancer ; ses pieds heurtèrent ceux de Josh et, embarrassée, elle voulut quitter la piste improvisée. Il resserra son étreinte sur sa taille.

— Tout ira bien, la rassura-t-il. Un pas en arrière, puis un pas en avant.

Son appréhension diminua, et elle suivit ses pas. Le regard amusé de Josh soutint le sien. Toutes ses craintes s'évanouirent. Elle prit alors conscience que Josh la serrait dans ses bras, qu'ils dansaient ensemble, que leurs jambes se frôlaient. Le vent jouait avec les mèches échappées de son chignon, et le soleil d'avril réchauffait ses épaules. Quand l'expression de Josh devint grave, son cœur fit un bond. Une soudaine tension la parcourut, comme un courant électrique.

Quand il posa les yeux sur sa bouche, son cœur s'emballa de plus belle. Elle réagissait de façon primaire, et c'était dangereux, car Josh était indifférent à elle. Cet homme était désormais son mari. Même si ce n'était qu'un mariage de façade, leurs vies allaient être intimement liées. Jamais il ne tomberait amoureux d'elle, il fallait qu'elle garde cela bien en tête.

La musique s'arrêta, puis l'orchestre commença un autre morceau et d'autres couples se mirent à danser.

Josh libéra Mattie.

— On nous fait signe de venir couper le gâteau...

Mattie opina et ils se dirigèrent vers la table où se trouvait le gâteau à étages, décoré de roses pâles en sucre, de vrais boutons de roses et de fougères dentelées. Après qu'ils eurent découpé le gâteau avec application, les amis se pressèrent pour présenter leurs vœux, et Mattie fut séparée de Josh.

— Mattie, tu es la plus belle des mariées !

Mattie se retourna et Sybil Bridges lui donna l'accolade. Se sentant trop grande, et gauche, Mattie recula et regarda Mme Bridges, dont les yeux bleus brillaient.

— Je ne pouvais pas le croire quand Josh m'a appris qu'il allait t'épouser. Je suis si contente ! Mon fils semble déjà plus heureux.

— Je l'espère, repartit Mattie.

Si seulement elle pouvait avouer la vérité à Sybil !

— Sois patiente avec lui, Mattie. Au moins, je peux dormir tranquille, maintenant qu'il est entre de bonnes mains et que mes prières ont été exaucées. Je te connais depuis que tu es tout bébé, et rien ne pouvait me ravir plus.

La culpabilité tortura Mattie quand elle sourit à Sybil. Détestant avoir à mentir, Mattie chercha ses mots, s'interrogeant sur les Brand, et sur toute cette confiance qu'ils semblaient avoir en elle. Il y a encore quelques années, cela l'aurait rassurée de savoir que d'autres personnes, en dehors de sa famille, éprouvaient un tel sentiment à son égard.

— Mattie, madame Bridges, nous vous attendons pour la photo, annonça Carlina, ce qui mit fin à leur conversation.

Une heure plus tard, Mattie se tenait au centre d'un groupe d'amis, lorsque Carlina l'interpella de nouveau :

— C'est l'heure de lancer ton bouquet et ta jarretière…

Elle avait brièvement protesté, mais ses sœurs tenaient tant à cette coutume…

Andrea et quelques amies célibataires s'alignèrent, et elle lança le bouquet par-dessus son épaule ; les jeunes femmes pleines d'espoir poussaient des cris enthousiastes.

Elle leva les yeux et découvrit Josh devant elle. Une fois de plus, l'amusement éclaira ses yeux sombres.

— Je suis censé ôter ta jarretière pour la lancer aux hommes célibataires…

Mattie sentit ses joues s'empourprer lorsqu'elle releva sa robe avec précaution.

Josh remarqua la rougeur qui colorait ses joues. Mattie était une étonnante somme de contradictions, songea-t-il. Elle était gênée qu'il voie sa jambe, pourtant elle n'avait aucun mal à aider une jument à mettre bas, sans parler d'autres tâches qui feraient défaillir la plupart des femmes présentes dans la pièce…

Il s'agenouilla et détailla sa longue jambe fuselée, moulée dans un bas de soie. Il fit glisser la jarretière, ses doigts effleurant sa cuisse. Elle posa la main sur son épaule en levant le pied. Tenant sa cheville fine, il libéra la jarretière. Mattie avait des jambes sublimes. Il se mit debout, tout en la regardant, et lorsqu'elle lui rendit son regard, il se sentit hypnotisé, comme enveloppé par un courant invisible qui le surprit. Il jeta la jarretière par-dessus son épaule et entendit les rires et les cris des hommes derrière lui.

— J'ai déjà vu des jambes de femme, Mattie, dit-il gaiement.

— Oui, mais pas les miennes.

Puis elle se détourna. Dérouté, Josh rit doucement. Pour la énième fois, il se demanda pourquoi aucun homme ne l'avait courtisée.

Il se passa une autre heure avant que Mattie puisse avoir un moment à elle. Quittant le patio ensoleillé, elle rejoignit le couloir frais. Les gens s'étaient massés dans le salon. Josh se tenait seul à la table du buffet. Il se versa un verre de champagne comme s'il s'était agi de scotch, et ferma les yeux un instant, l'air maussade.

Elle comprit qu'il souffrait, et que le bruit de la musique et des conversations devaient soudain lui être désagréables et discordants. Oui, même si ce mariage était nécessaire pour tous les deux, il devait détester cela, et elle n'aimait pas beaucoup cette idée. Sur une impulsion, elle entra dans la pièce, s'approcha de lui et lui toucha le bras.

— Est-ce que nous pouvons partir, maintenant ?

Il posa sur elle des yeux rougis. Il les essuya rapidement, mais elle avait vu ses larmes. Il contracta la mâchoire, et elle supposa qu'il ne voulait pas d'elle à son côté. Elle en fut blessée. Ce mariage, c'était pourtant son idée à lui, pas la sienne, songea-t-elle avec amertume.

— Je vais chercher Elizabeth et dire au revoir à ma mère et à Thornton. Prends congé et fichons le camp d'ici, dit-il.

Elle acquiesça, et se dépêcha de prévenir sa grand-mère. Après quelques minutes, elle retrouva Josh dans la cuisine. Il portait Elizabeth dans ses bras, ainsi qu'un sac.

— Tu es sûre de vouloir filer en catimini ? demanda-t-il.

— Oui, dit-elle avec emphase, fatiguée de vivre des émotions qui n'avaient pas de sens.

— Vous partez ? s'enquit Lottie en s'essuyant les mains à son tablier blanc, noué sur son uniforme noir.

— Oui, dit Mattie en étreignant la femme qui avait été comme une mère pour elle. J'ai dit au revoir à grand-mère et à mes sœurs. C'était une cérémonie merveilleuse. Merci pour tout ce que tu as fait. Je t'appellerai bientôt.

— Prends soin de toi et de ta famille.

Lottie la relâcha et tamponna ses yeux. Josh tint la porte, puis ils se précipitèrent jusqu'au garage, où le pick-up de Josh et une remorque à chevaux les attendait. Josh installa Elizabeth dans son siège, et lui tendit un tableau d'activités.

— Tiens, ma chérie. Nous allons faire un petit voyage.

L'enfant rit et pressa une touche, appuyant sur l'image d'une vache. Un son de meuglement retentit et Josh sourit.

— J'espère que le bruit ne te dérange pas, dit-il. Elle aime ces gadgets qui émettent toutes sortes de sons et font de la musique.

— Bien sûr que ça ne me dérange pas, répondit Mattie en tâchant de replier sa robe autour de ses jambes. J'aurais mieux fait de me changer, mais j'avais peur que tout le monde en fasse toute une histoire.

Josh ferma la portière, fit le tour du pick-up et s'installa au volant.

— Je crois qu'ils se sont aperçus de notre départ, dit-il, mettant le contact et sortant du garage.

Des gens faisaient des signes et criaient dans leur direction. Josh les salua, appuya sur l'accélérateur et s'engagea sur la route.

— Pendant notre week-end à Forth Worth, tu pourras faire plus ample connaissance avec Elizabeth, et nous en profiterons pour acheter de nouveaux chevaux.

— N'oublie pas que demain, j'ai des rendez-vous avec des nounous à l'hôtel, lui rappela Mattie, se demandant si elle avait emporté une copie de l'annonce qu'elle avait passée dans les journaux de Dallas et de Forth Worth.

Comme il ne répondait pas, elle lui jeta un coup d'œil. Son visage était tendu, et elle éprouva un élan de compassion pour lui.

— Cela a dû être une journée pénible pour toi, non ? Tu te souviens de ton premier mariage…

Il rencontra son regard et opina.

— Je suis désolé. Ce n'est pas ta faute. La cérémonie a fait remonter tant de souvenirs à la surface… J'aimais ma femme à la folie. Elle me manque tant.

Ayant soudain l'impression d'être une intruse dans la vie de Josh, Mattie hocha la tête puis regarda Elizabeth, qui tournait un cadran coloré. Mattie ne savait que penser à son sujet. Elle ignorait comment élever un enfant, pourtant Elizabeth paraissait joyeuse et facile à vivre. Elle se souvint à quel point elle avait été proche de son père. Elizabeth partagerait-elle le même genre de lien avec Josh, lui qui semblait adorer sa fille ?

Mattie lorgna de nouveau son mari. Lui avait-elle vendu son indépendance sans réfléchir ? se demanda-t-elle dans un sursaut. Elle se persuada une bonne fois pour toutes qu'elle avait tout à y gagner, et se renfonça enfin dans son siège, apaisée, jusqu'à ce qu'ils parviennent à destination.

Le soleil se couchait sur Forth Worth. Des lumières clignotaient, conférant à la ville un air de fête ; pourtant l'appréhension de Mattie grandit lorsqu'ils s'arrêtèrent devant le grand hôtel.

— Je me sens si exposée dans cette robe de mariée, j'ai l'impression que tout le monde va me regarder.

Josh sourit et se pencha vers elle.

— Calme-toi. Personne ne te connaît ici. Personne.

— C'est vrai, convint-elle tandis qu'un employé ouvrait sa portière.

Josh détacha Elizabeth, donna des instructions pour la voiture et les bagages, puis suivit Mattie à l'intérieur de l'hôtel. Elle y entra comme si elle était chez elle, et il réprima un sourire quand il lui tendit Elizabeth et posa le siège sur le sol.

— Je vais aller nous enregistrer. Les gens vont penser que nous avons eu Elizabeth hors mariage…, dit-il avec un clin d'œil.

La consternation envahit Mattie. Se rendant compte que Josh avait raison, elle fixa ses larges épaules pendant qu'il traversait le hall. Elle leva le menton et sourit à Elizabeth, refusant de regarder autour d'elle. Elle se moquait bien de ce que l'on pouvait penser !

— Tu as été une passagère exemplaire, dit-elle, lissant la délicieuse robe rose pâle de la petite fille.

Elizabeth sourit, ses deux dents inférieures apparaissant tandis qu'elle babillait à l'intention de Mattie, qui se sentit fondre.

Quelques secondes plus tard, Josh était de retour. Il prit Elizabeth dans ses bras, frôlant au passage le bras de Mattie.

— Quelqu'un nous montera nos bagages.

Elle le suivit en silence jusque dans la cabine d'un

ascenseur. Josh avait loué une spacieuse suite avec deux chambres, au dernier étage. Quelques instants après qu'ils y étaient entrés, Josh lui confia le bébé pendant qu'il ouvrait au porteur de bagages. Mattie traversa la pièce pour montrer à Elizabeth la vue, parsemée des lumières scintillantes du centre-ville. Derrière elle, elle entendit Josh fermer la porte, puis parler au téléphone.

— J'ai commandé à dîner, annonça-t-il, la main sur le combiné. J'ai pensé que ce serait plus simple de dîner ici, à cause d'Elizabeth, mais si tu préfères…

— C'est parfait.

— Veux-tu du champagne ou du vin ?

— Plutôt une bouteille de bourbon. J'avais l'habitude d'en boire un verre avec mon père, le soir.

— Le bourbon, ça me parait très bien.

Dès qu'il eut raccroché, il prit leurs sacs.

— Une des chambres doit comporter un lit pour enfant. Nous pourrons le déplacer. Choisis la chambre qui te plaît.

— Ne t'embarrasse pas. Je prendrai l'autre chambre, ça m'est égal.

— D'ici quelques minutes, Elizabeth va réclamer son biberon à grands cris. Je vais le lui préparer. Mais d'abord, voyons les chambres.

Mattie le suivit dans une chambre luxueuse, avec un grand lit.

— Je pourrais m'y perdre, dit-elle en contemplant le décor aux tons blancs et beiges.

Des vitres coulissantes donnaient sur un balcon.

— C'est donc ta chambre, conclut Josh. Voici tes bagages. Je vais prendre Elizabeth.

Il tendit les bras à sa fille qui l'imita avec enthousiasme, en riant.

— Elle a froissé ta robe, dit Josh.

— Je ne la porterai plus, répondit-elle dans un sourire.

Il lui caressa la gorge, et son air devint grave.

— Tu étais une très belle mariée, Mattie.

— Merci.

Son cœur eut un raté quand elle leva les yeux vers lui.

— Tu mérites bien davantage que ce que je t'offre.

— Tu es déjà très généreux.

— Je ne parlais pas d'argent ni de terres, rétorqua-t-il abruptement.

Il posa les yeux sur ses lèvres, puis descendit plus bas un bref instant. Son regard s'était assombri...

Elizabeth commença à s'agiter, et il s'éloigna.

— Je vais te donner ton dîner, Lili. Tu as été une très gentille petite fille, aujourd'hui.

Josh s'en fut, refermant la porte derrière lui.

Mattie resta figée sur place. Josh la trouvait belle ! Cette idée la réchauffait plus qu'un soleil d'été texan.

Elle retourna à la fenêtre pour contempler la nuit

scintillante. Elle se sentait seule, néanmoins les images de cette journée la réconfortaient. Elizabeth se mit à pleurer. Quand les cris se firent plus forts, elle hésita à proposer son aide. Elle alla finalement frapper à la porte de la chambre adjacente.

— Josh ?

— Entre.

— Tu as besoin d'aide ? demanda-t-elle, découvrant une chambre encore plus spacieuse que la sienne.

Deux de ses murs étaient couverts d'un miroir qui allait du sol au plafond. Elizabeth était allongée au milieu du grand lit, pleurant et donnant des coups de pied.

— J'essaie de préparer son biberon, expliqua Josh. Si tu pouvais la porter…

Mattie souleva l'enfant et se mit à la bercer. Pendant un instant, les pleurs se transformèrent en petits sanglots.

— Pa… pa, dit-elle, tendant les bras vers Josh en se trémoussant.

Mattie lui chantonna une chanson, lui caressa le dos, et alla près de Josh pour le regarder mélanger le lait en poudre à l'eau. Elizabeth se calma.

— Là, c'est bien, murmura-t-elle, songeant à quel point Elizabeth était douce et câline.

— A présent, je peux la porter, dit Josh, prenant Elizabeth des bras de Mattie.

L'enfant se lova dans ses bras, ses doigts jouant sur le biberon que Josh tenait pour elle.

Mattie n'avait pas encore quitté ses talons hauts, pourtant Josh la dépassait encore. C'était une situation si inhabituelle qu'elle demanda subitement :

— Combien mesures-tu ?

— Un mètre quatre-vingt-quinze, dit-il en souriant. Tu es grande aussi, Mattie.

— Ça, oui ! Hormis quelques rares personnes, nous étions les plus grands à notre mariage.

On frappa à la porte.

— Ce doit être le service d'étage, dit Josh. Prends mon portefeuille dans ma poche arrière, pour le pourboire.

En rougissant, car elle était gênée que ses doigts effleurent les fesses de Josh, elle extirpa le portefeuille et y prit un billet. Elle ouvrit au serveur, et lui indiqua où il devait laisser le chariot qui transportait des verres, une bouteille de bourbon, du soda et un seau de glace.

Elle retourna dans la chambre de Josh et posa le portefeuille sur une console. Josh était assis, Elizabeth dans ses bras ; il lui parlait d'une voix suave, jambes étendues devant lui.

Mattie sortit sans un mot, en sentant le regard de Josh sur elle.

Attirée de nouveau par la vue panoramique, elle se campa devant la fenêtre. Elle observa les lumières du centre-ville, l'horizon rosé, le ciel azur. Elle revit les images du mariage, qui semblait déjà n'être plus qu'un rêve…

Que lui réservait l'avenir ? Serait-elle capable de vivre avec cet homme et de prendre soin de la petite Elizabeth ? Elle aurait une nounou et une cuisinière pour l'aider, mais elle savait qu'elle allait s'attacher à cette enfant. Serait-elle à même de lui donner l'amour et le soutien dont elle avait besoin ?

Elle alla voir son reflet dans le miroir. Ce serait la dernière fois qu'elle se verrait dans une robe de mariée.

Elle enleva avec précaution son voile, et entreprit de défaire son chignon. Elle tenait à se faire une tresse et à revêtir un jean — c'est-à-dire retourner à la vie qu'elle connaissait. Quand elle eut achevé d'enlever toutes les épingles dans ses cheveux, elle défit la longue rangée de boutons le long de son dos.

C'était difficile, mais elle refusait de demander son aide à Josh. Pour finir, après de multiples contorsions, elle parvint à défaire le dernier bouton. La robe tomba dans un bruissement de soie. Elle portait un caraco de soie ivoire, un sous-vêtement acheté sur un coup de tête et parfaitement inutile, elle le comprenait maintenant.

Un hurlement provenant de la chambre de Josh l'arracha à sa méditation. Depuis leur arrivée à Forth Worth, Elizabeth, d'habitude gracieuse, était agitée.

Jetant la chemise de nuit sur le lit et ôtant ses talons hauts, Mattie ouvrit sa valise.

Elle déballa ses affaires, les rangea dans un tiroir. Les cris stridents n'avaient pas diminué en intensité, et elle s'arrêta, les sourcils froncés. Qu'arrivait-il à Elizabeth ?

— Mattie !

La voix de Josh était pleine d'inquiétude.

— J'arrive ! cria-t-elle.

Elle remit sa robe de mariée, glissa les bras dans les manches, et tint le dos béant d'une main tout en entrant dans la pièce en trombe.

# 5.

— Tu peux m'aider ? Je ne sais pas ce qui lui arrive, elle a vomi tout son biberon.

L'air désemparé, Josh était en train de déshabiller Elizabeth. Il était torse nu, et son pantalon de smoking noir était maculé de taches blanchâtres.

— J'aurais dû me changer avant de lui donner à boire. Peux-tu m'apporter une serviette humide ?

Un instant, Mattie contempla les muscles saillants du dos de son mari, et sentit quelque chose se contracter en elle. Puis elle courut dans la salle de bains, lâchant le dos de sa robe le temps de mouiller et d'essorer une serviette, qu'elle tendit bientôt à Josh.

— On dirait qu'elle a soif, dit-il. Je vais lui préparer un jus de fruits. Peux-tu la porter ?

Mattie prit Elizabeth dans ses bras, qui pleurait et s'agitait, vêtue de sa seule couche-culotte. Mattie essuya son visage et la berça en arpentant la pièce, oubliant que sa robe n'était pas boutonnée.

— Tu peux lui mettre ces vêtements ? s'enquit Josh.

Il lui tendit une petite chemise de coton, et Mattie allongea Elizabeth sur le lit pour l'habiller, avant de se remettre à la bercer. Elizabeth s'apaisa peu à peu, et se blottit contre son épaule.

Josh se demandait ce qui avait bien pu perturber sa fille. Ayant versé du jus de pomme dans un biberon, il considéra Mattie, les yeux plissés. Elizabeth était calme à présent. Son inquiétude pour sa fille diminuant, il concentra son attention sur sa nouvelle épouse.

Elle parcourait la pièce, en parlant avec douceur à l'enfant, et il comprit qu'elle avait dû oublier sa robe ouverte. Il laissa son regard dériver le long de son dos, que seul un caraco de soie couvrait. La robe cachait son postérieur, mais ce qu'il apercevait de sa chute de reins était alléchant. Ses cheveux lâchés se balançaient légèrement à chacun de ses pas, dissimulant une grande partie de sa peau nue.

Elle se retourna, et croisa son regard.

— Elizabeth se calme, dit-elle.

Pour la première fois, Josh regarda vraiment Mattie, avec ses cheveux lâchés. Elle était d'une beauté à couper le souffle. Ses longs cheveux étaient sur ses épaules nues comme une cascade d'or, dans laquelle tout homme rêverait de plonger les doigts…

La journée durant, il avait lutté contre les souvenirs de son premier mariage. Les dernières vingt-quatre heures avaient fait resurgir des émotions douloureuses. Et maintenant, il observait Mattie, féminine, attirante, qui respirait la vitalité, et qui était comme une bouée de sauvetage dans une tempête en mer. Le désir s'empara de lui, un besoin impérieux de sentir sa douceur, de s'abandonner à la passion.

Avec effort, il se rappela ses devoirs de père. Posant le biberon, il vint prendre Elizabeth des bras de Mattie. L'enfant se lova contre lui, ferma les yeux et mit son pouce dans sa bouche. Josh la porta dans son petit lit et l'y coucha avec douceur. Il lui toucha le front.

— Elle a un peu de fièvre, d'avoir tant pleuré. Mais je ne pense pas qu'elle soit malade. Quel est ton avis ?

— Je ne pense pas être en mesure de savoir, répondit Mattie.

Cela ne l'empêcha pas d'aller jusqu'au lit d'Elizabeth et de toucher son front elle aussi. La petite fille gardait les yeux clos, et sa respiration s'était faite lourde.

— Je ne pense pas qu'elle ait de la fièvre. Elle a chaud, et elle transpire. Si elle était malade, elle frissonnerait.

Josh se redressa.

— Merci d'être venue à mon secours. Ce genre de situation est rare.

Il se tenait à quelques centimètres d'elle, à moitié nu. Mattie ne put résister. Elle baissa les yeux, examina sa peau lisse, ses muscles saillants, son large torse et son ventre plat. Elle releva la tête et croisa son regard. C'est alors qu'elle se souvint qu'elle était à moitié habillée.

Sans la quitter des yeux, Josh attrapa sa robe, et la remonta sur ses épaules.

Au contact de ses mains sur ses bras nus, Mattie piqua un fard.

— J'étais en train de me changer quand tu m'as appelée...

Quand Josh regarda sa bouche, elle sentit ses lèvres la picoter comme s'il y avait posé les doigts, et pas seulement les yeux.

— Tu gâches ta jeunesse avec ce mariage, Mattie.

— Je savais ce que je faisais, et j'avais le choix. Je suis gagnante dans ce marché, affirma-t-elle en espérant qu'il ne devinait pas son trouble.

Avec sa crinière blonde, elle était plus belle que jamais, songea Josh. Et si touchante, dans ses efforts pour remettre sa robe en place, dans sa façon de rougir sous son regard.

— Je ferais mieux d'aller dans ma chambre, dit-elle abruptement, se hâtant de quitter la pièce.

A contrecœur, Josh la regarda partir. Il l'avait enchaînée dans un mariage qui tenait les autres hommes à distance. Même si Mattie les avait tenus au loin d'elle-même, par le passé, il ne pouvait s'empêcher de se sentir coupable. Elle était belle, intelligente, pleine de compétences. Elle aurait dû fréquenter quelqu'un, un homme à même de lui donner des enfants et un foyer. Elle ne devrait pas plus être mariée avec lui qu'elle ne devrait perdre son temps seule dans son ranch.

Il secoua la tête, se remémorant que ce n'étaient pas ses affaires, si elle avait toujours préféré vivre ainsi. Elle était adulte, et avait accepté son offre de son plein gré. Chassant ses pensées tortueuses de son esprit, il alla défaire ses valises.

Dans sa chambre, Mattie passa un jean et un T-shirt, tressa ses cheveux, enfila des pantoufles puis alla rejoindre Josh dans le salon. Il saisit la bouteille d'alcool.

— Veux-tu du soda avec ton bourbon ?

— Oui. Je prendrai un double, sans glaçons.

— La journée a été si mauvaise ?

Elle secoua la tête en signe de dénégation.

— Pas vraiment. Nous avons passé un accord en or.

Elle l'observa. Il portait un jean, un T-shirt, et des bottes en peau de serpent. Pour une fois, il n'avait pas attaché ses cheveux. Il émanait de lui un air sauvage, même quand il ne faisait rien de plus que se tenir debout dans la chambre d'un grand hôtel.

Etait-ce son air ténébreux, son sang indien qui lui conféraient ce charme animal ?

Il lui tendit un verre et prit le sien, un double bourbon avec des glaçons, qu'il leva pour porter un toast.

— A notre marché, Mattie. Qu'il soit heureux et plein de succès.

Elle cogna son verre contre le sien, puis l'avala d'une traite.

— Le dîner arrive, dit Josh. Nous pouvons le prendre ici, ou sur le balcon. L'air a dû se rafraîchir avec la tombée de la nuit.

— Allons à l'extérieur.

Il lui offrit un autre verre ; elle fit non de la tête.

— Je me contente d'un seul verre par jour…

Sur le balcon, il lui approcha une chaise, s'assit et reposa les pieds sur le muret de brique pendant qu'ils discutaient des entretiens prévus le lendemain avec les candidates au poste de nurse.

Après le repas, ils continuèrent à deviser une bonne partie de la soirée.

— Je n'ai jamais quitté le Texas, avoua Mattie. Avant, je croyais que Forth Worth était la plus grande ville du monde. Papa m'y emmenait quand j'étais enfant.

Josh s'étonna.

— Tu n'as jamais voyagé hors de cet Etat ?

— Non. Je suis allée dans une université texane. Une fois, nous avons dépassé la frontière, mais deux heures passées au Mexique, ça ne compte pas.

— Ton père aurait dû te laisser plus de liberté.

Mattie fut surprise par son ton rageur.

— Tu dis cela comme si quelqu'un t'avait retenu ici, toi aussi.

— Non, au contraire. C'est moi qui ai retenu quelqu'un. Lisa, ma femme, n'aimait pas vivre au ranch.

94

Elle préférait les grandes villes, la foule. Lorsqu'elle a été enceinte, c'est devenu un réel problème. Elle était décoratrice d'intérieur, et voulait retourner vivre à Houston, sa ville d'origine. J'aurais dû satisfaire ses désirs, dit-il en massant ses paupières du pouce et de l'index.

— En aviez-vous discuté avant de vous marier ?

— Fichtre ! Nous n'avons discuté de rien. J'étais fou amoureux. J'ai l'impression de l'avoir tuée, en la forçant à rester au ranch.

Mattie le fixa, horrifiée qu'il puisse se sentir à ce point coupable.

— N'était-ce pas un accident ?

— Si. Une crue subite a balayé sa voiture sur un vieux pont. Elle se rendait à Dallas pour y faire les boutiques. Dieu merci, Lili était restée à la maison avec moi. Si nous avions emménagé en ville, ou si je l'avais laissée partir comme elle l'avait souhaité…

Il s'interrompit, et Mattie lui caressa le bras sans réfléchir.

— Tu ne pouvais pas prévoir ce qui est arrivé. Ton ranch, c'est toute ta vie, comme ça l'était pour mon père. Comme ça l'est pour moi, j'imagine. Tu ne dois pas t'en vouloir.

Il prit sa main dans la sienne. A son contact, Mattie sentit sa peau la picoter.

— Tu es gentille, Mattie, dit-il, sa voix perdant de

sa rudesse. Ce doit être une horrible nuit de noces pour toi.

— Non, pas du tout, dit-elle en retirant sa main. Mes dettes sont payées, mes frais d'études le seront aussi. Il y a encore un mois, je restais assise le soir, toute seule, à m'inquiéter des dettes que papa avait contractées. Plus maintenant. En fait, c'est plutôt toi qui passes une très mauvaise nuit…

— Non, je t'assure. La journée a été pénible, mais ce soir, ça va beaucoup mieux. Toi et moi, nous n'attendions pas grand-chose de cette soirée, de toute façon…

Ils demeurèrent assis, tandis que la jeune femme songeait à leur marché, et à leur avenir.

— Josh, j'ai réfléchi à propos de mes études. J'aimerais passer le test d'entrée à l'université, pour voir si j'ai le niveau requis. Il faudra que je le prépare.

— Bien sûr. Lance-toi.

— Dès que nous aurons une nounou, je pourrai passer du temps à étudier.

Mattie appréciait la compagnie de Josh. Sachant qu'il se faisait tard, mais pourtant déçue que leur soirée s'achève, elle demanda :

— Quelle heure est-il ? Il doit bien être 2 heures du matin…

— Plutôt 4 heures, oui ! dit-il, amusé, en consultant sa montre. Tu es une compagne très agréable, Mattie. Tu aurais dû sortir avec des garçons, et avoir une vraie vie.

— Mais j'avais une vraie vie ! Et puis, c'est plus facile de discuter avec toi. Je ne suis pas douée pour les rendez-vous galants.

— Sottises ! Je parie que plusieurs hommes m'enviaient quand tu es apparue dans l'église aujourd'hui.

— Sottises, c'est le mot, dit-elle sur un ton désabusé.

Elle se leva soudain. Il la rejoignit, si près que le cœur de Mattie s'affola. Il posa les mains sur ses épaules, et à travers son fin T-shirt, elle sentit la chaleur de ses mains.

— Quand tu iras à l'université, Mattie, accepte les rendez-vous galants. J'ai l'impression que tu as dit non si longtemps que tu ne sais plus comment dire oui.

— Je t'ai bien dit oui, à toi.

— C'est juste, mais cela n'impliquait pas tes émotions, ton corps ou ton cœur. C'est un simple marché. Et puis, il faut dire que je t'ai un peu poussée.

Mattie fut contrariée.

— Que tu le veuilles ou non, nos deux vies sont étroitement liées, à présent. Mais je n'oublierai pas ton conseil, quand je serai à l'université, dit-elle sèchement.

Elle passa devant lui et gagna sa chambre au pas de course. Elle se sentait nerveuse, troublée. Jusqu'à cette dernière minute, elle avait apprécié cette soirée.

Elle s'adressa à son reflet dans le miroir :

— Ne tombe surtout pas amoureuse de lui. Il ne t'aimera jamais.

Elle se changea et enfila la chemise de nuit rouge qu'elle portait toujours, se glissa entre les draps et s'endormit en quelques minutes. Il lui semblait qu'elle venait de fermer les yeux quand des cris stridents s'élevèrent dans la chambre voisine. Elle émit un grognement, roulant sur le côté et posant son oreiller sur sa tête, mais elle entendait toujours Elizabeth. Comme les pleurs continuaient, Mattie jeta au loin son oreiller et s'assit sur son lit. Que pouvait-il bien se passer ?

— Mattie ? Mattie ? Tu peux venir ?

La voix de Josh n'était pas aussi forte que tout à l'heure, mais assez puissante tout de même. En maugréant, Mattie sauta du lit et courut dans la chambre de Josh.

— Qu'y a-t-il ? dit-elle en ouvrant la porte.

Josh était torse nu au milieu de la pièce, son jean à moitié boutonné. Elizabeth pleurait et s'agitait dans ses bras.

— Elle refuse son biberon, je ne sais pas ce qu'elle a.

Désemparée, Mattie rejoignit Josh.

— Si toi tu ne sais pas, alors moi !

Il lui confia Elizabeth, et Mattie se mit à marcher et à parler doucement à l'enfant en pleurs.

— Où est son biberon ? Peut-être qu'elle va le prendre maintenant, dit-elle.

Il lui tendit le biberon, et Mattie le présenta à l'enfant. Celle-ci le lança en hurlant, pour la plus grande perplexité de la jeune femme.

— Josh, je ne sais pas ce qui lui prend. Je ne connais absolument rien aux bébés.

— Je n'y connais pas grand-chose non plus, dit-il.

Mattie comprit qu'il attendait d'elle qu'elle tente quelque chose. Elle se remit à arpenter la pièce, en chantonnant. Elizabeth était chaude et trempée de sueur, des mèches plaquées sur son front, son visage rouge. Mattie la cala contre son épaule et la berça, lui caressant le dos. Elle lissa la petite chemise de coton qui collait à sa peau. Après quelques instants, Elizabeth se blottit contre son épaule, hoqueta et se calma. Le soulagement envahit Mattie.

Elizabeth apaisée, Josh se détendit à son tour. Il se frotta la nuque.

— Elle n'a jamais été comme ça, sauf une fois. Elle avait percé une dent.

— Peut-être fait-elle une autre dent. Tu as vérifié ?

— Non, et nous n'allons pas le faire maintenant. Tu te débrouilles très bien avec elle… Cela dit, on risque d'être renvoyés de l'hôtel. Ma fille a une voix qui fait trembler les murs !

— Je confirme.

Maintenant que ses craintes pour sa fille s'étaient tues, Josh pouvait se concentrer sur Mattie. Il détailla ses cheveux dorés, sa chemise de nuit, ses jambes nues. Et il fut comme envoûté. Elle avait des jambes superbes, longues et fuselées. Toujours cachées par un jean, ou, aujourd'hui, par une robe de mariée. Le désir montait en lui. Mattie, préoccupée par Elizabeth, ne lui prêtait pas attention, et lui était ébahi par la réaction de son corps.

Depuis la mort de Lisa, les courbes féminines le laissaient de glace. Il repensa aux nounous qui avaient essayé de le séduire, en nuisette ou en Bikini. Aucune d'elles n'avait rien provoqué chez lui.

Mattie, elle, vêtue d'une vieille chemise de nuit de coton, n'essayait pas de le séduire. Elle n'était pas manipulatrice pour deux sous. Et pourtant, elle l'excitait au plus haut point.

Il était en train de renaître, mais au mauvais moment, avec la mauvaise personne. Mattie était une associée, rien de plus. Dans le futur, elle se voyait avocate, pas femme de rancher. Et elle avait juré ne rien connaître aux hommes, alors cela ne l'intéresserait pas d'avoir une liaison juste pour le plaisir physique.

Il était incapable de détacher son regard de ses jambes. Etait-elle aussi innocente qu'elle le montrait par ses rougissements occasionnels ? Il en doutait fort. Elle avait prétendu n'avoir eu de relation avec personne à l'université, mais c'était impossible à croire.

Elle se tourna vers lui.

— Donne-moi son biberon, peut-être le boira-t-elle, cette fois.

Il s'exécuta, ses doigts frôlèrent ceux de Mattie. Il aurait dû proposer de nourrir Elizabeth lui-même, mais il voulait que Mattie reste avec lui.

Elle remua les hanches dans un geste gracieux afin de s'assurer que sa chemise était bien calée sous ses fesses en s'asseyant, et elle serra ses genoux de façon prude. Mais quand elle installa Elizabeth dans son giron, la chemise glissa, révélant quelques centimètres supplémentaires de ses cuisses lisses et pâles.

Josh s'appuya contre une commode et croisa les jambes. Choqué par sa propre réaction envers Mattie, il ne pouvait la quitter des yeux. Elle chantait des berceuses à Elizabeth, qui semblait paisible, les yeux clos et les doigts toujours cramponnés à son biberon. La chemise de Mattie était de travers, et le col étant ouvert, Josh aperçut la courbe d'un sein.

Il inspira, assailli par le désir. Mattie Ryan était la cause de ce retour à la vie ! Cela l'inquiétait. Dans leur marché, il n'y avait pas de place pour l'union des corps. Il se détourna soudain, et quitta la pièce pour aller se servir un autre bourbon. Pourquoi diable s'était-il embarqué dans ce mariage de convenance ? Quand il songeait à Elizabeth, il savait qu'il avait pris la bonne décision. Il lui faudrait garder ses désirs pour lui, voilà tout. Il but une lampée d'alcool, qui lui brûla la gorge.

Plein de bonnes résolutions, il expira, redressa les épaules et retourna dans la chambre. Une fois que Mattie aurait remis son jean, ses bottes, et ses chemises à manches longues, il la verrait de nouveau comme cette bonne vieille Mattie Ryan, et son pouls recouvrerait son rythme normal.

Quand il revint, Mattie se leva.

— Je vais la mettre au lit, dit-elle. Elle a fini son biberon, et elle s'est endormie.

Il hocha la tête et suivit Mattie du regard pendant qu'elle traversait la pièce et se penchait au-dessus du petit lit pour coucher Elizabeth. Sa chemise de nuit se souleva petit à petit pendant l'opération. Josh sentit sa température s'élever à chaque centimètre supplémentaire de peau ainsi exposée.

Son postérieur était toujours couvert, mais l'imagination de Josh était débordante. Quand Mattie se tourna, il se dépêcha de lever les yeux. Il n'aurait pas dû boire tout à l'heure. S'il devait garder la tête froide, c'était maintenant !

— Peut-être qu'elle fait juste une dent, dit Mattie en le rejoignant.

Josh ne put résister. Il referma les doigts sur le poignet de Mattie et lui prit le biberon des mains, le posant sur une commode tout en continuant de la tenir. Elle le fixa, ses grands yeux verts s'écarquillant dans un regard chargé de questions. Ses lèvres s'entrouvrirent ; il relâcha son poignet et effleura son cou gracile, son propre pouls s'emballant quand il sentit celui de Mattie palpiter.

— Je suis vraiment content de t'avoir à mes côtés, mais je sais que je devrais être pendu pour t'avoir entraînée dans un mariage sans amour. Mattie, tu étais faite pour avoir un vrai mari et une famille. Tu es faite pour l'amour, ajouta-t-il d'une voix rauque.

Le cœur de Mattie cogna. La main de Josh était sur sa gorge, et ses yeux brillants la fixaient avec une intensité qu'elle ne lui connaissait pas. Sa voix grave était rauque de désir. Les rares fois où ils étaient sortis ensemble avant leur mariage, c'était à se demander s'il la voyait. Souvent, elle s'était crue invisible. C'était différent, à présent : elle avait toute son attention. Pourtant, ses paroles la contrariaient. Pourquoi lui répétait-il qu'elle était en train de passer à côté de sa vie ?

— Tu es le premier homme, et le seul, à penser cela, dit-elle.

Il lui releva le menton, faisant dériver son doigt le long de sa joue dans un mouvement lent et excitant qui la fit frémir. Son corps réagissait aux sollicitations de Josh d'une manière qu'elle ne connaissait pas.

— Ça fait très longtemps que je n'ai pas embrassé une femme.

— Tu m'as embrassée aujourd'hui, murmura-t-elle.

— Non, pas vraiment.

Il n'avait sans doute jamais demandé la permission d'embrasser une femme, songea Mattie, et cependant, il lui semblait que c'était ce qu'il s'apprêtait à faire. Elle sentit son cœur cogner dans sa poitrine, et sa bouche s'assécher. Toutes les bonnes raisons pour maintenir leur relation dans le cadre strict de leur contrat lui vinrent à l'esprit.

— Je ne crois pas que...

Il l'interrompit en posant fermement sa bouche contre la sienne. Quand il glissa sa langue entre ses lèvres, Mattie eut l'impression que le sol se dérobait sous ses pieds. Une onde de chaleur l'envahit, qui prenait source dans son intimité ; elle répondit à son baiser.

Josh sentit son cœur battre à coups redoublés. La bouche de Mattie, douce comme de la soie, était une invitation au plaisir... Il savait qu'il en souffrirait plus tard, mais pour l'heure, cette sensation était merveilleuse. La douceur de Mattie, sa chaleur, son empressement, étaient aussi vivifiants qu'une grande bouffée d'air frais. Il laissa échapper un râle, conscient qu'il ne devrait pas l'embrasser. Il était en train de compliquer leur vie à tous les deux, mais il ne pouvait pas s'en empêcher. Pas alors que Mattie jouait avec sa langue, qu'elle gémissait et nouait ses bras autour de son cou.

Comme c'était bon d'être enlacé ! Il geignit de nouveau, se penchant plus avant pour l'embrasser à pleine bouche.

Mattie sentit Josh lui entourer la taille, et l'attirer vers lui. Elle laissa ses mains dériver sur son torse nu, aux muscles fermes et saillants, à la peau douce et imberbe. Elle aurait dû mettre fin à ce baiser… Pourquoi l'embrassait-il, après ce qu'il venait de lui dire ?

Mais elle resta silencieuse, lui rendit son baiser, ses doigts jouant sur son merveilleux torse. Sous sa paume, elle pouvait sentir son cœur battre, et cela l'étonna de constater l'effet qu'elle avait sur lui. Il aspira sa langue comme s'il essayait de la posséder et tandis que ses dents se refermaient légèrement, sa langue allait et venait sur le bout de la sienne, enflammant son désir.

Jamais Mattie ne s'était doutée qu'un baiser pouvait être aussi fantastique. Il avait provoqué le chaos de ses sens, et lui donnait envie d'aller beaucoup plus loin. Elle pressa son corps contre celui de Josh, et découvrit l'exquise torture des désirs inassouvis.

Josh avait constaté qu'elle ne portait que sa chemise de nuit. Il brûlait de glisser les mains dessous, pour caresser sa peau soyeuse et chaude, il l'aurait fait s'il n'avait deviné de la réticence dans l'attitude de Mattie. Le bons sens lui enjoignait d'arrêter là, mais elle était irrésistible. Même si elle ne lui ouvrait pas son cœur, ses baisers étaient assez enfiévrés pour le faire fondre.

Il rêvait de sentir ses seins dans ses mains, de l'embrasser, de la caresser. Déjà, ses hanches ondulaient. Avait-elle la moindre idée de ce qu'elle provoquait chez lui ? Bon sang ! C'était si bon de se sentir libéré du chagrin, de connaître de nouveau le désir !

« Arrête de profiter de son innocence ! » lui intima une petite voix. Or c'était impossible. Mattie s'accordait à ses bras de façon si parfaite ! Nul besoin de se baisser pour l'embrasser.

Lorsqu'il la sentit le repousser avec fermeté, il la libéra à contrecœur. Sa respiration était aussi saccadée que la sienne. Il ne put se garder de la toucher encore et attrapa une longue mèche soyeuse avant de la laisser filer entre ses doigts.

Mattie se dégagea.

— Tu avais dit que tu ne ressentais plus de désir, que le sexe ne t'intéressait plus, fit-elle remarquer.

— C'était vrai. Mais tu as réveillé mes hormones, dit-il, à demi amusé par la franchise de Mattie. C'est si bon de se sentir revivre… C'est toi qui m'as ramené à la vie.

Elle eut l'air perplexe, comme si elle ne le croyait pas. Qu'est-ce qui avait bien pu détruire toute confiance en elle ? se demanda-t-il.

— Tu avais d'autres choix, dit-elle sans ambages.

— Je le sais. J'ai fait ce que j'ai voulu, et ce que je pensais être le mieux pour Elizabeth. Je n'ai rien éprouvé pour personne depuis la mort de Lisa. L'envie de t'embrasser, c'était une pulsion. Bien agréable, d'ailleurs. Tu es très séduisante, et mon corps a réagi. Pour la première fois depuis bien longtemps.

Elle fronça les sourcils, comme s'il était un problème pour elle.

— C'est très gentil, merci, mais je crois que nous

106

devrions nous en tenir à une relation strictement contractuelle.

Il opina, l'air sérieux. Avait-elle conscience de sa beauté à cet instant, avec ses cheveux défaits et ses lèvres rouges d'avoir été embrassées ? Ce qu'elle venait de déclarer avait l'effet inverse sur lui. Il voulait la toucher encore plus, pour lui montrer l'empire qu'elle pouvait avoir sur un homme.

— Bonne nuit, Josh, dit-elle, se hâtant vers sa chambre.

— Bonne nuit, Mattie. Dors bien.

Elle lui lança un regard exaspéré par-dessus son épaule et quitta la pièce en refermant la porte derrière elle.

Il se frotta le front, fixant la porte fermée tandis que son imagination la représentait en train de se mettre au lit. Il secoua la tête. Elle avait raison, il ferait mieux d'oublier ses jambes et de penser qu'elle irait bientôt à l'université.

— Bon sang ! marmonna-t-il.

Il n'avait rien éprouvé pour aucune femme depuis Lisa. Rien. A présent, il était comme un adolescent lubrique. Et Mattie n'avait rien fait pour provoquer sa réaction, hormis arpenter la chambre en chemise de nuit ordinaire, essayant d'apporter son aide.

Le désir disparaîtrait avec l'arrivée de l'aube, se dit-il. Il alla à la fenêtre pour regarder dehors. Il n'avait pas la moindre envie de dormir. Il souffrait, mais c'était une souffrance physique, bien plus facile à supporter que la douleur infinie qui l'avait consumé ces derniers mois. Cette souffrance lui prouvait qu'il était bel et bien vivant.

Mattie était allongée dans le noir, le corps au repos et l'esprit en ébullition. Les baisers de Josh l'avaient bouleversée autant qu'excitée. Elle avait eu très peu de rendez-vous galants, excepté durant sa première année d'université, avec Lonny Whitaker. Mais ses rares baisers ne lui avaient jamais fait tourner la tête ni donné des frissons, comme ceux de Josh venaient de le faire.

Le cœur de Josh était engourdi, même si son corps ne l'était pas, se rappela-t-elle. Leur attirance mutuelle n'était que physique, rien de plus. Josh lui-même l'avait reconnu. Elle devait être prudente…

Elle sortit du lit et se posta devant la fenêtre. Ses craintes étaient encore vives et son corps réclamait les bras de Josh. Elle se remémora dans les moindres détails son torse, sa bouche, sa langue jouant avec la sienne, ses bras se resserrant autour d'elle. Elle n'était pas mariée depuis vingt-quatre heures que déjà, elle succombait à son charme. Il l'avait toujours attirée. Alors comment ne pas tomber éperdument amoureuse de lui ?

Elle tapota ses doigts nerveusement sur son bras, en

s'inquiétant pour l'avenir. Elle ferait mieux de penser à l'examen d'entrée à l'université. Demain, elle irait acheter des livres de droit.

Elle retourna au lit, avec ces idées en tête.

Quand elle rouvrit les yeux, la lumière du soleil inondait la pièce.

Toute la matinée, ils passèrent des chevaux en revue dans les parcs à bétail, et mirent une option sur une bête que Mattie aimait particulièrement. Josh resta sur les lieux tandis que la jeune femme retournait à l'hôtel, l'après-midi, pour rencontrer les candidates au poste de nurse.

Lorsqu'ils regagnèrent le ranch, cinq jours plus tard, ils avaient engagé Bertha Ingersoll et acheté deux chevaux.

Rosalie travaillait toujours au ranch. Elle avait promis à Josh de rester une semaine supplémentaire et, dès leur arrivée, elle prit Elizabeth qui rit et tendit les bras, contente de retrouver la cuisinière.

— Viens, Mattie, allons choisir ta chambre, dit Josh, en posant le bras sur son épaule de façon naturelle. Nous retirerons tout ce que tu voudras. Comme je te l'ai dit, ta grand-mère peut venir vivre avec nous, si elle le souhaite. Ce n'est pas la place qui manque.

— Merci, Josh. Mais tu sais, elle aime sa petite maison et son indépendance. Lottie lui tient compagnie la nuit, alors elle n'est jamais toute seule. Toutefois, je pense qu'elle nous rendra souvent visite pour voir Elizabeth.

Ils arpentèrent le long couloir.

— Tu n'as pas vu cette partie de la maison, dit Josh. La chambre d'Elizabeth et la mienne sont côte à côte. Allons regarder les autres.

Josh avait toujours le bras posé sur ses épaules. Il la touchait si spontanément qu'elle se demandait s'il s'en rendait compte. Il était démonstratif avec Elizabeth ; les contacts physiques devaient être anodins pour lui…

— Si tu n'as pas de préférence, tu pourrais prendre l'autre chambre adjacente à celle d'Elizabeth. Nous serions ainsi l'un et l'autre près d'elle.

— Ça me va.

— Je vais te la faire visiter avant que tu ne te décides.

Le parquet de chêne luisant craquait sous leurs pas. La maison était vieille d'un siècle, et elle ressemblait un peu à la sienne, songea Mattie. Elle s'y sentait bien. Les chambres étaient hautes et vastes.

Josh les lui montra toutes. Quand ils arrivèrent dans la chambre qui jouxtait celle d'Elizabeth, Mattie se plaça au centre de la pièce et tourna sur elle-même. Elle découvrit un lit en cuivre, deux consoles marbrées, un fauteuil à bascule, des tapis indiens.

— Cette chambre me convient.

110

— Très bien. Laisse-moi te montrer la mienne et celle de ma fille.

La chambre d'enfant était rose et blanche, meublée d'un lit et d'un fauteuil à bascule, et remplie de peluches. Mattie hocha la tête en signe d'approbation. Josh avait toujours son bras sur ses épaules quand il poussa la porte donnant sur sa chambre.

Elle observa son grand lit, les étagères et le bureau. Un long miroir recouvrait un des murs, et des portes-fenêtres donnaient sur la terrasse. Partout, des photos de sa première femme ornaient la pièce, et Mattie saisit un cadre sur le bureau. Une belle femme aux cheveux noirs se tenait à côté d'un Josh souriant.

— Je suis navrée que tu l'aies perdue, dit Mattie en reposant la photo.

— Elle me manque, répondit-il d'une voix rauque. Mais la douleur est un peu moins vive maintenant. Voilà, tu as vu toute la maison. Demain, je te montrerai les terres, et nous pourrons discuter de la gestion commune de nos ranchs. Je ne veux pas que tu sois obligée de faire des allers-retours tous les jours. A mon avis, nous devrions faire tomber les barrières entre nos propriétés.

— Ça me paraît raisonnable, dit-elle, passant toujours en revue la pièce.

Josh l'observa. Elle était sérieuse, calme, aussi professionnelle que son propre contremaître, et cela le troublait. Il se souvenait de leur baiser à l'hôtel.

Plus Mattie se montrait distante, plus il avait envie de casser ce mur qu'elle érigeait autour d'elle. A n'importe quelle heure du jour ou de la nuit, il se surprenait à se demander comment elle se comporterait si elle baissait la garde.

Quel était le problème avec lui ? Elle était tout ce dont il avait rêvé : professionnelle, intelligente, réservée, et douée pour gérer un ranch. Pourquoi ne parvenait-il pas à la sortir de son esprit ? Pourquoi éprouvait-il une telle attirance ? Elle ne faisait pourtant rien pour la provoquer. Soudain, il se rendit compte qu'elle était en train de lui parler. Il n'avait pas saisi le moindre mot.

Contrarié, il recula.

— J'étais ailleurs, Mattie. Tu disais ?

— Si la nouvelle nurse loge dans la maison de Rosalie, il n'y aura que toi, Elizabeth et moi ici, la nuit.

— Si Elizabeth ne dort pas, c'est moi qui me lèverai.

Elle opina.

— Je veux assister au déchargement des chevaux. Si tu veux bien m'excuser…

— Je t'accompagne.


Très vite, Josh et Mattie trouvèrent leurs marques dans cette nouvelle vie à deux. Dès que Bertha emménagea dans la maison de Rosalie et s'occupa d'Elizabeth,

112

Mattie se mit à monter à cheval avec Josh durant la journée. Il constata assez vite qu'elle savait y faire avec les vaches et les chevaux.

— Fichtre ! Cette femme peut diriger une bête mieux qu'un homme ! s'exclama Dusty Peterson.

Le contremaître de Josh regardait Mattie faire sortir un veau récalcitrant pris dans un taillis.

— Elle a fait ça toute sa vie, dit Josh négligemment, lorgnant le dos mince de Mattie sur la selle, son jean la serrant comme une seconde peau.

Il commençait à perdre le sommeil à cause d'elle, et il avait les nerfs à vif. Il passait son temps à trouver des prétextes pour monter à cheval avec elle le jour, et pour discuter le soir jusqu'à des heures tardives. Ce n'était pas raisonnable, mais elle l'attirait. Elle était tout ce qu'il avait espéré, et plus encore. Avec elle, la maison tournait sans accroc. Mattie supervisait le travail de Bertha, mais aussi celui de la nouvelle cuisinière, Maria. Elle passait du temps chaque soir avec Elizabeth, et montait à cheval toute la journée, comme n'importe quel autre homme de main du ranch.

Un matin de mai, Mattie rattrapa Josh pour chevaucher à côté de lui.

— J'ai dit à Abe, mon contremaître, que j'irais le voir à midi. Je ne serai avec toi que pour la matinée, annonça-t-elle.

— Tu peux partir maintenant, si tu veux.

— Non. Je peux t'aider encore quelques heures.

Il la regarda. Elle avait le visage éraflé, les yeux brillants. Un Stetson à large bord ombrait ses yeux, et sa tresse se balançait le long de son dos.

— Tu fais du bon travail, Mattie. Grâce à toi, le ranch fonctionne comme une horloge suisse.

— Merci. J'aime chevaucher avec toi. Ça me manque de ne plus le faire avec papa. Mes employés sont trop polis avec moi.

— Tu veux dire que moi, je ne le suis pas ?

Elle cligna des yeux, et il se mit à rire, attrapant sa tresse.

— Ne fais pas cette tête, Je te taquinais, c'est tout.

— Je te l'ai dit, je ne sais pas comment me conduire avec les hommes.

— Pour quelle raison ? s'enquit-il sans ambages. Qui t'a blessée ?

Elle se mordit la lèvre et regarda au loin.

— Personne en particulier. Je n'ai pas connu beaucoup de garçons dans ma vie. J'ai toujours été plus grande que la plupart des hommes. Plus je grandissais, plus la situation était difficile. Les garçons se moquaient de moi, au point que je fuyais leur compagnie. Quand je suis allée à l'université, je pense que papa a décidé que je ne me marierais jamais, et il a planifié ma vie dans l'idée que je reprendrais le ranch un jour.

— Il a été trop pressé.

— A la fac, j'ai refusé de coucher à droite et à gauche. Ce choix n'a fait qu'ajouter à mes problèmes avec les garçons, jusqu'à ce que je décide de ne plus sortir avec personne.

— Alors, je parie que tu as rejeté des garçons qui auraient pu être réellement amoureux.

— Possible, mais je ne méritais pas tout ce que j'ai enduré. On m'a affublée de tas de noms. Au lycée, j'ai eu droit à « monstre » et à « girafe ». A l'université, on m'a juste traitée de « frigide ».

— C'est terrible. Dans ce cas, je dirais que tu as très bien survécu.

Elle lui adressa un bref sourire.

— Ce n'était pas si horrible, après la sixième ou la cinquième. Les moments les plus pénibles, je les ai connus au début de l'adolescence.

— Eh bien, grâce à l'aveuglement de quelques types du coin, je suis un heureux homme. Sinon, il y a bien longtemps que tu serais mariée...

Elle le considéra sans aménité.

— Josh, tu sais très bien que toi-même, tu ne m'imagines qu'en associée. Avant le mariage, c'est à peine si tu savais que j'existais, et tu me voyais sans doute comme ces cow-boys me voient.

Avant qu'il puisse répondre, elle lança son cheval au galop, et il la suivit du regard, ses yeux s'attardant sur son jean serré.

Il y avait chez elle une certaine agressivité. Si elle la cachait la plupart du temps, elle affleurait quand Josh la provoquait. Chaque fois que Mattie le remettait à sa place, il avait envie de la toucher, et de goûter ce feu qui semblait couver sous la glace. Mattie se trompait, il ne la voyait pas comme les autres cow-boys. Si elle avait la moindre idée des pensées qu'il nourrissait à son égard, elle en serait sans doute outrée !

Alors qu'ils réunissaient un troupeau et le menaient vers un autre herbage, une vache et un veau s'éloignèrent vers un taillis. Mattie partit à leur poursuite, faisant pivoter son cheval pour bloquer le passage à la vache. Quand sa monture s'exécuta, une branche érafla sa joue. Une trace rouge descendit jusqu'à son menton. Josh retint son souffle et lança son cheval. Dusty lui barra la route.

— Mattie est un vrai cow-boy. Tu ne viendrais pas à mon secours pour une éraflure. Ne l'embarrasse pas. Elle ne veut pas qu'on la traite différemment.

— C'est ma femme ! C'est une raison suffisante pour avoir un traitement de faveur.

Josh tira sur ses rênes et soupira, observant Mattie replacer les animaux dans le troupeau. Il la rejoignit et lui tendit un mouchoir. Elle l'interrogea du regard.

— Tu t'es coupée au visage, expliqua-t-il.

Elle porta la main à sa joue puis saisit le mouchoir.

— Merci. Je ne m'en étais même pas rendu compte.

Il la dévisagea, secoué par des émotions contradictoires. Si elle était aussi douée que les hommes qui travaillaient pour lui, il détestait cette blessure sur son visage. Elle avait la peau douce et délicate, et sa place n'était pas dans ces terres broussailleuses, parmi le bétail, les chevaux et les hommes rudes…

Ils conduisirent le troupeau vers un large corral de bois. Josh admirait ses talents de cavalière, sa grâce, sa façon de chevaucher comme si son cheval était une extension d'elle.

Une heure plus tard, il se retourna et vit Mattie se diriger vers la maison. Il songea aux moments passés avec elle, et dut se rendre à l'évidence : il attendait toute la journée la soirée qu'ils allaient passer ensemble.

# 6.

Le soleil matinal était déjà chaud. Mattie nourrit et abreuva son cheval puis le brossa avant de rejoindre la maison au pas de course. En approchant de la porte de service, elle entendit des cris.

Le sourcil froncé, Mattie se rua vers le salon et ouvrit la porte en trombe. Elizabeth était assise au milieu de la pièce et sanglotait, pendant que Bertha était affalée dans un fauteuil, les pieds posés sur une ottomane.

— Elizabeth, dit Mattie, courant prendre l'enfant dans ses bras.

Bertha se leva au moment où Mattie se retournait.

— Madame Brand !

— Je croyais avoir été claire sur le fait de crier après Elizabeth ou de la punir.

— Madame, elle est juste de mauvaise humeur.

— Tout comme moi, s'écria Mattie en tenant l'enfant qui tremblait et s'accrochait à elle.

Le bébé était chaud et transpirait d'avoir pleuré.

— Vous l'avez frappée ?

— Mon Dieu, non ! Quoiqu'une bonne fessée ne lui ferait pas de mal.

— Je ne suis pas de cet avis.

— Laissez-moi la prendre. C'est une simple colère…

— Vous ne travaillez plus pour nous, dit Mattie d'un ton très calme.

— C'est ridicule ! Cette enfant est trop gâtée…

— J'ignore comment vous avez obtenu d'aussi bonnes références. Je ne tolérerai pas que l'on crie après Elizabeth. Cette adorable enfant n'est pas gâtée. Deux semaines vous seront payées, mais vous partez aujourd'hui. Immédiatement.

— Vous ne pouvez pas me renvoyer pour avoir élevé la voix ! C'est…

— Au revoir, Bertha.

Bertha ouvrit la bouche pour se défendre, puis se ravisa et tourna les talons.

— Chut, je suis là, ma chérie, murmura Mattie à Elizabeth.

En lui caressant le dos, Mattie éteignit le téléviseur et alla dans la nursery pour s'installer dans le fauteuil à bascule. Bientôt, la fillette s'apaisa.

Après le déjeuner, Mattie l'emmena avec elle au Rocking R. Deux heures plus tard, elles étaient de retour.

Elizabeth fit une sieste, et Mattie alla se doucher et se changer. Elle enfila un short en jean et une chemise bleue avant de tresser ses cheveux. Tandis qu'elle arpentait la pièce, nerveuse, attendant l'arrivée de Josh, sa grand-mère appela. Comme Mattie saisissait le combiné, Josh passa devant sa porte. Sa grand-mère la retint dix minutes avant que Mattie puisse retrouver Josh dans sa chambre. La porte était grande ouverte, aussi Mattie entra-t-elle.

— Josh ?

Il sortit de la salle de bains, une serviette nouée autour de la taille. Surprise, Mattie le contempla. Sa peau mate contrastait avec la blancheur de la serviette.

— Désolée de te déranger.

— Entre, je t'en prie. Je suis décent.

Mattie crut percevoir de l'espièglerie dans sa voix. Le voir dans cette tenue lui coupait le souffle. Josh la détailla de la tête aux pieds avant d'aller fermer la porte. Il avança vers elle, mains sur les hanches.

Mattie se rendait bien compte que Josh lui prêtait de plus en plus d'attention. Elle lui en accordait aussi à cet instant. Ses cheveux mouillés étaient coiffés en arrière. Il était presque nu, d'une virilité et d'une beauté incroyables. Son cœur battait plus vite, et il lui fallut beaucoup d'efforts pour détacher ses yeux de Josh.

— Ta joue, ça va ? s'enquit-il en lui faisant tourner le visage de côté.

— Ça disparaîtra en quelques jours…

Elle ne songeait qu'à la main de Josh sur sa joue.

— Et comment ça se passe, à la maison ?

Il était bien trop près, et son regard était trop intense !

Mattie ne put s'empêcher de regarder encore son torse, se souvenant de leur fougueux baiser à l'hôtel.

— Mattie ?

Elle leva les yeux. Pendant que les yeux de Josh cherchaient les siens, une tension s'instaura entre eux.

Josh eut le sentiment qu'il pourrait se perdre dans les profondeurs de ses yeux émeraude. Elle portait un simple short et une chemise, et s'était très peu maquillée ; pourtant, elle était splendide. Mais c'était l'expression de son regard qui venait d'éveiller son intérêt. Depuis maintenant quatre semaines, ils vivaient sous le même toit. Ils se levaient la nuit pour veiller sur Elizabeth, passaient leurs journées à chevaucher, se croisaient comme en cette minute. Il avait vu Mattie dans sa chemise de nuit rouge, ou vêtue d'un long T-shirt. Il avait frôlé son corps un nombre incalculable de fois. Tout cela suscitait en lui un désir qui mettait ses nerfs à vif. Il posa les yeux sur les lèvres de Mattie, se remémora leur suavité et leur chaleur.

Ses grands yeux verts étaient une invitation irrésistible. Il glissa un bras autour de sa taille fine et l'attira vers lui. Son parfum de roses était capiteux, et sa peau si douce qu'il en frissonna. Ses yeux reflétaient le désir et l'envie, à n'en pas douter.

Penchant la tête, il posa sa bouche sur la sienne. Il glissa sa langue entre ses lèvres et se perdit dans leur douceur, tout en tenant Mattie plus serrée. Il désirait sa femme, avec une force qui le surprenait. Elle noua ses mains autour de son cou. Le plaisir d'être enlacé par Mattie le fit gémir. Comme c'était bon de sentir son corps contre le sien, ses fines mains sur sa peau !

Mattie s'agrippa à lui, le cœur battant, et lui rendit son baiser, glissant à son tour la langue entre ses lèvres. Il resserra son étreinte. Elle pouvait à peine respirer, mais elle adorait être enlacée ainsi, sentir ses bras puissants autour d'elle. Lentement, car elle avait conscience de franchir une ligne et de baisser sa garde, elle glissa les doigts le long de son dos lisse. Elle toucha la texture rugueuse de la serviette fermement serrée autour de sa taille svelte. Et elle sentit son membre viril gonflé de désir, témoin de l'effet qu'elle produisait sur lui.

Une douce chaleur l'envahit, et un désir fou, comme une délicieuse torture, s'empara d'elle. Des sensations nouvelles l'assaillaient, aussi enivrantes que le plus fort des alcools.

Josh recula légèrement et dégagea la chemise de Mattie de son short. Lorsqu'il glissa une main dessous et prit son sein dans sa paume, Mattie crut fondre de plaisir. Il repoussa la dentelle de son soutien-gorge, et passa son pouce sur son téton tout en continuant à l'embrasser.

Elle eut un gémissement étouffé. Il la libéra, et elle haleta, déroutée l'espace d'un instant que les bras de Josh ne l'enveloppent plus. Puis elle vit Josh batailler avec la braguette de son short. Son regard assombri la fit frissonner : le désir qu'elle pouvait y lire était manifeste et brûlant. Lorsqu'il repoussa sa chemise, elle sentit une onde de chaleur colorer ses joues, ses seins picotèrent et son corps entier fut traversé par un désir d'une force inconnue.

— Tu es si belle, dit-il d'une voix rauque.

Il prit ses seins dans ses mains, ses pouces encerclant ses tétons. Le plaisir submergea Mattie.

Elle devait l'arrêter. Pour Josh, ce n'était qu'un besoin physique. Mais ses caresses étaient si fabuleuses ! Josh était sexy, beau à se damner, et si sûr de lui. Il pouvait avoir toutes les femmes qu'il voulait. Or il venait de lui dire qu'elle était belle, et il la regardait comme si elle était la seule femme au monde. C'était une sensation si grisante qu'il lui était très difficile de résister.

Elle le regarda à travers des yeux mi-clos, savourant son étreinte, exultant à l'idée qu'il la désire. Il se pencha et saisit un téton dans sa bouche, qu'il caressa de sa langue. Avec un petit cri, elle glissa de nouveau ses mains autour de son cou et se pencha pour l'embrasser.

Les bras de Josh l'encerclèrent tels des anneaux étroits. Elle prit sa bouche, laissant s'exprimer des désirs trop longtemps inassouvis, gravant ce moment dans sa mémoire. Son corps épousait celui de Josh à la perfection. Son sexe gonflé se pressait contre elle, et cette sensation était exquise.

Mais cela allait beaucoup trop vite pour elle. Elle trouva le courage de repousser Josh. Reculant d'un pas, elle rassembla les pans de sa chemise.

— Nous n'étions pas censés faire ça, murmura-t-elle. Nos routes vont se séparer un jour, Josh. Je ne suis pas du genre à prendre le sexe à la légère.

Elle tâchait de mettre de la conviction dans sa voix et de ne pas regarder son corps dénudé.

Elle aurait voulu entendre Josh lui dire qu'ils ne se sépareraient pas, qu'il ne la laisserait jamais partir, mais il la fixa en silence. Elle se détourna. Du coin de l'œil, elle constata l'effet de ses baisers sous la serviette blanche. Il était aussi excité qu'elle ; hélas, pour lui, faire l'amour ne signifierait rien, elle le savait.

Déçue, elle lui tourna carrément le dos et ragrafa son soutien-gorge.

Elle avait beau désirer Josh de tout son être, elle ne pouvait pas s'engager dans une liaison sans importance. Lorsqu'il mettrait fin à ce mariage, elle serait dévastée. Et une aventure ne pouvait mener à rien de sérieux, c'était certain.

Ses doigts tremblaient quand elle reboutonna sa chemise. Josh, lui, était si calme qu'elle se demanda à quoi il pouvait bien songer.

— Tu es très belle, et très désirable, Mattie, dit-il alors.

Elle ferma les yeux, déchirée. Elle aurait voulu se jeter dans ses bras, pour tenter de gagner son amour ;

mais c'était exactement ce que les nounous précédentes avaient tenté de faire, et cela l'avait complètement rebuté. Ce n'était pas de cette façon qu'il tomberait amoureux d'elle. Ils vivaient sous le même toit, travaillaient ensemble, et passaient toutes leurs soirées à discuter. Ils étaient deux adultes sains, et le fait de vivre ensemble provoquerait immanquablement le feu entre eux. L'amour ne naîtrait pas pour autant de cette proximité.

— Merci, dit Mattie d'un ton neutre.

Si seulement son cœur voulait bien ralentir, ses nerfs se calmer, ses baisers et ses caresses s'effacer de sa mémoire !

Il passa devant elle, ramassa son jean et disparut dans la salle de bains. Quelques minutes plus tard, il en ressortit, occupé à fermer le dernier bouton de son pantalon. Elle le regarda, fascinée.

Elle brûlait de coller de nouveau son corps au sien. Ses muscles ondoyaient sous sa peau cuivrée quand il marchait…

— J'étais venue pour te parler, dit-elle, s'évertuant à rassembler ses esprits.

— Et ?

L'espace d'un instant, elle oublia tout ce qu'elle voulait dire.

— Tu me troubles ! dit-elle, énervée contre elle-même.

— Content de l'entendre, blagua-t-il. C'est bon de savoir que je te fais de l'effet.

— Tu m'as toujours fait de l'effet. Et j'ai à te parler, ajouta-t-elle rapidement alors que Josh ouvrait la bouche pour répondre. Tout à l'heure, j'ai surpris Bertha en train de crier après Elizabeth. Je l'ai renvoyée sur-le-champ.

— Bon sang !

Les sourcils froncés, il se frotta la nuque.

— Tu vois, dit-il, je n'ai que des ennuis avec les nounous ! Elle n'a pas frappé Elizabeth, j'espère ?

— Non, je ne crois pas. Elizabeth n'a jamais agi comme si elle avait peur d'elle. Bertha hurlait, mais elle était assise, en train de regarder la télévision. Je ne comprends pas comment elle a pu avoir d'aussi bonnes références !

— Peut-être que la famille à qui nous avons parlé n'était pas contre le fait d'élever la voix. Elle a travaillé huit ans pour eux, alors ils devaient le savoir.

— Dire qu'ils la trouvaient merveilleuse ! Je vais dénicher quelqu'un d'autre.

— Dans l'intervalle, Maria s'occupera d'Elizabeth...

Mattie secoua la tête.

— Non, c'est moi.

Il leva un sourcil.

— Tu en es sûre ?

— Oui, je peux abandonner le bétail quelques jours, dit-elle en portant la main à sa blessure.

Josh approcha.

— Josh…, l'avertit-elle.

Il s'arrêta.

— Tu es sûre qu'Elizabeth va bien ?

— Oui. Elle a joué dès que nous sommes rentrées à la maison. Je te verrai au dîner, ajouta-t-elle en se hâtant de sortir.

Josh demeura là, à réfléchir. Il voulait Mattie, et son désir s'exaspérait dangereusement…

— Bon sang !

Il savait que Mattie avait commandé des livres de droit pour préparer l'examen d'entrée à l'université. Elle songeait déjà au jour où elle ferait ses valises et s'en irait…

Il avait pensé à lui faire la cour, à essayer de gagner son cœur, pour la faire rester, mais il avait aussitôt rejeté cette idée. Il n'allait pas commettre la même erreur une seconde fois. Il avait tout fait pour convaincre Lisa de rester vivre au ranch. S'il n'y était pas parvenu, elle serait toujours en vie.

Le moment venu, il devrait rendre sa liberté à Mattie. Pour l'heure, il avait déjà beaucoup de chance de l'avoir. Et il ferait mieux de ne plus la toucher ! Il tenta de se rappeler Mattie ces dernières années, mais il avait à peine fait attention à elle par le passé. Si une image d'elle lui revenait à la mémoire, elle était toujours accompagnée de son père.

Il pensa à Elizabeth. Serait-il, comme Frank Ryan, aussi possessif à son égard ? Il espérait le contraire. Un jour, il lui faudrait laisser partir sa fille.

Il lissa sa chemise et se coiffa. Dans le miroir, il aperçut de faibles traces de rouge à lèvres sur sa bouche, qu'il essuya. Mattie était une sacrée femme, et il lui faudrait redoubler de raison et de contrôle en sa présence. Elle était *sa* femme, et cependant elle lui était aussi inaccessible que si elle avait été mariée à un autre. Elle n'avait d'épouse que le nom, et la faute en revenait uniquement à lui. S'il avait su, l'aurait-il courtisée pour gagner réellement son cœur ?

Non, il n'était pas amoureux de Mattie. Il aimait toujours Lisa, et Mattie ne lui inspirait que du désir. Son corps se consumait pour elle…

Non, pas seulement. Il l'appréciait, et elle était en train de devenir sa meilleure amie. Il était plus facile de discuter avec elle qu'avec Lisa, mais c'était parce que Mattie venait du même monde que lui. Ils pouvaient parler de tout.

— Sauf du fait que j'ai envie de coucher avec toi, dit-il à voix haute. Fichtre ! Voilà que je me mets à parler tout seul, en plus d'oublier de faire mon travail et de trembler comme un centenaire…

Il se détourna soudain et alla dans la cuisine.

Mattie leva la tête à son entrée. Son regard brillait,

et elle tenait un livre à la main. Du papier d'emballage était étalé sur le comptoir.

— Regarde ! Mes livres de droit viennent d'arriver !

— Maintenant, tu pourras étudier le soir.

— Je peux étudier pendant que tu fais ta comptabilité, dit-elle en posant le livre sur le comptoir. J'ai dit à grand-mère que je voulais aller à l'université.

— Qu'en pense-t-elle ?

— Elle m'a demandé ce que *toi* tu en pensais. Tout ce qui te convient lui convient aussi. Elle est si contente que je sois mariée ! Grand-mère n'a jamais voulu que je travaille avec papa.

— Dans ce cas, dit Josh en se rapprochant, cela ne lui fera pas de peine si tu abandonnes le ranch.

— Elle aurait de la peine si je le vendais. Tant qu'il reste dans la famille, et tant que je suis ta femme, elle est heureuse.

— Moi aussi, je suis heureux, Mattie.

Elle prit une profonde inspiration.

— Josh, tu es trop proche. Le dîner est prêt. Nous pourrons le prendre dès qu'Elizabeth se réveillera.

— C'est toi qui me donnes envie d'être près de toi…

Un cri provint du couloir et Mattie se leva.

— Je vais aller chercher Elizabeth, dit-elle.

Josh contempla le balancement de ses hanches et

pesta dans sa barbe. Il devait la laisser tranquille ! se rappela-t-il.

Ce soir-là, après le dîner, ils emmenèrent l'enfant à l'extérieur. Josh entreprit de fixer une balançoire sur la branche d'un vieux chêne ; Elizabeth jouait dans l'herbe, Mattie la surveillait non loin.

Pendant que Josh hissait la balançoire, les muscles de son dos se contractèrent. Il grimpa dans l'arbre pour attacher les cordes à une branche. Puis il descendit avec agilité.

— Mama, dit alors Elizabeth en tendant les bras.

Surprise, car Elizabeth ne l'avait jamais appelée par aucun nom, Mattie s'agenouilla pour prendre la petite fille contre elle.

— C'est Mattie, Elizabeth. Mat-tie, énonça-t-elle.

— Peut-être que tu devras t'habituer à ce qu'elle t'appelle ainsi, intervint Josh.

— Je ne suis pas sa mère, et je ne veux pas qu'elle m'appelle par un nom qui pourrait te faire de la peine.

— Ça ne me fait pas de peine. Elle... elle est trop jeune pour se souvenir de Lisa... Quand elle sera grande, je lui parlerai de sa mère. Je le fais déjà de temps en temps, même si ça ne sert à rien.

— Peut-être pas. Elizabeth est une enfant très intelligente.

— Tu crois ?

— Oui, dit-elle en regardant Elizabeth qui détachait

130

le ruban au bout de sa tresse. Tu es une petite fille très maligne, hein, Lili ?

Elle se releva et prit la direction de l'écurie.

— Tu viens ? demanda-t-elle à Josh par-dessus son épaule.

— Oui. Dès que j'aurai fini d'installer la balançoire.

Il les observa et éprouva un sentiment de satisfaction. Mattie et Elizabeth s'étaient beaucoup attachées l'une à l'autre. Mattie était aux petits soins avec l'enfant, et lui accordait de plus en plus d'attention chaque jour. Elizabeth, en retour, lui tendait les bras de plus en plus souvent. Mattie avait-elle remarqué cette évolution dans leur relation ?

Alors qu'il se dirigeait vers l'écurie à grandes enjambées pour les rattraper, il reluqua malgré lui les hanches de Mattie.

*Laisse-la tranquille,* se réprimanda-t-il. *Elle n'est que de passage dans ta vie.*

Josh fit tout son possible. Durant les deux dernières semaines de mai, il essaya vraiment de ne pas passer trop de temps avec Mattie. Ils cessèrent de monter à cheval ensemble, car elle restait avec Elizabeth à la maison. Elle lui manquait, mais il savait que cette absence ne durerait que le temps de trouver une nouvelle nurse. Quand il était avec elle, il s'efforçait de ne pas la toucher…

Au bout de ces deux semaines, il en revint cependant au même point : il attendait avec impatience les premières heures du soir, quand ils jouaient avec Elizabeth, puis les moments tranquilles avec Mattie quand le bébé était couché.

Eviter Mattie n'avait pas diminué son désir pour elle d'un iota. A son grand regret, il pensait plus que jamais à elle.

Par une chaude après-midi de juin, alors que, perdu dans ses pensées, il chevauchait en compagnie de Dusty vers la maison, Josh remarqua que son contremaître le fixait avec curiosité.

— Quelque chose ne va pas ? s'inquiéta Josh.

— C'est à moi de te le demander, patron. Je te connais depuis longtemps. Il y a un problème ?

— Non. Tout va bien. Pourquoi ?

— Eh bien, je t'ai posé plusieurs questions aujourd'hui, et j'attends toujours les réponses !

Josh serra les dents.

— Désolé. Je pensais à Elizabeth. Elle se réveille souvent la nuit. Je crois qu'elle fait ses dents.

Il mentait effrontément, mais comment avouer qu'il ne dormait pas parce qu'il désirait en vain sa propre femme ?

— Comment va madame ?

— Mattie va bien.

— Elle nous manque. Tu as beaucoup de chance de l'avoir. Tu méritais une femme bien, mais tout de même, tu as beaucoup de chance.

— Oui, je sais.

Ils atteignirent le corral et descendirent de leurs montures, chacun prenant soin de son cheval en silence.

— A demain, Dusty.

— Oui. J'espère que tu pourras dormir cette nuit, et qu'Elizabeth va percer sa dent.

— Merci.

Josh traversa la cour, des nuages de poussière se soulevant sous ses pas. Il releva son chapeau et essuya la sueur de son front. Il avait dû faire plus de trente-sept degrés aujourd'hui. Il rêvait d'une douche froide, d'une bière fraîche et d'une soirée paisible avec Mattie. Il arrêta là ses pensées, luttant contre des images qui menaçaient sa tranquillité d'esprit, déjà fragile.

A l'intérieur, la maison était calme. Maria n'était pas là, mais cela sentait très bon dans la cuisine. Il accrocha son chapeau sur une patère et alla ouvrir le réfrigérateur. Un bol de fruits frais et une salade de poulet l'alléchèrent. Il saisit une bière, la décapsula et tira sur sa chemise en s'engageant dans le couloir.

— Mattie ! Lili ! Je suis de retour !

Il but une longue gorgée de bière. Retirant le bandana qui ornait son cou, il essuya son front et ôta sa chemise. Le salon était vide. Où avaient-elles bien pu passer ?

Il alla dans sa chambre.

— Mattie !

Pas de réponse. Sa perplexité alla grandissant, jusqu'à ce qu'il entende des éclats de rire. Ils le conduisirent vers la chambre de Mattie. Des cris et des bruits d'éclaboussures, que Josh attribua à Elizabeth, lui parvinrent ; puis le rire de Mattie, sonore et cristallin, lui réchauffa le cœur.

S'adossant à la porte de la salle de bains, il profita de ce spectacle : Mattie qui baignait Elizabeth. Les cheveux de la fillette se dressaient en une houppe humide. Mattie était vêtue d'un short, sa chemise nouée autour de la taille et largement ouverte par devant. Elle était pieds nus, sa chemise trempée, et des gouttes d'eau parsemaient son visage ; de ses cheveux relevés en un chignon s'échappaient quelques mèches rebelles. Elle riait car Elizabeth tapotait l'eau de ses deux mains.

Se penchant par-dessus la baignoire, Mattie se mit sur ses genoux, son postérieur moulé dans son short. Josh déglutit péniblement.

— Je vais te rincer les cheveux. Ça va aller vite, Lili. Tiens, ton canard qui fait *coin-coin*, dit Mattie, tâchant de distraire la fillette pendant qu'elle rinçait le shampoing.

Elle avait presque terminé quand Elizabeth se rendit compte de ce qu'elle faisait et hurla en tentant de se dégager.

— Oh, regarde-le, dit la jeune femme en faisant

134

avancer sur l'eau le canard de plastique jaune. Il cherche sa maman. *Coin-coin* !

Elizabeth, amusée, fit boire la tasse au jouet, éclaboussant Mattie au passage.

— Maman !

— Oui, ma chérie, dit Mattie, le cœur gonflé de joie qu'Elizabeth l'ait appelée ainsi.

— Maman, répéta-t-elle en souriant.

— Oui, ma Lili ? Tu es un trésor, tu sais ? Tu es mon trésor à moi, et aussi celui de ton papa. Allez, sortons du bain maintenant…

Elle l'essuya, puis l'installa dans son transat et attacha le harnais de sécurité.

— Toc-toc. Je peux entrer ? dit Josh en frappant contre la porte.

— Josh ! Il est déjà si tard ?

Mattie semblait agitée, et Josh se demanda si elle était gênée par sa tenue. Se penchant, il ouvrit un robinet de la baignoire et ôta une de ses bottes.

— Si l'eau est fraîche, dit-il, je prends un bain moi aussi.

Il ôta l'autre botte, puis sa chemise, et, posant sa bière sur le bord, entra dans la baignoire.

— Josh ! Ton jean !

— J'ai failli me jeter dans l'abreuvoir à chevaux, tellement il faisait chaud dehors…

Il s'immergea, avant de ressortir en secouant la tête tel un chien fou.

— Bon, la baignoire est libre. Tu n'as pas besoin de moi, déclara Mattie.

Elle haletait, et il la surprit en train de fixer son torse.

L'eau fraîche tourbillonnait autour de lui. Il saisit le poignet de Mattie, jetant ses bonnes résolutions aux orties.

— Viens dans la baignoire avec moi…

— Ne sois pas ridicule !

— Allons, Mattie. Pour une fois dans ta vie, lâche-toi.

— Je ne vais pas entrer dans la baignoire dans cette tenue ! protesta-t-elle en riant, tout en se débattant.

Josh se leva et souleva Mattie dans ses bras.

— Josh ! Repose-moi !

— C'est ce que je compte faire, dit-il d'un ton traînant, en l'asseyant en face de lui dans la baignoire.

Il ferma le robinet.

— Voilà voilà…

— Josh, non mais regarde-moi ! Tu as perdu la tête !

— Oui, et c'est entièrement ta faute…

Mattie avait sa main gauche posée contre le torse de Josh, et son autre main autour de son cou. Elle vit la malice faire place au désir dans ses yeux. Il passa la main le long de sa chemise, jusqu'à sa taille découverte… Sous la caresse, sa peau frémissait, et elle pouvait sentir le membre dressé de Josh se presser contre sa cuisse.

Elle attrapa sa main.

— Josh, ce n'est pas une bonne idée.

— Tu as sûrement raison, admit-il à contrecœur.

— Je vais mettre de l'eau partout, et toi aussi ! dit-elle en se levant.

— D'accord, je n'aurais pas dû. Mais c'est si agréable ! Dehors, c'est une vraie fournaise. Pas besoin d'inonder la chambre. Tu n'as qu'à te déshabiller ici. Je ne regarderai pas.

Ennuyée, Mattie fixa Josh. Elizabeth jouait dans son transat. Josh se pencha en arrière, les bras étalés sur les rebords de la baignoire ; des gouttes d'eau coulaient sur ses épaules et sur son buste. Il était trop séduisant, et trop sexy, songea Mattie. Elle attrapa une serviette.

— D'accord, tourne la tête.

— Contre mon gré, dit-il en fixant le mur.

— Ferme les yeux.

Il obtempéra et Mattie le contempla un instant. Pourquoi diable était-il doté d'un corps aussi magnifique ? Maintenant qu'il avait un peu oublié son chagrin, et rempli le vide de sa vie, son caractère joyeux revenait en force, le rendant encore plus irrésistible. Chaque jour, elle se sentait davantage attirée par lui. Mais elle devait rester prudente.

Elle sortit de la baignoire, et entreprit de se déshabiller en tenant la serviette devant elle.

Josh ouvrit les yeux. Il avait fait de nombreuses promesses à Mattie, mais celle de ne pas regarder n'était pas aussi ferme que les autres...

Sans aucune gêne, son regard la détailla, et son corps rafraîchi fut envahi par une chaleur plus forte que celle causée par le soleil. Mattie, le dos tourné, ôta son short. Son slip rose collait à ses fesses, qui étaient encore plus jolies qu'il l'avait imaginé. Quand elle laissa choir sa chemise, il contempla son dos lisse, sa taille de guêpe, ses hanches arrondies, et le désir afflua dans ses reins.

S'il tourna la tête avant qu'elle le surprenne, il savait que cette image d'elle serait à jamais gravée dans sa mémoire. Mattie était d'une beauté bouleversante, à la fois innocente et torride. Il la désirait plus que jamais.

Quand la porte de la salle de bains se referma, il fureta autour de lui. Mattie était partie, emmenant la fillette avec elle. Il se passa la main dans les cheveux, puis s'enfonça sous l'eau avant d'émerger aussitôt.

Il sortit de la baignoire, retira ses vêtements et se ceignit d'une serviette, avant d'aller frapper à la porte.

— Mattie, je peux sortir ?

— Oui, bien sûr.

Il ouvrit. Elizabeth était toujours installée dans son transat. Mattie avait revêtu une robe bain de soleil, et se faisait une natte. La robe était en jean, avec un col carré et de fines bretelles, et agrémentée de poches de couleur.

— Cette robe te va à ravir !

Elle rougit, et passa une main nerveuse sur le bas de sa robe.

— J'en porte rarement. J'ai acheté celle-ci la semaine dernière.

— Je l'aime beaucoup. Quoiqu'elle soit un peu trop longue.

Elle fronça les sourcils.

— Tu crois ?

— Oui, je ne vois pas assez tes jambes.

Il réprima un sourire devant son air étonné.

— Tu m'as fait peur ! dit-elle. Je ne suis pas sûre de mon goût en ce qui concerne les robes.

— Elle est très bien. Seulement, choisis-en une plus courte, la prochaine fois…

En guise de réponse, elle lui fit une grimace.

Il embrassa Elizabeth puis alla se doucher. L'image de Mattie quittant son short dansait dans son esprit.

En s'habillant, il s'arrêta devant un portrait de Lisa.

— Je t'aime, dit-il. Mattie est une épouse formidable. Je dois aller de l'avant. Elle est si bonne pour Lili.

Il aimerait sa femme pour toujours et chérirait son souvenir, mais la douleur s'était atténuée. Son chagrin se transformait, il lui serrait encore le cœur mais il ne le lui broyait plus. Et il savait bien pourquoi. C'était grâce à Mattie — une femme qui traverserait sa vie de manière encore plus fugace que Lisa.

Il passa la pièce en revue. Les photos de Lisa étaient partout. Même si c'était temporaire, il était marié à une autre à présent. Il prit les photos et les rangea avec précaution dans son placard. Il en restait une dans la chambre d'Elizabeth, et il la laisserait là. Sa fille devait grandir en sachant à quoi ressemblait sa maman. Mattie, en revanche, ne devrait pas avoir à affronter l'image de sa première femme à chaque pas.

Josh rejoignit sa fille et son épouse dans la salle à manger, et ils partagèrent un repas tranquille. Il raconta sa journée à Mattie en sirotant son thé glacé.

— Tu as eu des réponses pour la place de nurse ? s'enquit-il.

Mattie, qui était en train de donner une purée de carottes à Elizabeth, darda sur Josh un regard franc et direct.

— Je n'ai pas passé l'annonce.

— Comment ça, tu n'as pas… Mais pourquoi ?

— Je préfère la façon dont nous vivons actuellement, répondit Mattie, en donnant une autre cuillérée de purée à Elizabeth.

Josh se souvint des premières fois où elle avait juré ne pas pouvoir prendre soin d'un enfant. Pourtant, elle avait relevé le défi brillamment. Et Elizabeth s'était prise d'affection pour Mattie…

A quel point souffrirait sa petite fille quand Mattie les quitterait ?

— Je croyais que tu ne voulais pas prendre soin d'un enfant, remarqua-t-il.

Elle lui lança un regard indéchiffrable.

— Tu as une petite fille adorable. J'aime m'occuper d'elle, alors je vais continuer.

— Et tes études ? dit-il, retenant son souffle.

— Oh, j'arriverai à tout faire. Je peux lire pendant sa sieste, et le soir… Je me suis inscrite pour passer le test à Austin. Je demanderai à Lottie de s'occuper d'Elizabeth le jour de l'examen — c'est lundi prochain.

— Tout cela est très rapide. Envisages-tu de mettre fin à notre mariage ?

— Non, bien sûr. Je voulais juste me débarrasser de cet obstacle. Je pourrais échouer.

— Tu réussiras. J'ai vu ton dossier universitaire, tu avais d'excellents résultats.

Au nœud qui s'était formé dans son estomac, Josh sut qu'il aurait de la peine quand elle les quitterait.

— Alors, qu'en dis-tu ? demanda-t-elle.

— Si tu veilles sur Elizabeth, que se passera-t-il lorsque tu partiras ? Elle pourrait s'attacher vraiment à toi.

— J'y ai songé. Même si je déniche une bonne nounou, cela ne garantit pas que cette nounou restera. Elizabeth devra se faire à ce genre de bouleversements toute sa vie. Bien sûr, si tu ne veux pas que je m'occupe d'elle…

— Mais non ! Je veux que tu restes ! s'exclama-t-il. Tu es la meilleure nounou qui puisse exister. Chaque jour passé avec toi est une chance pour nous, dit-il, la voix soudain rauque.

Elle posa sur lui un regard interrogateur. Il la fixa lui aussi. Il la désirait, il voulait la tenir dans ses bras. A cet instant même, il dut se retenir pour ne pas contourner la table et l'enlacer. Il s'était promis de rester chaste. Mattie avait adouci son chagrin et sa solitude. A présent, il était de nouveau sensible au monde autour de lui. C'était comme s'il émergeait des ténèbres pour retourner dans la lumière.

— Alors, c'est entendu, dit-elle.

Après le dîner, Josh emmena sa fille se promener. Mattie, qui nettoyait la cuisine, les regarda s'éloigner rêveusement. *Chaque jour passé avec toi est une chance pour nous.* Ces mots passaient en boucle dans son esprit. Si seulement il pouvait les penser de tout son cœur ! Mais elle savait bien qu'une partie de lui était encore fermée. Et elle ne serait pas celle pour qui il l'ouvrirait.

Ce soir-là, après avoir couché Elizabeth, ils s'installèrent dans le salon. Josh s'affala dans un fauteuil tandis que Mattie, assise à même le sol, tâchait de constituer un album photo d'Elizabeth.

— Quand ce cliché a-t-il été pris ? demanda-t-elle.

Josh vint s'asseoir près d'elle et regarda la photo, respirant le parfum fleuri de Mattie.

— Je ne me souviens pas. Ma mère saurait te le dire, elle a pour ça une mémoi…

Il s'interrompit et secoua la tête.

— J'ai oublié de te parler de quelque chose.

Il alla chercher une lettre posée sur son bureau et revint s'asseoir.

— C'est une lettre de ma mère. Elle veut que nous

allions à Chicago, aux alentours du quinze août. C'est dans moins d'un mois.

— Pas de problème.

— Bien. Je vais lui répondre que nous viendrons. Autant te prévenir : elle ne cessera pas de donner des soirées. Elle veut te présenter à tous leurs amis.

Mattie se figea sur place.

— Je ne peux pas faire ça.

— Pourquoi ?

— Je ne suis pas à mon aise dans les soirées. Ce n'est pas mon élément. Je n'ai jamais eu de vie sociale. Papa et moi, nous restions toujours au ranch. Il n'aimait pas sortir, et après la mort de maman, il déclinait la plupart des invitations. Je te l'ai dit, parfois je me sens en tel décalage avec mon époque !

Josh posa ses mains sur les épaules de Mattie, et plongea le regard dans ses yeux inquiets.

— Tu t'en sortiras très bien. Ce ne sera pas aussi terrible que la réception de notre mariage.

— Oh, si !

Il humait l'odeur de son parfum de roses, et son genou touchait sa cuisse. Il se mit à défaire sa natte.

— Pour toi, ce n'est rien, alors tu ne peux pas comprendre, reprit-elle. Je n'ai pas de robes de soirée. En fait, j'ai très peu de robes.

— Il suffit d'en acheter quelques-unes.

— Tu sais bien qu'il n'y a pas que ça. Je ne sais pas comment me comporter en société, comment

144

faire la conversation. Et les amis de ta mère sont des sénateurs, des hommes politiques, bref, des orateurs chevronnés !

— Je ne me fais pas de souci. Et toi non plus tu ne devrais pas t'en faire. Sois juste toi-même. Les gens de Chicago ne sont pas différents de ceux de Latimer.

— Je serai une paysanne. Une paysanne d'un mètre quatre-vingts.

— Où es-tu allée pêcher l'idée que tu étais trop grande ?

— Mais c'est la vérité ! Papa disait toujours que j'étais trop grande pour les garçons.

— Eh bien, ne t'est-il jamais venu à l'esprit que ton père pouvait avoir tort ?

— Il avait raison, dit-elle gravement.

Josh, ayant dénoué les cheveux de Mattie, passa ses doigts dans ses longues mèches blondes. A travers une brume d'inquiétude, Mattie sentit les doigts de Josh effleurer ses épaules et sa gorge. Elle s'abîma dans les prunelles sombres de Josh, tandis que son esprit s'affolait à la perspective d'assister à plusieurs soirées.

— A mon avis ton père se trompait totalement. C'est à cause de lui que tu te sous-estimes.

— Tu ne sais pas ce que j'ai enduré pendant mon adolescence. Personne ne le sait.

— Mais tu es une femme, à présent... Une très belle femme.

Il fit glisser ses doigts le long des bretelles de sa robe.

La peau de Mattie était soyeuse et chaude. Il était très près d'elle, et mourait d'envie de l'embrasser.

— Josh…

Soudain, effaçant la distance entre eux, il prit possession de sa bouche. Comme sa langue se faufilait entre ses lèvres pleines, tout son corps se contracta. Il enroula son bras autour de sa taille et l'attira vers lui.

Mattie ferma les yeux et noua ses bras autour de son cou tout en lui rendant ses baisers. Pourquoi ne pouvait-elle pas lui résister ? Elle ne connaissait que trop bien la réponse. Il était sexy, séduisant, et expérimenté, et elle était trop vulnérable pour pouvoir lui résister. Elle ne se faisait aucune illusion, il n'était pas en train de tomber amoureux d'elle. Les moments où il semblait être triste ou déprimé étaient encore trop nombreux, il songeait encore à sa première femme. Le désir que Josh éprouvait pour elle n'était que physique, que le produit de leur promiscuité. C'était un homme, avec des besoins normaux.

La main de Josh traîna le long de sa jambe, sous sa robe. Mattie n'écouta plus sa raison quand il caressa sa cuisse nue. Elle lui attrapa le poignet et repoussa sa main ; alors, il la prit dans ses bras, tout en continuant de l'embrasser.

Quand il lui effleura le dos, une onde de chaleur la traversa. Incapable de lutter, elle plongea ses doigts dans l'épaisse chevelure de Josh et glissa une main sous sa chemise pour caresser ses épaules.

Il défit les boutons du dos de sa robe et fit glisser le vêtement. Mattie se cambra lorsqu'il prit son sein dans sa main et titilla son téton du pouce. Elle se sentit grisée par le désir ; chacune des caresses de Josh la liait encore plus à lui.

Josh la fit s'allonger sur le sol, et se pencha pour suçoter son sein. Elle haleta. Il descendit jusqu'à ses jambes, remonta sa robe en traçant un chemin avec sa langue sur l'intérieur de sa cuisse…

Mattie avait perdu le contrôle de son corps. Elle n'avait jamais était aimée par un homme. Elle voulait vivre cette expérience. Savoir ce que c'était que de faire l'amour avec Josh. Le toucher, le sentir, le connaître intimement, et graver ces instants dans sa mémoire.

Elle défit les boutons de sa chemise et en écarta les pans pour passer les mains sur son merveilleux torse.

La main de Josh effleura son slip délicat, et elle eut un soupir languide en ondulant contre lui. A cet instant, elle sut qu'elle allait trop loin. Quelle part de son cœur abandonnait-elle à chaque baiser ?

— Josh !

Dans un geste brusque, elle se dégagea et tira sur sa robe. Se relevant, elle tenta de reprendre son souffle ; son cœur battait à se rompre, son corps brûlait de désir. Mais elle refusait de souffrir.

— Je ne peux pas commencer une relation à la légère, se justifia-t-elle.

147

— C'est un peu tard. Nous sommes mariés.

— Notre mariage n'est pas réel. Il n'est que temporaire.

Elle retint son souffle, attendant qu'il lui fasse une déclaration, tout en se reprochant le ridicule de cet espoir.

— J'ai envie de toi, Mattie.

— Ce n'est pas suffisant. Trop de choses sont en jeu. Si je m'engage dans une relation, tu sais que ce sera pour toujours.

Luttant contre son envie de la séduire et de lui faire oublier ses arguments, Josh la regarda. Comme Lisa, elle rêvait de quitter le ranch. Dans une semaine, elle passerait son test d'admission pour aller à l'université. Elle préparait leurs adieux.

Le cœur serré, il se leva et alla sous la véranda.

— Josh ?

Quand Mattie le rejoignit, il posa un bras sur ses épaules.

— Je respecterai ton choix, Mattie. Mais parfois, il m'arrivera de déraper.

Elle ne sut que répondre, et se contenta de fixer l'horizon. Le simple fait d'avoir le bras de Josh sur elle était une sensation délicieuse. Elle avait l'impression d'avoir trouvé sa place, son foyer. Si seulement il pouvait oublier le passé et l'aimer ! Mais elle avait appris depuis longtemps à ne pas prendre ses rêves pour des réalités.

148

— Rentrons, je vais te montrer la lettre de ma mère, dit-il.

Une fois à l'intérieur, il lui tendit la lettre. Pendant que Mattie lisait, il s'allongea sur le canapé. L'orage n'allait pas tarder à éclater…

Mattie leva la tête, les yeux plissés.

— Nous ne pouvons pas faire ça !

— Quoi donc ? dit-il, bien qu'il sache pertinemment à quoi elle faisait allusion.

— « Nous avons préparé les chambres d'amis, lut-elle à voix haute, et nous avons gardé la plus grande pour Mattie et toi. La petite chambre sera pour Elizabeth. » Nous ne pouvons pas partager la même chambre !

Il leva les mains.

— Je suis navré, mais il le faudra bien. Sinon, il va falloir expliquer beaucoup de choses. Cela fera de la peine à ma mère si elle apprend la vérité sur notre mariage, tout comme pour ta grand-mère.

— Nous ne pouvons pas dormir dans le même lit.

Il vint lui prendre la lettre des mains pour la jeter sur la table. Il posa les mains sur ses hanches, mais elle se dégagea aussitôt et recula. Ses yeux verts brillaient de colère, et il sut que la bataille serait rude.

— N'essaie pas de m'amadouer, Josh ! Tes baisers ne me convaincront pas ! Il est hors de question que je partage un lit avec toi !

— Ah bon ? Si je reste de mon côté et toi du tien, qu'est-ce que cela peut faire ?

149

— Bon sang ! Tu sais à quel point je suis sensible à ton charme…

— Non, je l'ignorais. Tu me dis toujours non.

— Eh bien, il semble que je ne dis pas non assez vite ! Regarde-moi !

Elle désigna sa robe froissée.

— Je regarde, et le spectacle est fort joli, plaisanta-t-il.

Il voulut ôter sa robe, explorer sa peau nue. A quel point était-elle attirée par lui ? Y avait-il la moindre chance pour qu'elle choisisse de rester au ranch et d'abandonner les études de droit ? Cette pensée fit battre son pouls. Et si elle restait avec Elizabeth et lui ? Il n'y avait qu'une seule façon d'en avoir le cœur net.

— Mattie, voudrais-tu faire de cette union un vrai mariage et oublier le droit ?

Elle plissa les yeux, et prit une profonde inspiration. Josh écouta le tic-tac régulier de l'horloge de son grand-père en attendant qu'elle réponde.

— Est-ce que tu m'aimes ? repartit-elle.

Dérouté par la franchise de sa question, Josh répondit avec la même franchise :

— Je t'apprécie.

— Ce n'est pas ce que je t'ai demandé. Et ne mens pas.

— Je ne te mentirai jamais.

Il essaya d'évaluer la profondeur de ses sentiments pour elle. Il savait que chaque seconde qui passait les

150

éloignait l'un de l'autre, et qu'un jour, il allait perdre Mattie, mais il était incapable de répondre.

— Mattie, cela fait à peine un an que j'ai perdu Lisa. Je suis en train de changer, tu le sais. Tu comptes de plus en plus pour moi.

Mattie eut sa réponse.

— Revenons à notre problème de chambre.

— Mattie, si nous tentions de faire de cette union un vrai mariage, nous pourrions tomber amoureux…

— A moins qu'un seul tombe amoureux, et souffre de l'indifférence de l'autre.

— Depuis quand as-tu cessé de prendre des risques ?

Il s'interrogeait encore sur ses propres sentiments, conscient que son désir pour elle anéantissait toute pensée logique. Néanmoins, il voulait sa compagnie autant que son corps. Etait-il en train de tomber amoureux ? L'idée le choqua. Il y a un mois à peine, il aurait cru impossible d'aimer de nouveau.

— Josh, je dois réfléchir à ta question. Et toi aussi, d'ailleurs.

Il acquiesça. C'était à elle de décider de rester. Jamais plus il ne pousserait une femme à rester vivre au ranch. Les souvenirs de Lisa l'assaillirent, surgissant, comme souvent, sans crier gare. Poignants. Mattie avait raison, ils ne devraient pas se précipiter.

— Réglons les problèmes plus immédiats, dit-il.

Connaissant maman, ce sera un très grand lit, et nous aurons un océan entre nous.

— Soit. Reste que je n'ai rien à me mettre et que je ne sais pas comment me conduire en société.

— Tu te débrouilleras très bien, et nous t'achèterons des tenues avant de partir. Mattie, ma mère veut voir sa petite-fille. S'il le faut, je dormirai par terre.

Elle se dirigea vers la porte.

— D'accord. Nous irons à Chicago. Bonne nuit, Josh.

Elle quitta la pièce. Se frottant la nuque, Josh sortit pour prendre l'air. Qu'aurait-elle fait s'il avait dit qu'il l'aimait ? Jusqu'où allaient ses sentiments pour elle ? Y avait-il une chance pour que Mattie soit en train de tomber amoureuse de lui ?


Durant le reste de la semaine, Mattie compta les heures. Quand elle ne s'occupait pas d'Elizabeth, elle songeait à sa conversation avec Josh. Elle en avait perdu le sommeil, comme ce soir.

*Si nous tentions de faire de cette union un vrai mariage, nous pourrions tomber amoureux.*

Son cœur cognait chaque fois qu'elle se souvenait de sa voix grave, lorsqu'il avait prononcé ces mots. Elle avait envie de jeter ses manuels de droit, de lui crier qu'elle ne voulait que lui, mais c'était trop tôt. Quelques mois auparavant, il lui avait parlé des nounous qui avaient essayé de le séduire, et avait déclaré qu'il n'aimerait plus jamais. Ce qu'il éprouvait pour elle n'était que de l'attirance physique, se rappela-t-elle une fois de plus.

*Tu comptes de plus en plus pour moi.*

A quel point ? Elle ne pouvait imaginer Josh prêt pour un autre engagement. Trop de fois, elle l'avait surpris les larmes aux yeux ou l'air mélancolique… Lisa le hantait.

Or elle n'avait aucune envie de souffrir. Ils pourraient vivre une liaison, certes, pendant quelque temps ; mais, quand Josh serait vraiment remis de son deuil, il s'éprendrait de quelqu'un d'autre. Ou alors, il se rendrait compte qu'il n'éprouvait que du désir pour elle. Elle n'était pas le genre de Josh. Elle pouvait souhaiter le contraire de toutes ses forces, cela ne changerait rien.

Elle se renfonça dans son lit, fixant le clair de lune. Elle ferait mieux de se concentrer sur ses études, sinon, elle allait au devant du plus grand chagrin d'amour de sa vie.

Le lundi suivant, Mattie se rendit à Austin pour son test d'admission. Le soir, au dîner, Josh lui demanda comment cela s'était passé. Ensuite, ils n'y firent plus allusion, même s'ils restèrent à discuter jusque tard dans la nuit.

153

Deux semaines plus tard, Mattie entendit un véhicule remonter l'allée de la maison. A travers la fenêtre, elle vit le facteur, Virgil Grant, garer son camion de livraison et descendre, muni de plusieurs paquets.

— Bonjour, Virgil, dit-elle en ouvrant la porte, Elizabeth dans les bras.

— Bonjour, Mattie. Salut, Lili, dit-il en souriant à Elizabeth. Voici des paquets qui viennent de Dallas. Il y en a d'autres dans le camion.

— Qu'est-ce que ça peut bien être ?

— Tout est pour toi. Il fait humide comme dans une jungle, aujourd'hui ! Mais ça m'est égal, j'aime autant qu'il pleuve. On va encore avoir une sécheresse record cet été. Tiens, signe là. Lili, tu es mignonne comme un cœur. Elle pousse comme un champignon, dis-moi ?

— Oui, elle change chaque semaine…

Il arracha un reçu qu'il lui donna.

— Et voilà. Dis bonjour à Josh de ma part.

Fermant la porte, la jeune femme posa Elizabeth à terre.

— Qu'est-ce que c'est que tout ça ?

Elle lut le nom des boutiques sur les longues boîtes. Elle en ouvrit une, en sortit une robe noire et la déplia.

— Ma parole ! Ton père ne sait pas faire simple !

Elle ouvrit deux autres boîtes et les referma soigneusement, avant d'emmener Elizabeth faire sa sieste.

Plus tard, Mattie préparait le dîner quand elle vit Josh traverser la cour de son pas décidé. Même vêtu d'un jean poussiéreux et d'un simple T-shirt, il était à craquer.

— Salut, Mattie, dit-il en entrant dans la cuisine. Comment ça a été aujourd'hui ? Il fait une de ces chaleurs, dehors !

— Josh, toutes ces robes que tu as commandées sont arrivées.

Il alla chercher une bière dans le réfrigérateur.

— Ah, oui ? Tu n'as qu'à renvoyer celles que tu ne veux pas. Tu peux aussi les garder toutes.

— Josh, il y en a au moins une douzaine !

Il se tourna vers elle et posa sa bière, un sourire en coin.

— Ce n'est pas assez, c'est ça ?

Elle leva les mains au ciel, l'air exaspéré.

— Je n'ai pas besoin de douze tenues ! Une seule suffira.

— D'accord. Quand Elizabeth sera couchée, tu les essaieras et nous en choisirons une ou deux.

— *Je* vais en choisir une.

— Non. Je sais à quoi ressemblent les soirées de maman. Laisse-moi t'aider à choisir.

Déconcertée, Mattie se remit à couper de la laitue. Elle devait reconnaître que Josh avait raison. Ce qui l'ennuyait, c'était de défiler devant lui. Elle se sentirait gauche et mal à l'aise sous son regard.

— Tu es en train de tailler cette laitue en pièces, fit-il remarquer en approchant.

Elle retint son souffle. Toujours ce même phénomène électrique, lorsqu'il était près d'elle…

— C'est une telle extravagance…

— Ce ne sont que des bouts de tissu. Je vais aller prendre une douche. Tu veux me frotter le dos ?

Elle leva vers lui un regard surpris. Il sourit et lui fit un clin d'œil.

— Je t'ai eue, hein ?

Il rit doucement en quittant la pièce, et Mattie transforma rêveusement sa salade en confettis, sans même s'en rendre compte. Josh était en train de changer, c'était évident. Il était plus gai, et la taquinait de plus en plus souvent. Ce n'était plus le Josh noyé dans l'affliction qu'elle avait connu. Il semblait lui prêter beaucoup plus d'attention, ce qui le rendait encore plus attirant…

Pourtant, lorsqu'elle lui avait demandé s'il l'aimait, sa réponse avait été aussi claire que s'il avait prononcé le mot « non ». Il avait dit l'apprécier. Il avait affirmé qu'elle comptait de plus en plus à ses yeux. En quelques semaines de cohabitation, leur relation avait évolué. Evoluerait-elle encore ? Y avait-il un espoir pour qu'il aime une femme de nouveau ?

Combien de fois allait-elle se poser cette question ? Elle était sûre qu'il tomberait amoureux un jour, il était bien trop beau pour rester seul. Mais elle ne se voyait pas avec lui. Elle l'imaginait plutôt avec une femme belle et sophistiquée, comme sa première épouse.

Elle s'essuya les mains et vérifia la cuisson du poulet

qu'elle avait mis au four, essayant de se concentrer sur le dîner et de chasser Josh de son esprit.

Plus tard ce soir-là, après qu'Elizabeth se fut endormie, Mattie alla dans sa chambre et ouvrit un paquet. Elle en sortit une petite robe de crêpe noire, et se sentit gênée à l'idée de défiler dans le salon pour Josh. Rejetant sa tresse par-dessus son épaule, elle entra dans le salon.

— Josh, pourquoi ne me dis-tu pas quel genre de robe il me faut ? Je me sens ridicule à défiler ainsi. Et je ne peux pas porter ça, c'est beaucoup trop court.

L'expression de Josh devint sérieuse tandis qu'il se levait et marchait vers Mattie.

— Fais-moi plaisir, essaie-les. Quand tu seras à Chicago, tu seras bien contente d'avoir plusieurs robes. Tu ne connais pas ma mère.

Mattie ferma les yeux et rejeta la tête en arrière.

— Je vais te faire honte, maugréa-t-elle.

— Jamais.

Il approcha, posant une main sur sa hanche.

— Tu es très belle. Pieds nus et avec ta tresse, tu es magnifique. Et cette robe n'est pas trop courte. Garde-la, Mattie. Essaies-en une autre. J'attendrai dans ma chambre, comme ça tu n'auras pas à faire de trop grands allers-retours.

— Pourquoi n'es-tu pas entré dans ma vie plus tôt ? soupira-t-elle.

Elle s'engouffra dans le couloir avant qu'il puisse répondre. Son cœur battait la chamade, les mots de Josh

dansaient dans son esprit. Il la trouvait magnifique !
Elle ferma la porte de sa chambre et contempla son
reflet dans le miroir. La robe était très courte, mais si
Josh voulait qu'elle la garde, elle l'écouterait.

La boîte suivante contenait une robe rouge ourlée
de velours noir, qui moulait ses formes. Elle vit de la
lumière dans la chambre de Josh et entra. Il était assis
à son bureau, occupé à faire ses comptes.

— Que dis-tu de celle-ci ?

Il posa son stylo et se tournant, la détailla longuement, ce qui la fit frissonner.

— Parfait. Garde-la.

— Josh, il n'y a pas les prix sur les étiquettes.

— J'ai demandé à ce qu'on les retire. Nous pouvons
nous offrir ces robes. Si tu as envie de toutes les garder,
tu peux.

— Tu as peut-être les moyens, pas moi.

— Ce n'est pas toi qui paies, alors oublie le prix.

— Je n'y arrive pas.

Il vint la rejoindre et posa les mains sur ses
épaules.

— Nous sommes capables de chevaucher toute la
journée ensemble et de nous occuper d'Elizabeth
sans jamais nous disputer. Mais quand nous abordons
des sujets personnels, les discussions sont de vrais
combats !

— Que tu gagnes trop souvent.

— Mattie, nous pouvons nous permettre d'acheter

tout ça. Tu ne me coûtes pas cher, tu sais. Avant d'être la nounou à plein temps d'Elizabeth, tu travaillais autant au ranch que n'importe lequel de mes hommes. Je dirais que tu as bien mérité ces cadeaux.

— C'est toi qui devrais devenir avocat !

Elle haussa les épaules et retourna dans sa chambre. Elle passa deux autres robes noires, une robe bleu marine et un tailleur en lin. Comme elle défaisait le paquet suivant, ses yeux s'arrondirent exagérément : une minijupe de cuir rouge vif et un bustier assorti ! Les replaçant dans la boîte, elle regarda par-dessus son épaule, en direction de la chambre de Josh.

« Tu peux toujours courir pour que je porte ça ! »

Elle découvrit ensuite une robe de lin jaune pâle. Elle l'enfila et la boutonna — jusqu'à ce qu'elle ne puisse plus atteindre les boutons, au milieu du dos.

— Voici la suivante, dit-elle une fois dans la chambre de Josh.

— Elle te va bien. Tourne-toi.

— Elle n'est pas boutonnée. Je le répète, je n'ai pas besoin de tous ces vêtements.

— Si, au contraire. Maman t'emmènera déjeuner ou faire du shopping. Tu seras invitée par ses amis, sans compter les soirées. Je vais t'aider à la boutonner.

— Non ! dit-elle en filant vers sa chambre.

*Si nous tentions de faire de cette union un vrai mariage, nous pourrions tomber amoureux.*

*Tu comptes de plus en plus pour moi.*

*Depuis quand as-tu cessé de prendre des risques ?*

Ces mots la tourmentaient. Elle avait l'impression que Josh était en train de les lui chuchoter à l'oreille. Avait-il raison ? Devrait-elle prendre des risques ? Elle l'avait fait de nombreuses fois dans sa vie. Pourtant, avec l'homme qu'elle aimait vraiment, elle se tenait en retrait, terrifiée à l'idée de mettre son cœur en jeu.

A vingt-huit ans, elle ne s'était jamais offerte à un homme. Or son mari était assis dans une chambre voisine de la sienne. Il avait déjà changé d'attitude à son égard. Il disait l'apprécier. Ses sentiments pour elle pourraient-ils devenir plus profonds ?

Elle considéra la jupe écarlate.

*Depuis quand as-tu cessé de prendre des risques ?*

Lorsqu'elle se regarda dans le miroir, son cœur s'emballa. Elle n'était pas faite pour porter des minijupes, tout comme elle n'était pas faite pour les bras de Josh, mais c'était lui qui avait suggéré de la traiter comme une vraie épouse.

Elle secoua la tête et alla remettre la jupe dans son emballage. Le papier de soie bruissa quand elle posa le vêtement de cuir.

*Depuis quand as-tu cessé de prendre des risques ?*

Depuis que son cœur était en jeu. Mais Josh et

Elizabeth ne valaient-ils pas la peine qu'elle se mette en danger ?

Sur une impulsion, Mattie redressa les épaules, ressortit jupe et bustier et se mit à dénouer ses cheveux.

— Très bien, tu l'auras cherché, marmonna-t-elle.

Elle enfila une paire de bas et des escarpins noirs. Puis elle revêtit la minuscule jupe et l'étroit bustier, mit des boucles d'oreilles dorées, se maquilla. Enfin, elle s'aspergea de son parfum de roses.

— J'ai l'air ridicule, dit-elle en considérant son reflet.

Il lui semblait regarder une étrangère. Jamais elle ne s'était autant maquillée. La jupe était très moulante, et le bustier dévoilait une grande partie de son décolleté.

— Je ne sais pas comment m'y prendre, dit-elle dans un haussement d'épaules. Tu l'auras voulu, Josh.

Le cœur battant, elle parcourut le couloir et entra dans la chambre.

— Tu ne t'attends tout de même pas à ce que je m'habille ainsi chez ta mère, n'est-ce pas ?

Josh retirait ses bottes. Lorsqu'il se tourna vers elle, il se figea.

— Bonté divine ! s'écria-t-il, l'air complètement stupéfait.

— A quelle occasion suis-je censée porter ça ?

# 8.

Comme hypnotisé, Josh rejoignit Mattie et l'attira

Comme hypnotisé, Josh rejoignit Mattie et l'attira jusqu'au miroir en pied. Il se plaça derrière elle et posa les mains sur ses bras en lui murmurant à l'oreille :

— Regarde-toi, Mattie. Tu ne peux plus douter de ta beauté et de ton pouvoir de séduction, à présent.

Mattie se moquait bien de son image, Josh l'intéressait bien plus. Il la fit pivoter vers lui et la tint par les hanches. Au plus profond de ses yeux, elle lut le désir.

— Tant que je serai ton mari, tu ne porteras cette tenue nulle part en dehors de la maison.

Il la regarda, comme s'il cherchait des réponses à des questions tacites.

— Pourquoi as-tu décidé de la porter maintenant ?

— Puisque tu l'as achetée, j'ai supposé que tu voulais me voir dedans…

Avec Josh, songea-t-elle, elle se sentait femme, et la sensation était exquise.

— Alors, tu as fait ça pour moi ? Ah, Mattie ! dit-il dans un souffle qui la fit frissonner.

Il baissa les yeux vers ses lèvres, et elle sentit ses seins se tendre sans même qu'il la touche.

Elle mettait son cœur et son avenir en jeu. Avait-elle agi trop impulsivement ? Lorsqu'elle sonda le regard de Josh, elle eut sa réponse. Elle avait connu plus de bonheur avec Josh que jamais auparavant. Il était son époux, sur le papier ; mais s'il le devenait pour de vrai ?

Même s'il ne l'aimait jamais, elle aurait ces moments d'intimité avec Josh, qu'elle pourrait graver dans son esprit, et chérir pour toujours.

Il la prit dans ses bras, et l'attira vers lui avant de l'embrasser.

— Tu es si belle, dit-il avant de lui donner un long et profond baiser.

Le cœur de Mattie se mit à palpiter follement tandis qu'elle nouait ses bras autour de son cou. Elle pressa son corps contre le sien et lui rendit ses baisers.

Il avait beau l'enlacer étroitement, et affirmer qu'elle était belle, ses craintes habituelles la tourmentaient. En amour, elle était aussi novice qu'une jeune adolescente, alors que Josh avait beaucoup d'expérience.

Josh la repoussa légèrement et déboutonna son bustier. Il le lui retira tout en continuant de l'embrasser. Quelques instants plus tard, son soutien-gorge suivit, et Mattie frissonna de froid et d'émotion.

Elle voyait que Josh tremblait, lisait le désir sur son visage. Cela l'étonna qu'il ait autant envie d'elle.

Il ouvrit la fermeture Eclair de sa jupe. Le vêtement tomba à ses pieds. Josh recula, les yeux enfiévrés. Il caressa ses seins puis prit un téton dans sa bouche.

Mattie fut envahie par une vague de sensations inouïes. Ses craintes disparurent lorsqu'elle s'accrocha aux épaules puissantes de Josh, fermant les yeux et gémissant de plaisir. Il effleura son téton de sa langue avec tant de douceur qu'elle en oublia toute raison. Elle avait envie de lui, envie de le connaître intimement. Et tout au fond d'elle, elle voulait qu'il l'aime.

Elle repoussa la jupe du pied comme Josh s'agenouillait devant elle. Il glissa les doigts sous son slip et l'en débarrassa tout en faisant pleuvoir des baisers sur son ventre et l'intérieur de ses cuisses. Ses mains dérivèrent sur ses hanches, ses fesses, et le long de ses jambes.

La dévorant des yeux, il se releva. Il l'étreignit encore plus fort et l'embrassa avec passion. Elle pouvait à peine respirer, mais la sensation d'être enlacée par Josh, comme si c'était vital pour lui, était merveilleuse. Elle lui rendit ses baisers puis passa les mains sous son T-shirt. Josh l'ôta et le jeta au loin. Il enleva aussi son jean. Elle lui caressa le torse, et contempla son corps magnifique. Descendant vers son ventre, elle effleura sa virilité. Il quitta son caleçon, et quand elle enroula les doigts autour de son membre dressé, elle entendit Josh haleter.

Elle se sentit rougir en le caressant, mais le désir était plus fort. Elle voulait rattraper le temps perdu et assouvir enfin ses désirs.

Elle l'aimait, autant affronter la vérité. Mais elle ne pouvait pas le lui avouer avant que lui ne lui fasse une déclaration. Elle ne tenait pas à ce qu'il se sente piégé.

Elle l'embrassa, le couvrant de baisers tout en explorant son corps : son ventre plat, ses cuisses fermes et puissantes — puis referma ses mains sur son sexe triomphant.

Josh succomba à ses assauts, et crut mourir de désir. Mattie était aussi directe dans ses caresses que dans tout ce qu'elle entreprenait, et elle était en train de lui faire perdre tout contrôle. Il gémit, plongea ses doigts dans ses cheveux ondulés. Il brûlait de l'allonger sur le sol et de la prendre vite et fort, de se noyer dans la chaleur de son corps.

Mais il devait refréner son envie et lui laisser du temps. Cette première nuit devait être réussie.

Malgré son désir, il était toujours sonné. Il se souviendrait d'elle dans cette tenue de cuir rouge pour toujours. Elle pourrait provoquer des accidents, en sortant habillée ainsi ! Pourtant, Mattie doutait de son pouvoir de séduction...

Il la fit se relever. La serra contre lui.

Mattie s'agrippa, savourant cette étreinte. Un désir qu'elle n'avait jamais vraiment connu l'embrasait. Avouerait-elle à Josh qu'elle était encore vierge ? En serait-il contrarié ?

Il la porta jusqu'à son lit. D'un bras, il écarta les draps, l'étendit et s'allongea sur elle, plongeant les mains dans ses cheveux.

— J'ai envie de toi, dit-il d'une voix rauque.

Il se pencha pour l'embrasser. Avec sa langue, il entama un mouvement de va-et-vient qui évoquait celui de l'union des corps. Puis il s'égara vers l'intérieur de ses cuisses, et ses mains explorèrent son intimité la plus secrète. Les yeux verts de la jeune femme brillèrent de désir. Elle se cambra, jusqu'à ce qu'il trouve le centre de sa féminité et entame une caresse rythmée qui la rendit folle.

Mattie vit ses dernières craintes s'évanouir, et son désir monta crescendo. Lorsque la langue de Josh prit le relais de ses doigts experts, elle eut l'impression de se désintégrer.

— Josh !

— Je veux que tu me désires, murmura-t-il.

Elle ne put lui répondre. Son corps se tendait, ses hanches ondulaient lorsqu'elle sentit l'extase arriver. Quand la jouissance libératrice surgit, elle eut un cri. Elle en voulut plus et, passant les bras autour du cou de Josh, l'attira vers elle.

— Maintenant, Josh…

Il inspira, puis se plaça entre ses jambes. Soudain, il se redressa.

— Est-ce que tu prends la pilule ?

— Non. Je n'ai aucune protection.

Il tendit le bras et ouvrit un tiroir de son chevet pour en extraire un préservatif.

L'ayant mis en place, il s'allongea de nouveau sur elle. Il l'embrassa et elle ferma les yeux, enroulant les jambes autour de lui, ses cuisses reposant sur ses fesses fermes. Elle voulait l'enchaîner avec son corps, l'envelopper de son amour.

Josh introduisit l'extrémité seulement de son pénis, puis s'arrêta ; Mattie crut s'évanouir tant le désir la consumait. Ses seins étaient dressés, et son corps si tendu qu'il en devenait douloureux. Elle ne pensait qu'à une chose : ne faire plus qu'un avec Josh.

— Josh, s'il te plaît...

— S'il te plaît... quoi ? Je veux te l'entendre dire.

— J'ai envie de toi. Tu sais que j'ai envie de toi.

Le cœur de Josh cogna dans sa poitrine. Il était trempé de sueur, et luttait pour se maîtriser.

Il la pénétra lentement, et se mit à trembler.

Lorsqu'il sentit la barrière de sa virginité, il fut surpris. Il regarda Mattie, qui se mordait la lèvre. Ses yeux étaient clos, des gouttes de sueur perlaient sur son front.

— Mattie...

Il était incapable de parler. Alors il l'embrassa. En

espérant ne pas lui faire mal, il remua en elle avec douceur, pour l'amener à un point où le désir serait plus fort que la douleur.

Elle gémit, s'arqua, et lui serra les fesses. Lorsqu'elle tendit les jambes sur lui, il sut qu'il était arrivé à la limite de son contrôle.

Il entra en elle pleinement, étouffant son cri par ses baisers tandis qu'ils ondoyaient à l'unisson.

Mattie fut submergée de sensations extraordinaires. Le monde ne se résuma plus qu'à l'homme dans ses bras. Un feu dansa sous ses paupières et un grondement emplit ses oreilles, fermées aux bruits extérieurs. Elle entendit à peine le cri qu'elle poussa.

La douleur momentanée se mua en plaisir, jusqu'à ce qu'elle parvienne au sommet de l'extase.

— Mattie ! cria Josh.

Son corps puissant vibra lorsqu'il jouit en elle, et Mattie le serra contre elle.

Peu à peu, la jeune femme reprit ses esprits. Elle caressa le dos de son amant. Quoique lui réservait l'avenir, le bonheur de cette nuit lui était acquis…

Josh pesait lourd à présent. Mais elle était heureuse de le tenir dans ses bras. Elle se tourna, constata qu'il la regardait. Il lui donna un long baiser, aussi passionné qu'avant d'avoir fait l'amour.

Elle recula pour le regarder et repoussa une mèche de cheveux sur son front. Décoiffé, il avait l'air sauvage.

Il transpirait, et la dévisageait avec une telle tendresse qu'elle crut fondre.

— Tu as eu mal ?

— Qu'en penses-tu ? Est-ce que j'ai eu l'air d'avoir mal ?

— Presque pas. Tu es extraordinaire, Mattie…

Il la serra dans ses bras, et elle le sentit se durcir en elle. Surprise, elle l'interrogea du regard.

— Tu n'as pas idée à quel point tu m'excites, expliqua-t-il. Je n'ai pas dormi pendant des nuits entières. Et je sais que je ne vais pas dormir ce soir. Pas tant que tu me serreras dans tes bras.

Ces mots la bouleversèrent. Elle s'était attendue à ce que son intérêt pour elle diminue après leurs ébats. Au lieu de cela, il semblait la désirer encore plus…

— Je pourrais te prendre sur-le-champ. Je te veux et tu le sais. Mais…

Il se retira, descendit du lit, la souleva dans ses bras et se dirigea vers la salle de bains.

— Nous allons prendre une douche et tout recommencer, dit-il. Cette fois, je pourrai y aller plus doucement, et t'aimer jusqu'à te faire défaillir.

— Tu y es déjà presque parvenu.

— Cette fois, nous nous occuperons exclusivement de toi…

Posant Mattie sur le sol de la douche, il referma la porte et ouvrit le robinet.

— Josh…

Il la rejoignit sous la douche. L'eau chaude se répandit sur eux et il rejeta la tête en arrière. Puis il prit ses seins dans ses mains, et, comme il l'avait promis, recommença à lui faire l'amour.

Lorsque Mattie se réveilla, elle trouva Josh, appuyé sur un coude, en train de l'observer.

— Bonjour, dit-il.

— Mais tu ne dors jamais ?

— Pas cette nuit, en tout cas.

Il enroula une mèche de cheveux et la plaça derrière son oreille.

— Est-ce que tu veux bien partager ma chambre, Mattie ?

Elle réfléchit à sa proposition. Elle voulait davantage de lui : elle voulait son amour. Si elle acceptait de dormir avec lui, la souffrance serait-elle plus profonde lorsqu'ils se sépareraient ? Ou bien cela les rapprocherait-il ?

— Je n'ai pas prévu tout ça, Josh. J'ai juste mis la jupe que tu as achetée, sans penser plus loin.

— Je te veux avec moi, dit-il, l'air sérieux.

Tout en repensant à leur nuit, elle chercha à lire dans ses yeux, si sombres qu'on ne pouvait presque pas distinguer l'iris de la pupille. Un « oui » monta jusqu'à ses lèvres, mais elle le retint pour réfléchir encore. Josh lui avait fait l'amour, crié son nom ; mais, pas une seule fois, il ne lui avait dit qu'il l'aimait.

Toutefois, cela ne signifiait pas qu'il ne retomberait pas amoureux un jour...

— Je te veux dans mon lit, Mattie. C'était si bon, hier. Pour la première fois depuis bien longtemps, je me sens revivre.

Elle noua ses bras autour de lui, et il l'étreignit. Elle entendit leurs deux cœurs battre à l'unisson. L'aimerait-il un jour ? Etait-elle en train de courir après des chimères ? Leur nuit d'amour était bien réelle, et si ce qu'il disait était vrai, cela avait été exceptionnel pour lui aussi.

— Je vais amener mes affaires dès aujourd'hui, décida-t-elle.

En guise de réponse, il l'embrassa.

Elle se rendormit. A son réveil, Josh était parti. Déroutée, se demandant ce que faisait Elizabeth, Mattie sortit du lit et regarda l'horloge. Il était 7 h 30. Elle enroula un drap autour d'elle et se hâta hors de la chambre. Maria n'arrivait qu'en fin d'après-midi, et Josh était sans doute déjà au travail. Elizabeth devait être encore endormie, mais c'était difficile à imaginer. D'ordinaire, la petite fille se levait à l'aube...

Mattie trouva déserte la chambre d'enfant.

Courant dans le couloir, elle cria :

— Elizabeth ! Lili !

— Par ici, Mattie, répondit une voix masculine.

Mattie ralentit le pas et découvrit, dans la cuisine, Josh en train de donner son petit déjeuner à sa fille. Son visage et ses mains étaient couverts de porridge.

— Maman ! dit-elle en tendant ses mains poisseuses.

— Pas tout de suite, poussin, dit Mattie.

Le regard admiratif de Josh lui rappela qu'elle était uniquement vêtue d'un drap. Lui portait un T-shirt et un jean — et un éclair de désir, prodigieusement intense, la traversa.

— Elle a dormi tard ce matin, dit Josh. Nous avons essayé de ne pas te réveiller.

Mattie l'entendit à peine. Concentrée sur son torse, elle se remémorait leur nuit. Elle s'avisa soudain que le silence s'était instauré — seul résonnait le cliquetis de la cuillère d'Elisabeth.

Josh plissa les yeux, et inspira profondément.

— Mattie...

Elle entendit sa voix rauque, lut le désir dans ses yeux, mais Elizabeth s'agita dans sa chaise haute, et Mattie se rappela qu'ils devaient retourner à leurs habitudes.

— Je vais aller m'habiller, dit-elle en filant vers le couloir.

Elle ferma la porte de sa chambre et s'y adossa, le cœur battant et les mains moites. Elle voulait Josh, plus que jamais. Elle aurait dû se sentir satisfaite et

172

épuisée, mais non. Un seul regard sur son corps viril et puissant avait suffi à réveiller son envie.

Elle était encore sous le choc de la nuit passée, et des bouleversements intervenus dans sa vie. Elle semblait être la même et pourtant, elle avait changé sur bien des plans. Elle était profondément et irrévocablement amoureuse d'un homme qui ne l'aimerait peut-être pas en retour. Elle aimait Josh et Elizabeth, et voulait faire partie de leur vie. Enfin, elle était devenue femme, se sentait désirable. Tout cela grâce à Josh.

Cependant, ses vieilles incertitudes n'avaient pas toutes disparu. Le voyage à Chicago était comme un gros nuage noir qui obscurcissait l'horizon. Hors de son élément, elle ne serait peut-être pas la femme que Josh attendait qu'elle soit…

Elle rassembla ses cheveux dans sa main. Elle ferait bien d'aller chez le coiffeur. Et aussi chez le médecin, pour se faire prescrire la pilule… Mais pour l'heure, plusieurs jours la séparaient encore du voyage, et elle résolut de ne plus y penser.

Plus tard, comme elle disait au revoir à Josh sur le seuil de la porte, celui-ci eut du mal à s'en aller, l'embrassant jusqu'à ce qu'ils ne puissent plus respirer.

— Si tu ne devais pas t'occuper d'Elizabeth, je resterais à la maison, aujourd'hui… Je serai de retour dès que possible. Et je penserai à toi toute la journée.

— Tu ferais mieux de songer à ton travail avant qu'un cheval ne te donne un coup de sabot, plaisanta-t-elle.

Il ne rit pas, et la considéra d'un air sérieux.

— C'était fantastique, Mattie. Vraiment fantastique.

Mattie retint son souffle. Cet aveu était comme un nouveau maillon dans la chaîne qui se forgeait entre eux.

— Pour moi aussi, dit-elle.

Tandis que Josh se dirigeait vers son pick-up, Mattie s'interrogea. La barrière de chagrin autour de lui était-elle sur le point de tomber ? Et cette partie de son cœur qu'il gardait enfermée, était-elle en train de s'ouvrir pour elle ?

Les trois semaines suivantes furent idylliques. Mais, le voyage à Chicago approchant, Mattie se mit à s'inquiéter. La veille de leur départ, elle reçut les résultats de son test d'admission. Le soir, alors que Josh la tenait dans ses bras, leurs corps moites d'avoir aimé, elle lui annonça :

— J'ai réussi mon examen.

Il demeura immobile un instant, puis leva les yeux vers elle. Son visage était impassible.

— Alors maintenant, il n'y a plus d'obstacles sur ta route.

Mattie espéra qu'il la supplie d'oublier le droit, et de rester avec lui pour toujours.

Au lieu de cela, il lui donna un baiser fougueux — qui lui fit effectivement oublier ses études.

Le lendemain, ils prirent l'avion pour Chicago. Mattie avait fait couper ses cheveux, qui lui arrivaient maintenant aux épaules. Juste après l'avoir complimentée, Josh avait bougonné. Il avait dû lui dire une bonne douzaine de fois qu'il la préférait avec les cheveux longs.

Elle avait deux valises pleines de nouveaux vêtements, Josh lui tenait la main, et pourtant elle échouait à faire taire son angoisse. Par le passé, elle avait souvent eu l'impression d'être une marginale, et elle était terrifiée à l'idée d'affronter les gens de Chicago.

A l'aéroport, Sibyl vint les chercher, et dans les folles heures qui suivirent, Mattie se détendit. Pour leur premier dîner, ils se retrouvèrent seuls avec Sibyl et son mari. A 22 heures, Mattie et Josh se retirèrent dans leur chambre. Dès qu'il eut fermé la porte, Josh prit Mattie par la taille.

— Tu vois, je t'avais dit que partager un lit ne serait pas un problème, ironisa-t-il en ouvrant le dos de sa robe de lin couleur paille.

Le regard de Josh anéantit sa volonté de protester. Elle mit ses bras autour de son cou, et l'embrassa. Au bout de quelques minutes, sa robe était sur ses chevilles. Josh la porta dans ses bras jusqu'au lit.

Plus tard, alors que Mattie était endormie dans ses bras, Josh écarta les mèches de cheveux qui barraient son visage. Il effleura son bras. Il avait de la chance.

Il était en train de remonter la pente. Son chagrin se métamorphosait en un bouquet de souvenirs pacifiés. Il était revenu à la vie, grâce à Mattie.

Il avait été si surpris par sa nouvelle coupe. Elle essayait de s'adapter aux amis de sa mère, pour avoir moins l'air d'une fille de la campagne… Voudrait-elle vivre au ranch ? Abandonnerait-elle son rêve de devenir avocate, ou allait-il de nouveau perdre la femme qu'il aimait ?

Quelques semaines plus tôt, elle lui avait demandé s'il l'aimait, et il n'avait pas répondu. A présent, il était capable de lui donner une réponse venant du fond de son cœur. A la première occasion, il avait l'intention de lui avouer son amour. Il était même tenté de la réveiller tout de suite.

Il aurait dû le lui dire ce soir, mais les mots s'étaient évanouis quand elle s'était blottie dans ses bras avec envie.

— Je t'aime, Mattie, murmura-t-il.

Il descendit le drap qui la recouvrait pour dévoiler ses seins nus, qu'il contempla, émerveillé.

Mattie était pleine de contradictions, même sur le plan physique. Elle était grande et pleine d'énergie. En même temps, elle était incroyablement douce, et si féminine quand ils faisaient l'amour. Sa peau était pâle et délicate, ses courbes généreuses. Elle semblait douter de sa féminité, pourtant, quand elle était apparue dans ce petit ensemble de cuir rouge, elle s'était montrée sûre d'elle et de son pouvoir de séduction.

Le désir monta en lui. Oubliant ses pensées à propos du futur, il écarta encore le drap et caressa ses seins, attendant qu'elle réagisse. Il prit un téton dans sa bouche, et le sentit se durcir tandis que Mattie gémissait.

Il savait que dans quelques minutes, sa langueur se transformerait en excitation. Bientôt, elle s'étira dans un mouvement paresseux et sensuel... Puis elle accrocha ses mains dans ses cheveux de jais et l'attira vers elle, les yeux voilés par le désir.

Enroulant ses bras autour de lui, elle l'embrassa. Lorsqu'il s'étendit sur elle, son pouls s'accéléra vivement. Cette fois, il ne voulut pas attendre. Il la pénétra avec force, et la passion le submergea.

# 9.

— Comment me trouves-tu ? demanda Mattie.

Josh la regarda. Avec sa nouvelle coupe et cette petite robe noire, elle semblait différente, sophistiquée. Il sentit son corps se tendre, une douce chaleur se diffusant en lui comme il revoyait Mattie ce matin, nue et endormie dans ses bras.

— Tu es superbe, dit-il, la voix rauque.

Sa robe dévoilait ses bras et ses longues jambes fines. Elle avait les cheveux lâchés ; une frange lui recouvrait le front et quelques mèches effilées encadraient son visage. Elle était si sexy qu'il avait hâte que la soirée se termine, pour pouvoir être seul avec elle, dans ce grand lit.

— Si je n'avais pas peur qu'on nous interrompe, je te ferais l'amour tout de suite…

Il enfila la veste de son costume et resserra sa cravate.

— Mais tu ne le feras pas ! s'exclama-t-elle, en allant se voir dans le miroir. Josh, je ne peux pas y aller !

— Allons, ce n'est qu'un dîner.

— Je ne saurai pas quoi dire, j'ai l'impression d'être une paysanne qui débarque de sa campagne !

— Maman est de Latimer. J'y suis né aussi. La moitié des invités viennent sans doute d'un milieu rural.

Les craintes de Mattie étaient infondées, songea Josh. Néanmoins, pour Mattie, elles étaient bien réelles. Elle avait dû vivre des moments très difficiles dans son adolescence.

— Parfois, j'ai presque envie de t'emmener en ville avec ta minijupe et ton bustier rouges, juste pour que tu voies ceux qui t'ont traitée de tous les noms au lycée baver d'envie sur ton passage. J'ai dit *presque*. Jamais je ne leur laisserai la moindre chance avec toi.

— Pour l'heure, c'est la soirée qui me préoccupe. Dans ces chaussures, je mesure plus d'un mètre quatre-vingt-cinq, et la plupart des hommes ont horreur qu'une femme les dépasse. Cette robe est trop courte, mes jambes ont l'air si longues !

— Mattie, tu as des jambes fabuleuses. Si les hommes te regardent, c'est parce que tu es très belle. Ce ne sont pas des adolescents de quinze ans. Il n'y aura que des adultes, qui ne prêteront peut-être même pas attention à ta taille. Allons dire bonne nuit à Elizabeth, et rejoignons les invités. Cesse de t'inquiéter.

— Facile à dire ! Tu es à l'aise dans ce genre de situations depuis ta plus tendre enfance.

— Tu fais une montagne d'un rien. Tu n'as plus treize

ans. Aujourd'hui, tu es une femme mariée, intelligente, et pleine de qualités. Et ce soir, tu seras la femme la plus belle et la plus sexy de la soirée.

— Si tu pouvais dire vrai...

— Fais-moi confiance, dit-il en lui prenant la main.

Il fronça les sourcils. Les mains de Mattie étaient glacées, et tremblaient légèrement.

— Détends-toi, Mattie.

Elle le fixa gravement, et il comprit que ses paroles étaient vaines.

— Si ça peut te rassurer, je resterai avec toi tout le temps.

Mattie lui adressa un faible sourire.


Lorsqu'ils approchèrent de la salle de réception, les bruits de voix se firent plus lourds. La musique de l'orchestre était à peine audible dans le brouhaha des conversations. La mère de Josh avait prévu un buffet pour une cinquantaine de personnes. Josh regarda Mattie, qui avait le menton levé, l'air à la fois maussade et déterminé.

— Ah, vous voilà, dit Sibyl en allant à leur rencontre. Laissez-moi vous présenter.

Mal à l'aise, Mattie fit le tour des invités entre Sibyl et Josh, souriant aux gens, tentant de se souvenir de leur nom. Durant la première demi-heure, Josh resta à son côté, l'air tout à fait détendu.

Elle se sentait trop grande, et gauche, aussi embarrassée que dans les fêtes à l'université ou au lycée. Mais comme personne ne semblait la regarder bizarrement, et que Josh gardait un bras fermement enroulé autour de sa taille, elle commença à se relaxer. Les gens étaient chaleureux et amicaux et, en prêtant l'oreille aux conversations, elle fut totalement apaisée.

Un serveur passa avec un plateau de verres de vin blanc, et Mattie en prit un. Elle écouta un groupe discuter de la saison de football à venir ; puis la discussion se porta sur le temps.

— Il paraît que vous avez un été particulièrement sec au Texas, dit une grande dame brune à Josh.

— Oui, la sécheresse bat des records cette année.

— Votre mère m'a dit que vous étiez propriétaire d'un ranch, intervint Tim Colby, un vieil ami de Thornton. Ma femme et moi venons d'acheter des chevaux, pour faire des balades avec les enfants, mais nous ne nous y connaissons pas beaucoup. L'un d'eux nous donne du fil à retordre. Il est très doux et obéissant, mais dès qu'il quitte l'écurie, c'est une tout autre histoire. Il ne veut pas s'éloigner de son box. Est-ce que vous avez déjà rencontré un tel problème ?

— C'est ma femme, l'experte en chevaux. Mattie ?

— Oui, c'est assez courant, dit-elle, tout en sachant que Josh aurait très bien pu répondre à sa place.

— Ah ! C'est déjà rassurant. Y a-t-il quelque chose que l'on puisse faire ? Je n'aime pas avoir à batailler avec lui chaque fois que nous voulons faire une promenade. Et il est hors de question de le frapper.

Mattie sourit, sûre d'elle.

— Il est possible de le faire changer.

— Comment ?

— Lorsqu'il commence à protester, lâchez les rênes et faites pression avec les talons.

— Si je lâche les rênes, je n'aurai plus de contrôle ! s'étonna Tim.

— Si vous tirez dessus, il se débattra encore plus. Faites-le avancer, mais sans le diriger. Au début, il fera probablement de grands cercles. Cela prend du temps. Et puis, lorsque vous avez fini de le monter, ne le dessellez pas tout de suite. Il sera ainsi moins impatient de rentrer dans son box.

— Vous avez déjà eu des chevaux de ce genre ? s'enquit un homme blond qui se tenait à côté d'elle.

Mattie lui jeta un regard. Josh venait de le lui présenter : Allen Anderson.

— Oui, répondit-elle. Certains demandent seulement quelques efforts, d'autres sont plus longs à dresser.

— Eh bien, dit Tim, avec tous ces conseils, j'arriverai peut-être à en avoir pour mon argent avec ce cheval !

Mattie se rendit compte que Josh avait rejoint un autre groupe. Il lui adressa un clin d'œil en sirotant son verre, et elle répondit par un sourire.

Elle continua à répondre aux questions et à parler de chevaux, et entendit à peine quand le dîner fut annoncé. Lorsque Allen lui prit le bras, elle fureta autour d'elle : Josh lui tournait le dos et devisait avec deux hommes.

— Vous êtes de jeunes mariés, n'est-ce pas ? demanda Allen.

— Oui. Notre mariage remonte à avril.

— Dans ce cas, vous n'accepterez pas une invitation à déjeuner avec moi ?

Elle sourit et secoua la tête.

— Merci mais, non, en effet.

Le buffet était dressé. Au menu : du canard rôti, des blancs de poulet aux champignons et aux câpres, des légumes vapeur et des petits pains dorés. Dans des candélabres d'argent, des chandelles étaient allumées et se reflétaient dans les verres de cristal. Les gens se servirent puis allèrent s'installer aux tables disséminées dans la pièce.

Mattie et Allen s'assirent à une table pour huit. Un couple s'installa en face d'eux.

— Il paraît que vous êtes une spécialiste des chevaux, dit l'homme à Mattie. Je suis Jess Reider, et voici ma femme, Kate.

En quelques minutes, Mattie se lança dans une

autre conversation sur les chevaux, et oublia la notion du temps. Elle se sentait aussi à l'aise ici qu'au ranch. Quand Josh voulut se joindre à eux, toutes les places étaient prises, aussi alla-t-il s'asseoir plus loin.

Une heure plus tard, Josh sirotait un verre et observait Mattie. Elle se tenait au milieu d'un groupe d'hommes qui étaient pendus à ses lèvres. Elle s'était inquiétée pour rien ! C'était elle la reine de la soirée. Si elle n'avait pas une alliance à son doigt, elle aurait eu des rendez-vous jusqu'à la fin de la semaine, il en était sûr. Mattie semblait confiante, radieuse, et belle. Son cœur se serra.

Elle avait rapidement sympathisé avec tous ces gens. Mattie méritait de faire son chemin dans le monde. Elle avait toujours rêvé de devenir avocate, et venait de réussir son examen d'entrée. Elle était intelligente et ouverte aux autres. Il ne pouvait pas la retenir au ranch. Elle était faite pour la vie citadine, pas pour être une nounou ou une palefrenière.

Il sortit sur la terrasse, pour être seul, et arpenta le jardin. Lui était un rancher. Il aimait la solitude et la vie rurale. C'était une existence rude mais passionnante. Il n'avait connu que cela, et il adorait cela. Mais sa merveilleuse femme devait être libre de choisir.

Le cœur meurtri, il longea l'étang. Mattie était si différente aujourd'hui de la femme à qui il avait proposé un mariage de convenance…

Une union décidée pour sa convenance à lui. Mattie

l'avait pourtant prévenu qu'il pourrait tomber amoureux. A ce moment-là, il ne l'avait pas cru possible.

Il aurait aimé retourner à l'intérieur, prendre Mattie et Elizabeth, repartir au Texas. Il voulait Mattie dans sa vie, autant que dans son lit.

— Bon sang, murmura-t-il.

Il aurait dû écouter les avertissements de Mattie. Il allait souffrir une fois de plus... Tout était sa faute à lui ! Dès le départ, il avait su qu'un mariage de pacotille était injuste pour elle.

Il retourna vers la maison à grandes enjambées, et s'adossa contre une porte. Mattie irradiait de bonheur. Après cette soirée, ses a priori sur les mondanités disparaîtraient sans doute.

— Hé, Josh, appela Ed Burns.

Josh alla rejoindre l'assistant de Thornton et le groupe de gens qui l'accompagnait.

Comme Mattie se tenait dans un cercle d'invités, elle sentit un regard sur elle et se tourna. Terriblement beau, Josh était à l'autre bout de la pièce et la fixait de ses yeux enfiévrés. Dans son costume sombre et sa chemise blanche, il était le plus bel homme de la soirée. Il émanait de lui une aura sauvage, que les autres hommes n'avaient pas.

L'air sombre qu'il affichait l'intrigua. A quoi pouvait-il bien penser ? Il lui fit un clin d'œil, et aussitôt, elle oublia tout autour d'elle. Elle lui rendit son clin d'œil, souhaitant que la fête se termine pour être seule avec lui, dans leur chambre.

— Je l'envie, dit une voix grave derrière elle.

Allen Anderson se faufilait parmi les gens qui entouraient Mattie.

— Je suis *très mariée*, dit-elle d'un ton ferme.

— J'en suis convaincu, dit-il en haussant les épaules. Il suffit de vous voir ensemble. Et puis, votre dévoué époux m'a décoché quelques regards meurtriers qui en disent long. Mais si…

— Ne monopolise pas le temps de cette jeune femme, plaisanta un invité avec qui elle avait déjà discuté. Sibyl m'a dit que vous étiez une championne de rodéo, est-ce vrai ?

— Plus ou moins, dit-elle en essayant de se rappeler le nom de son interlocuteur.

La conversation passa au rodéo.

La soirée prit fin vers 1 heure du matin. Après avoir refermé la porte derrière le dernier invité, Sibyl se tourna vers Josh et Mattie.

— Tout le monde vous a adoré, s'exclama-t-elle.

— Tu veux dire que tout le monde a adoré ma charmante épouse, rectifia Josh.

— C'était une fête très agréable, commenta Mattie. Je me suis bien amusée.

— Et ce sera le cas demain aussi, affirma Sibyl.

— Je te dis à demain, maman, dit Josh en l'embrassant sur la joue. Bonne nuit, Thornton.

— C'était une grande soirée, dit son beau-père. Bonne nuit, vous deux.

Josh prit Mattie par les épaules. Pendant qu'ils gagnaient leur chambre, elle lui parla des gens qu'elle avait rencontrés. Elle était excitée, et Josh souhaita que cette excitation se transforme en désir. Lui la désirait plus que jamais. Il entendait à peine ce qu'elle disait, car des images érotiques le distrayaient. Il observait le léger balancement de ses seins… Resserrant son étreinte sur ses épaules, il l'attira contre lui.

— Tu avais raison, dit-elle. Tout le monde était très gentil.

— Oui. En particulier Allen Anderson. Je lui aurais bien mis mon poing dans la figure !

Mattie rit.

— Il était juste amical.

— C'est ça. Il te dévorait des yeux !

— Je n'aurais pas dû m'inquiéter. La plupart des gens avaient les mêmes centres d'intérêt que nous.

Josh ferma la porte de la chambre et la fit pivoter vers lui, posant les mains sur sa taille. Elle plongea le regard dans ses yeux profonds. Il avait un air grave, et elle s'avisa qu'il avait très peu parlé.

— Qu'y a-t-il ?

Comme il la considérait en silence, Mattie commença à craindre qu'une chose terrible soit arrivée. Le regard fermé qu'il avait eu lors de leur premier rendez-vous était réapparu. Il se pencha et l'embrassa éperdument, comme s'il ne l'avait pas vue depuis des semaines. Quelque chose avait changé. Elle lui retourna cependant ses baisers avec la même avidité.

Même s'il la tenait dans ses bras, Josh savait qu'il était en train de perdre Mattie. Il devait la laisser partir, mais il la voulait, à en devenir fou. Il s'adossa à la porte et la souleva contre lui. Elle sentait si bon, et sa peau était si douce ! Il brûlait de la posséder sur-le-champ.

Glissant les mains derrière elle, il descendit la fermeture Eclair de sa robe et la lui retira en douceur. Ce soir, Mattie était à lui. Il ne penserait pas au lendemain.

— Tu es merveilleuse…

Il voulut ajouter « je t'aime ». Hélas, mieux valait garder ses sentiments pour lui. Il l'avait enchaînée dans un mariage factice, et c'était mal. Il ne la retiendrait pas avec un amour qui pourrait lui coûter ses rêves. Néanmoins, au tréfonds de lui-même, il voulait qu'elle l'aime aussi. Il avait aimé Lisa, cru à un amour éternel et total. Mais il n'avait pas trouvé ce qu'il avait découvert avec Mattie. Lui et Mattie étaient proches sur tant de plans. Elle était une égale, dont il respectait l'opinion, une compagne délicieuse, et une amante douée qui enflammait ses nuits.

— Ah, Mattie ! Ma femme…, dit-il d'une voix rauque, espérant que ce soit vrai.

Il empoigna ses fesses et la ramena tout contre lui.

Mattie se pressa contre son sexe gonflé de désir, et il en frissonna.

Elle souleva sa chemise, les yeux mi-clos, caressa son torse, ce qui lui fit l'effet d'une décharge électrique. Il prit son visage entre ses mains, plongea ses doigts dans ses cheveux et la regarda droit dans les yeux.

— J'ai envie de toi, Mattie.

Sa voix tremblait d'émotion. Il lui donna un baiser ardent tout en lui ôtant ses sous-vêtements.

Mattie percevait le changement en lui. Ses baisers étaient plus sauvages, et il la serrait plus fort que d'habitude. A sa grande surprise, cela l'excitait encore plus de voir qu'il avait une telle envie d'elle. Elle n'en revenait toujours pas qu'il puisse la désirer à un tel point ! Elle remua ses hanches contre lui et son excitation monta encore d'un cran.

Il leva la tête et se déshabilla. Serait-elle toujours aussi émerveillée à la vue de son corps splendide ?

— Viens, Mattie…

Il l'allongea sur l'épais tapis de laine. Mattie sentit son pouls battre violemment. L'euphorie de la soirée accentuait ses réactions, et le désir de Josh attisait le feu en elle. Elle le poussa sur le dos, et se mit sur lui. Il la tint par les hanches et l'empala sur son sexe dressé. Elle eut un petit cri et ondula d'instinct. Avec lui, elle se sentait vivre. Chaque fois que leurs deux corps s'unissaient, c'était comme un miracle, un sentiment si fort qu'elle ne regrettait pas toutes ces longues années de solitude.

Tandis qu'il la pénétrait et promenait ses doigts entre les jambes de Mattie, elle ferma les yeux et se mordilla la lèvre en rejetant la tête en arrière.

Avec un cri, Josh roula sur elle et augmenta la cadence de ses va-et-vient. Elle croisa les jambes au-dessus de sa taille, et ils ondoyèrent ensemble avec une frénésie qui les emporta vers les cimes du plaisir.

— Mattie, mon amour !

Josh avait crié ces mots d'une voix sourde et, dans le feu de l'action, Mattie ne les entendit pas. Elle atteignit l'extase comme Josh remuait encore en elle, dans une éblouissante gerbe de sensations.

Elle reprit peu à peu son souffle, ouvrit les yeux. Josh la regardait. Il se pencha et l'embrassa avec autant de fièvre que s'ils n'avaient jamais fait l'amour.

Il la porta jusqu'au lit et la serra dans ses bras en lui caressant le dos.

— Josh, est-ce que tout va bien ?

— A cet instant précis, oui…

Elle soupira d'aise et se blottit contre son épaule.

— Je pourrais te faire l'amour toute la nuit, reprit-il. J'ai dû perdre deux kilos, ces deux dernières semaines.

— Laisse-moi voir…, dit-elle en lui pinçant les fesses. Tu n'as pas de poids à perdre, et je ne t'ai pas vu faire de régime.

190

— J'ai maigri à cause du manque de sommeil et de la fatigue.

— Es-tu en train de te plaindre ?

— Loin de moi cette idée !

Il se tourna, porta Mattie sur lui et l'embrassa, mettant fin à leur discussion.

Les trois jours suivants furent une succession de fêtes. Josh vit Mattie devenir de plus en plus sûre d'elle, et prendre de plus en plus de plaisir. Désormais, lorsqu'ils s'habillaient avant une soirée, elle pétillait d'impatience.

Nombre d'hommes la courtisaient ouvertement. A sa grande surprise, Josh en éprouvait de la jalousie. Il ne se souvenait pas avoir était dérangé par le regard des autres sur Lisa. Mais l'amour qu'il portait à Mattie lui donnait envie de l'avoir pour lui seul. C'était un sentiment nouveau. Jamais il n'avait aimé avec tant de passion.

Ce soir-là, bien après que Mattie se fut endormie, Josh était réveillé. Son cœur était déchiré. Il voulait se battre pour gagner l'amour de Mattie, mais alors, il se souvenait de Lisa. Il avait usé de son charme pour la convaincre de vivre au ranch, et il l'avait perdue pour toujours.

En observant Mattie cette semaine, il avait su qu'il devait la laisser libre. Depuis leur arrivée à Chicago, elle s'était épanouie. Elle était sûre d'elle. Elle ferait une très bonne avocate. Elle était faite pour la vie citadine.

Dimanche, ils rentreraient à la maison. Josh était prêt à partir dès maintenant. Chaque fois qu'ils faisaient l'amour, il se sentait davantage attaché à Mattie, et la douleur de la perdre n'en serait que plus grande. Il allait au devant d'un autre terrible chagrin, et voulait lui faire l'amour tant qu'il en avait encore la possibilité. Il avait même pensé à vendre le ranch et à emménager dans une grande ville avec elle, mais il avait rejeté cette idée. Il était un cow-boy, et avait autant besoin de vivre au ranch qu'elle de le quitter.

Il souhaitait rentrer chez eux, pouvoir contempler ses terres à perte de vue, ne plus se sentir enfermé. Mattie et lui avaient fait l'amour depuis moins d'une heure et pourtant, il brûlait d'envie de la réveiller et de recommencer, comme s'il ne l'avait pas vue depuis des mois.

— Mattie…

Brusquement, le téléphone sonna. Mattie se réveilla en sursaut.

— Maman va répondre, dit Josh. Rendors-toi.

— Ce doit être une urgence, pour que quelqu'un appelle si tard. Et si c'était pour toi ?

— J'en doute. Ne t'inquiète donc pas.

Mattie se blottit contre lui. Quelques minutes plus tard, on frappa à la porte.

— J'arrive ! dit Josh en allant chercher ses vêtements.

Il passa un jean pendant que Mattie enfilait sa chemise de nuit et un peignoir. Elle entendit Sibyl et Josh parler à voix basse.

Il referma la porte puis alla décrocher le téléphone.

— Josh à l'appareil, dit-il, allumant une lampe de chevet.

Il se tourna vers Mattie et, lorsqu'il ferma les yeux un instant, elle sut qu'un événement terrible était arrivé.

# 10.

— Mattie, c'est Carlina, dit Josh en lui tendant le combiné.

Fronçant les sourcils, Mattie se demanda ce qui était arrivé à sa sœur. Lorsqu'elle prit le téléphone, Josh posa le bras autour de sa taille et la tint serrée contre lui.

— Carlina ? Que se passe-t-il ?

— Grand-mère nous a quittés, dit Carlina, des sanglots dans la voix. Elle est morte dans son sommeil.

Mattie inspira profondément et le chagrin s'empara d'elle. Josh la serra plus fort. Les larmes lui brûlèrent les yeux, et elle lutta pour garder le contrôle de ses émotions.

— Je suis contente que tu aies été avec elle. Nous rentrons immédiatement.

Sous le choc, Mattie discuta des questions pratiques, et Josh s'éloigna pour aller mettre un T-shirt.

Dès qu'elle raccrocha, Josh alla la prendre dans ses bras.

— Je suis navré, ma chérie.

— A la mort de papa, grand-mère m'avait dit que quand son heure serait venue, il ne faudrait pas pleurer, parce qu'elle avait eu une vie longue et heureuse. Pourtant, je ne peux pas m'empêcher d'être triste. Elle va me manquer.

— Bien sûr, c'est normal…

Il lui embrassa le front et l'étreignit doucement quand elle pleura, blottie contre son torse.

— Josh, il faut que je rentre.

— Je vais faire changer nos billets d'avion. Nous pourrons être là-bas dans l'après-midi.

Il essuya ses larmes.

— Ça va aller ?

— Oui.

Il prit le téléphone et pendant qu'elle l'entendait confirmer leurs places pour le prochain vol vers le Texas, elle entreprit d'emballer leurs affaires.


Quatre jours plus tard, Josh se tenait à côté de Mattie sous un soleil étouffant, dans le cimetière de Latimer. Mattie regardait les pierres tombales. A présent qu'elle avait enterré ses parents et ses grands-parents, Elizabeth et Josh étaient sa famille. Josh partageait-il son sentiment ?

Dès que le service funéraire prit fin, les proches et les amis vinrent présenter leurs condoléances à Mattie et à ses sœurs, et les suivirent au ranch. Irma partie,

Lottie avait accepté de devenir la nounou d'Elizabeth et d'emménager chez Josh. Elle avait emmené l'enfant à la maison dans l'après-midi. Josh et Mattie, eux, ne rentrèrent que tard dans la soirée.

Après avoir salué Lottie, ils se rendirent dans la cuisine. Josh prit une bière dans le réfrigérateur.

— Tu en veux une ?

Mattie secoua la tête.

— Juste un verre de thé glacé. Je vais me servir, dit-elle en lançant ses chaussures au loin et en s'ébouriffant les cheveux.

— Mattie, je ne veux pas te presser, mais nous devons parler de ton ranch, puisque tu dois retourner chez toi demain pour en discuter avec tes sœurs.

— Oui, elles veulent tout régler tant qu'elles sont ici, pour ne pas avoir à revenir.

Josh sentit son estomac se tordre. Une lueur d'espoir s'alluma en lui, mais l'angoisse l'étouffa. Il devait affronter l'avenir, qu'il ne voyait que trop clairement.

— Carlina ne veut garder aucun lien avec le ranch. Elle et son mari Tom m'ont dit que si je ne pouvais pas racheter leur part tout de suite, ils attendraient.

Mattie regarda Josh ôter sa veste, son corps réagissant immédiatement quand elle le vit déboutonner sa chemise. L'espace d'un instant, elle oublia tout. Elle ne pensa plus qu'à Josh, si séduisant dans son costume noir et sa chemise pâle. Ses bottes noires le grandissaient

196

encore. Il posa sa veste sur le dossier d'une chaise, sur laquelle il prit place.

— Et Andrea ? s'enquit-il.

— Maintenant qu'elle est fiancée, elle veut vendre pour payer ses études. Elle souhaite que je garde assez d'argent pour me rembourser ce que j'ai payé pour elle depuis la mort de papa, mais j'ai refusé.

Elle remua une tranche de citron dans son verre et but une gorgée de thé, puis s'installa à table.

— Pour le moment, je ne peux pas racheter leurs parts sans m'endetter, et je n'en ai pas envie. Et puis, comme nous sommes mariés, tout ce que je déciderai t'implique aussi.

— Je veux acheter leurs parts, et la tienne aussi, si elle est à vendre.

Abasourdie, Mattie dévisagea Josh. Quelque chose en elle se brisa. Josh était prêt à lui dire au revoir ! Pourquoi ferait-il une telle proposition s'il ne pensait pas qu'elle partait ? Ou peut-être souhaitait-il son départ ?

— Josh, c'est une énorme quantité de terres, dit-elle enfin, tentant de remplir le vide que son silence avait créé.

N'avait-t-il pas envisagé la possibilité qu'elle veuille rester avec lui et unir ses terres aux siennes ?

— J'ai les moyens d'acheter le Rocking R. Et puis, ce sont des propriétés voisines.

Josh l'observa tout en parlant. Il souffrait, et espérait

qu'elle ne soupçonnerait jamais à quel point. Sinon, elle resterait par pitié, ce qui serait une terrible erreur.

— J'aimerais posséder ton ranch, et c'est peut-être la seule occasion qui me sera donnée.

— Tu devras t'endetter.

— Oui, mais je peux me le permettre. J'y ai déjà pensé, et je n'aimerais pas voir le ranch aller à quelqu'un d'autre. Il faudrait que je limite nos dépenses, mais à long terme, je devrais faire plus de bénéfices. Ce sont de bonnes terres, et l'eau y est plus abondante que sur les miennes.

Ils demeurèrent silencieux. Mattie savait qu'elle ferait mieux de réfléchir à cette offre, et à son avenir. Or elle n'imaginait pas son futur sans Josh et sans Elizabeth. Elle était surprise que Josh réagisse aussi promptement. C'était comme s'il voulait mettre un terme à leur mariage ! Difficile de l'accepter, après les semaines d'intimité qu'ils avaient partagées. Des souvenirs récents l'assaillirent. Elle revit leurs rires, leurs nuits d'amour. Dans ces moments-là, Josh s'était comporté comme un homme amoureux.

Josh sirotait sa bière, sans penser à l'offre qu'il venait de faire. Il songeait à Mattie, se répétait qu'il ne devrait rien faire pour la retenir contre son gré. Malgré tout, il ne rêvait que de la prendre dans ses bras, de l'embrasser, et de lui dire de rester avec lui. Après un moment, il prit la parole :

— Mattie, selon notre accord prénuptial, je t'avais demandé de rester au moins un an avec moi.

— J'en ai bien l'intention, rétorqua-t-elle en levant les sourcils.

Josh attendit, retenant son souffle, le cœur battant. Mattie était franche et honnête. Si elle était amoureuse, vraiment amoureuse, elle le lui dirait. Dans le cas contraire, il devait se taire, même si cela lui coûtait.

— Je ne vais pas te retenir pour le reste de cette année, dit-il.

Il détestait ce qu'il était en train de faire, mais il le devait, pour être juste envers elle. Il avait retenu Lisa et l'issue en avait été dramatique. Il ne pouvait pas répéter la même erreur. Mattie devait vivre avec lui par amour, non par devoir, et la décision lui appartenait à elle seule.

— Je sais que tu veux aller à l'université, continua Josh. Avant de faire quoi que ce soit, il faut que tu règles la question de ton ranch. Ensuite, tu pourras poursuivre ton rêve.

Mattie l'écoutait, tandis que son cœur lui semblait se briser en mille morceaux. Josh envisageait calmement qu'elle le quitte pour toujours. Avait-il déjà oublié les nuits passées dans les bras l'un de l'autre ? Et leurs longues étreintes passionnées, qui signifiaient tellement plus pour elle que de simples moments de plaisir charnel ?

Josh lui parlait, mais elle ne l'entendait pas, car ses

oreilles bourdonnaient. Elle agrippa la table de sa main droite et regarda sa main gauche dans son giron. Son alliance brilla, et pour la première fois, son éclat lui parut froid et fragile.

Josh lui facilitait son départ. En essence, il lui disait au revoir. Elle se sentait trahie, blessée, choquée. Cependant, il ne lui avait jamais dit qu'il l'aimait, se rappela-t-elle. Pas une fois, même dans le feu de la passion.

— Mattie ?

Elle réprima une montée de larmes, refoula sa colère et sa douleur. Avec un suprême effort, elle leva les yeux et pria pour que son expression soit impassible. Lui fronçait les yeux, l'air dubitatif.

— Excuse-moi, je pensais à ma grand-mère, mentit-elle.

Elle n'allait pas lui faire de déclaration. Pas pour s'entendre répondre qu'il tenait à elle mais qu'il ne l'aimait pas.

— Oh, pardon ! Si ce n'est pas le moment de discuter…

— Si, si. Carlina s'en va demain, alors nous devons prendre des décisions maintenant. Cela m'aidera.

Elle espéra sembler cohérente. Elle ne pensait qu'au fait que Josh lui disait adieu. Leur intermède était terminé. Elle allait les perdre, lui et Elizabeth. Les images des moments passés avec Elizabeth lui déchirèrent le cœur. Elle l'avait vue faire ses premiers pas, et changer de jour en jour. Elle revit la petite fille lui tendant les bras.

Et Josh… Mattie souffrait tellement qu'elle pouvait à peine respirer. Josh la dévisageait de son regard intense. Elle tourna sa bague de fiançailles et fixa le diamant à travers des yeux embués. Elle aurait dû savoir qu'il la laisserait partir. Dès le départ, il l'avait prévenue qu'il ne serait jamais impliqué sur le plan émotionnel. Ses yeux la brûlèrent, et elle les essuya d'un geste rageur.

— Ça me fait mal de perdre ma grand-mère et le ranch en même temps.

— Tu n'es pas obligée de partir, dit-il.

Elle voulut hurler qu'il suffisait qu'il lui déclare son amour pour qu'elle reste. Ce qu'elle voulait, c'était vivre avec lui et Elizabeth, pas devenir avocate ! Un court instant, elle fut sur le point de lui avouer la vérité, mais elle se ravisa. Elle se souvenait de la façon dont il avait parlé des nounous qui avaient tenté de le séduire. Il l'avait avertie à plusieurs reprises, et sans équivoque. Le mariage était un piège pour lui. Pourquoi ne l'avait-elle pas écouté ?

Malheureusement, elle avait peu de contrôle sur son cœur. Elle souffrait de tout son être, et elle ne pouvait pas passer la soirée à prétendre que tout allait bien, et qu'elle voulait toujours étudier le droit.

— Josh, je dois être avec mes sœurs, dit-elle gravement.

Il fallait qu'elle s'en aille, avant de commettre une erreur qui les rendrait tous les deux malheureux.

— Je rentre chez moi, ajouta-t-elle abruptement.

Josh serra la mâchoire, et ses yeux s'assombrirent. Il hocha la tête, et Mattie alla dans sa chambre.

Josh demeura seul dans la cuisine déserte. Il avait l'impression que son monde venait de s'écrouler. Comment allait-il vivre sans elle ? S'il lui achetait son ranch, il ne pourrait pas ensuite tout vendre pour aller vivre en ville avec elle. De toute façon, sa vie était au ranch, aussi sûrement que celle de Mattie était dans une grande ville.

Mais il l'aimait, et il la voulait auprès de lui. Elle était en train de le quitter, il le sentait au fond de lui. Il aurait pu lui ordonner de rester jusqu'au terme de leur contrat. Peut-être que d'ici là, elle n'aurait plus voulu partir ; or, après leur séjour à Chicago, il avait la certitude qu'il devait la laisser libre, quoiqu'il lui en coûte.

Il lorgna en direction du couloir. Elle devait être en train de faire ses valises. Elle le quittait, mais pour l'instant, elle était encore sous son toit. Et elle était sensible à ses baisers…

D'un geste brusque, il repoussa sa chaise et se précipita vers leur chambre. Mattie, de dos, était occupée à plier un jean. Le cœur battant, il la rejoignit et la fit se tourner vers lui.

— Josh…

Il se pencha vers elle, et posa sa bouche sur ses douces lèvres. Surprise, Mattie mit les mains autour de son cou. Son cœur battit la chamade et elle s'interrogea sur les sentiments de Josh. Il l'embrassait comme s'il voulait la retenir dans ses bras pour toujours.

Et c'était aussi ce qu'elle voulait. Des larmes lui brûlèrent les yeux et coulèrent sans qu'elle y prête attention, pendant qu'elle lui rendait ses baisers. Les lèvres de Josh étaient rugueuses sur les siennes, sa langue explorait sa bouche avec fureur. A chaque caresse de sa langue, elle se sentit un peu plus éperdue. S'il la laissait partir, pourquoi l'embrassait-il comme s'il ne pouvait pas supporter d'être séparé d'elle ?

Aussi brutalement qu'il l'avait prise dans ses bras, il la relâcha.

— Va de l'avant, Mattie, dit-il d'une voix neutre.

Il se tourna et quitta la pièce, et elle fixa le couloir vide. Il fallait qu'il éprouve des sentiments très forts pour l'embrasser de la sorte. Pourtant, il venait de lui dire, en substance, de s'en aller.

Les mains tremblantes, elle ramassa quelques affaires. Elle prendrait le reste quand elle aurait recouvré son sang-froid. Elle alla dans la chambre d'Elizabeth et se pencha pour caresser la petite fille. Elle avait envie de la tenir contre elle, de sentir ses petits bras autour de son cou, une dernière fois. Les larmes roulèrent sur ses joues tandis qu'elle caressait ses cheveux.

— Tu vas me manquer, Elizabeth. Mais ton père sait

ce qu'il veut. Il t'adore, et il prendra toujours soin de toi. Je penserai toujours à toi. Je t'aime, mon poussin. Je t'aime tant, Elizabeth.

Mattie quitta la chambre et courut vers son pick-up, alors que tout en elle hurlait son amour pour Josh.

Qu'il la renvoie, si c'était ce qu'il voulait. Tout ce qu'elle avait à faire, c'était se souvenir du mépris qu'il portait aux nounous qui avaient voulu l'épouser. Elle ne voulait pas de sa compassion ou de son dédain.

Le visage inondé de larmes, elle grimpa à bord de son pick-up. Où était Josh ? Il ne venait pas la retenir. Elle claqua sa portière et mit le contact, démarrant en trombe pour rejoindre la route menant à son ranch. Lorsqu'elle atteignit l'autoroute, elle s'arrêta pour pleurer, laissant aller toutes ses émotions refoulées. Elle souffrait, elle voulait Josh plus que tout. Il était devenu le centre de son monde.

Elle ne regagna sa maison qu'une heure plus tard. Une fois à l'intérieur, elle monta dans sa chambre sur la pointe des pieds, ferma la porte et s'assit à la fenêtre pour observer la nuit. Son esprit était trop excité pour qu'elle puisse dormir. Avant ce soir, Josh avait agi comme un homme amoureux. Leurs nuits d'amour représentaient-elles si peu à ses yeux ? Devait-elle retourner chez lui pour lui avouer qu'elle l'aimait ?

Elle le voulait de tout son être, mais la froideur de Josh la retint. S'il l'aimait, il devait le lui dire. S'il voulait auprès de lui, jamais il ne la laisserait partir.

Elle se souvenait encore de la façon dont il l'avait entraînée dans ce mariage, malgré toutes ses protestations et ses doutes. S'il la voulait toujours, il devrait être en train de se battre pour elle. Or il n'avait même pas besoin de se battre. Elle se remit à pleurer.

Le lendemain matin, comme elle buvait un café, le mari de Carlina, Tom, descendit le premier.

— Bonjour, Mattie. Je ne m'attendais pas à te voir si tôt.

— Je sais que Carlina et Andrea veulent régler la question du ranch tant que tout le monde est là, dit-elle.

— Oui, ça facilitera les choses. J'ai parlé à ton mari hier, et il a l'air de vouloir acheter nos parts.

— Exact.

— Bonjour. Il me semblait bien avoir entendu des voix, dit Chet Holden, le fiancé d'Andrea.

Il fut bientôt suivi des deux sœurs.

— Qu'est-ce que tu fais ici ? s'enquit Carlina, s'étirant et bâillant.

Pieds nus et vêtue d'un pyjama rose, elle fixait Mattie d'un air perplexe.

Andrea, en T-shirt et caleçon, se servit un jus d'orange.

— Je suis venue pour parler du ranch, dit Mattie.

Pendant qu'ils prenaient leur petit déjeuner, ils discutèrent des modalités de rachat.

Ensuite de quoi, Tom appela Josh et convint d'un rendez-vous au Triple B.

Une heure plus tard, tout le monde était parti hormis Andrea, qui s'assit à table avec Mattie.

— Pourquoi es-tu là ? demanda la benjamine des sœurs Ryan.

Mattie regarda par la fenêtre. Elle redoutait d'avouer la vérité à sa sœur, mais il n'y avait pas moyen d'y échapper.

— Josh et moi avons fait un mariage de convenance, rien de plus.

— Quoi ? Tu plaisantes ! Je ne te crois pas.

— C'est pourtant vrai.

— Plus personne ne fait ça de nos jours !

— Moi je l'ai fait. Josh avait besoin de quelqu'un pour s'occuper d'Elizabeth, et il a offert de payer les dettes de papa, entre autres. Avant le mariage, je lui ai dit que s'il arrivait quelque chose à grand-mère, je vendrais le ranch et j'irais étudier le droit.

Andrea en resta bouche bée.

— Comment ça ? Tu adores le ranch !

— Bien sûr, j'adore notre maison mais, comme toi, je ne veux pas y être enchaînée. Tu aimerais vivre ici et diriger cette affaire ?

— Non, je n'en serais pas capable. Alors que toi, si. Tu l'as toujours fait.

— Je n'ai pas envie de faire ça toute ma vie, expliqua Mattie patiemment.

— Alors, toutes ces années, tu étais malheureuse ?

— Non, mais aujourd'hui, j'ai envie de vivre autre chose.

— Est-ce que Carlina est au courant ?

— Pas encore. Je le lui dirai tout à l'heure. Je ne voulais pas l'annoncer devant Chet et Tom.

— Tu veux faire des études de droit ?

— J'ai déjà réussi le test d'admission. Si je laisse les détails de la vente à Tom, qui semble d'accord pour s'en charger, je pourrai commencer le prochain semestre. Les cours débutent dans un peu plus d'une semaine. J'irai à Austin cet après-midi, pour chercher un appartement. Je reviendrai vendredi au plus tard.

— Tu as attendu jusqu'à maintenant à cause de grand-mère et de papa, n'est-ce pas ?

— Oui.

— Est-ce que tu rêvais de partir autant que Carlina et moi ?

— Non. J'aime vivre ici, mais j'ai envie d'une autre carrière, dit-elle, songeant à Elizabeth et Josh. Je ne veux pas vivre dans cette maison et diriger le ranch seule.

— Alors, ton mariage est faux ?

— Sur le plan juridique, non, mais nous allons y mettre un terme.

— Et cette grande cérémonie, c'était pour grand-mère ?

— Oui.

— Alors, si tu as enfin ce que tu veux, pourquoi as-tu l'air d'avoir pleuré ?

Mattie inspira profondément. Andrea remarquait tout !

— Je l'aime, Andrea.

— Dans ce cas, pourquoi pars-tu, pour l'amour du ciel ?

— C'est ce qu'il veut.

Mattie s'essuya les yeux.

— Avant notre arrangement, poursuivit-elle, il avait engagé des nounous qui ont voulu l'épouser, et il s'est senti étouffé. Il m'a affirmé qu'il n'aimerait plus jamais. Je ne veux pas le piéger dans un mariage dont il ne veut pas.

Andrea se leva et alla prendre Mattie dans ses bras.

— Peut-être que si tu restais plus longtemps, il tomberait amoureux. Il t'a bien épousée…

— Je ne veux pas qu'il en vienne à souhaiter se débarrasser de moi.

— Il n'a pas l'air de vouloir se débarrasser de toi. Au contraire, il semble tenir beaucoup à toi.

— Peut-être, mais il ne m'a pas demandé de rester.

— A mon avis, tu devrais aller le trouver et en discuter avec lui.

208

— Andrea, il sait ce qu'il veut. Et il n'a pas la langue dans sa poche.

— Il attend peut-être que tu fasses le premier pas.

— Ce n'est pas son genre.

— Demandons l'avis de Carlina.

Mattie opina. Chet et Tom passèrent dans le couloir et sortirent pour aller voir Josh ; quand les deux sœurs retrouvèrent Carlina dans sa chambre, elles avaient la maison pour elles seules.

Mattie expliqua la situation à sa sœur cadette et répondit à ses questions.

— Moi, je pense qu'elle devrait aller lui avouer ses sentiments, dit Andrea.

— Moi pas ! s'exclama Carlina. Les hommes peuvent être si obtus, parfois ! Et si tu veux une autre vie que le ranch, il faut saisir la chance qui t'est offerte.

— Tu as tort, répliqua Andrea, et Mattie se demanda si elles avaient oublié sa présence.

— Non, j'ai raison. De toute façon, vous n'alliez pas ensemble, dit Carlina en regardant Mattie. Va à l'université. Là-bas, tu rencontreras l'homme qu'il te faut.

Mattie les écouta se disputer à propos d'elle, mais ses pensées étaient concentrées sur Josh. Elle se leva et se dirigea vers la porte.

— Je vais m'habiller, ensuite j'irai à Austin, décréta-t-elle. Andrea, je vais réfléchir à ce que tu m'as dit. En attendant, je vais visiter quelques appartements, ça ne peut pas faire de mal. Toutes les deux, promettez-moi de ne rien dire à Josh à propos de mes sentiments pour lui.

— Je n'ai pas très envie de faire une telle promesse, dit Andrea, avec une moue. Peut-être a-t-il juste besoin qu'on le pousse.

— Andrea, ce n'est pas son genre, objecta Mattie.

— Elle a raison, dit Carlina. Je te promets de rester bouche cousue.

— Moi aussi, mais à mon avis, tu commets une grave erreur, insista Andrea.

Mattie sut qu'elle pouvait leur faire confiance.

Sous la douche, puis en s'habillant, elle ne cessa de gamberger. Carlina trouvait qu'elle et Josh faisaient un couple mal assorti ! Elle n'avait pas eu cette impression, pourtant. Avec Josh, elle s'était sentie pleinement heureuse, et désirable…

Elle prit congé et grimpa dans la voiture familiale, qui servait si peu depuis la mort de son père. Lorsqu'elle rejoignit l'autoroute, elle jeta un œil vers le ranch de Josh. C'était une journée très chaude ; des vents singulièrement forts tordaient les arbres.

Elle avala les kilomètres, remarquant à peine le paysage, ses pensées toujours tournées vers Josh.


Mattie passa les deux jours suivants à chercher un appartement près de l'université. Elle finit par en trouver un à sa convenance, mais ne put se résoudre à signer le bail.

Elle retourna à son motel, pour réfléchir à l'avenir.

Au moment où elle ouvrait la porte de sa chambre, le téléphone sonna. Elle courut pour attraper le combiné.

— Allô ?

— Mattie ?

Au son de la voix grave de Josh, son cœur fit un bond. Elle s'agrippa au combiné, ferma les yeux et s'assit au bord du lit.

— Je viens de rentrer, dit-elle à bout de souffle.

Comme c'était bon d'entendre sa voix !

— Carlina m'a dit que tu cherchais un appartement.

— C'est vrai, mais… pour l'instant je n'ai rien trouvé.

— Tu nous manques, dit-il d'une voix où ne perçait aucune émotion.

— Vous aussi, vous me manquez terriblement.

Un lourd silence s'instaura entre eux.

*Dis-moi que tu veux que je rentre.* Elle avait conscience que le silence devenait pesant, mais elle redoutait de parler.

Josh s'adossa sur sa chaise et releva les talons sur le bureau, serrant le téléphone jusqu'à ce que ses articulations blanchissent. Sa sœur Carlina lui avait raconté que Mattie était pleine de projets pour l'université, et qu'elle cherchait un logement. Depuis, il avait passé des nuits blanches à se demander si elle était partie pour de bon. Or elle venait de dire que lui et Elizabeth lui manquaient. C'était comme si elle ne s'était pas tout à fait décidée à reprendre ses études.

L'espoir se répandit en lui comme la lumière dans une prison. *Vous me manquez terriblement.* Que voulait-elle dire ?

— Mattie, nous mettons en place les détails de la vente du Rocking R. Andrea a dit que tu serais là demain.

— Exact.

Des larmes roulèrent sans crier gare sur les joues de Mattie.

*Je t'en supplie, demande-moi de revenir.*

— Je te verrai demain, dit-il.

— Oui. J'ai hâte de revoir Elizabeth.

— Elle te réclame sans arrêt, dit-il d'une voix rauque, et Mattie eut la gorge nouée.

— Dis-lui qu'elle me manque.

— D'accord. A demain, Mattie.

— Je suis contente que tu aies appelé.

— Moi aussi, ça m'a fait du bien de parler avec toi.

Il reposa le combiné et passa la main sur ses yeux. Il aimait Mattie de toute son âme. Quand Elizabeth la réclamait en pleurant, cela lui déchirait le cœur. Et

212

les longues nuits seul dans son lit étaient un véritable enfer.

Agité, il alla à la fenêtre pour regarder le paysage, mais ne vit que les grands yeux verts de Mattie.

— Bon sang ! dit-il, serrant la mâchoire.

Mattie s'était toujours montrée franche avec lui. Elle méritait qu'il fasse preuve de la même honnêteté envers elle.

Une fois, une seule, il dirait à Mattie qu'il l'aimait. Si elle voulait tout de même mettre fin à leur mariage, eh bien, tant pis. Mais elle devait savoir ce qu'elle représentait à ses yeux. Maintenant. Il n'attendrait pas jusqu'au lendemain. Il allait demander à Lottie de rester avec Elizabeth, et il se rendrait à Austin sur-le-champ.

Il sortit de la pièce en trombe.

— Lottie !

# 11.

Josh courut à sa chambre et se déshabilla pour prendre une douche. Alors qu'il rejoignait sa salle de bains, le téléphone sonna.

Dès qu'il décrocha, Josh reconnut la voix du shérif de Latimer.

— Josh, c'est Zach Burnett. On vient de recevoir un appel. Quelqu'un a vu de la fumée sur tes terres. Je suis en route.

Josh alla à la fenêtre. Une angoisse froide le saisit quand il vit la colonne de fumée sombre qui s'élevait jusqu'au ciel.

— Il devrait pleuvoir, continua Zach, et le ciel est couvert au nord, mais ce ne sera pas avant quelques heures. Il y a un vent du sud assez violent. Je vais prévenir autant de gens que possible pour nous aider. Les pompiers des trois villes voisines sont déjà en chemin.

— Merci, j'arrive.

Josh raccrocha et se précipita dans le couloir, où

il découvrit Dusty qui venait à sa rencontre. Son contremaître avait des taches de suie sur son jean et sa chemise. Lorsqu'ils échangèrent un regard, Josh comprit qu'ils avaient de graves ennuis.

— Les terres brûlent, annonça Dusty. On est en train d'évacuer les animaux. Etant donné la direction du vent, la maison et tout le reste seront sur la trajectoire des flammes.

— Je viens de parler à Zach Burnett. J'y vais tout de suite.

Dusty avait déjà tourné les talons et se dirigeait vers la sortie.

Lottie attendait à la porte du salon.

— Lottie, allez chez vous prendre vos affaires. Je vais préparer celles de Lili et vous l'emmènerez à l'hôtel. Il faut se dépêcher, le feu approche !

N'ayant plus qu'une idée en tête, mettre Elizabeth à l'abri, Josh prit sa fille dans ses bras avant de la déposer dans sa chambre.

— Toi et Lottie allez faire un tour en voiture, ma chérie. Je vais emballer tes affaires, dit-il en ouvrant les tiroirs et en fourrant des vêtements dans un sac.

Il courut à sa chambre, saisit un autre sac et retourna dans celle d'Elizabeth pour le remplir de ses jouets préférés et de livres. Il prit aussi le portrait de Lisa et une photo de naissance d'Elizabeth.

— Monsieur Brand, je suis prête, vint lui dire Lottie.

— Vérifiez si j'ai laissé des choses dont vous pourriez avoir besoin. Je vais mettre ces sacs dans votre voiture.

Il se rua jusqu'au véhicule de Lottie. A l'extérieur, une rafale de vent chaud le frappa en pleine figure et l'odeur de fumée le prit à la gorge.

En découvrant l'écurie portes grandes ouvertes et déserte, il fut soulagé. Lottie parut sur le perron, Elizabeth dans ses bras. Josh alla la décharger des deux sacs qu'elle portait, remplis de biberons et de lait en poudre. Ensuite, il installa Elizabeth dans son siège-auto.

— Merci, Lottie. Priez pour nous.

— Je le ferai, monsieur Brand. Soyez prudents. Les feux sont traîtres ! Dieu merci, il devrait pleuvoir, le ciel est chargé au nord.

— Je doute qu'il pleuve à temps pour sauver la maison.

Lottie monta dans sa voiture pendant que Josh embrassait sa fille.

— Tu es mon trésor. Je te verrai ce soir, ma Lili. Tu seras sage, hein ?

— Papa, dit-elle, en lui touchant la joue et en lui souriant.

— Prenez soin de vous deux, Lottie.

Il ferma la portière, puis courut vers son pick-up. Une fois à bord, il contourna l'écurie et coupa à travers champs.

Mattie roula à vive allure sur l'autoroute, puis ralentit en arrivant à Latimer. Elle rentrait chez elle, c'est-à-dire chez Josh. S'il voulait qu'elle s'en aille, il devrait le lui dire en face. Ils s'étaient montrés suffisamment honnêtes l'un envers l'autre, pour qu'il lui dise ce qu'il éprouvait vraiment à son égard. Depuis leur conversation au téléphone, elle se disait que leur mariage avait peut-être une chance de réussir. C'était tout ce qu'elle espérait. Si Josh lui donnait juste une chance, s'ils pouvaient revenir à ce qu'ils avaient partagé, ce serait merveilleux !

Après avoir raccroché ce matin, elle était restée assise à s'interroger pendant une demi-heure. Pour arriver à cette conclusion : rentrer. Sa décision prise, elle avait aussitôt quitté Austin. A présent, elle approchait du ranch et son pouls battait à un rythme effréné.

Elle sortait du centre de Latimer quand elle aborda une colline et aperçut au loin la fumée. La colonne noire s'élevait haut dans le ciel, et Mattie sentit son sang se glacer dans ses veines. Le feu était sans doute bien plus éloigné qu'il n'y paraissait, tenta-t-elle de se rassurer. Mais à chaque kilomètre, son inquiétude grandissait. En silence, elle pria pour que les ranchs ne soient pas touchés.

Appuyant sur l'accélérateur, elle dépassa le tournant qui menait au Rocking R. De plus en plus angoissée, elle distinguait maintenant les flammes orangées sur

217

les cimes des arbres. Combien de temps encore pourrait-elle rouler avant d'avoir à faire demi-tour ? Elle ne prendrait pas le risque de conduire dans la fumée. Pourvu que l'incendie soit plus loin que le ranch de Josh, et de sa maison ! Hélas, elle craignait que ce ne soit pas le cas.

Lorsqu'elle approcha de la maison de Josh, sa peur se mua en terreur. Les flammes rugissaient à travers les arbres, la fumée noire s'élevait en tourbillons. Une fumée moins opaque enveloppa la voiture et des cendres volèrent dans l'air. Une odeur acre lui piqua la gorge ; malgré le danger, elle tourna pour aller chez Josh et prit de la vitesse. Au loin, elle distingua des hommes en train de lutter contre les flammes. Un camion de pompiers était garé devant le front du feu. L'épais jet d'eau argenté provenant du tuyau semblait bien dérisoire face à cet immense brasier.

Josh était sans nul doute là. Mais où étaient Lili et Lottie ? Des nuages noirs s'amoncelaient au nord, et elle pria pour qu'ils crèvent au plus vite.

Elle freina près de la porte de service et sortit de la voiture. L'écurie était vide. Elle se précipita dans la maison.

— Lottie !

Pas de réponse. Mattie fourra dans sa poche les clés de son pick-up et courut dans le salon. Il fallait qu'elle sauve des objets pour Josh, ses ancêtres lui avaient légué tant de choses ! Elle attrapa le fusil au-dessus de la cheminée et, sur la petite table, une lampe fabriquée par son arrière-grand-père. Elle alla les déposer dans le pick-up, puis retourna chercher d'autres objets.

A chaque voyage, le feu approchait encore. Les hommes hurlaient. Le crépitement des flammes était audible à présent, et elle fut forcée d'arrêter là. Elle hissa dans le véhicule des sacs-poubelle emplis des bottes de Josh et de photos — des photos de leur mariage.

Grimpant derrière le volant, elle s'engagea à toute allure sur l'autoroute. Elle alla à son ranch prendre son propre pick-up et revint chez Josh pour apporter son aide. Laissant le véhicule sur le bas-côté, elle attrapa une pelle dans le coffre. Une souffle d'air chaud lui lécha le visage, puis une autre bouffée, fraîche celle-là. Dans le ciel, les nuages avançaient. La pluie était sur le point de tomber, mais ce serait trop tard. Elle courut vers le feu, et vit une silhouette battre les flammes à l'aide d'un sac de jute mouillé.

Quelqu'un avait pensé à creuser dans le sol, et à former une large bande de terre pour en faire un coupe-feu. Mattie pria pour que ce soit efficace.

Elle commença à creuser, jetant de la terre sur les flammes, essayant de les étouffer. Le feu lui chatouilla les jambes ; la chaleur l'inonda par vagues ; la fumée la faisait tousser. En quelques minutes, sa vue se troubla.

La maison était à quatre cents mètres, mais visible. Mattie regarda avec horreur le toit s'effondrer sous les flammes. Des flammèches étaient sans doute tombées sur les bardeaux de bois. Son cœur se déchira. Elle songea à Josh, à tout l'argent qui partait en fumée, mais surtout à la perte d'une maison qui avait vu grandir des générations, et à laquelle il était tant attaché. Elle se remit à combattre le feu, qui n'était plus qu'un rideau flou sous ses yeux emplis de larmes.

Juste après avoir entendu un homme près d'elle pousser un cri de joie, elle sentit le vent changer de direction. En quelques minutes, le feu recula vers les terres déjà réduites en cendres. Elle avait mal aux épaules, et aux mains. Essuyant la sueur sur son front, elle se tourna vers la maison.

Le feu s'attaquait maintenant aux murs. Les fenêtres et le toit étaient détruits. Des camions de pompiers lançaient de l'eau sur les flammes incontrôlables. A travers la fumée, Mattie distingua un homme qui se dirigeait vers elle. Son T-shirt était noirci et déchiré à l'épaule, son jean couvert de boue et de suie. Quand il approcha, elle reconnut le pas familier, les larges épaules. Son cœur se mit à battre et, laissant tomber la pelle, Mattie s'élança vers lui.

— Josh !

Les bras puissants de Josh enlacèrent Mattie et il pencha la tête pour l'embrasser avec fougue. Sa barbe de trois jours lui râpait le visage, mais Mattie s'en moquait. Tremblante de joie, elle le serra fort contre elle, et lui rendit ses baisers avec ardeur. Des larmes chaudes roulèrent sur ses joues.

— Ta maison, murmura-t-elle en reculant.

— J'allais à Austin quand l'incendie m'en a empêché.
Mais qu'est-ce que tu fais là ? Tu ne devais rentrer que
demain !

Son cœur avait tressauté quand il avait dit se rendre
à Austin.

— Josh, je…

Il l'embrassa encore avant qu'elle puisse finir sa
phrase.

Josh la tenait dans ses bras, le cœur battant. Tant
qu'il vivrait, jamais il n'oublierait ce moment, lorsque
Dusty lui avait annoncé que Mattie combattait les
flammes. Cette fois, il ne la laisserait pas partir sans
rien faire. Mattie n'était pas Lisa. Elle était différente,
et les circonstances aussi étaient différentes. A Mattie
de prendre sa décision. Pour l'heure, il ne parvenait pas
à se rassasier d'elle. Il l'embrassa avec fièvre, voulut
toucher chaque centimètre de son corps, la lier à lui
corps et âme.

Enfin, il leva la tête.

— Je t'aime, Mattie, dit-il avec conviction.

La jeune femme crut défaillir.

— Je suis revenue parce que je veux que notre
mariage soit réel.

— Merci mon Dieu ! s'exclama-t-il.

Il se pencha pour l'embrasser de nouveau. Cette

fois, quand elle s'agrippa à lui, Mattie sentit son cœur battre de joie. Une once de culpabilité lui rappela le feu. Elle n'avait pas le droit de déborder de bonheur alors que la maison de Josh s'écroulait.

A cet instant, les premières gouttes de pluie les atteignirent, mais Josh n'y prêta guère attention. Il prit le visage de Mattie entre ses mains.

— Je t'aime, Mattie. Moi aussi je veux un vrai mariage. Ces jours sans toi ont été une torture.

Elle lui caressa la joue. La joie emplissait son cœur.

— Josh, je t'ai toujours aimé. Toujours.

Il lui adressa un sourire malicieux.

— Si tu m'aimes maintenant, c'est bien suffisant, demoiselle.

— J'imagine qu'il aura fallu mon départ pour que tu prennes conscience de tes sentiments…

— Non, pas du tout. Je suis tombé amoureux de toi presque aussitôt après notre mariage. Au début, je n'ai pas pris la pleine mesure de mon amour pour toi, mais je savais que je t'aimais.

— Pourquoi ne m'as-tu rien dit ?

— Je voulais tout t'avouer à Chicago, et puis… je t'ai vue t'épanouir parmi tous ces gens. Dans cette grande ville, tu étais comme un poisson dans l'eau. C'est ton milieu, Mattie. Tu es intelligente, tu as de la personnalité…

222

— Oh ! Josh, non ! La vie urbaine, le droit… Oh, chéri, c'est toi et Elizabeth que je veux !

Elle oublia tout ce qu'elle allait dire lorsqu'il la serra dans ses bras et prit sa bouche, jusqu'à ce qu'ils ne puissent plus respirer.

Elle se souvint de ses regards graves, de ses étreintes teintées de désespoir, et comprit enfin ce qui l'avait tourmenté.

— Alors, à cause de notre séjour à Chicago, tu es resté silencieux ?

— Oui, mais ce n'est pas la seule raison. Si j'avais essayé de te retenir ici contre ton gré, je craignais que l'histoire se répète, comme avec Lisa. Elle est restée malgré elle, et cela l'a tuée.

— Oh, Josh ! Je ne suis pas Lisa.

— C'est ce que j'ai compris aujourd'hui. Voilà pourquoi je venais te voir à Austin…

— J'ai très envie d'être seule avec toi, mais nous ferions mieux de rejoindre les autres. Je suis si triste pour ta maison…

— Ce n'est pas si grave, puisque tu es revenue à mes côtés. Tu m'as ramené à la vie, et à l'amour, Mattie. J'espère que je pourrai te rendre ne serait-ce que la moitié de ce que tu nous as donné, à Elizabeth et à moi.

Elle posa la main contre sa joue tandis que les larmes lui piquaient les yeux.

— Je t'aime, Josh.

Il lui embrassa la paume.

— Nous reconstruirons cette maison, Mattie. Le temps était peut-être venu de tourner la page.

La pluie redoubla d'intensité, et Josh contempla ses terres en feu. Si les flammes mouraient, maintenant, son ranch n'était plus qu'une ruine fumante.

— Il faut que je remercie tout le monde pour leur aide, dit Josh, les bras toujours autour de sa taille. Ensuite, je te veux pour moi seul. Nous devons penser à notre lune de miel.

— Si nous emmenions Elizabeth avec nous ?

Il secoua la tête.

— Lili et Lottie s'entendent à merveille, et maman sera ravie de s'occuper de sa petite-fille. J'entends te consacrer tout mon temps.

Mattie se sentit frissonner à cette perspective, et eut envie de rire de joie.

— Je suis impatiente ! Allons-y. Ah, au fait, j'ai sauvé ce que j'ai pu des flammes. Tout est dans mon pick-up, dans mon ranch.

— Oh, Mattie, merci ! Nous sommes partis dans une telle hâte ! Tu n'aurais pas récupéré quelques-uns de mes vêtements, par hasard ?

— Si, bien sûr. A ce que je vois, tu ne peux pas t'en sortir sans moi, Josh Brand ! le taquina-t-elle.

— Ça, c'est bien vrai ! Et je m'en réjouis.

# Épilogue

Mattie se tenait sur le balcon, et admirait les lumières de Paris. D'un côté, elle apercevait l'Arc de Triomphe, et de l'autre, la Tour Eiffel. Une main la prit par la taille, et elle fut entraînée à l'intérieur de la chambre d'hôtel.

— Hé !

— Viens par là, lui enjoignit Josh.

Tous deux tombèrent sur le lit et elle se retrouva dans ses bras.

— Tu pourras admirer la ville une autre fois, dit-il.

Il redevint sérieux et la dévisagea.

— Tu aimes la vie urbaine, Mattie, tu adores être ici. Je te préviens, je ferai tout ce qui est en mon pouvoir pour te garder dans mon ranch texan !

— Ah bon ? Quoi, par exemple ? dit-elle d'une voix sensuelle.

Il gonfla le torse et, roulant sur elle, lui ouvrit sa chemise pendant qu'elle lui débouclait sa ceinture.

Quelques caresses et baisers plus tard, ils furent tous deux nus. Mattie referma ses doigts autour du sexe dressé de Josh. Elle se délecta de l'entendre gémir de plaisir.

Il se remit sur elle, et la pénétra. Impatiente, elle enroula ses jambes autour de lui et planta ses mains dans ses fesses musclées. Elle ondula en même temps que lui, jusqu'à ce qu'ils parviennent tous deux au paroxysme du plaisir. Puis ils demeurèrent enlacés un long moment.

— Je t'aime, Mattie. Je t'aime tant, dit-il d'une voix rauque.

Elle s'abîma dans ses yeux noirs tout en promenant ses doigts sur son torse lisse.

— Josh, j'ai envie d'un enfant. Je sais que tu fais face à d'énormes dépenses avec l'incendie et le rachat de mon ranch, mais j'ai vingt-huit ans et…

Il posa un doigt sur ses lèvres.

— Chut…

Il déposa de doux baisers sur sa joue, et remonta jusqu'à sa tempe.

— Je pense que c'est une très bonne idée, Mattie. Tu es une merveilleuse mère pour Elizabeth. Elle serait ravie d'avoir un petit frère ou une petite sœur. Tout comme moi. Nous nous débrouillerons.

Il soutint son regard.

— Je t'aime.

Mattie mit ses mains autour de son cou lorsqu'il

se pencha pour lui donner un autre fougueux baiser. Elle aimait Josh et Elizabeth plus que tout au monde. Et bientôt, peut-être, ils chériraient tous les trois un autre petit Brand !

# NALINI SINGH

# Les élans du cœur

Collection *Passion*

*éditions* Harlequin

*Cet ouvrage a été publié en langue anglaise*
*sous le titre :*
AWAKEN TO PLEASURE


*Traduction française de*
FRANCINE SIRVEN


Originally published by SILHOUETTE BOOKS,
division of Harlequin Enterprises Ltd.
Toronto, Canada

# 1.

Au sortir du garage, la pluie fouetta le pare-brise avec une rare violence.

Jackson Santorini retint son bolide. Mieux valait rester prudent. Les rues nocturnes étaient pleines de pièges, même par temps pluvieux. Le centre d'Auckland semblait désert en ce vendredi soir, pourtant traditionnellement très animé, mais il ne fallait pas se fier aux apparences : de nombreux fêtards étaient tapis là, tout près, cachés dans les lofts et les caves, déjà ivres de musique et d'alcool.

Tout à l'heure, en sortant des studios, il était passé devant l'un de ces lofts bondés de noctambules. Apparemment, on y fêtait la première d'une pièce de théâtre branchée. Une grande blonde filiforme l'avait interpellé et invité à venir prendre part à la fête. A l'éclat de ses yeux, il avait compris que sa proposition laissait promettre bien plus que le partage de quelques verres. Peine perdue, la belle ! Il n'aimait guère jouer à ce genre de jeu. En outre, depuis Bonnie, il fuyait comme la peste les blondes au charme vénéneux.

Après la journée qu'il venait de vivre, tout ce à quoi il aspirait, c'était à un verre de cognac et à un bain chaud.

Deux choses qui assurément auraient été tout autant nécessaires à cette pauvre Taylor ! La malheureuse attendait le bus sous la pluie battante et le froid, à une heure où elle aurait été mille fois mieux dans son lit, entre les bras d'un homme attentionné...

*Taylor* ? Seule à cette heure, à la lueur faiblarde d'un misérable réverbère ? Bon sang !

Il s'arrêta dans un brusque coup de frein et fit aussitôt marche arrière, remerciant Dieu au passage pour l'absence de circulation. Dès qu'il fut à son niveau, il ouvrit la portière côté passager.

— Montez vite ! lança-t-il.

Une bourrasque lui répondit en s'invitant sans ménagement dans l'habitacle. Taylor, elle, ne broncha pas. Elle fit la moue, comme si elle s'interrogeait sur la manière dont elle devait prendre sa proposition. Pourtant, la pluie cinglante devait à présent avoir littéralement imbibé son tailleur en laine.

— Le b-bus doit arriver d'une m-m-m-minute à l'autre.

Evidemment, elle claquait des dents, constata Jackson, excédé. Une fraction de seconde, il crut déceler une sorte d'appréhension dans les yeux de la jeune femme, mais il se ravisa. Sans doute une illusion d'optique due à la réverbération de la pluie sur le trottoir. En réalité, jamais il n'avait rencontré de femme le craignant moins que cette créature du déluge.

— Montez tout de suite dans cette voiture, Taylor !

Elle ne paraissait guère disposée à vouloir se laisser convaincre, quand soudain le ciel se mit de la partie. Il commençait cette fois à grêler. Avec un petit cri typiquement féminin, elle se rua à l'intérieur de la voiture et referma vivement la portière.

Immédiatement elle porta ses mains tremblantes devant l'une des sorties du chauffage.

Il régla celui-ci sur la puissance maxi puis démarra et tourna à droite au lieu de prendre à gauche. Taylor vivait à l'autre bout de la ville.

— Je suis trempée... Votre voiture, commença-t-elle, les lèvres bleuies de froid.

— Cela séchera, répondit-il, en vérité furieux contre elle.

Pourquoi s'était-elle exposée ainsi à une mauvaise rencontre ?

Dehors, la nuit s'était épaissie, mais le déluge de grêle perdait de minute en minute de sa puissance. Une voiture les doubla, projetant une gerbe d'eau aveuglante sur son pare-brise. Il ralentit jusqu'à ce que le véhicule ait pris ses distances et profita de l'intermède pour regarder sa passagère.

233

— Que faisiez-vous donc à cette heure de la nuit à un arrêt de bus ? demanda-t-il, autoritaire.

— Ce n'est pas votre af-af-affaire.

Le cliquetis de ses dents qui s'entrechoquaient atténuait quelque peu l'arrogance de la réponse.

— Taylor… prévint-il sur un ton qu'il employait généralement juste avant de vociférer.

Processus qu'elle connaissait parfaitement.

— Vous n'êtes *plus* mon patron, alors inutile de me parler ainsi, répliqua-t-elle.

L'entêtement hautain de la jeune femme flotta un moment entre eux, menaçant.

Jackson n'avait pas pour habitude qu'on lui tienne tête, et surtout pas les jeunes et jolies femmes. Toutes vénéraient en effet l'homme qui allait faire d'elles une star du grand écran. Oui mais, se souvint-il, Taylor Blade n'avait jamais eu cette ambition. Il se rappela également son caractère indocile sous un abord séduisant. Il tenta alors une approche moins cassante.

— Ne m'en veuillez pas, c'est mon côté bon Samaritain qui ressort.

Elle ne dit plus un mot pendant quelques secondes, et il présuma qu'elle commençait à se détendre. Mais lorsqu'elle rouvrit la bouche, ce qu'elle lui révéla lui glaça le sang.

— Mon cavalier a voulu me forcer à le suivre là où je ne voulais pas. Je n'ai eu d'autre choix que de fuir.

Du coin de l'œil, il vit qu'elle se pelotonnait sur

son siège. Sa vulnérabilité lui serra le cœur, et son propre instinct protecteur se réveilla d'un coup, prêt à l'action.

— Vous a-t-il touchée ? demanda-t-il, mains crispées sur le volant.

— Non, répondit-elle après une pause.

— Taylor…

— Ne me parlez pas ainsi ! répéta-t-elle dans un cri proche de l'hystérie, avant de retomber dans le silence. Un s-sale type, reprit-elle ensuite en reniflant. J'avais cru pouvoir lui faire confiance. Nous étions à une soirée organisée par Dracena Medical, la boîte où j'ai travaillé comme intérimaire ces trois derniers mois. Mon contrat s'est achevé hier, mais ils ont tenu à m'inviter à la fête. Sur la fin, l'un des directeurs de projets a proposé à certains de les reconduire chez eux. Quand j'ai réalisé que j'étais la dernière dans la voiture, il était trop tard.

Elle semblait véritablement choquée, en tout cas plus que ce qu'elle essayait de paraître.

— Jamais je ne serais montée avec lui, sinon. Je croyais qu'il allait me raccompagner en premier puisque les autres habitaient bien plus loin, mais apparemment ils avaient décidé de rester en ville pour aller danser quelque part. Il ne m'en avait rien dit. Une fois qu'il les a eu déposés, il a commencé à me faire des p-propositions… à vouloir p-passer la nuit avec moi.

Jackson sentit une envie de meurtre le submerger en

songeant que cet homme avait manifestement prémédité son coup.

— Vous a-t-il touchée ? répéta-t-il.

Il savait qu'elle disait la vérité. Taylor n'avait rien d'une aventurière, encore moins d'une vamp. Il connaissait mieux que quiconque sa méfiance à l'égard des hommes. Mais il sentait qu'elle n'avait pas tout dit.

— Vous a-t-il touchée, oui ou non ? insista-t-il, impitoyable.

Libéré des contraintes qui, par le passé, l'avaient obligé à garder ses distances avec elle, il ne voulait aujourd'hui qu'une chose : la protéger, la défendre.

— Répondez-moi.

— Il a attrapé mon bras et déchiré ma manche lorsque je suis sortie de la voiture. Et il a pris mon sac… Rien de grave, chuchota-t-elle.

— Son nom ?

Taylor Blade avait toujours fait palpiter quelque chose de profond, d'essentiel en lui. Et ce soir, ce quelque chose venait subitement de voir rouge.

— Jackson, je…, hésita-t-elle.

— Son nom ?

Dehors, la nuit était aussi noire que ses desseins concernant l'homme qui avait osé l'agresser.

— Pourquoi ? demanda-t-elle, méfiante.

De la méfiance, elle en avait systématiquement montré à son égard. Pas toujours à tort, à vrai dire, mais jamais en tout cas pour des motifs aussi vils que ceux du sale type qui ce soir l'avait piégée.

Il opta pour une réponse pleine de bon sens.

— Il faut bien que vous récupériez votre sac, non ?

— Vous n'allez pas, euh… lui refaire le portrait, n'est-ce pas ?

— Vous me prenez pour quoi ? Un truand ?

Il savait parfaitement qu'il avait la dégaine d'un affranchi. Et le physique. La faute en partie à la génétique : pour moitié italien, pour l'autre viking, rien que ça. Il avait toujours eu l'air de ce qu'il était, une force de la nature. Brun, ténébreux, avec des airs de mafioso, il avait le sang chaud et ne s'embarrassait guère de mondanités en cas de polémique. Un vrai problème pour lui, qu'il s'efforçait de résoudre en évacuant son trop-plein d'énergie dans les salles de gym.

— Je ne sais pas.

Elle semblait intimidée, mais pas comme on aurait pu s'y attendre de la part d'une jeune femme conversant avec un type du milieu.

— Je veux juste récupérer votre sac. Rien de plus, mentit-il.

— Promettez-moi d'abord que vous ne lèverez pas la main sur lui.

— Pourquoi ?

Soudain, la pensée qu'il pouvait s'agir d'une simple querelle d'amoureux effleura son esprit. Il ressentit un violent pincement au niveau du cœur en l'imaginant blottie dans les bras d'un autre homme. Aveuglé, littéralement assommé plus d'un an auparavant après la terrible révélation qui avait suivi la mort de Bonnie, peut-être avait-il trop tardé à retrouver Taylor…

— Parce que je ne veux pas que vous ayez d'ennuis.

Un immense soulagement le submergea.

— Son nom.

— Promettez d'abord, sinon je ne dirai rien, répétat-elle en croisant les bras.

Une odeur de laine détrempée flottait maintenant dans l'habitacle. Il marmonna entre ses dents, sachant qu'entêtée comme elle l'était, elle risquait de mettre sa menace à exécution.

— Je vous promets de ne pas le toucher, maugréat-il.

Frustré de ne pouvoir flanquer une correction à ce salaud, il se consola en se jurant de lui infliger un autre genre de leçon. Il avait des amis sur lesquels il savait pouvoir compter. L'un d'eux était inspecteur aux mœurs.

Un silence s'ensuivit. Visiblement, sa protégée s'interrogeait sur la valeur de sa promesse. Puis finalement, elle lâcha :

— Donald Carson.

Il opina, intérieurement fou de joie qu'elle lui accorde sa confiance.

238

— Vous vous êtes réchauffée ?

Lui-même commençait à suffoquer, mais elle, elle était trempée. Il faudrait qu'elle retire au plus vite ses vêtements, évidemment. Mais il n'allait certes pas le lui suggérer. Se retrouver seul avec Taylor nue n'était pas la meilleure des idées. Il avait conscience qu'il suffirait d'un rien pour que le respectueux docteur Jekyll s'efface devant un mister Hyde fou de désir.

— Presque.

Sa voix était d'une telle douceur qu'il tressaillit. Le désir le disputait maintenant en lui à la colère.

— Il y a une couverture sur le siège arrière, lança-t-il.

Il reconnut à peine sa voix, rauque, déformée par le réveil de ses instincts. Redoutant de se trahir, il se concentra pour se reprendre.

— Elle est encore dans son sac plastique, dit-il en l'entendant farfouiller derrière son dos.

Comme il s'engageait sur une portion de route plus dégagée, la pluie redoubla de violence.

— Vous habitez toujours New Lynn ? demanda-t-il.

En des circonstances normales, il fallait à peine une petite demi-heure pour rejoindre cette banlieue d'Auckland.

— Hmm, répondit Taylor d'une voix étouffée.

Il osa alors un regard vers elle. Elle s'était emmitouflée dans la couverture de laine, seul son joli petit visage demeurant visible. Elle était irrésistible avec ses longs cheveux auburn, ses grands yeux bleus délavés par la pluie autant que par la fatigue. Si vulnérable. Un petit chat renfrogné, voilà à quoi elle ressemblait ! se dit-il en retenant un sourire. Et il fut soudain pris de l'envie de la prendre dans ses bras, de la couvrir de baisers, de la bercer.

Cette réaction face à son ancienne employée allait à l'encontre de toutes les bonnes résolutions prises après la terrible vengeance que son épouse avait ourdie contre lui. Sur la tombe de Bonnie, dont il s'était depuis peu séparé, il s'était juré de ne plus jamais s'engager auprès d'une femme. Le châtiment avait été trop cruel.

Assurément, en ce moment de désespoir et de solitude, la décision avait été facile à prendre. Mais en présence de Taylor, cette promesse paraissait lointaine, presque incohérente.

En réalité, elle avait toujours eu un effet redoutable sur lui. La vérité, c'est qu'elle l'avait irréversiblement troublé à la minute où elle était apparue sur le seuil de son bureau. Marié à cette époque, il s'était efforcé de trouver des explications à son attachement pour la petite Blade. C'était en effet une jeune fille charmante, très impliquée dans son travail.

Aujourd'hui néanmoins, Bonnie n'était plus là… Et Taylor était une femme à part entière.

Il tressaillit en repensant à son chemisier trempé collé de manière très explicite à ses seins.

240

— Votre frère va bien ? s'empressa-t-il de demander, redoutant de laisser son esprit s'engager sur des voies aussi dangereuses.

Mais peut-être après tout l'heure avait-elle sonné de laisser s'exprimer ce désir si longtemps enfoui ?

— Nick est en classe verte, dans la forêt de Riverhead.

Cela expliquait en partie qu'elle fût dehors si tard, elle qui organisait toute sa vie, tout son temps en fonction du jeune Nick. Deux fois seulement il avait rencontré le garçon, la première à l'occasion du barbecue organisé pour les familles des employés, la seconde lorsqu'il avait eu subitement besoin de Taylor un samedi et qu'elle n'avait pu trouver de baby-sitter. Néanmoins, grâce à ses confidences passionnées, que l'on aurait d'ailleurs plutôt attendues de la part d'une mère que d'une sœur aînée, il avait l'impression de connaître parfaitement le jeune garçon.

— Vous êtes toujours inscrite à la même agence d'intérim ?

— Oui.

— Oh, comment cela se fait-il ? C'est pourtant votre nom que je cite lorsque j'ai besoin d'une secrétaire intérimaire.

Ah, les malheureuses jeunes femmes qui avaient dû subir ses foudres ! Monsieur se vengeant bassement sur elles de l'absence de Mlle Blade…

— Tiens, dit-elle en le regardant de biais, je ne

comprends pas. Mais c'est vrai, je n'interviens plus dans l'industrie cinématographique.

— Pourquoi donc ?

Avait-elle délibérément cherché à l'éviter ? se demandat-il avec une colère froide. Il n'avait jamais réellement pris conscience de son sentiment de possessivité à son égard. Jusqu'à ce soir.

— Ce n'est pas le genre de milieu que j'affectionne.

— Vraiment ? dit-il.

Profitant d'un arrêt à un feu rouge, il se tourna vers elle.

Les joues roses, elle haussa les épaules.

— Excentricité, glamour, argent, argent et encore argent…

Elle avait toujours cultivé une certaine distance avec son univers.

— Et que faites-vous de l'art dans tout ça ?

— *Quel* art ? répliqua-t-elle, narquoise.

Il sourit et accéléra, une fois le feu passé au vert.

— Pauvre Taylor. Si jeune et déjà désabusée.

— Gardez votre condescendance pour vous, lâchat-elle, glaciale. Je ne suis plus une enfant.

Elle était la seule, parmi toutes les secrétaires qui avaient travaillé pour lui, à se montrer aussi impertinente. A la fin de sa mission, il lui avait proposé un contrat à durée indéterminée, mais elle avait catégoriquement refusé. Et malgré une frustration comme il n'en avait jamais éprouvé au cours de son existence, il l'avait laissée s'en aller, fierté oblige. En espérant au fond de lui qu'elle reviendrait. Demain, ou dans deux ans, qui sait…

— Je suis désolé, dit-il d'un ton cassant, ravalant son émotion.

— Non, vous ne l'êtes pas.

— Quel cynisme, pauvre petite fille ! remarqua-t-il en riant.

Taylor tressaillit. Pourquoi diable Jackson Santorini l'avait-il toujours traitée comme une enfant ? Ses sentiments pour lui étaient pourtant bien ceux d'une adulte.

Elle avait préféré le fuir, fuir la puissance et le danger qui émanaient de lui, fuir les sensations qu'il éveillait en elle et dont elle ne savait que faire. Car avec son passé, il n'était pas question pour elle de se laisser aller à aimer quelque homme que ce soit. Tant pis pour Jackson, même si elle avait su au premier regard qu'il était différent des autres.

— Comparée à moi, vous êtes pourtant une enfant, insistait-il.

— Et merde, lâcha-t-elle, furieuse.

— Merde ? répéta-t-il.

Et il se moqua d'elle, avec cet air supérieur si typiquement masculin qui lui donnait envie de pleurer.

— L'âge ne fait plus guère de différence chez une

personne une fois que vous êtes adulte, protesta-t-elle sèchement.

Elle avait besoin qu'il la considère comme une femme, et elle s'effarouchait en même temps des implications que ce besoin pouvait avoir. Insoluble.

— Oh mais si, il en fait une, répondit-il. L'âge, c'est l'expérience.

— L'âge ne signifie pas nécessairement l'expérience, protesta-t-elle.

Il braquait son regard sur elle, la mettant au défi de prouver ses affirmations.

Oubliant sa fatigue, elle se piqua au jeu.

— Par exemple, j'élève un enfant. Pouvez-vous en dire autant ?

— Non.

Sa réponse retentit à l'intérieur de la voiture, glaciale. Visiblement, ses paroles l'avaient froissé.

Elle se mordit la lèvre, se demandant un peu tard si le mariage sans enfants de Jackson avait été son choix.

— Je suis désolée. Je ne voulais pas dire, euh… Je n'aurais pas dû.

La réponse de Jackson claqua, dénuée de toute émotion.

— C'est la vérité.

— Oui, euh… Mais le décès de Bonnie… Non, je n'aurais pas dû dire cela. Je n'ai pas réfléchi.

Quelle maladroite, quelle insupportable gaffeuse elle faisait ! se maudit-elle.

Elle était tellement angoissée à l'idée de perdre la garde de Nick au bénéfice de Lance, son beau-père. Même ses efforts désespérés pour oublier ses craintes le temps d'une soirée s'étaient achevés en cauchemar. Oui, si ce n'avait été Jackson Santorini qui avait croisé son chemin par le plus grand des hasards, cette journée aurait été un enfer. Et maintenant, voilà qu'elle l'avait fâché.

— Douze mois se sont écoulés depuis l'overdose de Bonnie, dit Jackson d'une voix crispée. Notre mariage ne signifiait plus rien depuis un bon moment déjà. Tout le monde savait ça.

Oui, ils avaient été mariés, chacun menant sa vie de son côté. Lui se consacrait à son travail, entrevoyant parfois le paradis à travers le sourire d'une certaine Taylor. Bonnie, elle, se consacrait à ses médicaments. Les deux dernières années, ils ne partageaient déjà plus le même lit. Excepté une fois, quatre mois avant sa disparition.

Elle s'était montrée si tentante ce jour-là, faisant presque revivre la femme d'autrefois, avant le décès de son père qui l'avait brisée. Il avait toujours vu en elle un mirage, une illusion, mais lorsqu'elle s'était tournée vers lui en quête de réconfort, il n'avait pas su la repousser. D'autant que, sous l'effet du chagrin, elle était devenue moins superficielle, plus authentique.

Et ils avaient conçu cet enfant.

Cet enfant que Bonnie avait fini par assassiner avec elle à force de cocktails de médicaments détonants ! Autrement, il aurait été père, et en mesure de remettre Taylor à sa place.

Il tressaillit au souvenir de la douleur fulgurante qui l'avait transpercé jusqu'à l'âme lorsque l'autopsie avait révélé la grossesse de Bonnie. Des tests complémentaires avaient ensuite prouvé que cet enfant était bien de sa chair et de son sang.

Pourtant, son désespoir n'avait été rien, comparé à la fureur qui l'avait saisi lorsqu'il avait découvert que Bonnie savait, pour le petit être qui vivait en elle.

Elle était pleinement consciente de porter son enfant quand elle avait pris un énième amant, le dernier de la liste. Elle était pleinement consciente de porter son enfant lorsqu'elle avait ingéré son ultime cocktail de médicaments.

A l'instant où cela lui était apparu avec une évidence implacable, la haine s'était propagée en lui tel un virus, anéantissant à jamais son aptitude à s'émouvoir.

# 2.

— Elle pouvait être tellement adorable, dit Taylor, manifestement gagnée par l'émotion.

— Quand elle n'était pas sous l'emprise de ses satanées drogues.

Lui savait que l'*adorable* Bonnie resterait à jamais sa malédiction.

— Je ne comprends pas ce qui la poussait à faire tout ça…

Il comprit que Taylor voulait parler des médicaments *et* de l'adultère. La presse avait révélé le scandale avec un rare déchaînement. Que penserait-elle s'il lui apprenait que l'amant de Bonnie n'était que le dernier d'une longue liste ?

Il n'avait plus posé la main sur sa femme à partir de l'instant où il avait eu connaissance de ses infidélités. Son amour pour elle était définitivement mort à ce moment-là. Après une enfance solitaire, le charme plein d'entrain de Bonnie Philips l'avait jadis littéralement subjugué. Mais à ses côtés, il avait connu une solitude plus profonde encore.

Ils ne partageaient donc plus le même lit depuis pas mal de temps déjà, jusqu'à ce jour, quatre mois avant sa mort. Il était revenu du bureau, sa vigilance défaillante, sa méfiance émoussée par toutes ces heures passées en compagnie de Taylor à souffrir le martyr avec ce désir qui ne pouvait s'exprimer. A voir ainsi Bonnie lui sourire après des semaines de dépression, il avait soudain été submergé par l'envie désespérée de croire qu'ils pouvaient encore sauver leur mariage.

Lui-même enfant négligé de deux célébrités mariées sur un coup de folie, il s'était promis de ne pas reproduire le schéma mariage-divorce-remariage si cher à ses parents. Comme à ses demi-frères et à sa demi-sœur, d'ailleurs : Valetta, la plus jeune, n'avait-elle pas déjà une séparation à son actif ?

Fidèle à sa promesse, il avait tout tenté pour préserver le fil ténu qui les maintenait encore unis. Il s'était même interdit de trop regarder Taylor, réprimant cette fièvre que sa seule présence suffisait à éveiller chez lui. Mais il avait fini par renier sa promesse, et il en voulait encore terriblement à Bonnie de l'avoir poussé à baisser les bras.

Elle lui avait porté le coup fatal le jour où elle s'était affichée au bras de son nouvel amant devant des centaines de paparazzi. Le lendemain, il demandait le divorce. Cette trahison, cet affront avait fait voler en éclats le reste de loyauté qu'il gardait encore envers la femme qu'il avait épousée.

Il se souvenait encore de sa réaction.

« Oh, je t'en prie ! s'était-elle exclamée, moqueuse, un verre à la main à 10 heures du matin. Comme si tu ne m'avais jamais trompée toi-même ! »

Le pire était qu'en effet, il ne l'avait jamais trompée. La seule infidélité dont on pouvait l'accuser était virtuelle. Dans ses moments les plus sombres, il s'était laissé aller à penser très fort à Taylor, oui. Mais la toucher, non, pas avec une alliance à son doigt. Jamais. Elle méritait mieux que ça.

Après avoir quitté Bonnie, un secret espoir avait commencé à fleurir dans son cœur. Une fois le divorce prononcé, il se rapprocherait de Taylor. Il verrait bien alors si elle pouvait éprouver un quelconque sentiment pour lui.

Puis ce rêve s'était évaporé. La disparition de Bonnie ne l'avait pas surpris outre mesure, car elle essayait depuis des années de se supprimer. En revanche, apprendre la mort de son enfant lui avait ôté tout espoir en la vie. Il avait touché le fond.

La voix de sa passagère l'arracha au cauchemar de sa mémoire.

— Je veux dire… Bonnie était belle, talentueuse, riche, et puis elle vous avait, vous. Que manquait-il donc à son existence ?

Les battements de cœur de Jackson s'accélérèrent. La culpabilité s'estomperait-elle un jour ?

— Peut-être que je n'étais pas conforme à ce qu'elle attendait d'un mari.

— Je vous connais, je sais que vous êtes honnête, généreux. Que vous ne cherchiez qu'à la protéger. Votre femme aurait dû le comprendre.

Sa foi naïve et absolue en sa bonté le toucha jusqu'au plus profond de son âme.

— Dommage que vous ne soyez pas journaliste, soupira-t-il.

La presse ne l'avait guère épargné après la dernière infidélité de Bonnie, révélant au monde son humiliation. Les peines de cœur de Jackson Santorini avaient boosté les ventes des tabloïds. Puis, à la mort de son ex-femme, les paparazzi s'étaient de nouveau acharnés contre lui avec une rare cruauté. Mais contrairement à la première fois, il avait pris ce déchaînement avec détachement et mépris.

— Et en plus, vous êtes beau. Elle ne s'en rendait pas compte ?

Aussitôt les mots sortis de sa bouche, Taylor se mordit la lèvre.

Mais après tout, ce n'était que la vérité. Ce qui était tout aussi vrai, c'est que Jackson ne risquait pas d'en dire autant à son sujet, lui que l'on voyait toujours au bras d'actrices divines, de stars dont la beauté illuminait les écrans et les soirées mondaines.

La semaine dernière encore, elle avait lu un article dans lequel une actrice blond platine multi-oscarisée confiait son penchant pour le directeur des studios Santorini. Et si la star regrettait que l'homme de ses rêves ait choisi de vivre dans un pays aussi petit et sauvage, cela ne le rendait que plus désirable à ses yeux.

— Je ne crois pas être particulièrement beau, mais merci quand même, répondit Jackson, apparemment sceptique.

— Oh, vous n'êtes pas beau comme certains acteurs sont beaux, enchaîna-t-elle. Mais votre visage ne manque pas d'intérêt, de caractère, de… de beauté.

Eh bien oui, elle avait en commun avec cette actrice mondialement connue d'avoir un faible pour le ténébreux Jackson Santorini. En vérité, l'homme hantait ses rêves.

Oh, sans doute certaines femmes estimaient-elles sa musculature trop développée. Elle trouvait pour sa part cette puissance éminemment troublante. Que de fois elle avait fantasmé sur ses biceps bronzés, s'imaginant mordre dans cette chair ferme et…

C'était bien là son problème.

Jackson avait été le meilleur employeur qu'elle ait jamais eu. Le plus exigeant, mais aussi le plus encourageant. Un emploi fixe dans sa société eût été tout ce dont elle pouvait rêver… Si elle n'avait pas eu la stupidité de se mettre à désirer son patron.

Avant d'entrer aux studios Santorini, elle pensait au désir comme à une chose sale et repoussante. Ce qui n'était guère surprenant après l'enfance qu'elle avait eue. Puis elle avait rencontré Jackson, le directeur des fameux studios, et cela avait été comme un coup de tonnerre. Elle était restée littéralement ébranlée, ne comprenant pas ce qui lui arrivait, ne sachant pas plus par la suite comment se débrouiller avec ce feu qui brûlait au creux de son ventre chaque fois qu'il posait les yeux sur elle.

Oh, elle n'avait eu à aucun moment l'intention de céder à ses impulsions. Toucher le mari d'une autre, non, cela demeurait un tabou. Et de toutes manières, même si elle n'avait pas été retenue par ses principes, elle savait par expérience ce qu'il advenait des maîtresses répudiées. Cependant, elle s'était avérée incapable de cesser de fantasmer sur son patron.

Plus déroutant encore avait été un autre genre d'émotions qui, sans qu'elle y prenne garde, était apparu. Des émotions extrêmement dangereuses, comme la confiance.

Sa confiance en Jackson Santorini était absolue. Comment aurait-il pu en être autrement ? Elle ne s'était jamais sentie en sécurité avec un homme, et Jackson, lui, sans jamais rien demander en retour, s'était mis dans la tête de la protéger, la raccompagnant régulièrement chez elle tard le soir pour s'assurer que rien de fâcheux ne lui arrive.

Puis, un jour, les médias avaient révélé l'infidélité de Bonnie. Elle aurait volontiers giflé alors celle qui avait osé tromper Jackson. Cela ne la concernait pas, bien sûr, mais comme elle avait eu envie de le prendre dans ses bras, de le consoler ! Quel monstre que cette femme qui avait touché en Jackson ce qu'il y avait sans doute de plus vulnérable, sa fierté !

Plus d'un an s'était écoulé depuis leur dernière rencontre. Force était de reconnaître que ses sentiments pour son ex-patron restaient les mêmes. Son expérience affligeante entre les mains de Donald Carson n'y changerait rien.

La vérité, c'était qu'elle désirait toujours autant Jackson Santorini.

Les paroles de Taylor continuèrent de résonner dans l'esprit de Jackson.

A vrai dire, personne ne s'était jamais ému de sa beauté, pas même ces starlettes qui pensaient pouvoir l'influencer par des compliments. Le mensonge était trop grossier, même pour elles. Pourtant, il savait que la femme assise près de lui ne disait jamais de mensonge. Qui d'autre que Taylor avait osé lui faire remarquer qu'il avait l'air d'un drogué quand il poussait la porte de son bureau, le lundi matin, après s'être disputé tout le week-end avec Bonnie ?

La question était la suivante : sachant qu'elle le trouvait beau, que devait-il faire ?

A cet instant, son attention fut attirée par l'éclat intermittent de gyrophares juste devant lui.

— Aïe, je crois qu'il vient d'y avoir un accident.

— J'espère que personne n'est blessé !

Taylor se pencha en avant, les mains crispées sur la couverture. Lorsqu'il la regarda, il vit que sous l'effet de la chaleur, ses joues avaient pris des couleurs.

Un rose délicat, si troublant, si innocent…

— Nous allons bien voir.

Il roula au ralenti jusqu'à l'officier de police en faction au milieu de l'avenue.

— Que se passe-t-il ? demanda-t-il après avoir baissé sa vitre.

Le jeune homme emmitouflé sous une cape noire se pencha, regarda d'abord Taylor puis Jackson :

— Un carambolage entre trois véhicules, un peu plus loin. Une sacrée pagaille. Nous n'avons pas d'autre choix que de dévier la circulation. Vous ne pouvez pas aller plus loin, prenez cette direction.

Il désignait sur sa droite une rue en pente balisée par des cônes lumineux de sécurité.

— Pas de blessé ? s'enquit Jackson.

— Rien de grave, répondit l'officier.

Jackson s'engagea prudemment dans la rue. Des gerbes d'eau se déployaient sous les pneus de la voiture à son

254

passage. Le revêtement de la rue était manifestement en mauvais état.

— Ecoutez, risqua-t-il, avec ce satané temps et ce détour, nous ne serons pas chez vous avant une bonne heure au moins, et vous avez besoin de vous sécher. Vous pourriez passer la nuit chez moi... Nous ne sommes pas loin, un quart d'heure pas plus, et...

— Je ne peux pas ! s'écria-t-elle.

— Pourquoi ?

Cela le mettait hors de lui qu'elle ne lui fasse pas confiance. Jamais il ne l'avait trahie, ni manipulée, ni trompée, ni... Bah, peut-être une fois ou deux s'était-il fâché contre elle quand elle était sa secrétaire. Mais elle avait réagi en lui criant dessus mille fois plus fort.

Une fois de plus, il fut surpris par sa réponse :

— A cause des paparazzi, dit-elle, manifestement déterminée. Ils sont certainement à l'affût devant chez vous. Je n'ai pas envie de faire la une de la presse à scandale.

Le temps de comprendre son erreur, il répondit :

— Si je trouve un seul reporter en train de m'attendre, je vous promets de lui en faire passer l'envie à jamais ! De toute façon, il doit être trempé à cette heure.

Un petit rire échappa à Taylor.

— Bien, puisque vous me promettez...

Le trafic étant nettement moins intense de ce côté-ci de la ville, ils atteignirent sa résidence toute neuve de Mission Bay en moins de temps qu'il n'avait espéré.

Une légère pression sur une clé électronique, et le portail de sécurité coulissa sur son rail. Il pénétra dans l'enceinte de la propriété, roula près de 50 m puis pressa un autre bouton pour ouvrir les portes du garage, qui se refermèrent ensuite automatiquement derrière eux. Une lumière blanche aveuglante éclairait l'endroit et l'écho de la pluie ne leur parvenait plus qu'étouffé. Une atmosphère d'étrange intimité régnait dans ce lieu clos.

— Vous devriez éclairer votre garage d'une lumière moins crue, remarqua Taylor, une main sur la poignée de la portière.

Pas de précipitation, se dit-il. Elle avait eu une sale soirée et méritait de souffler. Il n'allait certainement pas la contrarier.

— Vous n'aimez pas ?

Elle esquissa un vague sourire.

— Dès que je ne risquerai plus d'être changée en glaçon, je vous répondrai.

Ravalant son premier vrai sourire depuis plus d'un an, il s'empressa de la conduire au chaud, traversant le sous-sol qu'il avait aménagé en salle de gym pour rejoindre le rez-de-chaussée.

— La salle de bains est au premier, à droite, dit-il en désignant l'escalier qui s'élevait depuis le salon. Il doit y avoir des serviettes propres, la femme de ménage est passée aujourd'hui. Je vais aller vous chercher un peignoir et je vous le passerai.

— N'en profitez pas pour regarder.

Telle une princesse s'adressant à un humble serviteur, Taylor s'éloigna dignement en direction de l'escalier, s'efforçant de ne pas marcher sur la couverture qu'elle refusait de lâcher.

Médusé autant qu'amusé par son insolence, il jeta ses clés sur la table du salon et entra dans son bureau. Ignorant le clignotement de son répondeur, il composa sans attendre le numéro du commissariat d'Auckland. Par chance, l'inspecteur Cole MacKenna, l'un des rares en lesquels il avait toute confiance, faisait partie de l'équipe de nuit. Il lui résuma les faits.

Après avoir marmonné un juron, Cole l'interrogea :

— Et la petite refuse de porter plainte ?

Jackson pensa aux efforts de Taylor pour balayer le souvenir de l'incident de ce soir.

— Je préférerais que l'on puisse régler le problème sans la mêler à tout ça.

— Mouais, je comprends. Bah, cela évitera de la paperasse. Donald Carson, vous dites, directeur de projets pour Dracena Medical ? Bien. 3 heures du matin, c'est une bonne heure pour une visite.

Jackson entendit un cliquetis de clés à l'autre bout du fil. Il serra les dents. Il aurait aimé aller en personne expliquer de vive voix à ce Carson ce qu'il pensait de son attitude. Mais il avait promis.

— Merci.

— Je passerai vous remettre le sac à main de votre Taylor Blade dès que j'aurai terminé mon service, juste après 6 heures.

« Sa » Taylor. L'idée lui plaisait.

— Je ne voudrais pas qu'elle s'imagine que vous venez m'arrêter, alors pensez à retirer votre badge avant de frapper, plaisanta-t-il en s'efforçant de ne rien laisser paraître de sa frustration.

Cole marqua une pause, puis il rit doucement avant de noter, fine mouche :

— Cette jeune femme doit vraiment avoir quelque chose de spécial pour que vous cherchiez ainsi à la préserver.

Ils se quittèrent sur ces mots.

De spécial, oui. Jackson commença à se détendre. A présent, les messages. Quatre au total, qu'il s'empressa d'écouter. Des relations d'affaires, mais aussi sa mère. Elle avait visiblement besoin de lui.

Son ton larmoyant sur le répondeur n'avait rien d'inhabituel. Star en pleine ascension, Liz Carlyle était l'épouse d'Anthony Santorini lorsqu'elle avait appris sa malencontreuse grossesse. Jamais sa mère n'avait trouvé le temps ni l'envie de l'élever. Elle avait semblait-il réservé tout son potentiel maternel pour son demi-frère Carlton, né quasiment dix ans plus tard.

Quant à l'instinct paternel d'Anthony, par ailleurs réalisateur réputé, il s'était finalement réveillé neuf ans après sa naissance, lorsqu'il avait engendré, avec son épouse n° 3, Mario puis Valetta.

Aujourd'hui qu'il avait réussi, Liz et Anthony ne semblaient pas éprouver le moindre scrupule à invoquer les liens du sang pour solliciter son aide. Ils paraissaient avoir oublié que les relations les plus intimes qu'ils aient entretenues avec leur fils aîné s'étaient longtemps limitées à des chèques expédiés chaque mois dans les pensionnats.

Maussade, il griffonna les détails des messages avant de les effacer. Il verrait cela plus tard. Après avoir pris soin de Taylor.

Une fois au premier, il passa devant la porte close de la salle de bains et entra dans sa chambre. Il savait qu'il y avait quelque part un peignoir qu'il n'utilisait jamais, mais ce fut son préféré qu'il sortit de l'armoire.

Dès qu'elle eut refermé la porte de l'immense salle de bains, Taylor laissa choir la couverture, détacha son portable de sa ceinture et commença à retirer ses vêtements trempés.

Elle remarqua le somptueux Spa sur sa gauche mais se dirigea vers la douche, brusquement assaillie d'images de Jackson nu, ses bras musclés l'étreignant dans l'espace clos de la cabine.

— Essayez donc et vous regretterez d'être né !

marmotta-t-elle avec conviction à l'homme de son imagination.

Un sourire mêlé de nostalgie aux lèvres, elle finit de se dévêtir et pénétra dans la cabine.

Celle-ci était extraordinairement spacieuse, toute en chrome et verre, conçue évidemment pour quelqu'un de bien plus grand qu'elle. Elle se plaça juste en son centre, exactement sous les trois jets, qui la frappèrent avec une telle violence qu'elle crut défaillir. A moitié aveuglée, elle tâtonna pour tenter de les dévier, en vain. En désespoir de cause, elle bondit hors de la cabine. Une minute plus tard, Jackson frappait à la porte. Elle ouvrit, tremblante.

Elle était nue, à portée de main derrière la porte, et pourtant elle lui faisait confiance. Il émanait de lui une intégrité inaliénable qui faisait qu'elle ne pouvait le regarder comme les autres hommes. Peut-être que…

Elle s'empressa de refouler la pensée qui venait l'interpeller. Son problème majeur, c'était les efforts de son beau-père pour lui arracher la garde de Nick. Malgré toute sa gentillesse, Jackson ne pouvait rien pour elle.

— Vous allez prendre froid, dit Jackson d'un ton contrarié. Je vous avais dit que j'allais vous passer un peignoir.

— Attendez.

Elle saisit le peignoir qu'elle enfila en vitesse et

ouvrit grand la porte, ce qui parut détendre Jackson, qui la dévora du regard.

— Pourriez-vous régler la douche ? demanda-t-elle. J'ai l'impression de me trouver sous les chutes du Niagara.

Hochant la tête, Jackson pénétra dans la pièce.

— Le réglage est électronique, dit-il en désignant un panneau de contrôle sur l'une des parois de la cabine. Vous voyez ?

Taylor détourna vivement les yeux de son torse. Il était réellement bâti comme un athlète. Elle ne put s'empêcher de se demander ce que l'on pouvait ressentir à laisser ses mains courir sur ces muscles…

— Comment pouvais-je deviner ? s'exclama-t-elle, remerciant le ciel que sa voix ne tremble pas. Bien, réglez donc la puissance du jet puisque vous êtes là.

Il s'exécuta puis lui adressa l'un de ses fameux sourires.

— Satisfaite, madame Faites-Donc ?

Troublée par la chaleur de son sourire, elle sentit son cœur battre plus fort sous l'effet de quelque chose qui n'avait rien de sexuel, mais plutôt de sentimental. Habituée à se préserver des émotions qui ne lui avaient jamais amené que du chagrin et de la souffrance, elle s'efforça de se reprendre.

— Merci, monsieur le Gangster, répondit-elle, ne souhaitant plus maintenant que se faufiler sous l'eau chaude et réconfortante. Je vais essayer de me décongeler. Allez, ouste !

Il s'éclipsa sur un autre sourire.

Agacée par sa sensibilité physique et émotionnelle ridicule envers cet homme inaccessible, elle ôta le peignoir et entra dans la cabine.

Jackson resta planté devant la porte de la salle de bains, essayant de recouvrer son souffle.

Pas si facile. Son esprit était littéralement assailli de visions érotiques de Taylor revêtue de dentelle noire. Apparemment, elle avait commencé à se déshabiller aussitôt entrée dans la salle de bains, retirant son mini-slip en dentelle noire au pied même de la douche. Ignorer la traînée de vêtements féminins sur le carrelage lui avait demandé un effort surhumain. Surtout quand il avait aperçu le soutien-gorge, fait de la même dentelle finement ouvragée.

Jamais il n'aurait cru Taylor du style à porter des sous-vêtements de ce genre. A présent, pour savoir, il savait.

Laissant échapper un gémissement, il plaqua ses mains au mur, martelant de la tête la paroi. Sous l'effet de la tension, ses épaules étaient presque douloureuses. Pire encore ses mâchoires.

— Tu ne séduiras pas Taylor, dit-il entre ses dents.

Il avait pleinement conscience de se raconter des

histoires. L'avoir vue emmitouflée dans son peignoir favori ne lui suffirait pas. Ce qu'il voulait, c'était prendre la place de ce satané peignoir. La prendre, elle. Taylor avait réveillé le fauve en lui. Avait-elle l'intention de le rassasier ? Mystère. Oui, bien sûr, elle avait dit qu'elle le trouvait beau…

Pauvre Taylor, qui prendrait certainement la fuite si elle avait idée de ses pensées. Blottie dans ce peignoir blanc, elle paraissait plus vulnérable encore. Non pas qu'elle fût de petite taille, mais dans ce vêtement, elle paraissait si fragile. Ses muscles tressaillirent quand il se crispa dans sa tentative de refouler les assauts d'un désir brûlant. Il serra les poings. Il devait se reprendre, refouler sa faim d'elle.

Malgré sa frustration, il sourit au souvenir de leur toute première rencontre.

Il avait levé les yeux de ses contrats, s'attendant à découvrir sur le seuil de son bureau une femme d'âge respectable. L'agence d'intérim connaissait ses souhaits. Il ne voulait pas de Lolita rêvant de gloire qui tenterait de le séduire. Il recherchait une vraie secrétaire, avec des talents de secrétaire.

Il avait observé la jeune femme devant lui. Ses cheveux châtains ramenés en chignon, ses lèvres généreuses à peine éclairées d'un léger gloss, ses yeux bleus, si tendres… Quoique, aussitôt, il avait noté l'éclat d'un défi dans ces yeux bleus. Comme si elle tenait à lui faire savoir qu'il ne l'impressionnait pas. Autrement, revêtue d'un austère tailleur bleu marine à jupe droite, elle avait le profil type de la secrétaire de direction.

Troublé par cette apparition, il avait serré les dents. Des femmes superbes, il ne voyait quasiment que ça tous les jours de sa vie. Et il savait par expérience qu'un seul mot de lui suffisait en règle générale. S'il le voulait, elle déferait illico son morne chignon, déboutonnerait sans attendre sa veste et viendrait tanguer jusqu'à lui.

— J'ai besoin que vous me tapiez ceci, avait-il marmonné en lui tendant un Dictaphone.

Elle avait pris l'appareil sans paraître remarquer sa brusquerie et s'était éclipsée. La chassant de son esprit, il s'était remis au travail, conscient que sans le concours d'une secrétaire, il ne terminerait certainement pas sa journée avant le petit matin.

Moins d'une demi-heure plus tard, elle était réapparue. Après avoir déposé les feuillets dactylographiés sur son bureau, elle avait pris juste à côté le contrat d'intérim signé par ses soins, puis elle lui avait tourné le dos.

Désarçonné par son aplomb, il s'était levé.

— Votre nom ?

— Taylor Blade.

— Vous avez envie de devenir une star du grand écran ?

Elle l'avait fixé de ses grands yeux bleus.

— Grand Dieu, non !

Il avait souri à sa mine rebutée. C'était la première fois qu'elle l'avait fait sourire.

— Bien. Alors, au travail. Vous êtes en poste pour trois mois, c'est cela ?

— Oui.

Il avait donc trouvé la secrétaire idéale, parfaitement compétente, sous les traits d'une jeune femme délicieuse. A la fin de la première semaine, elle avait tout réorganisé dans le secrétariat, rattrapant le retard des dossiers et l'envoyant sur les roses quand il s'avisait d'élever la voix.

Puis le temps avait passé, et au bout du compte il avait pris conscience de ne venir travailler rien que pour l'entendre le remettre en place, ce qu'elle faisait avec un sourire resplendissant. Ni l'un ni l'autre, à aucun moment, ne franchirent la ligne, évitant soigneusement tout contact physique, mais au fond de son cœur il ne lui avait pas fallu longtemps pour comprendre qu'il avait envie d'elle. Seule la promesse qu'il s'était faite de rester fidèle, à l'inverse de son coureur de jupons de père et de ses séducteurs de demi-frères, l'avait tenu à distance d'elle. A moins que, impressionné par l'intégrité de Taylor, il n'ait cherché à se montrer digne de ses valeurs.

Mais aujourd'hui, plus rien ne s'opposait à ce qu'il cédât à ses impulsions, et son corps le pressait de mettre un terme à presque trois années d'abstinence interrompues une seule fois, lors d'un après-midi lointain, avec Bonnie.

Après le décès de celle-ci, il avait été assailli par les

femmes. Pourtant, il n'avait eu aucun mal à résister aux tentations. Il pensait alors que son potentiel émotionnel et son désir des femmes étaient morts à jamais en même temps que son enfant. Mais à sa réaction face à Taylor, il comprenait que son corps n'avait fait que plonger dans une profonde léthargie, attendant qu'une certaine femme le ramenât à la vie. Taylor.

Le bruit de la douche cessa.

Hochant la tête, il s'écarta du mur et descendit l'escalier pour se rendre dans la cuisine.

Après l'agression de ce soir, Taylor ne serait pas rassurée de le retrouver en train de l'attendre devant la porte de la salle de bains, prêt à lui sauter dessus. Lui-même n'était pas sûr de pouvoir se maîtriser face à ce corps nu et chaud seulement vêtu d'un peignoir. De *son* peignoir.

Dix minutes plus tard, elle apparut dans la cuisine, enveloppée de ce satané peignoir.

— Serait-ce une odeur de café ?

Il remarqua qu'elle était pieds nus et ne fit même pas l'effort de lutter contre son besoin de la protéger.

— Vous allez prendre froid sur le carrelage. Je vais vous trouver une paire de chaussettes.

Elle vint tout près de lui et tendit la main pour attraper la tasse qu'il tenait.

— D'abord le café.

— Euh, attendez, c'est le mien !

Trop tard, elle avalait déjà une gorgée du breuvage brûlant.

Il l'entendit soupirer de bien-être. Instantanément, tout son corps fut en éveil. Il émanait d'elle un parfum délicat et parfumé qui lui faisait tourner la tête. Il avait envie de la prendre entre ses bras, d'embrasser sa peau, de caresser son corps…

Serrant les dents, il recula prudemment de quelques pas.

— Comment vous sentez-vous ?

— Mieux, répondit-elle tristement en levant les yeux vers lui. Donald ne m'a pas fait mal physiquement… Je me suis surtout sentie trahie.

— Vous êtes en sécurité ici.

— Je sais, dit-elle, un large sourire aux lèvres. J'ai confiance en vous.

Woah ! pensa-t-il. Ce n'était *même pas* la peine d'essayer de la séduire.

— Je vais vous chercher des chaussettes.

— Ne vous tracassez pas pour ça. Passons plutôt dans le salon, dit-elle en posant sa tasse vide. Vous venez ?

Stupéfait, il lui emboîta le pas.

Une chaîne micro avait été intégrée dans une niche sur le mur de gauche tandis qu'un vaste canapé bleu nuit longeait le mur d'en face. Mais le must de la pièce était sans nul doute l'immense baie vitrée qui donnait sur l'océan, avec vue sur l'île volcanique de Rangitoto.

Cette nuit, le ciel était malheureusement couvert, et à peine distinguait-on la houle.

— Comme c'est... exposé, dit-elle en marchant à petits pas sur la moquette pour se placer devant la baie, le front contre la vitre.

Il la rejoignit.

— Personne ne peut voir à l'intérieur, même si quelqu'un regardait depuis le jardin.

Le profil de Taylor était pur, juvénile. Les boucles de cheveux qui auréolaient son visage semblaient si légères. L'envie de les toucher fut soudain si forte qu'il dut enfouir les mains dans ses poches et serrer les poings.

— Votre maison est terriblement bien soignée.

— Aucun enfant n'y vit, vous savez.

Elle sourit.

— Nick est si désordonné. Mais je suppose que tous les petits garçons le sont.

— Je m'étonne que vous l'ayez laissé partir en classe verte.

Elle détourna son regard de l'océan déchaîné pour le regarder.

— Que voulez-vous dire ?

— Vous vous montriez très protectrice avec lui, si je me souviens bien.

— Je suis sa seule famille, déclara-t-elle, sur la défensive. J'ai parfaitement le droit d'être protectrice.

Il abandonna le sujet, conscient de la susceptibilité

de Taylor dès qu'il s'agissait de son frère. A plusieurs reprises lorsqu'elle travaillait pour lui, il avait abordé la question, mais chaque fois elle s'était enfermée dans un mutisme glacial.

Cela n'avait pas réellement changé aujourd'hui.

Il ne tenterait rien ce soir, il n'essaierait pas de la toucher. Il lui avait dit qu'elle était en sécurité chez lui et n'était pas du genre à revenir sur ses promesses.

Mais demain ou après-demain, c'était une autre histoire.

Parce qu'il ne rêvait que d'une chose : avoir des droits sur Taylor et les exercer. *Toutes sortes* de droits.

## 3.

— Une des chambres d'amis est prête. A droite de la salle de bains, à l'étage. Si vous avez besoin de quelque chose, la mienne est à l'autre bout du couloir, dit Jackson sur un ton rogue.

Surprise, Taylor détourna les yeux de l'océan tumultueux et l'observa. Elle se sentait soudain si petite devant lui, devant la puissance des flots, devant… Oh, sans doute avait-elle besoin de repos.

— Bien, chef, plaisanta-t-elle.

— Je ne crois pas vous avoir jamais entendue me répondre ainsi lorsque vous travailliez pour moi, la taquina-t-il.

La légèreté de sa remarque contredisait le brasier intense qu'elle surprit dans ses yeux.

Elle connaissait la signification de ce genre de regard et elle ne voulait tout simplement pas y penser. Le cœur battant, elle lâcha un « bonne nuit » bref avant de s'éloigner.

Il n'y avait pas de verrou sur sa porte, mais elle ne

s'en formalisa pas. Jackson ne l'agresserait pas, jamais. Cela ne signifiait pas qu'il n'avait pas envie d'elle. Par le passé, lors des jours les plus solitaires et les plus désespérés, il lui était arrivé de se bercer de l'idée de ce désir qu'elle savait qu'il éprouvait pour elle, un peu comme on passe un baume sur une plaie.

Sans qu'il fût néanmoins question une seule minute d'envisager d'y répondre !

Elle n'était pas ce genre de femme, et Jackson non plus n'était pas ce genre d'homme. C'était un homme de principes, avec des valeurs qui primaient sur le sexe ou la passion. Jamais il n'aurait trompé Bonnie, peu importait ce qu'elle avait fait.

Mais aujourd'hui, sa femme n'était plus… Et elle-même craignait de se brûler à son regard.

En proie à des émotions contradictoires, elle s'apprêtait à se coucher quand elle se rappela qu'elle n'avait rien à se mettre pour dormir. La seconde d'après, Jackson frappait à la porte.

Elle ouvrit et le découvrit, une chemise blanche à la main.

— Vous pourriez avoir besoin de ça, dit-il avec calme, le regard neutre.

— Merci.

Au moment où elle tendait la main pour prendre la chemise, son portable se mit à sonner. Aussitôt, elle fut saisie par l'angoisse.

— Ce doit être à propos de Nick. Une minute…

Hélas, elle reconnut en effet tout de suite son beau-père, Lance Hegerty.

— Où es-tu, Taylor ? Personne ne répond chez toi. Où caches-tu *mon* fils ?

Elle savait qu'il avait volontairement appuyé sur l'article possessif. Une manière perverse et cruelle de lui rappeler que Nick n'était qu'un demi-frère pour elle. Peu importait que ce soit elle qui l'ait élevé, aux yeux de la loi elle n'avait pour ainsi dire aucun droit sur Nick par rapport à Lance, le père biologique.

— Mais… D'où m'appelles-tu ? Il est tard, dit-elle, la voix mal assurée, serrant nerveusement l'appareil entre ses doigts.

— Réponds d'abord à ma question.

Elle se sentit blêmir. Tournant le dos à Jackson, elle chuchota :

— Je l'ai encore sous ma garde pour deux semaines.

Quatorze malheureux jours avant que n'expire le délai légal, et l'action de Lance pour récupérer la garde de son fils aboutirait.

Son interlocuteur laissa échapper un rire sardonique.

— Que tu le veuilles ou non, c'est moi qui aurai le dernier mot. Garde bien ça en tête et ne rêve pas ! Tu n'es qu'une fille de rien. Mon fils mérite mieux que de vivre avec toi.

272

Elle coupa la communication, tremblant de tous ses membres.

Lance maniait le mépris avec art et pouvait la faire éclater en sanglots en quelques mots acerbes, mais elle avait sa dignité, jamais elle ne lui ferait le plaisir de craquer devant lui.

— Qui était-ce ? s'enquit Jackson.

Il était derrière elle, si près, si fort, si attentionné. Elle mourait d'envie de se confier à lui, mais les paroles de Lance résonnaient encore dans sa tête, menaçantes. Jackson était un homme riche et puissant, lui aussi. Il se pourrait très bien qu'il prenne le parti de son adversaire. Désemparée, elle ne savait plus que penser.

En revanche, elle savait ce qu'elle ne voulait pas : ce monstre n'aurait pas Nick, jamais.

Soudain, une peur panique la submergea : et s'il venait à Lance l'idée de l'enlever ? Elle devait contacter la classe verte, les mettre en garde, vite !

Lorsqu'elle fit volte-face, elle fut instantanément comme enveloppée d'un cocon protecteur et se détendit un peu.

— Quelqu'un à qui je n'ai pas envie de parler, répondit-elle à Jackson en tentant de lui cacher son émotion.

— Souhaitez-vous que je m'en occupe ?

Elle secoua la tête.

— Non. Je crois que je vais dormir, maintenant.

L'épisode Lance l'avait achevée.

Après un moment d'hésitation, Jackson finit par se détourner et franchir la porte, ses larges épaules emplissant presque l'embrasure. Malgré la terrible appréhension qui lui nouait la gorge, l'envie de toucher ces épaules la traversa.

Jackson, si fort ! Comme il serait bon de se reposer auprès de lui des tourments de la vie !

En tremblant, elle referma la porte derrière lui et, sans attendre, composa le numéro du camp de Nick.

Après avoir arraché la responsable à son sommeil, elle la supplia d'aller vérifier si son frère se trouvait bien dans le dortoir, puis elle lui fit jurer de ne confier le garçon à personne d'autre qu'à elle. En ce qui la concernait, elle serait bien allée tout de suite récupérer Nick là-bas, mais il avait été si heureux de la perspective de ces quelques jours en pleine nature qu'elle ne pouvait imaginer le priver de cette joie.

Plus détendue à présent qu'elle savait le petit en sécurité, elle retira le peignoir pour enfiler la chemise. Celle-ci lui arrivait presque aux genoux et elle dut retrousser plusieurs fois les manches. Cependant, pour une raison qu'elle refusait d'admettre, cela la rassurait de porter un vêtement appartenant à Jackson.

A bout de forces, elle s'enfouit sous la couette.

Le sommeil néanmoins s'obstina à la fuir. Elle était trop lasse, trop angoissée pour dormir. Et pour arranger le tout, elle sentait venir les signes avant-coureurs de la migraine. La vie ne lui avait pas laissé d'autre choix que d'être forte, mais cette fois le fardeau était trop lourd à porter. Elle craignait de ne pas être à la hauteur.

Une minute s'écoula, au bout de laquelle elle s'assit.

Elle avait besoin de se détendre, de faire retomber la pression. En un mot, elle avait besoin d'aide. Jackson ? Débarrassée de l'angoisse qui l'avait saisie au coup de fil de Lance, elle savait maintenant que ses craintes que son ex-patron se rallie à la loi du plus fort n'étaient pas fondées. Jackson Santorini pouvait se montrer autoritaire et dominateur, mais lui au moins, à la différence de Lance Hegerty, avait le sens de l'honneur. Cependant, elle rechignait à s'adresser à Jackson, lui-même délaissé par les membres de sa famille excepté lorsqu'ils avaient besoin d'un service. L'idée de devenir une charge supplémentaire pour lui la rebutait.

Pourtant, elle devait absolument se décider à faire quelque chose pour protéger Nick. Y compris, oui, y compris demander son aide à cet homme qui la faisait fantasmer.

Redoutant que le courage vienne à lui manquer si elle tardait trop, elle bondit du lit.

Ce n'est que lorsqu'elle se retrouva devant la porte de la chambre de Jackson qu'elle se souvint qu'elle ne portait sur elle qu'une chemise… *Sa* chemise. Mais elle venait de frapper et n'avait plus le temps de battre en retraite.

Jackson ouvrit, revêtu uniquement d'un boxer blanc.

Fascinée par cette apparition, elle oublia jusqu'à la raison de sa venue. Elle regarda son torse musclé et bronzé que tapissait un léger duvet sombre. Ses épaules, ses bras comme son ventre montraient une fermeté digne d'un athlète de haut niveau. Quant à ses cuisses, on aurait dit deux troncs puissants et noueux. Un corps digne d'un dieu du stade !

Il changea de position, la faisant sursauter.

Elle devait se reprendre, cesser de le regarder. Mais comment une femme pouvait-elle résister face à un spécimen aussi parfait de virilité ? Surtout que ce spécimen-là ne s'était jamais avisé de se servir de sa force pour la blesser, que jamais il ne lui avait manqué de respect…

Elle leva les yeux, s'attendant à rencontrer de l'amusement dans son regard.

Mais elle y lut quelque chose d'autre. Du désir. Un désir brûlant, palpitant. Insistant.

Elle savait ce qu'était le désir. Jackson lui avait toujours inspiré des rêves d'un profond érotisme qui au matin la laissaient en sueur. Mais elle connaissait surtout le désir qui brillait dans les yeux des hommes. Vers l'âge de quatorze ans, elle avait commencé à surprendre les regards plein d'envie des petits amis de sa mère. Puis, il y avait eu… Mais elle n'aimait pas repenser à cela. Elle se sentait encore tellement sale.

— *Cara*, dit Jackson dans un souffle.

Elle tressaillit, mais fut incapable du moindre geste.

Lorsqu'il la força à approcher son visage en glissant son index sous son menton et déposa un tendre baiser sur ses lèvres, son instinct la fit soudain réagir : elle se redressa. Mais ensuite elle resta immobile, ne résistant pas et ne provoquant rien non plus.

Une frustration intense l'envahit quand elle prit conscience que, malgré son âge et bien qu'elle connût Jackson, elle demeurait la proie de ses terreurs d'enfant.

Il s'écarta.

— Je vous prie de m'excuser. Je n'aurais pas dû vous embrasser malgré vous.

Paroles courtoises, dénuées d'émotion. Si douloureuses après la chaleur et la tendresse de son baiser.

— Ce n'était pas malgré moi, dit-elle doucement, s'étonnant elle-même de cet aveu.

Il posa une main sur le chambranle, son visage ne trahissant rien de ses pensées. Elle le détestait quand il était ainsi, aussi impénétrable.

— J'ai cru pourtant embrasser une statue.

La remarque, honnête, lui déplut toutefois. Tout en se mordillant la lèvre, elle fixa un long moment la moquette avant de relever la tête.

— Je n'ai jamais bien su comment faire avec les hommes qui me désirent.

Cela, au moins, elle était sûre qu'il le comprendrait. Non, il n'allait pas la juger, il n'allait pas lui reprocher ses peurs, lui que les autres avaient si souvent blessé.

— Je… J'ai eu de mauvaises expériences, enchaîna-t-elle. Euh, lorsque j'étais adolescente…

Elle n'avait pas réalisé combien il lui serait si difficile de parler de cela. Il fallait une sacrée dose de confiance en l'autre pour…

Protecteur, Jackson s'approcha d'elle.

— Qui ?

Il posa une main sur sa hanche, ce qui la surprit, mais à son propre étonnement elle posa à son tour une main sur lui, précisément sur son torse nu. Une chaleur ardente l'envahit qu'elle réussit à ignorer, consciente de la fragilité de l'instant.

— Je n'ai pas très envie de parler de cela maintenant.

Jackson se rembrunit, mais elle ne lui laissa pas le temps de faire le moindre commentaire.

— Par contre, reprit-elle, je voulais vous parler du coup de fil de tout à l'heure.

Cela sembla le rasséréner.

— Qui vous a appelé ?

Il émanait de lui une telle gravité, une telle tendresse. Ses yeux sombres brillaient dans l'obscurité. On aurait dit un ange penché sur elle. Elle tressaillit à la caresse de ses doigts sur sa taille.

— Je ne sais pas si je me sens prête à vous expliquer tout ça.

Comment lui avouer qu'elle le craignait parce qu'il la troublait ?

— Vous avez confiance en moi, oui ou non ?

La réponse lui vint naturellement. Tout simplement parce qu'il avait toujours été beaucoup plus pour elle qu'un patron, et peu importait qu'elle veuille se convaincre du contraire.

— Je suis ici, non ?

Car jamais elle n'aurait accepté son invitation si elle ne lui avait voué une absolue confiance. Cette confiance s'expliquait par le fait qu'il ne l'avait jamais forcée à faire quelque chose contre sa volonté. Jackson avait une âme de chevalier servant, d'ange gardien, et elle avait besoin qu'il la protège de Lance. Nick lui-même en avait plus encore besoin.

— Nick est ce qui compte le plus au monde pour moi, commença-t-elle.

— Je sais.

— Sa classe verte prend fin dans deux jours, expliqua-t-elle. Accepteriez-vous de m'accompagner pour aller le chercher ?

— Oui.

À cette seconde précise, elle sut que quelque chose dans la nature de leur relation venait de changer. Jackson acceptait de lui venir en aide, et elle devrait désormais compter avec le fait qu'elle lui était redevable.

Qu'allait-il advenir d'eux ? Telle était la question, pour l'instant sans réponse. Et alors ? Elle avait confiance en son intégrité, et de toutes manières une seule chose importait : mettre des bâtons dans les roues de Lance et l'empêcher de lui ravir son frère.

— Je ne vous ai jamais entendue parler que de Nick…

Il lui caressait affectueusement les cheveux. Et au lieu de se sentir menacée, elle ressentait presque de la frustration à ce geste simplement protecteur.

— Vous n'avez aucune autre famille ?

— Pas la moindre.

— Expliquez-moi cela, *piccola*, insista-t-il.

Taylor hésita. Jamais Jackson ne s'était permis la moindre indiscrétion, et après tout elle trouvait plutôt réconfortant qu'il lui manifestât de l'intérêt. Enfin, elle avait besoin de se confier, et si ce n'était à Jackson, à qui d'autre le pourrait-elle ?

Les premiers mots furent les plus réticents, mais il ne la pressa pas. Debout dans la pénombre feutrée de ce couloir, ses pieds nus au chaud dans la moquette épaisse face à un Jackson bienveillant, jamais à vrai dire elle ne s'était sentie autant en sécurité. Oh, certainement avait-il envie d'elle, mais il ne tenterait rien. Elle en avait la certitude et aurait joué sans hésiter sa vie sur ce point.

— C'est maman qui nous a élevés, commença-t-elle en s'efforçant de parler d'une voix neutre. Qui m'a élevée en tout cas. Nick avait six ans quand elle est morte. J'en avais vingt, et sa mort n'a pas été une surprise. Elle était alcoolique…

A ce moment, Jackson la souleva de terre. Sans autre formalité, il l'emporta dans sa chambre qu'éclairait le clair de lune, arracha la couverture du lit et se dirigea vers le sofa près de la fenêtre. Il passa alors la couverture autour de ses épaules et, s'asseyant confortablement, la serra tendrement entre ses bras, comme si elle était à lui.

Sans protester, elle se laissa aller contre son corps protecteur.

— Pourquoi est-ce que je vous raconte tout ça ? demanda-t-elle, s'interrogeant sur le sentiment de paix qu'elle éprouvait à son contact.

Elle était effrayée à l'idée de ce que cela signifiait.

— Parce que vous avez besoin de parler. Ce coup de fil avait quelque chose à voir avec votre frère ?

— Comment savez-vous ? s'étonna-t-elle.

— Vous étiez terrifiée. Vous n'auriez pas réagi autrement si la sécurité de Nick se trouvait menacée.

— C'était le père de Nick, Lance.

— Ce n'est pas votre père ?

Elle sentit son sang se figer. Inspirant profondément, elle répondit :

— Non, ce n'est pas mon père.

Le besoin de Jackson d'étreindre Taylor et de la bercer contre son cœur était presque irrésistible, mais il lutta contre, car il voulait voir son visage.

— Ma mère, Héléna, m'avait déjà lorsqu'elle a épousé Lance, dit-elle en fixant la porte. Mon père biologique était un homme marié. Il l'a quittée dès qu'il a été au courant de sa grossesse et a refusé catégoriquement de me reconnaître, laissant maman sans ressources.

— Vous n'êtes pas responsable, dit-il, choqué par son ton fautif.

— Lance n'a pourtant jamais raté une occasion de me rejeter, reprit-elle. Presque chaque jour, il s'arrangeait pour me rappeler que je n'étais pas de lui. Il n'a jamais accepté de me donner son nom.

Jackson serra les poings mais se força à rester silencieux. Elle avait besoin de parler. Il était profondément touché par la confiance qu'elle lui témoignait. Il savait le courage qu'il faut pour confier à autrui ses douleurs secrètes.

— Et maman m'a toujours fait sentir que c'était ma faute si elle avait dû se résoudre à épouser un homme qui la battait, qui la trompait et… qui abusait d'elle.

Elle se raidit un instant contre lui puis se lova un peu plus entre ses bras avant de poursuivre.

— Lance disparaissait régulièrement de la maison sans explication, avant de rentrer quelques semaines plus tard comme si de rien n'était. Ma mère l'attendait comme le Messie, car c'était lui qui subvenait à

nos besoins, lui qui allait nous arracher à la misère…
Un jour, il n'est pas rentré. Ils ont divorcé. Nick avait
deux ans.

Elle se tut, perdue dans ses pensées.

Une rage sourde palpitait en Jackson, même s'il n'en
laissait rien paraître. Il avait besoin de la toucher. Il
prit sa main, s'attendant à ce qu'elle le repousse, mais
elle se tourna vers lui, le regard brouillé.

— Pourquoi aimait-elle cet homme ? Je me le suis
toujours demandé. Elle savait qu'il la trompait. Lui
était-elle reconnaissante de l'avoir épousée alors qu'elle
avait déjà un enfant ?

Jackson imaginait très bien l'angoisse de cette
mère, la blessure de cette femme avec un enfant qui
lui rappellerait jusqu'à la fin de ses jours la cruauté
de sa désillusion.

— Je pense qu'elle devait se sentir perdue, dit-il.

— Oui.

Dans la voix de Taylor vibrait une tristesse infinie.

— Et Nick ?

— Lance n'est jamais venu le chercher. Pas même au
décès de notre mère. J'ai pris soin de mon frère toutes
ces années, seule, sans jamais avoir de nouvelles de
lui. Jusqu'à ces dernières semaines.

Taylor avait laissé sa main dans la sienne. Encouragé,
Jackson écarta de sa main libre une mèche de cheveux
qui avait glissé sur son front, resserrant en même temps
son étreinte.

— Que veut-il exactement ?

— Nick, répondit-elle, le bleu de ses yeux en cet instant terni. Je ne le laisserai pas faire. Je me battrai jusqu'au bout… Mais je suis terrorisée. Il est le père de Nick. Je ne suis que sa demi-sœur.

Imperceptiblement, elle se pencha, cherchant le contact de sa main. Il sourit, heureux de constater qu'elle semblait puiser de la force en lui.

— C'est vous qui l'avez élevé.

— Vous ne connaissez pas Lance, c'est une racaille. Une racaille riche. Il l'a toujours été, même s'il ne nous en a jamais fait profiter. Je suppose qu'il avait épousé ma mère parce qu'elle était belle et qu'il la désirait, ce qui ne l'a pas empêché de la laisser tomber après avoir eu ce qu'il voulait et de ne jamais se soucier de son fils.

Elle s'interrompit pour reprendre son souffle.

— Il m'a expliqué, enchaîna-t-elle, qu'il est remarié et mène désormais une vie rangée. Comme sa femme ne peut pas avoir d'enfants, il veut récupérer Nick.

A présent elle tremblait, non de désespoir mais de rage.

— Il n'a pas le droit ! Lance n'a rien d'un père. Je l'ai souvent vu frapper Nick quand il n'était encore qu'un bébé.

Lâchant sa main, elle agrippa son épaule avec un regard désespéré.

284

— Oui, je l'ai vu de mes yeux ! répéta-t-elle comme s'il pouvait douter d'elle.

Il lui sourit et l'enveloppa de ses bras, la berçant jusqu'à ce qu'il la sente se détendre un peu.

— Ne vous inquiétez plus, je suis là, lui chuchota-t-il à l'oreille. Riche, vous dites ?

— Hegerty, de chez Hegerty & Williams, le célèbre cabinet d'avocats, cela vous dit quelque chose ? Eh bien, c'est lui. Il connaît tout un tas de juges et de psychiatres et prétend que si je n'accepte pas de lui remettre Nick, il peut parfaitement me faire déclarer inapte sur le plan psychologique et convaincre un tribunal de ma mauvaise moralité.

— Evidemment…

— J'ai bien tenté de m'expliquer auprès de la Cour, mais toutes mes démarches sont restées vaines, contrairement à celles de Lance. Je ne vois plus désormais quel recours je pourrais avoir contre lui. J'ai tellement peur, Jackson ! Je ne veux pas perdre Nick.

Jackson s'appliqua à rester calme.

On avait donc osé menacer cette femme ? Cette femme délicieuse, courageuse, qui sans que quiconque le sût lui appartenait à lui, Jackson Santorini ?

Il prit le visage de Taylor entre ses mains, la forçant à le regarder, et sa colère prit une nouvelle ampleur lorsqu'il vit ses yeux emplis de larmes qu'elle n'avait pas la force d'essuyer.

— Avez-vous confiance en moi, Taylor ?

Si ce n'était pas le cas, il allait faire en sorte d'y remédier, dût-il pour cela la bercer toute la nuit s'il le fallait.

— Oui, répondit-elle néanmoins, avant de se renfrogner. Je n'ai en tout cas rien à vous reprocher…

Il s'estima satisfait de sa réponse, préférant ignorer la fin de la phrase, remarque légitime pour quelqu'un d'aussi malmené par le sort.

— Alors je vous demande de me croire quand je vous dis que je vais vous aider.

— Je suis désolée de m'adresser à vous. Je sais que tant de gens sollicitent votre aide… Je ne veux pas leur ressembler.

— Vous n'avez rien de commun avec les autres, dit-il, ne supportant pas qu'elle se rabaisse ainsi. Allons, reprit-il sur un ton enjoué en effleurant sa joue, où est donc passée ma tigresse ?

Elle esquissa un timide sourire.

— Ah, revoilà la vraie Taylor.

Et sans même y penser, il déposa un baiser sur ses lèvres, s'écartant aussitôt qu'il réalisa son geste.

— Excusez-moi encore, dit-il, anxieux à la pensée d'avoir peut-être détruit sa confiance.

Posant un doigt sur ses lèvres, elle le fit taire.

— Je ne vous en veux pas, murmura-t-elle.

Il lui sourit avant de remarquer avec gravité :

— Merci, mais… Selon moi, une femme doit trouver

du plaisir au baiser d'un homme, pas uniquement se résoudre à se laisser embrasser.

Une vulnérabilité touchante émanait de son doux visage baigné par la lueur de la lune.

— Je ne suis pas sûre de savoir comment on trouve du plaisir, dit-elle avec une franchise qui lui alla droit au cœur. Pouvez-vous me…

Il approcha son visage du sien.

— Dites-le-moi, je vous en prie, l'encouragea-t-il. Que voulez-vous de moi ?

— Un baiser. Je voudrais que vous m'embrassiez… vraiment.

Ces paroles étaient l'aveu que pour elle, embrasser n'avait jamais été un plaisir ! Un jour, se promit-il, il connaîtrait le nom de celui qui avait abusé d'elle. Mais cette nuit, il voulait l'embrasser comme elle méritait d'être embrassée, avec tendresse, avec respect… Et avec juste un peu de cette passion qu'il ressentait pour elle.

Assourdie par les battements de son cœur, Taylor tressaillit lorsque Jackson glissa une main derrière sa nuque et approcha ses lèvres des siennes. Inconsciemment elle s'arc-bouta, pressentant elle ne savait quel cataclysme, mais tout ce qu'elle sentit fut une caresse improbable sur sa bouche, ce qui la laissa désemparée.

— Chut, murmura Jackson, laissez-vous simplement aller à ressentir.

Elle opina, la gorge sèche. Tout enveloppée du parfum de Jackson et de la chaleur de son corps presque nu, elle ne ressentait aucune tension, aucune appréhension. Elle avait posé les mains sur sa poitrine sous laquelle palpitait une puissance contenue, mais n'éprouvait aucune crainte à s'abandonner à cette force physique. Au contraire, elle ferma les yeux. Cent fois déjà il aurait eu l'occasion de la brusquer. Jamais, au cours de toutes les heures passées à travailler auprès de lui, il n'avait tenté quoi que ce fût. Son honneur, son esprit chevaleresque un peu suranné le retenaient même de s'inviter à boire le café chez elle lorsqu'il lui arrivait de la raccompagner.

— Laissez-vous aller, ma douce, dit-il en attirant sa tête en arrière pour couvrir son cou de baisers.

Surprise, elle laissa échapper une plainte.

— Chut, détendez-vous, dit-il en la berçant et en revenant à ses lèvres. Laissez-vous faire.

Hypnotisée par la profondeur de sa voix, elle finit par s'exécuter, par s'ouvrir aux sensations que ses caresses éveillaient en elle. Par sentir pleinement la douceur autant que l'insistance de sa bouche sur la sienne tandis qu'il cherchait à entrouvrir ses lèvres. Ce qu'elle fit. Mais au lieu de prendre pleinement possession de sa bouche, il fit courir sa langue sur ses lèvres, lentement, consciencieusement. Peu à peu, n'en pouvant plus d'attendre, elle se pressa contre lui, cherchant à l'attirer. Il résista, chuchota des mots doux en italien tout en continuant avec ses lèvres à la torturer.

Enfin, elle enfouit ses mains dans ses cheveux et dans un gémissement le supplia. Alors il l'embrassa, sa langue se collant à la sienne, la pénétrant d'une manière qui ne lui rappela en rien les baisers forcés que petite fille elle avait endurés, oh, non ! Dans le baiser de Jackson, il y avait quelque chose d'ardent en même temps que d'hésitant. Intriguée, le cœur battant à tout rompre, elle s'impliqua elle-même dans cette étreinte.

La réaction de Jackson ne tarda pas. Il resserra ses bras autour d'elle, son torse contre ses seins nus sous la chemise, et elle sentit brusquement sous ses fesses quelque chose de dur : son sexe en érection.

Une bouffée de panique la submergea, pour s'évanouir aussitôt : en dépit de son désir manifeste, Jackson ne tentait rien, lui manifestant au contraire une infinie tendresse.

Dans un soupir il se retira.

— J'aime votre saveur, chuchota-t-il contre sa bouche. J'ai le sentiment que vous m'appartenez.

Au lieu de l'effrayer, cette confidence la toucha au plus profond de son être.

— J'aime vous caresser, répondit-elle. Vous embrasser…

Elle dit ces mots dans le secret de leur souffle commun,

les mains enfouies dans ses cheveux, baignée du plaisir inattendu qu'elle éprouvait à le toucher.

— Bien, dit-il simplement en effleurant ses lèvres du bout de l'index.

Il la serra contre lui, et ils restèrent ainsi un long moment, à épier les battements de leurs cœurs.

Lovée entre les bras de Jackson, elle s'efforçait de composer avec les sensations que celui-ci avait libérées en elle. Elle ne s'alarmait pas du brasier qui consumait ses reins. Une nouvelle espèce de confiance venait de voir le jour en elle. Une confiance de femme amoureuse, une confiance voluptueuse qui l'incitait à oublier l'outrage subi par la préadolescente et à s'abandonner aux promesses de plaisir de l'homme qui la berçait ainsi.

— Vous rêvez, ma douce ?

— Oui.

Silence.

— Voudriez-vous m'expliquer pourquoi vous redoutez tant le désir des hommes ?

— Je vous l'expliquerai, mais pas cette nuit.

Elle ne pourrait supporter de gâcher la douceur de ce moment par de si répugnants souvenirs.

— Alors, il vous faut aller dormir à présent.

Il se leva et l'emporta dans ses bras jusqu'à la porte. Là, il la déposa et fit un pas en arrière.

— Attendez, dit-elle en saisissant son bras. Je veux vous remercier pour votre aide.

L'éclat de ses yeux gagna en intensité.

— Ce n'est pas votre gratitude que je veux, Taylor.

Elle comprit ce qu'il voulait dire.

— Ce n'est pas que cela, dit-elle. Il s'agit de... de confiance. C'est nouveau pour moi, vous savez.

Confesser cela lui demandait un certain courage. Avant de rencontrer Jackson Santorini, pas une fois elle n'avait accordé sa confiance à un membre du sexe opposé.

Jackson lui caressa les cheveux, un tendre sourire aux lèvres.

— Allez dormir, maintenant. Je trouverai le moyen de vous aider, vous et votre frère.

Autre manifestation de son absolue confiance en Jackson, elle s'endormit paisiblement après cet épisode, sans faire un seul cauchemar. Elle était un peu inquiète, toutefois, de la foi absolue qu'elle éprouvait envers son ex-patron. Mais la confiance, fût-elle totale, n'était pas de l'amour, elle le savait bien.

Comme elle savait que l'amour était la seule chose qu'elle ne pourrait jamais ressentir pour un homme. Pas même pour Jackson.

# 4.

Le lendemain matin, Jackson reconduisit Taylor jusque chez elle.

Juste avant de partir, il lui avait fait la surprise de lui restituer son sac à main que Cole était venu lui remettre aux aurores. L'inspecteur lui avait confirmé qu'il en avait profité pour menacer Donald Carson d'un fichage aux mœurs à la moindre nouvelle incartade.

Manquant de sommeil, il ne s'était pas attardé, et Jackson dut promettre à Taylor que non, il ne s'était pas éclipsé dans la nuit pour aller dire sa façon de penser à ce salaud. Ce n'était pourtant pas l'envie qui lui avait manqué, mais il avait promis.

Taylor d'ailleurs n'insista pas, comme si elle craignait d'alimenter son envie de casser la figure à Donald. A peine demanda-t-elle le nom de l'inspecteur qui avait agi avec tant d'efficacité.

Alors qu'elle se changeait, il donna quelques coups de fil à ses différents avocats. Une idée avait germé dans son cerveau, mais il tenait d'abord à en vérifier la faisabilité.

Comme il l'avait dit à Taylor la nuit dernière, il ne voulait pas de sa gratitude. Rien en lui, ni son cœur, ni son corps, ni sa fierté, ne voulaient d'un sentiment aussi dérisoire. Il était l'enfant d'un divorce, un enfant élevé par des nounous, fruit d'une union sans amour. Il n'avait jusqu'ici connu que la solitude. Taylor était la seule à lui donner le goût du bonheur. Il se sentait vivant avec elle. Elle était tout ce dont il avait toujours rêvé. Oh, il avait conscience qu'il devrait se battre pour accéder à ce rêve. Eh bien, il se battrait, mais loyalement, sans jamais l'abuser et encore moins la forcer. Sa confiance lui était trop précieuse.

Sur les conseils de Jackson, Taylor enfouit quelques affaires dans un sac, puis ils retournèrent chez lui. Fatiguée par ces semaines de lutte contre Lance, elle ne se sentait pas la force de résister à l'envie de se laisser prendre en charge.

— Je dois me rendre à un rendez-vous, lui annonça-t-il après un brunch copieux. Attendez-moi, nous parlerons de votre affaire dès mon retour.

Elle voulut l'interroger mais ravala sa curiosité.

— Quand rentrerez-vous ? se contenta-t-elle de l'interroger, un peu frustrée.

— Dès que je pourrai, répondit-il en déposant un

293

baiser furtif sur ses lèvres. Ne vous inquiétez de rien. J'ai certaines choses à éclaircir en tête à tête avec certaines personnes.

— Ne tardez pas trop…

— Chut, détendez-vous. Réfléchissez donc plutôt à la possibilité de venir travailler de nouveau pour moi comme secrétaire, qu'en dites-vous ?

Ce qu'elle fit, sitôt qu'il fut parti.

Pourquoi pas, après tout ? Au fond, elle n'avait plus besoin de le fuir ni de cacher son désir pour lui. Oui, c'était une excellente perspective, et il lui tardait de le lui confirmer.

Jackson ne réapparut qu'à l'heure du dîner.

— Avez-vous pu trouver quelque chose ? s'enquit-elle.

— J'ai quelques pistes…

Il avait les traits tirés, et elle décida de ne pas lui en demander plus avant qu'il n'ait mangé un peu et repris quelques forces. Plusieurs coups de téléphone vinrent émailler leur repas. Elle l'observait du coin de l'œil, troublée par cette nouvelle intimité avec cet homme et sa générosité. Puis elle prépara le café et rejoignit Jackson dans le salon.

— Tenez, dit-elle en lui tendant une tasse.

— Merci.

Etrangement lointain, il marcha jusqu'à la baie vitrée, le regard perdu dans l'épaisseur de la nuit.

Evitant le canapé, elle alla s'asseoir avec sa propre

tasse sur la troisième marche de l'escalier, sans quitter Jackson des yeux.

Il paraissait si fort, se dit-elle en promenant son regard sur ses larges épaules. Il avait remonté les manches de son sweat noir et elle pouvait apercevoir ses avant-bras musclés que tapissait un fin duvet brun. Sous la lumière tamisée, sa peau plus mate que bronzée trahissait ses origines italiennes. Jackson avait une présence, un charisme… Oui, il émanait quelque chose de spécial de lui. Il paraissait si solitaire en cet instant, silhouette exposée et vulnérable devant la transparence de la baie vitrée. Elle sentit son cœur se serrer. Elle savait ce qu'était la solitude, connaissait le sentiment des âmes sans attaches.

— A quoi pensez-vous ? demanda-t-elle dans un souffle.

Il se tourna vers elle et s'adossa à la vitre.

— Que penseriez-vous de m'épouser, Taylor ?

— Vous… épouser ? dit-elle, resserrant les doigts autour de sa tasse.

— Oui.

Jackson la fixait, parfaitement calme et serein en apparence.

— Mais pourquoi ?

Il était l'homme de ses rêves, oui, mais ses rêves avaient toujours eu la fâcheuse tendance de tourner au cauchemar.

— J'ai parlé à quelques avocats ainsi qu'à un juge

de mes relations. En tant que père biologique de Nick, Lance a tous les droits.

— Non ! s'exclama-t-elle.

— Mais, enchaîna aussitôt Jackson, si vous voulez conserver la garde de votre demi-frère, vous pouvez évoquer l'abandon de son père et prouver à la cour votre capacité à élever l'enfant correctement. Le problème, c'est que vous seriez plus convaincante mariée, d'autant que les avocats de Lance ne manqueront pas de faire valoir les risques liés à l'absence de modèle paternel pour un jeune garçon.

Hésitant entre rage et espoir, elle fixa son interlocuteur.

— Jackson, murmura-t-elle, la gorge serrée, vous êtes un homme puissant, séduisant. Pourquoi voudriez-vous vous lier ainsi à moi, qui ne suis rien ?

— J'ai besoin d'une épouse. J'ai toujours eu l'envie de fonder une famille sur les valeurs sacrées du partage et de la loyauté. Je veux à mes côtés une femme en laquelle j'aie toute confiance. Je vous connais et je sais que vous me comprenez. Quant à Nick…

Il s'interrompit, regarda brièvement par-dessus son épaule l'océan endormi, puis il poursuivit :

— Je connais votre affection pour lui, et cela me suffit pour qu'il me soit précieux.

« Et moi, dans l'histoire ? » eut-elle envie de demander, malgré l'égoïsme d'une telle question. L'offre de Jackson avait quelque chose de si froidement calculé, de tellement éloigné des liens tendres et sensuels qui déjà les unissaient.

Mais avant qu'elle ne pût prononcer le moindre mot, il reprit :

— Vous aurez la sécurité et la stabilité que vous recherchez pour votre frère. Je ferai tout pour empêcher Hegerty de mettre la main sur lui, je vous en donne ma parole. Je peux même m'engager plus encore sur ce point devant un avocat si c'est nécessaire.

Il prononça ces paroles avec une détermination dont l'écho tranchant la fit tressaillir.

— Euh, je ne sais pas. Entraîner Nick dans ce genre d'affaire…

Jackson se déplaça pour reposer sa tasse sur le plateau avant de répondre.

— C'est la seule façon de contrer Lance, assena-t-il. Je ne crois pas qu'il insiste dans ce cas. Il craint trop de voir ses affaires louches révélées au public.

— Mais il a déjà déposé plainte contre moi ! gémit-elle en tentant de réchauffer ses mains glacées autour de la tasse brûlante.

— Il a compris que vous étiez sans défense. Et surtout sans relations. Combien d'affaires de famille se résolvent dans les couloirs des palais de justice, échappant à toute loi ? Mais les choses ne vont pas se dérouler ainsi avec moi. Tout se passera dans les règles. Je n'ai pas peur de la presse à scandale, contrairement à lui. Les journalistes ne se priveraient pas de raconter comment il avait abandonné femme et enfant.

Taylor respira profondément. Jackson semblait si sûr de lui, si confiant, qu'elle était près de se laisser convaincre.

— Mais… Que va-t-il se passer si nous nous marions ?

Epouser Jackson Santorini dépassait son entendement. A peine était-elle parvenue à supporter d'être embrassée par lui. Alors un mariage…

— Aucun juge ne se ralliera à Hegerty contre moi, reprit Jackson après un silence. Peu importent les influences qu'il peut avoir ici et là.

Il y avait du défi dans sa voix, mais aussi une fierté, un sens de l'honneur qui résonnait de façon menaçante.

— Je pense qu'il y aura un arrangement à l'amiable avec lui. Mais je ne vous cache pas que Lance risque d'obtenir la garde partagée de Nick. C'est même probable.

Elle lui fut reconnaissante de ne pas embellir à outrance le tableau. La garde partagée était mieux que le rien du tout qui lui était jusqu'ici réservé, et l'éventualité de garder Nick auprès d'elle même un mois sur deux était plus qu'elle n'en pouvait rêver hier encore.

— Il est également possible qu'Hegerty renonce à se battre. Cela d'ailleurs ne m'étonnerait pas outre mesure. L'individu ne sait apparemment que terroriser les femmes, lâcha Jackson avec un air de mépris.

— Pour Nick, je ferais n'importe quoi… Vous pensez que cela va marcher ?

Ce furent les seules paroles qu'elle trouva à dire.

Pour Nick, elle allait épouser le seul homme susceptible de faire sauter le verrou qui maintenait son cœur et son corps prisonniers.

— J'en suis certain, Taylor. Vous ne risquerez plus rien avec moi. Et Nick aura son avenir assuré.

— Au moins tant que nous serons ensemble, lâcha-t-elle dans un souffle. Et si nous divorçons avant ses 18 ans ? Lance pourrait en profiter pour revenir à l'attaque.

Elle ne supportait pas l'idée de faire le moindre mal à Nick en lui offrant un père qui risquait de s'évanouir un peu plus tard.

Il opina, ses grands yeux noirs fixant le vide.

— J'espère bien que notre engagement durera plus que quelques années. Je suis resté marié six ans avec Bonnie.

— Six années malheureuses.

— Oui, admit-il.

— Pourquoi prendre de nouveau le risque ? demanda-t-elle.

Oubliant ses inquiétudes à propos de Nick, elle pensa à ce chagrin qui semblait peser sur Jackson telle une malédiction, cette douleur secrète qui n'avait fait apparemment que s'intensifier. Quelque chose de terrible et douloureux hantait cet homme. Quelque chose de pire encore que la trahison de Bonnie, son suicide ou la traque des médias. Quoi que ce fût, cela l'avait profondément blessé, et elle ne pouvait supporter l'idée de lui faire plus de mal encore.

Son angoisse de perdre Nick se heurtait à son inquiétude pour Jackson. C'était comme si elle s'assurait le bonheur de l'un contre le désespoir de l'autre. Non, elle ne pouvait pas faire cela. Jackson méritait mieux.

— Je sais bien que vous ne tomberez pas dans la dépression ni la dépendance aux amphétamines, dit doucement son interlocuteur. Vous tenez trop à Nick.

Il évoquait leur mariage en homme d'affaires, comme si leur baiser de la nuit passée n'avait jamais eu lieu. Ce moment d'absolue confiance pour elle n'avait peut-être été qu'une simple anecdote pour Jackson, habitué à plaire.

Elle ravala avec difficulté sa salive.

— Je vais faire en sorte que Nick soit à l'abri du besoin, reprit-il. J'ouvrirai un compte qui lui sera réservé, que nous restions ensemble ou pas.

Il traversa la pièce pour venir au pied de l'escalier, la regardant de toute sa hauteur.

Sceptique, elle lui rendit son regard.

Elle voulait comprendre les raisons de son offre, mettant pour l'instant ses propres sentiments de côté. Heureusement que Jackson n'avait pas eu la mauvaise idée de lui proposer de l'argent. Si elle n'avait aucune fierté quand il s'agissait de Nick, elle était prête à mordre si l'on s'avisait à lui manquer de respect.

— Je ferai en sorte que vous ne manquiez de rien, ajouta-t-il, une main sur la rampe.

Juste ce qu'il aurait dû éviter de lui dire !

— Taisez-vous, lâcha-t-elle en se levant subitement, se retrouvant nez à nez avec lui. C'est uniquement parce que je pourrais de cette façon garder mon frère que je suis tentée par cette idée folle. Je me moque de votre argent !

Toute à sa rage, elle continua néanmoins de s'interroger sur les motivations qui le poussaient à lui proposer ce marché. Car c'était un marché. Qu'attendait-il en échange ?

— Si vous êtes ma femme, je ne veux pas que vous travailliez, tenta-t-il de se justifier. C'est bien dommage, car jamais je n'ai eu meilleure secrétaire que vous…

— Et pourquoi non ? répliqua-t-elle, les mains sur les hanches, avec un air de défi.

L'homme qui se tenait devant elle n'avait rien à voir avec l'être sensible et passionné qu'elle connaissait. Qu'était devenu son Jackson ?

— Plus de la moitié de mes affaires est basée sur l'événementiel. Bonnie a fait fuir nombre de gens que nous aimerions voir revenir. Si vous le souhaitez, vous travaillerez, mais sans que le monde extérieur ne le sache, poursuivit-il. Mais si nous devions nous séparer, vous rencontreriez quelques difficultés à retrouver du travail. Il vaut mieux que vous disposiez d'une petite somme pour vous dépanner. Vous n'aurez pas à emprunter sur l'argent réservé à Nick. Et Nick ne sera pas attristé de vous voir sans ressources.

— Vous avez l'art de toucher là où ça fait mal, n'est-ce pas ? dit-elle entre ses dents.

— Je me débrouille, répondit-il, apparemment léger.

Mais apparemment, seulement.

Pourquoi avait-elle dit cela ? Parce qu'elle lui en voulait des sensations qu'il éveillait en elle. Elle s'était juré de ne jamais tomber amoureuse, l'exemple du désespoir de sa mère lui avait suffi. Aimer passionnément, aimer exclusivement, sans espoir de retour, c'était courir à sa perte. Mais était-elle si différente d'Helena ?

Sa mère avait aimé son père, puis elle avait rencontré Lance Hegerty. Taylor se souvenait de ses pleurs lorsque celui-ci l'avait finalement laissée tomber sans la moindre considération, avec un mépris et une cruauté rares. Elle se souvenait aussi de la rapide déchéance qui avait suivi…

Pas question de se retrouver un jour dans la même position. Se laisser attendrir ? Pour quoi finalement ? Pour mieux souffrir ? Parfois, néanmoins, comme il était tentant de baisser sa garde et de s'abandonner, confiante, à Jackson… Elle savait qu'il ferait en sorte qu'elle soit à l'abri du besoin. Il ne la laisserait pas tomber.

Ne supportant pas de l'avoir blessé, elle effleura sa joue à cette heure ombrée d'un fin duvet.

— Je suis désolée.

— Pour quelle raison ? répliqua-t-il, ne reculant pas devant sa caresse mais ne manifestant pas non plus de réaction.

Elle glissa alors sa main dans ses cheveux drus.

— Vous ne vous mettez jamais en colère, Jackson ? Jamais la moindre crise de nerfs ?

— Non, répondit-il, le regard franc, distant.

— Non, vous êtes simplement glacial, soupira-t-elle.

Il arrivait qu'il la bouscule au bureau, mais toujours pour des raisons futiles. Dans les moments graves en revanche, il se renfermait, gardait un silence opiniâtre. Sans doute avait-il compris aussi à force de rebuffades que, pour survivre, il ne fallait plus rien ressentir.

Elle eut mal pour lui.

— Si vous m'épousez, il vous faudra supporter mon sale caractère, déclara-t-elle soudain, soutenant son regard.

Il fronça les sourcils à son changement de ton.

— Tous les jours, au travail, je dois composer avec les crises de rage des uns et des autres.

— Des crises de rage ?

Elle se pencha imperceptiblement et enfouit son autre main dans ses cheveux.

Ses larges mains enveloppèrent sa taille.

— Quand des millions de dollars sont en jeu, les gens peuvent se montrer très susceptibles et avoir des réactions violentes, rappela-t-il avec un haussement d'épaules. Mais cela ne m'impressionne pas. Plus, en tout cas.

— Et moi, vous pensez m'impressionner, monsieur le producteur ? demanda-t-elle en riant.

Une ou deux secondes, il réfléchit avant de répondre.

— Je finirai par apprendre comment apaiser vos nerfs, tout simplement.

— Mes nerfs ! s'exclama-t-elle, vexée, avant de noter l'éclat taquin de son regard. Bah, vous me rendez folle…

Jackson resserra ses mains autour de sa taille. Puis, sans paraître exercer le moindre effort, il la souleva telle une plume et la mit debout devant lui.

— Folle, vraiment ?

— Complètement.

Elle dut lever la tête pour croiser son regard.

Comme il était grand, et quelle puissance il dégageait ! Quelle énergie. Si viril, si homme. Et elle, si… femme.

Ils restèrent ainsi face à face, silencieux, un long moment, et elle lut le désir dans ses yeux d'Italien.

Un frisson d'angoisse la traversa malgré elle. La tendresse infinie de Jackson envers elle, la nuit dernière, n'avait pas réussi à effacer les peurs de son enfance.

Il retira ses mains. Son visage se crispa, son regard s'éteignit.

— Si nous nous marions, jamais je ne vous obligerai à quoi que ce soit, Taylor.

Il s'interrompit, comme pour s'accorder le temps de la réflexion.

— Néanmoins… Néanmoins, j'attends quelque chose de ce mariage.

— Quoi ?

Enfin, elle allait savoir ce qui se cachait derrière cette proposition tout à fait inattendue.

— Un bébé, dit-il, le regard impénétrable. Si vous parvenez à vaincre vos peurs pour faire l'amour avec moi, je ne veux pas que vous preniez la pilule.

Stupéfaite, Taylor demeura dix bonnes secondes comme pétrifiée. Certes, il y avait entre eux ce désir exprimé tout récemment, mais pourquoi lui demandait-il cela, à elle qui pouvait à peine accepter un baiser ? Peut-être l'ampleur de ses angoisses lui avait-elle échappé ?

Elle voulait bien envisager de l'épouser pour conserver la garde de Nick, mais certainement pas en le dupant. Elle devait tout lui dire de ses problèmes, de leur profondeur. Il devait comprendre une fois pour toutes que le cauchemar qui la hantait depuis tant d'années ne pourrait disparaître si facilement. Qu'il ne pourrait jamais disparaître tout court. Même s'il parvenait à vaincre sa terreur de toute intimité, l'idée d'avoir des enfants la terrifiait plus encore, pour une raison mille fois plus douloureuse : le désespoir de sa mère restait ancré en elle, la faisant considérer avec horreur l'éventualité d'être un jour à son tour anéantie par un homme.

— Je suis désolée, Jackson. Jamais je ne pourrai vous donner ce que vous attendez de moi. Et je ne veux pas être un frein à votre désir de paternité.

A cet instant, Jackson sentit comme un gouffre s'ouvrir devant lui.

Taylor le mettait clairement devant ses responsabilités, il devait faire un choix : elle, ou un enfant. Ce choix, il lui avait été facile de le faire devant la tombe de Bonnie, mais face à cette femme si transparente, si honnête, la chose n'était plus aussi simple.

— Vous avez raison, je ne peux pas accepter cela, dit-il, les dents serrées tant ces mots lui faisaient mal.

Puis une idée le traversa, et il implora Taylor du regard.

— Et si nous nous donnions une année, rien qu'une année ? souffla-t-il. Si au bout du compte aucun enfant ne paraît, alors nous nous séparerons.

Cela lui pesait d'envisager cette issue, lui qui ne voulait surtout pas imiter les membres de sa famille pour lesquels le mariage n'était qu'une formalité, des vœux que l'on faisait et défaisait au gré des humeurs.

Mais il avait dit adieu à un enfant qui n'avait jamais vu le jour. Il avait aujourd'hui besoin d'effacer ce souvenir de sa mémoire par la vision d'un *bambino* rieur et plein de vie. Le problème, c'était que chaque fois qu'il rêvait de son enfant à venir, il l'imaginait avec les yeux bleus de Taylor.

Comment pourrait-il la quitter s'il s'avérait effectivement au bout d'un an qu'elle ne voulait pas qu'il la touche ? Et d'ailleurs, serait-il même capable de respecter sa volonté ?

— Et Nick ? demanda Taylor sur un ton anxieux.

— Je vais faire le nécessaire pour que Lance ne puisse jamais tenter quoi que ce soit, même si nous en venions à nous séparer, dit-il aussitôt, avant d'enchaîner. Pourquoi cette peur du sexe, Taylor ?

Taylor le regarda, consternée.

Cet homme voulait devenir son mari. Non pas par amour, mais pour avoir un enfant d'elle.

Et alors, qu'espérait-elle ? Quelque chose de plus romantique sans doute ? De plus utopique aussi. Au moins, c'était là un marché qui avait de quoi la rassurer : pas d'amour ni de sentiments inutiles. Et Jackson Santorini, lui au moins, ne reviendrait jamais sur sa parole.

Elle lui devait une explication. Il était essentiel qu'il comprenne, qu'il ne la fixe pas avec ces yeux froids et chargés de reproche si elle se raidissait sous ses caresses les plus innocentes. Elle ne voulait pas qu'il se trompât sur elle.

— Surtout, n'allez pas croire que ce soit votre faute, finit-elle par répondre.

Il fronça les sourcils, prenant un air plus ténébreux encore.

— Est-ce que c'était quelqu'un que connaissait votre mère ? demanda-t-il, sa voix résonnant comme une menace.

De nouveau il encercla sa taille de ses mains. Cette fois, leur chaleur et leur puissance l'apaisèrent.

— C'était l'homme chargé de l'entretien de l'immeuble, chuchota-t-elle.

Et elle se tut, choquée de s'entendre révéler l'inavouable. Jamais elle n'avait dit cela à personne. Mais elle manquait de courage pour continuer, pour dire le pire de tout.

— Qu'a-t-il fait ? demanda Jackson sur un ton autoritaire, en l'attirant plus près de lui.

Elle ne résista pas, céda à ses mains protectrices.

— Autour de quatorze ans, j'ai commencé à… à me développer. C'est à ce moment-là qu'il a commencé à me regarder. J'ignorais encore ce que signifiait ce genre de regards. Personne ne m'avait expliqué.

— Un jour, il m'a suivi jusqu'à la buanderie. J'ai cru qu'il voulait réparer une machine…

Encore aujourd'hui, elle ressentait la peur qui s'était

emparée d'elle lorsqu'elle l'avait découvert, debout dans un coin de la pièce, immobile, ses yeux de prédateur braqués sur elle.

— Lorsque après avoir rempli la machine, j'ai voulu prendre l'escalier, il s'est avancé vers moi. J'ai lâché mon panier à linge et tenté de l'esquiver, mais il a attrapé mon bras et… Et m'a poussée contre une armoire.

Des larmes coulèrent sur les joues de la petite fille qu'elle était redevenue.

— J'étais terrifiée. Il m'a dit de me calmer, qu'il allait m'apprendre à ne pas avoir peur, que je finirais par aimer ça, et… Savez-vous ce qui rend la chose plus terrible encore ?

— Dites-le moi, murmura Jackson d'une voix neutre en lui caressant le dos.

— J'avais le béguin pour lui. C'était un étudiant qui travaillait pour se payer ses études. Belle gueule, gentil…

Elle se blottit contre Jackson, noua ses bras autour de ses épaules.

— Je n'aurais jamais cru qu'il pouvait être aussi pervers que l'était Lance avec ma mère. Comme j'étais sotte !

Puis elle s'interrompit et respira profondément avant d'en venir à l'épisode le plus horrible.

— C'était mon premier baiser. Il m'a forcée… avec sa langue. Les marques sur mes bras et mon dos sont restées visibles des semaines.

— Taylor, dit-il, voulant lui épargner de continuer le récit de ce cauchemar.

Mais elle ne pouvait pas arrêter là.

— Il m'a coincée contre l'armoire et je l'ai senti, je... J'ai senti son sexe contre moi. Alors je me suis débattue, j'ai voulu me dégager, mais il était si fort ! J'ai fermé les yeux, j'avais mal. Et puis soudain, j'ai entendu quelqu'un descendre l'escalier. Il avait oublié de verrouiller la porte.

— Vous avez pu vous échapper ?

— Oui.

— A-t-il recommencé ?

Une sourde colère faisait maintenant trembler la voix de Jackson.

Elle fit non de la tête, un peu étourdie.

— Il a continué de me regarder avec insistance, mais de mon côté j'ai cessé de me promener dans l'immeuble. J'ai encouragé les autres enfants à faire de même. Personne ne se méfiait de Gra... de lui.

— Grant ? Grant comment ? demanda Jackson.

— Je ne veux pas que vous ayez d'ennuis.

— Je vous promets que je n'en aurai pas. Mais j'ai besoin de faire quelque chose. Vous m'avez interdit de réagir, pour Donald Carson.

Il y avait tant de violence dans sa requête qu'elle se rétracta comme une bête craintive.

— Non, je ne peux pas.

— Ma chérie, je vous en prie.

Elle se mordilla la lèvre, déstabilisée par la tendresse de ses paroles. Souvent elle oubliait les origines italiennes de Jackson, mais en cet instant elle avait le cœur serré en pensant à ce pays où honneur et vengeance étaient la cause de tant de drames humains.

— Je ne peux rien prouver, murmura-t-elle.

— Vous n'avez rien à me prouver, à moi ! Vos paroles me suffisent.

Il la tenait serrée contre lui, comme si elle était à lui, mais elle n'en éprouvait aucune appréhension. Quelque chose en elle se refusait décidément à le considérer comme les autres hommes. Avait-elle perdu la tête ? Etait-ce au contraire une chance qui lui était donnée de combattre les traumatismes du passé ? C'était trop difficile de résister à la tentation de se confier au seul homme qui lui manifestait de l'intérêt.

— Grant Layton, marmonna-t-elle.

— Merci, merci infiniment, chuchota-t-il en la berçant tendrement.

Ce corps à corps ne la rebutait pas. En revanche, sitôt que quelque chose de sexuel affleurait, elle redevenait cette petite fille de quatorze ans plaquée contre la porte d'un placard dont la poignée lui vrillait le dos.

Après cet épisode, elle n'avait plus vécu que dans la peur et la méfiance, sa belle innocence anéantie avant même d'avoir une chance de s'épanouir. Mais… Et si elle parvenait à guérir ? Et si rien de mal ne pouvait plus lui arriver, jamais ?

La main de Jackson caressait son dos, s'évertuait à dénouer ses épaules.

— Merci de m'avoir raconté tout ça.

— Je voulais que vous sachiez, dit-elle dans un soupir. Je ne veux pas que vous sacrifiez votre bonheur pour moi, je ne le supporterais pas. Je disparaîtrais avec Nick si les choses devaient se passer ainsi.

Car il méritait mieux qu'une femme blessée, qu'un drame banal avait voué au chagrin et à la solitude.

— Vous avez subi un traumatisme, dit Jackson sans cesser de la caresser. Nous pourrions demander l'aide d'un psychothérapeute. Qu'en pensez-vous ?

— La seule idée d'exposer mes souvenirs à un inconnu… Non. C'est à vous que je fais confiance.

Il resta silencieux un long moment, et elle se dit qu'elle en avait peut-être trop dit à cet homme habitué à garder ses émotions pour lui-même. Il lui avait proposé un marché. Il n'avait pas été question ni de sentiments, ni de compassion.

— J'en suis profondément honoré, Taylor. Mais peut-être ne suis-je pas votre meilleur choix, car j'ai envie de vous.

— Me violenteriez-vous ?

— Jamais.

— Je le savais. Je l'ai toujours su.

Jackson fut profondément touché par sa confiance, et en même temps il ne put s'empêcher d'avoir honte du désir qu'il éprouvait pour cette femme qui ne connaissait des hommes que leur violence et leurs instincts les plus bas. Elle n'avait mentionné aucun autre abus, mais si ce Grant Layton avait remarqué sa beauté naissante, d'autres hommes en avaient été certainement tout aussi troublés. Qu'avait-elle enduré d'autre ? Conscient de la fragilité de la jeune femme après ses aveux, il préféra repousser ses inquiétudes. Pour l'heure en tout cas.

— Comment cela ? demanda-t-il.

— Eh bien, certainement pourriez-vous me faire du mal avec de l'indifférence ou de la froideur, mais pas physiquement, je le sais.

Il grimaça à sa réflexion.

— Jamais je ne pourrais vous manifester de l'indifférence, Taylor.

Bien sûr, elle avait raison, il était un homme froid. Plus exactement, il l'était devenu, poussé par la cruauté de l'existence. Son enfance d'abord, puis Bonnie, l'ultime épreuve, et non la moindre, ayant été la perte de son enfant.

Il avait besoin de Taylor. Elle seule parvenait à atténuer ce désespoir profond qui couvait en lui, elle seule lui donnait envie de vivre, d'espérer. Taylor, lumière ténue mais bien réelle dans le noir. Il priait simplement tous les jours que Dieu fait pour que, de son côté, elle ait un jour aussi besoin de lui que lui d'elle.

— Je serai toujours à vos côtés, mais un psychothérapeute serait certainement plus à même de vous aider dans ce traumatisme, insista-t-il.

Il avait cherché le matin même des renseignements et contacté une spécialiste.

— Je… je ne sais pas, dit-elle, visiblement sur ses gardes.

— Pourquoi ne pas essayer ? Je connais quelqu'un, une femme. Elle saurait vous guider et vous conseiller. Moi, je n'ai pas les compétences pour cela.

Son besoin de l'encourager à dépasser ce traumatisme surpassait son désir d'être sa seule force. Confronté à la douleur de Taylor, son premier réflexe avait été de la rassurer, la protéger. Mais peut-être ne réussirait-il au bout du compte qu'à empêcher sa guérison. Seul un vrai thérapeute saurait se montrer suffisamment ferme pour la forcer à se guérir de ses angoisses, à recourir pour elle-même à ce courage qui lui avait permis jusqu'ici d'élever son frère.

Cette fois, ce fut elle qui lui caressa le dos.

— J'essaierai. Nous pouvons apprendre ensemble.

Que se proposait-elle de lui apprendre ?

Il s'en moquait. Il prendrait tout ce qu'elle voudrait bien lui donner.

314

# 5.

Le dimanche matin, Taylor se réveilla dans la chambre d'amis de Jackson, revêtue de sa chemise blanche. Une pluie battante crépitait sur le toit, annonçant le retour de la tempête. Bien au chaud et en sécurité, elle s'étira, indolente, quand trois petits coups à la porte la firent sursauter.

— Entrez.

Jackson apparut sur le seuil, tout de noir vêtu.

— Nous devons parler, Taylor.

Retenant un bâillement, elle tapota la couette à côté d'elle.

— Venez vous asseoir.

Une lueur intense traversa les yeux de son visiteur.

— Oh, Taylor ! Par pitié, je ne suis qu'un homme...

— Pardon ?

Elle le fixa, désemparée. Qu'imaginait-il ? Qu'elle

voulait le mettre à l'épreuve et tester sa promesse de ne pas la forcer ? Oh, non !

Après un soupir résigné, il vint cependant s'asseoir sur le rebord du lit.

— Bon, c'est sans importance. Hmm, j'ai quelque chose pour vous, dit-il en fouillant dans sa poche.

Il en sortit un anneau en or finement ciselé, incrusté de diamants.

Elle tendit une main tremblante. Délicatement, il glissa l'alliance à son doigt tandis qu'un éclair déchirait le ciel.

— Oh, Jackson ! Elle est merveilleuse, dit-elle en s'asseyant sur le lit, les yeux rivés sur l'alliance en or fin, un bijou extrêmement raffiné et d'une extrême sobriété.

— Elle appartenait à ma grand-mère paternelle, expliqua-t-il avec un sourire ému. Gia et mon grand-père Josef sont restés mariés plus de cinquante ans.

Elle sentit ses yeux se remplir de larmes. Jamais personne ne lui avait fait don de quelque chose d'aussi précieux, d'aussi essentiel.

— Pourquoi pleurez-vous ?

— Je ne pleure pas, mentit-elle en essuyant ses larmes d'un geste.

— Ma chérie.

Il tendit les bras et l'attira hors des couvertures contre lui, la berçant tendrement. Elle n'éprouva aucune appréhension, mais au contraire un délicieux sentiment de bien-être, avec la douce impression d'être là où était sa place.

— Chut, ne pleurez plus, chuchotait-il en lui caressant les cheveux.

Elle renifla discrètement.

Les Italiens, machos ? Quelle bêtise ! Jamais elle n'aurait imaginé qu'un homme aussi fort, aussi viril, pût avoir tant de tendresse en lui.

— Merci, dit-elle sans bouger d'entre ses bras.

Un instant, elle se demanda si Bonnie avait porté cette alliance, mais elle ne put trouver le courage d'interroger Jackson. Après tout, en dépit de toutes les souffrances que sa première femme lui avait infligées, il l'avait sincèrement aimée. Entre eux, il n'avait jamais été question de marché…

— Voilà dix ans que cette alliance n'est pas sortie de son écrin. C'est vous qui lui redonnez vie.

Ses paroles la touchèrent en plein cœur. Sans doute était-ce de l'égoïsme de sa part, mais elle était si heureuse d'avoir quelque chose de lui que Bonnie n'avait même jamais vu !

Elle ignorait les détails de leur mariage, mais elle savait que Jackson était sorti de l'épreuve anéanti. Inconsciemment, elle se blottit plus encore contre lui, quand une légère tension de son corps la rappela subitement à l'ordre. Elle se glissa alors hors de ses bras.

— Je vous rejoins en bas pour le petit déjeuner, dit-elle en adoptant un ton léger. C'est moi qui le prépare.

— Ne tardez pas trop, répondit-il avec un sourire avant de se lever.

Vingt minutes plus tard, elle contemplait Jackson en train d'attaquer son troisième pancake. Puis ce furent ses lèvres qu'elle fixa quand il mordit avec appétit dans la galette. Et soudain, supplantant son besoin de savoir s'il appréciait sa cuisine, le désir de goûter à ces lèvres gourmandes l'envahit sans prévenir.

— C'est bon !

Quoique lapidaire, le compliment eut pour effet de l'arracher à l'état de sensualité où cet homme qu'elle s'apprêtait à épouser avait le don de la plonger.

Elle s'empressa de se concentrer sur son assiette.

— Nous pourrions nous marier d'ici une semaine, suggéra Jackson au bout d'un moment, sur un ton détaché.

— Ce mariage précipité ne va-t-il pas intriguer votre entourage ? parvint-elle à articuler, encore troublée et passablement nerveuse.

Il se tourna vers elle et cligna de l'œil.

— Allons, voilà des mois que nous nous fréquentons dans le plus grand secret, n'est-ce pas ?

— Très futé !

Il salua la louange d'un sourire.

— Valetta a procédé comme ça, la dernière fois

318

qu'elle s'est mariée. Un mariage qui a duré six mois. Un record, dans ma famille.

— Comment va votre sœur, aujourd'hui ?

— Je n'en sais rien, je n'ai aucune nouvelle depuis des mois.

— Et cela ne vous inquiète pas plus ? demanda-t-elle, sans cacher sa désapprobation.

— Ma famille ne m'est pas aussi proche que vous l'êtes de Nick, lâcha-t-il.

L'âpreté de sa réponse la retint de poursuivre sur ce sujet. Tendue comme elle était, elle ne se sentait guère le courage de le pousser à se confier.

— Mardi, cela vous conviendrait pour le mariage ? enchaîna-t-il.

— Va pour mardi, dit-elle avec un pincement au cœur. Et la cérémonie ?

Elle ne pouvait se résoudre à admettre que ce mariage se résume aux termes d'un marché. Ce qu'il était avant tout, pourtant. Un contrat.

Inutile d'attendre autre chose de ce qui demeurait une formalité, essaya-t-elle de se raisonner.

— Ce sera comme vous le souhaitez.

— Que voulez-vous dire ?

Intriguée par son changement de ton, elle leva les yeux. Il paraissait calme, nullement ému. Seul son regard s'était fait plus noir, sembla-t-il.

— Je connais un ranch à une heure d'hélicoptère. Ils

organisent des réceptions. J'ai vérifié, nous pourrions l'avoir pour mardi.

— Mais nous sommes dimanche ! s'exclama-t-elle, pleine d'espoir. Nous n'aurons jamais le temps de… Si ?

Il l'enveloppa d'un sourire radieux et caressant.

— Je suis certain que oui. Alors, je le réserve, ce ranch ?

— Bien sûr. J'aimerais tant inviter quelques amis.


Au cours des heures qui suivirent, Taylor apprit les vertus de l'argent et du pouvoir.

Les boutiques ouvrirent leurs portes rien que pour eux, les traiteurs mobilisèrent leurs troupes, les fleuristes passèrent commande de fleurs par avion spécial, et un styliste branché accepta de renoncer à son week-end en Alabama pour leur présenter sa collection de robes de mariée.

— Entrez, entrez, les encouragea le couturier en les recevant. Toutes nos créations sont dans le showroom, à l'étage. Nous n'aurons aucun mal à vous satisfaire, mademoiselle, vous avez une silhouette ravissante.

Fébrile, Taylor chercha les yeux de Jackson.

— Jackson ?

Il inclina légèrement la tête, une main posée sur ses reins. Elle avait toujours pressenti l'homme possessif chez lui, et visiblement elle ne s'était pas trompée.

Quiconque les croiserait n'aurait aucun doute sur le fait qu'elle était à lui.

Ses sentiments à ce sujet étaient partagés. Une partie d'elle-même trouvait délicieux d'appartenir à cet homme. Mais une autre, secrète, celle de la petite fille abandonnée et solitaire, demeurait sur ses gardes. Oui, aujourd'hui, il la voulait à elle, mais leur relation était soumise à condition. Si elle ne lui donnait pas ce qu'il attendait d'elle, il l'abandonnerait.

Ce qu'elle était sotte à se poser tant de questions ! Il s'agissait d'un marché. Point.

— Que suis-je censée faire, Jackson ? s'enquit-elle dans un murmure.

Malgré la fortune de Lance, elle n'avait jamais vécu largement. Lance s'était toujours montré avare, comptant chaque sou qu'il donnait à sa mère.

La main de Jackson se referma sur sa taille.

— Vous êtes libre de choisir ce qui vous plaît, répondit-il d'une voix de velours.

L'écho de ses paroles retentit jusqu'au plus profond d'elle-même, et elle eut bien du mal à rester droite. Comment résister à cet homme ?

— Quand je pense que ce monsieur a fait tout ce chemin, exprès pour nous.

— Il sait surtout que nous avons besoin d'une garde-robe de luxe pour un film en préparation. Ne vous souciez de rien, ma chérie, il sera amplement récompensé pour sa peine.

Encouragée, elle commença à examiner les différents modèles. De son côté, Jackson donna quelques coups de fil depuis son portable, réglant les préparatifs de sécurité pour le jour des noces.

Il téléphonait encore, les yeux tournés vers le ciel menaçant, quand elle trouva la robe qu'elle cherchait.

— Comme celle-ci est belle !

Elle caressa le satin incrusté de fines perles et admira la coupe du vêtement. Le sage décolleté, le drapé gracieux et la longueur décente finirent de la convaincre.

— Je vais l'essayer, annonça-t-elle au styliste en vérifiant par-dessus son épaule que Jackson ne la regardait pas. J'aimerais bien qu'il ne la voie pas avant les noces.

— Utilisez la cabine d'essayage du fond, dit le jeune homme en clignant de l'œil. Je rangerai la robe sans qu'il puisse l'apercevoir.

Elle avait fait le bon choix. La robe lui allait parfaitement, exactement comme si elle avait été faite pour elle. Tout émoustillé d'être ainsi mis dans le secret, le styliste multiplia les attentions. Ils choisirent un voile de tulle assorti à la robe ainsi qu'une paire de chaussures. Jackson haussa simplement le sourcil devant leurs conciliabules, avant de payer avec sa Gold Master Card.

— Cela vous a coûté une fortune, dit-elle, coupable, une fois dans la voiture.

322

— C'est aussi mon mariage !

Elle ne se sentit pas mieux pour autant.

— Je ne comprends pas, s'écria-t-elle, agacée par ces signes extérieurs de richesse qui soulignaient plus crûment encore sa condition modeste. Que cherchez-vous avec moi ? Il y a tant de femmes qui ne demanderaient pas mieux que de porter votre enfant !

Des femmes épanouies, dont il n'aurait aucune envie de se séparer au bout d'un an…

— Mais c'est vous que je veux, Taylor ! répondit-il, énergique. Vous et Nick, deux personnes en lesquelles j'ai entièrement confiance. Et puis, je veux être père d'un enfant dont je sais qu'il aura la meilleure des mères. Il n'existe guère de femmes que je crois en mesure d'assumer cette responsabilité comme vous.

Jackson sut à l'expression de Taylor qu'elle n'était pas convaincue. Mais il savait aussi qu'elle ne protesterait pas. Pas alors que l'avenir de Nick était en jeu. Lui-même avait du mal à faire le tri entre ses désirs et ses envies, entre Taylor et un bébé. Peut-être l'un et l'autre ne faisaient-ils qu'un ?

Il n'allait pas en tout cas rater cette occasion de faire sienne cette femme qui l'obsédait. Elle se voyait détruite, condamnée à ne pas aimer. Lui, il voyait en elle la promesse d'une amante absolument divine. Il n'était pas un saint. Jamais il ne se montrerait brutal envers elle, mais cela ne signifiait pas qu'il n'allait pas tout tenter pour éveiller la part de sensualité qu'il devinait en elle. Taylor ! Elle le faisait vibrer, et c'était miraculeux, inespéré pour lui qui s'était cru mort.

Il était douloureux d'admettre que le besoin d'être père présentait pour lui une importance telle qu'il serait forcé de renoncer à Taylor si elle persistait à le repousser. Mais c'était la vérité. Il n'avait jamais désiré autant une femme avant elle, mais tenir un jour dans ses bras un enfant, *son* enfant, lui était tout aussi vital. Un être aussi pur que Taylor ne pourrait sans doute pas comprendre ce désir de rédemption que signifiait pour lui de donner la vie, après que Bonnie ait détruit la vie qu'elle portait en son sein.

Taylor passa la nuit chez elle.

Le lendemain matin, elle se leva aux alentours de 7 heures, et en moins d'une heure elle fut prête à partir pour aller chercher Nick. Le car devait le déposer à l'école du quartier avec ses petits camarades.

A 8 heures précises, Jackson sonnait à sa porte.

Le revoir la mit profondément mal à l'aise. Elle avait rêvé de lui, des rêves éminemment troublants. Tout se passait comme si son inconscient s'évertuait à la harceler de la possibilité de certaines choses.

— Je ne sais pas s'il est judicieux que vous veniez, dit-elle piteusement. Je n'aurais pas dû vous demander de m'accompagner, je me suis précipitée.

— Nick doit être mis au courant en priorité. Et nous-mêmes, nous devons voir comment il réagit avec moi.

Après s'être saisi du sac qu'elle avait préparé en prévision de la nuit qu'elle et Nick passeraient chez lui la veille du mariage, Jackson posa une main sur ses reins en l'invitant gentiment à le suivre.

Elle lui appartenait désormais, se rappela-t-elle. En proie aux sentiments les plus confus, elle ne protesta pas : si Jackson s'avérait l'élément le plus perturbant de son existence, il en était aussi le plus réconfortant.

— Je ne veux pas qu'il apprenne la raison de notre mariage ! le prévint-elle comme ils roulaient en direction de l'école.

Inutile que Nick pense qu'elle se sacrifiait pour lui ! D'ailleurs, ce n'était pas la vérité.

— C'est d'accord. Ne vous inquiétez pas, ajouta Jackson. Il m'a déjà rencontré et on se connaît donc déjà un peu.


Nick attendait déjà près du portail de l'école sous la garde rapprochée d'un éducateur. Lorsque la Mercedes stoppa devant lui, Taylor vit ses yeux s'écarquiller.

Elle descendit de la voiture, Jackson sur ses talons. Tandis qu'elle remerciait l'éducateur et s'apprêtait à serrer Nick dans ses bras, il s'empara des bagages de son frère pour les ranger dans le coffre.

Après un rapide baiser sur la joue qui apparemment, à la vitesse avec laquelle il s'écarta, lui suffisait amplement, Nick s'adressa à l'homme qui l'accompagnait :

— Salut, Jackson !

— Salut, Nick.

Les yeux bleus du gamin allèrent de l'un à l'autre, interrogatifs.

— Alors quoi ?

Taylor avait pensé ne rien lui révéler précipitamment, mais elle comprit en cet instant qu'elle n'avait guère le choix.

— Que dirais-tu si je t'apprenais que Jackson et moi, euh...

Nick esquissa un sourire.

— Tu vas épouser ma sœur ?

— Mais comment sais-tu cela ? s'exclama-t-elle, stupéfaite.

— Savais pas, répondit Nick avec un haussement d'épaules. Tu l'aimes, ma sœur ?

Mal à l'aise, elle se tourna vers Jackson.

— Adorable ! se contenta de lancer celui-ci. Allez, en voiture !

Nick s'exécuta, tout en demandant :

— Nous allons vivre chez toi ?

— Oui, dit Jackson.

Bref silence.

— Est-ce que je vais rester avec toi ? enchaîna Nick en se tournant vers elle.

Taylor ne comprit pas tout de suite la portée de sa question, à l'inverse de Jackson qui se rangea aussitôt sur le bas-côté avant de se tourner vers le gamin.

— Oui. J'ai connu l'internat, et il n'est pas question que j'envoie l'un de mes enfants dans ce genre d'endroit.

— Sauf que je ne suis pas ton enfant.

Le cœur de Taylor se serra à ces mots. Son instinct fut d'abord de prendre Nick dans ses bras pour le rassurer, mais elle se ravisa et garda le silence, consciente de l'importance de ce moment pour le petit garçon et l'homme qui se trouvait à son côté.

— Maintenant, tu l'es.

Jackson n'en dit pas plus. Il se remit face au volant et reprit la route.

Nick demeura silencieux deux longues minutes puis :

— Est-ce que j'aurai ma propre chambre comme aujourd'hui ?

— Evidemment. Tu ne vas tout de même pas dormir avec nous, plaisanta Jackson en adressant un clin d'œil au rétroviseur. Tu prendras l'une des deux chambres au premier. Nous avons la nôtre au second.

Taylor serra instinctivement les poings.

Jackson avait dit « nous ». Avait-il malgré tout l'intention de coucher avec elle dès le début ? L'idée ne lui était pas odieuse. Non, elle ne l'avait jamais été. C'était simplement qu'elle savait qu'il ne pourrait rien tirer du bout de bois mort qu'elle était et qu'il la détesterait pour cela.

Une fois à l'appartement, elle expédia Nick prendre quelques affaires propres. Jackson profita de l'absence du gamin pour se rapprocher d'elle.

— Quelque chose vous préoccupe.

Il ne tenta aucun geste, attendant qu'elle se confie. Ravalant sa salive, elle décida d'être franche.

— Allons-nous partager la… même chambre ?

— Je ne reviens jamais sur mes promesses, dit-il d'une voix grave. Peut-être ne l'avez-vous pas remarqué, Taylor, mais ma chambre est agencée comme une suite. Reliée à une chambre plus petite que vous pourrez utiliser. Nick n'en saura jamais rien.

— Oh, ah. Peu importe ce que pense Nick, si effectivement nous faisons chambre à part.

Elle baissa les yeux, un peu honteuse d'avoir douté de la bonne foi de Jackson.

Celui-ci prit alors sa main et plongea ses yeux noirs dans les siens.

— Apprenez à vous détendre, Taylor. A vous fier à moi. Nous les hommes, nous aimons à nous sentir utiles.

— Je dépends déjà tant de vous.

Son visage se durcit.

— Essayez de ne pas dépendre de moi comme de quelqu'un de riche et puissant, mais comme d'un homme, simplement. Comme de votre mari. Vous êtes désormais sous ma protection.

Elle le fixa, désemparée, quand Nick réapparut, l'air catastrophé.

— Taylor ! Je n'ai pas de costume pour ton mariage !

— Ne t'en fais pas pour ça, intervint Jackson en ébouriffant les cheveux de Nick. Je t'ai acheté un smoking. Allez, direction la maison !

Tous deux échangèrent un sourire complice.

Le sourire de Nick conforta Taylor dans sa décision. Elle ferait n'importe quoi pour le voir sourire. Et, réalisa-t-elle aussitôt après, un peu choquée, elle ferait également n'importe quoi aussi pour voir Jackson sourire. Elle aurait tant voulu ne pas lui faire de mal en se refusant à lui… Qu'il comprenne ses peurs ne changeait pas véritablement les choses. Et puis, qu'elle le veuille ou non, si elle ne se confiait pas physiquement à lui, à qui d'autre se confierait-elle ?

Cette journée s'écoula tel un tourbillon.

Accompagnés de Nick, ils passèrent au bureau de Jackson pour s'occuper de régler quelques points, de manière à ce que les studios puissent temporairement fonctionner sans lui. Puis, après le déjeuner, elle quitta Nick et Jackson pour se rendre à son premier rendez-vous avec Maggie, la thérapeute qu'elle avait accepté de consulter.

A sa grande surprise, elle se sentit tout de suite en confiance avec la vieille dame.

Lorsqu'elle fut de retour aux studios, Jackson lui demanda simplement :

— Alors ?

— Je l'aime bien. Je crois que ça peut marcher.

Il se contenta de sourire avant de retourner à son travail.

Après avoir embrassé Nick, elle se dépêcha d'aller l'assister. Ils étaient convenus de quitter la ville quelques jours sous le prétexte d'une lune de miel, de façon à ce que Lance ne soit pas tenté de venir les importuner en les interrogeant sur ce mariage subit. Nick étant de son côté en vacances, ils décidèrent de le laisser rendre visite à un camarade dont les parents avaient récemment déménagé de la ville pour s'installer dans une ferme.

— J'aurais tant aimé qu'il nous accompagne, soupirait Taylor le soir même, après avoir couché un Nick surexcité à ces différentes perspectives. Mais j'ai bien conscience que nous devons donner l'image d'un couple en voyage de noces.

Elle faisait les cent pas devant le canapé, tandis que Jackson se tenait devant la baie vitrée, dos à la nuit, un verre de cognac à la main.

— Il me manque déjà. J'espère qu'ils sauront prendre soin de lui, à la ferme.

— Vous êtes trop protectrice, remarqua Jackson avec calme.

Elle stoppa net et, poings serrés, le fusilla du regard.

— Savez-vous ce que c'est d'élever un enfant ?

A peine cilla-t-il devant sa colère.

— J'ai été moi aussi un petit garçon.

— Et vous pensez que cela vous autorise à me donner des leçons sur la manière d'éduquer Nick ?

Ce n'était pas parce qu'il leur venait en aide qu'il devait se croire tout permis !

— Non. Cela me donne le droit en revanche de voir qu'il est malheureux de cet état de fait, mais qu'il ne vous en a jamais rien dit parce qu'il vous aime trop.

Une flèche en plein cœur lui aurait causé moins de souffrance.

— Malheureux ? répéta-t-elle, le souffle coupé.

— Il a été brutalisé par des camarades qui l'ont traité de fifille.

— Co… Comment savez-vous ça ? Il rentre juste du camp.

— Il me l'a raconté pendant que vous preniez votre bain. Il est vrai qu'il lui était difficile de ne pas me donner d'explication lorsque j'ai vu cette blessure à sa jambe.

— Comment ? s'exclama-t-elle, luttant contre l'envie de courir réveiller Nick pour l'examiner. Qui ? Je vais me charger d'eux !

— Voilà bien le problème.

— Pourquoi ne m'a-t-il rien dit ? Quel problème ? lança-t-elle, ne supportant pas l'idée qu'on ait pu brutaliser son petit frère.

Pourquoi s'était-il confié à Jackson qu'il connaissait à peine, plutôt qu'à elle ?

— Vous êtes toujours derrière lui. Même à l'école.

— Peut-être l'ignorez-vous, mais c'est le rôle des aînés de veiller sur les plus jeunes, répliqua-t-elle, cinglante. Vous-même êtes incapable de dire où se trouve votre sœur en ce moment.

Jackson ne répondit pas, mais elle sut que sa remarque avait fait mouche. Elle vit son visage blêmir, ses mâchoires se durcir, puis il se détourna pour regarder par la vitre l'océan infini.

Elle nota sous la chemise bleue la tension qui pesait sur lui en cette seconde. La nuit était paisible et la houle sereine, mais ce fut comme si elle se vidait brutalement de son sang. La douleur de Jackson lui était insupportable.

— Je suis désolée, chuchota-t-elle.

Jackson Santorini avait une grande habitude de la souffrance. Déshonoré par sa femme, il avait dû en plus supporter de voir son malheur étalé sur la place publique. Sa famille ? Elle savait que personne ne se souciait de lui. Jamais une visite, jamais un coup de fil, excepté quand il s'agissait de lui demander quelque chose. Pas étonnant dans ces conditions qu'il ne soit pas au courant des faits et gestes de ses frères et sœurs. Elle s'était montrée cruelle envers lui. Ne pas avoir su deviner le désarroi de Nick et apprendre de sa bouche que son frère avait été molesté l'avait rendue injuste.

— Ça n'a pas d'importance, marmonna-t-il avec un haussement d'épaules.

— Si, cela en a, insista-t-elle en s'approchant de lui, glissant une main sur son dos et appuyant doucement sa tête contre son épaule. Je vous ai blessé et je n'en avais pas le droit.

Il posa son verre sur le rebord de la baie vitrée, puis il l'enlaça avec tendresse.

— Vous savez quoi, Taylor ?

— Non, dit-elle, soulagée de l'entendre comme de sentir sa chaleur.

— Vous êtes la première personne que je connais à paraître sincèrement désolée de me faire du mal.

Elle se blottit plus fort entre ses bras.

— Comme je m'en veux ! Je sais comment se comporte votre famille et vous n'êtes pas responsable de leur indifférence. C'est juste que j'ai perdu mon sang-froid en apprenant ce qui était arrivé à Nick.

— Je lui ai appris certains mouvements.

— Mouvements ?

— D'autodéfense.

Elle se mordilla la lèvre, sceptique. Autre chose

encore que Nick lui avait caché. Autrefois, il partageait la moindre de ses expériences avec elle.

— C'est un garçon extrêmement gentil.

— Mais pas très physique, vous voulez dire ?

— Cela viendra peut-être, dit Jackson en la berçant. Faites-lui confiance.

— Ce n'est évidemment pas à mes côtés qu'il aurait eu une chance d'apprendre à s'imposer, chuchota-t-elle, le cœur serré en pensant au désarroi de son petit frère.

— Chut, murmura Jackson. Ne vous accablez pas et faites-moi confiance. Laissez-moi le prendre un peu en charge, moi aussi.

Taylor hocha la tête. Elle ne se pardonnait pas de n'avoir pas su comprendre que les besoins de Nick n'étaient plus ceux d'un petit garçon. Son frère avait besoin d'un modèle masculin, pas de l'entourage affectueux et empressé d'une jeune femme elle-même fragile. Elle était terriblement reconnaissante à Jackson de lui avoir ouvert les yeux et plus encore qu'il lui propose ainsi son aide.

Jackson se demanda soudain s'il n'était pas allé trop loin. Qu'y connaissait-il, lui, en matière d'enfants ?

Une douleur aiguë le transperça. Bonnie… Elle lui avait ravi une chance d'apprendre.

Il repensa à la colère subite de Taylor. Ce n'était rien de moins qu'un rappel à l'ordre. Elle avait voulu lui faire comprendre que certaines choses ne le regardaient pas. Peut-être serait-il plus sage qu'il ne se mêlât pas de l'éducation de son frère, après tout ? Cependant, le soulagement qui avait illuminé les yeux de Nick lorsqu'il s'était inquiété de lui avait révélé toute la puissance de son instinct paternel.

— Ecoutez, vous…, commença-t-il.

— Chut, l'interrompit-elle. Ce que vous me proposez est important. Je dois y réfléchir d'abord.

Il ne sut s'il devait être flatté ou vexé. Généralement, les gens ne perdaient pas de temps à refuser son aide. Oui, mais en général, le bonheur d'un gamin n'était pas en jeu.

— D'accord, dit-elle gravement.

Son cœur se serra à ces mots.

— D'accord, avez-vous dit ?

— Vous ne pouvez que faire du bien à Nick, poursuivit-elle avec une honnêteté et un courage qui forçait l'admiration. Cela m'attriste de savoir que je ne peux suffire à tous ses besoins, mais c'est ainsi. Je dois penser à son bonheur avant de penser à moi-même. J'ai confiance en vous. Mais…

Elle marqua une pause. Manifestement, une question lui pesait.

— Je vous écoute, l'encouragea-t-il.

— Que se passera-t-il, si après un an nous décidons de nous séparer ? Resterez-vous en contact avec Nick ?

— Oui, je vous le promets.

Le garçonnet comptait désormais parmi les siens, comme Taylor.

Pour la première fois, il eut la conviction que même s'ils ne faisaient jamais d'enfants ensemble, il ne pourrait pas vivre sans cette femme. *Sa* femme.

# 6.

— Alors, je n'ai rien à ajouter, dit-elle en le regardant droit dans les yeux.

Il reprit son souffle.

— C'est une vraie preuve de confiance que vous me manifestez.

— Je sais.

Ils se fixèrent un long moment, silencieux, puis Jackson reprit :

— Et en ce qui vous concerne ?

— C'est-à-dire ?

— Vous avez confiance en moi en ce qui concerne Nick, mais vous ?

Baissant les yeux, Taylor soupira.

— C'est difficile. J'ai tant à oublier.

C'était une femme sensible. La douleur d'Helena devant l'indifférence et la cruauté de ce salaud de Lance resterait gravée à jamais dans sa mémoire. Il était légitime qu'elle porte un regard désabusé, voire méfiant, sur le mariage et sur l'amour. D'ailleurs, réalisa-t-il non sans une certaine amertume, avec tous les chagrins que lui-même avait endurés, il ne pouvait complètement l'en blâmer.

— Ma mère a aimé deux hommes qui l'ont tous deux abandonnée, tenta-t-elle d'expliquer. Je ne sais pas si je serai un jour capable d'oublier la leçon.

— Vous essayez de me faire comprendre que vous ne pourrez jamais aimer ? demanda-t-il, voulant absolument la pousser à lui exprimer le fond de sa pensée.

Sa réponse lui parvint dans un murmure.

— Oui. Je suis désolée.

— Inutile de vous excuser, répondit-il, poings serrés.

Une fureur sans nom s'éleva en lui contre ces blessures qui avaient marqué Taylor dans son cœur, dans sa chair, blessures contre lesquelles il se sentait impuissant.

— Nous nous ressemblons, dit-il alors, lugubre. Je crois que je ne suis pas plus familier de l'amour que vous.

Elle fronça les sourcils et l'observa, avant de remarquer, avec l'ombre d'un sourire :

— Vraiment ? Vous souviendrez-vous de cela, une fois que nous serons mariés ?

— Si ce n'était pas le cas, rappelez-le moi. Si je comprends bien, vous ne faites pas confiance aux hommes parce que deux d'entre eux ont trompé votre mère ?

338

— Oui… Et aussi à cause de ce que d'autres encore m'ont fait, à moi.

Jackson reçut cette confidence comme un uppercut.

Il se doutait bien que l'agression de Grant Layton n'était pas l'unique raison de sa peur du sexe, que d'autres traumatismes avaient dû suivre. Mais l'entendre ainsi le lui avouer le laissa un moment sous le choc. Il crut étouffer sous l'effet d'un nouvel accès de colère. D'un naturel calme et posé, il savait néanmoins que s'il mettait la main sur l'un de ces types, il serait capable de tuer sans le moindre remords.

Il avait omis de raconter à Taylor qu'une partie de sa famille restée en Italie était fortement impliquée dans les activités de la mafia. A cet instant, il se sentait lui-même l'âme d'un meurtrier. Le besoin de vengeance l'oppressait. Quelqu'un avait osé toucher à sa femme.

Posant son verre à l'abri sur une table basse à proximité, il s'assit sur le rebord de la fenêtre. Il prit alors les mains glacées de Taylor entre les siennes et l'attira contre lui.

Ses yeux étaient emplis de larmes, mais elle soutint bravement son regard.

— Parlez-moi des autres, demanda-t-il, la voix tremblante, s'efforçant de dissimuler sa colère.

Elle le dévisagea et ce qu'elle surprit dans ses yeux parut l'effrayer.

— Non, non, Jackson, je vous en prie, le supplia-t-elle.

Il baissa la tête, se maudissant de l'avoir effrayée. Ravalant alors son sentiment de haine, il croisa de nouveau son regard, son sang-froid recouvré.

— Je vous écoute, dit-il avec calme.

Elle serra les poings et hésita, avant de se blottir contre lui pour s'asseoir sur ses genoux, telle une enfant, les bras autour de ses épaules.

Jamais plus personne ne lui ferait le moindre mal, se dit-il, profondément ému par ce geste. Oui, toute sa vie il la protégerait. Et à cette seconde, il sut qu'il en serait ainsi jusqu'à la fin des temps.

— Au bout d'un certain temps, je crois que ma mère a perdu tout espoir. Au début, quand Lance disparaissait des semaines entières, elle l'attendait…

Elle se tut, se lova plus encore contre lui.

— Tout se passait comme si, après chaque fugue, elle espérait que tout serait enfin différent. Mais ce ne l'a jamais été, soupira-t-elle. Et un jour, elle a cessé de se leurrer. Je me suis toujours demandé pourquoi ils n'ont pas divorcé plus tôt.

Jackson aurait donné n'importe quoi pour faire payer à Lance ce désespoir qui résonnait avec fracas dans la voix de Taylor. Seule l'idée qu'il fût le père de Nick le retenait.

— Pourquoi dites-vous qu'elle a perdu espoir ?

Il fut surpris d'entendre sa propre voix, lourde de

menaces. Heureusement, Taylor parut ne rien remarquer de sa tension.

— Elle ne l'attendait plus. Au début, j'ai pensé que c'était mieux ainsi, expliqua-t-elle avec un haussement d'épaules. Et puis elle a commencé à ramener des hommes à la maison.

Il inspira profondément avant de demander :

— Et vous, où vous trouviez-vous pendant ces… visites ?

— Elle nous enfermait dans notre chambre.

— Nous ?

— Nick n'était qu'un bébé, à l'époque. C'est moi qui prenais soin de lui. Je ne voulais pas qu'il lui arrive du mal.

Jackson ferma les yeux et s'efforça de ravaler les larmes qui lui brouillaient la vue. Taylor. Elle était décidément exceptionnelle. Si forte. Si protectrice avec son frère. Oui, à présent il comprenait sa détermination à vouloir protéger Nick. Elle avait dû s'y résoudre si jeune, quand les adultes qui étaient censés jouer ce rôle constituaient en fait un danger.

— Parfois, quand elle était ivre elle me forçait à sortir de la chambre pour venir dire bonjour à ces hommes. Dans ces moments-là, ce n'était plus ma mère.

Un silence. Assourdissant.

— Mais rien ne… n'est arrivé, n'est-ce pas ?

— Je… Rien de vraiment grave, non.

341

Nouveau silence. Elle soupira, se tendit contre lui, comme pour repousser l'horreur de ces souvenirs.

— C'est… Leur regard avait quelque chose d'horrible, reprit-elle, le souffle court. Bah, j'ai fini par mépriser ces regards et surmonter le malaise qu'ils éveillaient en moi. Mais bientôt, les hommes que maman ramenait à la maison ont commencé à la frapper.

Jackson serra les dents tandis que la colère revenait, gonflant dangereusement en lui. Il n'avait rien vu, rien soupçonné. Derrière ce sourire innocent couvaient d'horribles blessures. Comme il l'aimait.

— Ils la frappaient, la frappaient, répéta-t-elle. Et je ne pouvais rien contre eux. Je devais penser à protéger Nick.

— Bien sûr que oui.

Comme réconfortée par le son de sa voix, elle posa sa tête sur son cœur.

— Un jour, maman criait si fort sous les coups que j'ai appelé la police. Ils ont emmené l'homme.

Il tressaillit, avec la conviction que le pire était encore à venir.

— Et qu'est-il arrivé ensuite ?

— Ma mère s'est félicitée que l'homme se soit retrouvé en prison, mais…

— Mais ?

— Au bout de deux mois, il a été relâché. Et un jour, il m'a suivie alors que je rentrais de l'école. J'ignorais qu'il était derrière moi, jusqu'à ce que je traverse le parc. Il a bondi sur moi et m'a attirée derrière une haie. Il a posé une main sur ma bouche, je ne pouvais plus ni respirer ni crier…

Elle eut un haut-le-cœur.

— Ensuite, il m'a plaquée contre un arbre, dans un recoin, une main toujours sur ma bouche, l'autre tenant mes poignets. Puis il a retiré sa main de sur ma bouche, mais avant que j'ai pu hurler, il m'a saisie à la gorge. J'ai cru qu'il allait m'étrangler.

Jackson comprit qu'elle pleurait en silence. Et il ne pouvait rien faire d'autre que de la bercer. Pas étonnant qu'elle ne pût supporter la moindre caresse. Elle avait été meurtrie, et encore meurtrie, à cette période où sa sensualité balbutiante était la plus vulnérable.

— Il s'est mis à me chuchoter toutes les choses qu'il rêvait de faire à une gamine de mon espèce. Toutes ces choses sales, répugnantes…

Elle serra les poings.

— Puis, il a tripoté mes seins. Je me débattais de toutes mes forces…

— Vous avez pu lui échapper ?

Il avait besoin de le savoir, parce que si elle n'y était pas parvenue, il se sentirait encore plus impuissant devant tant de souffrance. Lui qui avait l'habitude de tout régenter autour de lui, cette fois il ne pourrait rien. Sa douce Taylor avait été brutalisée par un homme qui ne méritait pas sa pureté, son innocence.

— Il a arrêté de me toucher pour déboutonner son

pantalon. Sa poigne s'est relâchée un instant, et j'en ai profité. Je lui ai envoyé un coup de genou entre les jambes et je me suis libérée.

— Il n'a pas cherché à vous rattraper ?

— Si, mais à cette époque il existait dans le quartier un réseau de travailleurs sociaux. Vous vous souvenez, toutes les maisons dont la boîte aux lettres était peinte en jaune servaient de lieu de rencontre, de refuge aux jeunes en difficulté.

Jackson se souvenait effectivement avoir entendu parler de ce programme.

— Je savais qu'une de ces maisons se trouvait au coin de la rue, juste devant le parc. Il courait derrière moi, mais…

A bout de souffle, elle se tut un instant, le temps de se reprendre.

— Mais j'ai sonné, et Mme Willis a ouvert sa porte, dit-elle en souriant à ce souvenir. Elle a été la providence pour moi ce jour-là. Elle m'a fait entrer. Après des paroles réconfortantes et quelques tasses de thé, je me suis remise de mes émotions. Elle a appelé la police. L'homme a été interpellé dans le quartier, je pense qu'il devait m'attendre…

Taylor le regarda comme si elle avait failli se noyer.

— Je sens encore l'emprise de ses mains, le poids de son corps, chuchota-t-elle. Et la peur, la peur…

— Est-il resté en prison, cette fois ?

344

Taylor hocha la tête, comme si c'était lui qui avait besoin d'être rassuré.

— Plusieurs années. Et il n'est jamais réapparu.

— A-t-il été le seul ?

— Oui. Mais j'ai toujours redouté que Nick soit à son tour un jour la proie d'un homme de son espèce.

Terreur semblable à celle d'une mère pour son enfant, terreur qui l'avait obsédée et devait l'obséder encore.

— A partir de ce jour, lorsque ma mère sortait, Nick et moi allions passer la nuit chez Mme Willis.

— Quelqu'un de bien.

— Elle me considérait comme sa fille.

— Avez-vous de ses nouvelles ?

— Oui. Mais sa santé n'est pas très bonne, répondit Taylor dans un murmure. Je suis terriblement inquiète. Le quartier n'est pas sûr, mais elle refuse de déménager.

Jackson ne pouvait s'empêcher de l'admirer. Elle venait de lui faire le récit d'une expérience dont elle gardait aujourd'hui encore des séquelles, et en conclusion, elle s'inquiétait pour la santé d'une vieille dame. Il faudrait qu'il pense à s'assurer que cette Mme Willis reçoive les meilleurs soins. Car il était redevable à cette femme d'avoir sauvé Taylor du plus odieux des outrages.

— Taylor ?

Elle le regarda, ses yeux embués de larmes.

— Oui ?

— Merci de m'avoir raconté.

« Et merci de votre confiance », ajouta-t-il en lui-même, avec une joie amère.

— Je voulais que vous sachiez, dit-elle avec un triste sourire.

Elle laissa échapper un soupir et il comprit qu'elle était en train de rassembler tout son courage pour rajouter quelque chose. Il attendit.

Lorsqu'il eut saisi ce qu'elle lui marmonna, il ne trouva d'abord rien à dire.

— Vous me demandez si... Si je vais prendre une maîtresse ? répéta-t-il, médusé.

— Qu'y a-t-il de si surprenant ? dit-elle en se redressant. Je ne peux pas vous offrir ce que vous attendez d'une épouse. Et vous êtes un homme.

Jackson se tut. Il essaya de se dire qu'elle ne connaissait qu'un certain genre d'homme et qu'il n'y avait rien de personnel dans sa remarque. Qu'il ne devait pas prendre mal cette réflexion parce qu'elle ne connaissait des relations entre homme et femme qu'un certain schéma. En revanche, si elle en venait un jour à toucher un autre homme, il ferait regretter à celui-là le jour de sa naissance.

— Je sais me contrôler, dit-il enfin, sans chercher à dissimuler sa contrariété. Je n'ai aucune envie de coucher avec n'importe qui.

— J'ai dit une bêtise, vous êtes fâché.

Sa naïveté lui arracha un sourire.

— Ce n'est rien, dit-il. Me trouvez-vous déplaisant ou

repoussant ? ajouta-t-il, prenant le bout de son menton entre ses doigts.

Il avait conscience que son corps puissant pouvait passer pour terrifiant après les cauchemars qu'elle avait traversés, et il ne cessait de s'étonner de la confiance que malgré tout elle lui témoignait physiquement.

— Bien sûr que non, répondit-elle vivement. Je vous l'ai dit, je vous trouve beau. Et j'aime votre manière de m'embrasser.

— Dans ce cas, nous devons essayer, chuchota-t-il en caressant son dos, la faisant subitement se crisper contre lui.

— Essayer ? répéta-t-elle, la voix tremblante. Mais… Et si je n'y arrive pas ?

La gorge nouée, il fut tenté de laisser s'épancher toute la passion qui l'habitait. Mais il se ravisa, préférant fair preuve d'humour plutôt que d'évoquer les termes de leur contrat d'un an.

— Eh bien, dans ce cas, je me ferai moine, répondit-il.

Taylor plongea ses yeux dans les siens, sans même sourire à sa plaisanterie, et tout deux se regardèrent ainsi un long moment, silencieux.

Le lendemain, elle l'épousa.

Revêtue d'une robe qui soulignait avec raffinement chaque courbe de son corps de femme, ses longs cheveux auburn tombant en cascade sur ses épaules dénudées et ses grands yeux bleus braqués sur lui et lui seul, elle représentait son rêve le plus cher enfin exaucé.

Et lorsqu'il glissa l'alliance à son doigt, son visage s'épanouit, rayonnant, si bien que quelque chose en lui se mit à espérer.

Il préférerait passer le restant de ses jours seul plutôt que de multiplier les unions légères et capricieuses comme ses parents, ou encore revivre un mariage comme celui, si douloureux, qui l'avait lié à Bonnie. Mais lorsque Taylor lui souriait ainsi, il se reprenait à y croire. Cette fois, ce serait différent. Et ce serait pour toujours.

Il comprit soudain que cette période de probation d'une année associée à leur mariage était inacceptable. L'idée de Taylor dans les bras d'un autre lui était insupportable. Non, jamais il ne pourrait décider de se séparer d'elle. A moins qu'elle le quitte, il considérait désormais qu'ils étaient unis pour la vie. Et il se promit de lui faire part de sa décision dès qu'elle serait remise du stress de ce mariage hâtif.

Peut-être, auprès de cette femme qui savait lui donner le sentiment de vivre et le bonheur d'exister, oui, peut-être parviendrait-il à mettre un terme à la malédiction qui le poursuivait.

*
* *

C'était leur nuit de noces.

Ils se trouvaient dans une suite luxueuse avec vue sur le Pacifique sur l'un des atolls des îles Fidji. C'était leur nuit de noces, et il était seul dans son lit, son adorable femme endormie dans la chambre voisine. En sueur, il sortait d'un rêve follement érotique où se mêlaient dentelle noire et satin blanc sur la blancheur soyeuse de la peau de Taylor.

A bout de souffle, le corps au supplice, il bondit au bas de son lit et aussitôt se lança avec hargne dans une série de pompes, vêtu seulement de son boxer. L'exercice l'aiderait peut-être à se rendormir quelques heures.

Un léger coup à la porte l'interrompit à sa quinzième traction, alors qu'il désespérait de pouvoir apaiser son corps hanté par le désir. Pestant contre la faiblesse de ses sens, il s'empressa néanmoins de répondre.

Il invita sa femme à entrer, s'ordonnant de chasser toute pensée érotique de son esprit.

La porte s'entrouvrit, et le parfum réjouissant de Taylor la précéda. Il l'observa, si vulnérable, si adorable alors qu'elle avançait vers lui, ses petits pieds nus, son déshabillé en dentelle flottant autour d'elle telles les ailes d'un ange.

Tendre la main, saisir ses chevilles graciles et baiser ses pieds. Oh, ciel. Sa femme. Comme il brûlait de la prendre !

— Que faites-vous ?

— … De la gym.

— Il est presque minuit, dit-elle d'une voix neutre, le regard rivé à son corps en sueur.

— Cela me fait du bien, mentit-il en poursuivant ses tractions, malgré la brûlure qui cisaillait ses muscles luisant de sueur.

— Je vois.

Il hésita, prêt à se relever, mais quelque chose en lui le força à continuer. A sa grande surprise, il vit Taylor aller s'asseoir sur le bord de son lit, ses petits pieds à quelques centimètres de lui.

— Puis-je rester et vous parler ?

Elle souhaitait lui parler ?

— Bien sûr.

Il attendit, mais elle ne dit rien.

Il se garda bien de manifester une quelconque impatience. Taylor se trouvait dans sa chambre, en tête à tête avec lui. C'était une étape importante. Il aurait juste aimé savoir à quoi elle pensait.

Hypnotisée, Taylor ne pouvait détourner les yeux de Jackson. De ses muscles qui se bandaient et se relâchaient. Elle se sentit subitement rougir et, prise d'une suffocante bouffée de chaleur, elle s'essuya le front d'un geste vif. Cet homme était une vraie force de la nature, un athlète, la réincarnation d'un dieu du stade ! Elle commença à étouffer dans son déshabillé dont elle défit prestement sans même y penser les deux premières pressions. Il avait un dos large et noueux dont la fermeté ne faisait aucun doute. Comme ses bras. Et ses cuisses.

Elle secoua la tête. Qu'était-elle donc en train de faire, seule avec Jackson à moitié nu, dans sa chambre ? Et pourquoi cette brûlure au creux de ses reins, cette envie qui ne disait pas son nom, chez elle qu'aucun homme jamais n'avait su troubler ?

Elle était venue parce qu'elle se sentait seule. Et que c'était leur nuit de noces. Et que Jackson lui manquait.

Et puis elle ne cessait de repenser à ses paroles, de se demander ce qu'il avait voulu dire exactement lorsqu'il avait suggéré qu'ils devraient essayer. Elle réfléchissait aussi à d'autres paroles, celles qu'elle avait échangées avec Maggie, sa thérapeute, tout à l'heure au téléphone. Maggie qui ne cessait de lui répéter combien elle admirait son courage. Du courage, elle ?

Et maintenant, elle ne pouvait faire autrement que se demander si cet homme en face d'elle saurait se montrer patient au-delà de cette année fatidique. Et si elle-même saurait se battre contre elle-même, pour lui. Et enfin, où les mènerait ce mariage improbable, contracté comme un marché.

Jackson. Elle savait qu'il ne lui ferait jamais aucun mal.

La bouche sèche, le cœur battant, elle tendit la main

et effleura son dos lorsqu'il se releva, bras tendus. Sa peau était douce, chaude.

Instantanément, Jackson se figea sous ses doigts.

— Que faites-vous ?

Silence. L'avait-il effrayée ?

— Je vous touche.

Il s'efforça de respirer avec calme, malgré l'effort.

— Je suis en sueur, marmonna-t-il.

Pas vraiment conseillé pour séduire une femme, se maudit-il.

— Je m'en moque, répondit-elle du tac au tac.

Il fléchit les bras et s'affala sur le parquet, se moquant bien de la rudesse du bois sur son corps endolori à force de désir. Tête sur les bras, silencieux, il la laissa promener ses doigts sur son dos un long moment.

Puis elle retira sa main, et pendant une éternité il ne sut ce qu'elle faisait, quand soudain elle vint s'agenouiller près de lui.

La dentelle de son déshabillé l'effleura, manquant lui arracher un cri. Il ressentait maintenant la chaleur qui émanait de son corps, il entendait son souffle, pouvait sentir presque sa chair palpiter. Véritable torture, l'attente le transperçait tandis qu'il luttait contre l'envie de la posséder.

Puis, de nouveau, elle le toucha. Hésitante d'abord. Comme il demeurait passif sous elle, elle posa ses mains à plat sur son dos qu'elle entreprit de pétrir. De haut en bas, avec de plus en plus d'insistance. Il ne put alors s'empêcher de rêver aux effets qu'auraient ses mains sur d'autres parties de son anatomie. Il aurait voulu lui dire de remplacer ses mains par ses lèvres, de couvrir son dos de baisers, quand elle l'enfourcha, son déshabillé en dentelle venant s'échouer sur ses reins. Il sentit son cœur s'arrêter de battre.

— Suis-je trop lourde ?

— N-Non.

— Jackson ? demanda-t-elle, cessant de caresser son dos. Si, je vous fais mal, je le sens bien. Je m'en vais…

— Surtout pas ! s'exclama-t-il. Je suis au supplice, certes, mais c'est un supplice auquel aucun homme ne voudrait mettre un terme. Restez, je vous en prie.

A son grand soulagement, Taylor s'exécuta pour reprendre deux secondes plus tard son massage… A moins que ce ne soient des caresses ? Puis elle s'allongea sur lui, faisant courir ses dents sur son bras, ses seins fermes et généreux plaqués contre son dos.

— Comme vous êtes fort, dit-elle dans un soupir avant de laisser échapper une plainte.

Elle déposa alors un baiser au bas de sa nuque puis bientôt fit glisser sa langue sur ses épaules.

Il se demanda si un homme pouvait mourir d'un plaisir non sexuel tandis qu'elle couvrait sa peau de petits baisers chauds et sensuels, ses mains le découvrant, le pressant, l'invitant…

Jamais aucune femme ne l'avait caressé ainsi. Bonnie goûtait sa passion et son sang chaud, son érotisme latin. Et avant elle, les maîtresses qu'il avait eues recherchaient le plaisir que son corps puissant promettait de leur offrir, se moquant bien de la tendresse. Jusqu'à cette nuit, jamais il ne s'était posé de questions sur sa vie sexuelle. Mais avec Taylor, il comprenait combien il avait été peu aimé, mal aimé. Elle paraissait avoir réservé toute son énergie érotique et sensuelle rien que pour lui.

Rampant sur lui, elle se lova contre ses reins, puis enfonça soudain ses ongles dans ses cuisses.

— Hmmph…

— Je… Je vous fait mal ? s'enquit-elle en cessant tout mouvement.

— Uniquement lorsque vous vous arrêtez, lâcha-t-il.

Une seconde plus tard, elle reprenait ses caresses.

— J'aime vous sentir contre moi. Votre peau est si différente de la mienne. J'ai chaud auprès de vous. Parfois, j'aimerais… J'aimerais me blottir contre vous, nue.

Cette confidence fut fatale au Jackson Santorini qu'il avait toujours été.

Pour la première fois de sa vie, il ne fut plus que ce que cette femme voulait qu'il soit sous ses mains. Un être de sensibilité et d'écoute, tout entier dévoué au plaisir balbutiant de Taylor.

# 7.

Taylor s'éveilla avec un sentiment de plénitude jusqu'alors inconnu d'elle, et elle sourit en s'en rappelant la cause.

Pauvre Jackson. Merveilleux, adorable Jackson ! Il l'avait laissée le toucher à sa guise, s'était laissé caresser, mordre, goûter. Sans bouger, sans tenter quoi que ce fût. Quand elle l'avait quitté, il gisait sur le parquet, inerte. Peut-être s'y trouvait-il encore ?

Deux coups secs à la porte mirent un terme à cette folle pensée.

Venait-il réclamer son dû ? se demanda-t-elle, soudain prise de peur. Allait-il exiger ce qui lui revenait de droit après s'être soumis à ses caprices ?

— Entrez, dit-elle en s'asseyant, draps relevés sous le menton.

Il apparut, vêtu d'un jean et d'un T-shirt blanc, les cheveux humides au sortir de la douche. Son T-shirt, quoique large, ne dissimulait rien de la puissance de ses épaules auxquelles elle avait manifesté tant d'intérêt quelques heures plus tôt.

Trouvant enfin le courage de croiser le regard de ses yeux dont elle imaginait qu'ils brûlaient de désir, elle eut la surprise de leur découvrir une froideur comme elle en avait rarement vu chez lui, du moins quand il s'adressait à elle.

— Nous devons parler de certaines choses, Taylor.

— Bien, répondit-elle, choquée par son expression, préférant mille fois la passion à cette indifférence glaciale. Etes-vous fâché contre moi ?

Il agita la tête en signe de dénégation.

— Venez me retrouver lorsque vous serez prête, se contenta-t-il de répondre.

— Mais… Dites-moi ce qui ne va pas. Et ne me mentez pas, je vous en prie.

— Taylor…

— Je vous l'ai déjà dit, je déteste ce ton distant et autoritaire ! Pourquoi cette colère ? s'exclama-t-elle tout en étranglant son oreiller.

Il laissa échapper un profond soupir puis avança vers le lit, le regard noir. Arrivé devant elle, il se pencha et planta les mains de chaque côté d'elle.

— Je ne suis pas en colère, lâcha-t-il entre ses dents. Mais je ne suis pas non plus un saint. Vous avez passé une partie de la nuit à promener vos petites mains sur moi, et… Je n'ai rien contre, remarquez. Vous pouvez

357

recommencer si cela vous chante. Mais… — Il reprit son souffle avant d'enchaîner. — Vous ne vous rendez pas compte combien c'est difficile pour moi.

— Je… Excusez-moi, balbutia-t-elle, la gorge nouée.

— Ce n'est pas ce que je vous demande, dit-il, une lueur amusée dans le regard.

Le souvenir de sa peau sous ses doigts la fit tressaillir.

— Alors, je pourrai… Recommencer ?

Levant les yeux au ciel, il s'assit sur le bord du lit.

Aussitôt, elle noua ses bras autour de son cou, se serrant contre lui dans une étreinte qui se révéla d'une sensualité électrique.

Instantanément, Jackson se raidit. Puis il toussota.

— Attention, Taylor, je suis près de craquer. A votre place, je n'insisterai pas.

Stupéfaite par la passion ardente qu'elle surprit dans la fixité de son regard, elle le lâcha.

Elle le rejoignit un peu plus tard sous la véranda, installé sur un transat devant le petit déjeuner apporté pendant qu'elle se préparait. Un dossier était posé devant lui.

— Qu'est-ce que c'est ? demanda-t-elle en prenant l'autre transat.

— Un formulaire d'adoption. Je souhaite adopter Nick, dit-il en plongeant ses yeux dans les siens.

Sidérée, elle posa la tranche de pastèque qu'elle venait de choisir.

— Je suis presque certain que Lance n'insistera pas pour récupérer la garde de Nick, reprit Jackson, mais je préfère être prudent et faire en sorte qu'il ne puisse jamais s'aviser de revenir à la charge.

— Est-ce là votre seule raison d'adopter Nick ?

— Cela ne vous suffit pas ? répliqua-t-il, sans manifester la moindre émotion.

— Oh, cela signifiera certainement quelque chose pour Nick. Il n'a jamais vraiment eu de père. Mais je crois qu'il ne supporterait pas que vous l'adoptiez, si c'est pour l'abandonner quelques années plus tard !

Enfant, elle-même avait tant souffert de l'inconstance des adultes.

— Vous pensez donc que je compte un tout petit peu, pour lui ?

L'espoir qui soudain illuminait le regard de Jackson la prit au dépourvu. Puis elle se souvint de son désir d'enfant.

En dépit de sa tentative de la nuit précédente pour surmonter son appréhension du plaisir et sa crainte des corps, elle doutait de pouvoir un jour lui offrir ce qu'il espérait, un enfant qui fût le sien, de sa chair, de son sang. Mais elle pouvait au moins lui donner le droit de veiller avec elle sur Nick.

— Bien sûr, répondit-elle d'une voix douce. Il a besoin de vous, mais il ne faudra jamais tromper sa confiance. Je veux dire, même si nous nous séparons, si vous l'avez adopté, vous resterez son père. A jamais.

— Je sais. C'est ainsi que je vois les choses.

Sa voix résonnait avec une telle gravité qu'elle n'insista pas. Oui, le cœur de Nick serait en sécurité avec Jackson. Et cela seul comptait. Son cœur à elle importait peu.

— Dois-je donner mon accord pour vous désigner comme père adoptif ? s'enquit-elle.

— Oui, si vous êtes sa tutrice légale.

— C'est le cas. Mme Willis avait suggéré à maman de le spécifier sur son testament.

— C'est pourquoi, aux yeux de la loi, nous ne craignons pas grand-chose de la part d'Hegerty, d'autant qu'il a abandonné Nick. Mais nous devons néanmoins nous méfier de ses avocats, qui pourraient bien trouver un vice de procédure dans la manière dont le transfert de l'autorité parentale a été décidé.

— Il est vrai que Lance n'a jamais donné son accord pour que je sois la tutrice de son fils. Tout s'est fait sans qu'il en soit informé.

Jackson eut à ce moment un sourire diabolique.

— S'il venait à manifester des prétentions sur Nick, je pourrais avoir une conversation avec lui…

Elle comprit sans mal ce qu'il sous-entendait.

Lorsque Jackson avait une idée en tête, personne ne pouvait se mettre en travers de son chemin.

Songeuse, elle reprit sa tranche de pastèque qu'elle commença à déguster silencieusement.

Jackson alla passer un coup de téléphone à son avocat pour lancer la procédure. Puis il revint s'asseoir en face d'elle sans toucher à son petit déjeuner, le regard perdu au loin sur l'océan apaisé.

Quel fardeau portait-t-il ? se demanda-t-elle, ne pouvant supporter de le voir ainsi dans ses pensées, l'air si désespéré.

Elle se leva, se faufila derrière lui et noua ses bras autour de son cou.

Il leva les yeux, une main posée sur son bras.

— Eh, dit-il, visiblement surpris.

— Non, chuchota-t-elle.

— Non, quoi ?

— Ne vous éloignez pas de moi, ordonna-t-elle en le suppliant du regard. Je vous en prie, Jackson.

Sa mère l'avait rejetée. Ni son père biologique ni son père adoptif ne s'étaient jamais préoccupés d'elle. Nick seul lui avait toujours manifesté de l'affection, de l'intérêt. Mais aujourd'hui, elle avait le sentiment que cela ne lui suffisait plus. Dans les yeux de cet homme, *son* mari, elle se sentait exister.

Jackson la força à venir se placer devant lui pour l'attirer sur ses genoux.

— Je suis là, ma chérie, dit-il d'une voix caressante, l'enveloppant de son regard.

Emue par ce geste inattendu de tendresse, elle lui sourit.

— Où étiez-vous ?

— Pourquoi parler de cela par une journée aussi ensoleillée ?

Elle effleura sa joue.

— Parce que je *veux* savoir.

Une lueur amusée éclaira les yeux noirs.

— Quelle autorité !

— Quand il le faut, oui, répliqua-t-elle avec un air de défi.

Le sourire de Jackson s'élargit et il l'étreignit.

— A vos ordres, madame. Oui, je suis à vous comme vous êtes à moi. A moi. N'oubliez jamais cela.

Elle s'étonnait du plaisir qu'elle éprouvait à l'entendre dire qu'elle lui appartenait.

— Je vous trouve très possessif, monsieur, le taquina-t-elle.

Elle le dévisagea. Il avait cessé de sourire et ses yeux étincelaient maintenant d'une passion intense. Alors, subitement, le souvenir de la chaleur de sa peau sous ses lèvres lui revint. Sous l'effet d'un désir soudain, elle referma ses mains sur ses épaules.

— Vous me regardez comme si vous aviez envie de moi, dit-il à voix basse.

— J'ai envie de vous, reconnut-elle. J'aimerais que vous m'embrassiez.

L'éclat de son sourire la fit tressaillir.

— Vos désirs sont des ordres, très chère.

Retenant un gémissement, elle ne résista pas quand il saisit le bout de son menton et l'attira à lui. Il prit sa bouche, lentement, avec douceur, comme si ce baiser devait durer tout le temps du monde. Il joua ainsi une éternité avec ses lèvres, tout à tour les mordillant puis les prenant entre les siennes, mais sans les forcer.

Elle resserra ses bras autour de son cou puis pressa sa bouche contre la sienne, réclamant plus. Riant de son impatience, il entrouvrit ses lèvres, explorant sa bouche avec sa langue. Elle gémit aux sensations que ce contact chaud et humide éveillait en elle. Voulant approfondir encore ce baiser, elle se plaqua contre lui, fébrile.

Il s'écarta dans un soupir.

— Oh, ma chérie, vous voulez donc tuer votre pauvre mari ! chuchota-t-il, le regard ardent.

Et avant qu'elle pût protester, il l'embrassa de nouveau, et cette fois son baiser fut d'une intolérable sensualité, d'une insupportable volupté. Il l'embrassa comme un homme en proie à un désir trop longtemps muselé. Elle était sienne, il la voulait. Et il voulait la convaincre de s'abandonner. De se donner.

Des vagues successives d'un désir presque douloureux la traversèrent, l'incitant à s'accrocher à son corps mâle, demandant plus. En guise de réponse, il imprima à son baiser une telle sensualité qu'à coup sûr elle se serait effondrée si elle s'était trouvée debout.

Quand Jackson laissa sa bouche pour la deuxième fois, elle laissa sa tête rouler contre son torse, à bout de souffle. Si c'était si bon, se disait-elle confusément, le reste ne l'était-il pas plus encore ? S'efforçant de penser à quelque chose de moins sensible afin de faire retomber la tension, elle se souvint subitement :

— Ne croyez pas que j'aie oublié, dit-elle en se redressant.

— Quoi donc ?

— Vous n'avez pas répondu à ma question, reprit-elle. Qu'est-ce qui vous emportait si loin de moi tout à l'heure ?

— Taylor !

Il prononça son nom sur le ton un peu exaspéré, un brin entêté, qu'il employait chaque fois qu'elle s'avisait de le contrarier.

— Répondez-moi, insista-t-elle, bien décidée à savoir ce qui le hantait.

Ce mariage ne pourrait fonctionner que si la confiance était réciproque.

Il la dévisagea un long moment, puis enfin :

— Lorsque vous me parliez de Nick, je me souvenais de ma propre enfance.

— A quoi ressemblait la vie du petit garçon du célèbre réalisateur et de l'actrice oscarisée ?

Car les parents de Jackson avaient été tous deux célèbres, chacun récompensé d'un Oscar et d'une Palme d'or ! Sa sœur Valetta semblait promise à la même gloire, alors que ses deux demi-frères, Mario et Carlton, connaissaient plus de difficulté à s'imposer.

— Solitaire. Je suis l'unique enfant de cette union express, de neuf ans l'aîné de Mario. Mes parents étaient très jeunes à ma naissance. Mes demi-frères et sœur ont été des étrangers pour moi. Ma mère a gardé Carlton après son divorce avec son père, son troisième mari, et mon père de son côté a décidé de faire bâtir une maison à la mère de Valetta et Mario à côté de la sienne, mais moi, j'ai grandi auprès des nounous, puis en pension… Ils ne m'ont jamais rien donné que de l'argent. Rien de plus, rien de moins.

La voix de Jackson ne trahissait ni amertume ni colère devant l'injustice qu'il y avait à être rejeté affectivement par ses parents. Son passé avait contribué à faire de lui un homme dur, un homme que rien apparemment ne pouvait briser.

— Je suis entré en internat à cinq ans, reprit-il. Je voyais ma mère deux fois par an à peu près.

— Et votre père ? demanda Taylor, souffrant presque physiquement du désespoir intense que cachaient ces paroles.

En dépit de son calvaire, elle-même ne s'était jamais véritablement sentie seule. Helena n'avait certes pas été la meilleure des mères, mais jamais elle n'avait abandonné ses enfants. Elle avait su lui venir en aide dans les moments où une petite fille a un besoin vital de sa mère. Ensuite, Nick était apparu. Nick qu'elle avait tout de suite aimé, et qui l'avait aimée.

— Chaque fois, répondit Jackson avec un rictus, il a tenu à me présenter ses conquêtes. Amber, puis Mandy… Dans tous les cas, une blonde pulpeuse, chaque fois plus jeune.

— Quels parents indignes, dit-elle sans penser que cela pouvait peut-être le vexer.

Il la fixa un moment puis ricana avant d'admettre :

— Certainement.

— Euh, désolée, s'excusa-t-elle, comprenant qu'elle était allée trop loin.

— Non, vous avez raison.

Il déposa un baiser sur sa nuque. Sa bouche était chaude, et douce.

— Je me suis juré de ne jamais leur ressembler, chuchota-t-il alors à son oreille.

— Oh, vous ne leur ressemblez pas.

S'arrachant à l'état second dans lequel il avait le pouvoir de la plonger, elle s'assit, contrariée de le voir douter de lui.

— Après tout, je suis le fils de mon père, continua Jackson. Je pourrais bien avoir hérité de ses travers.

Elle le dévisagea, choquée.

— Vous dites des bêtises.

— Oh… J'ai déjà épousé une blonde.

— Allons, ce n'est pas pareil, vous étiez tous les deux du même âge. Peut-être pas avec la même maturité, mais du même âge, protesta-t-elle. Votre père, lui, les prend au berceau.

— Je ne… Je ne sais pas si je puis vous promettre fidélité.

Il se méfiait de lui-même. Le sang chaud de son père coulait dans ses veines. Il n'avait pas trompé Bonnie une seule fois, mais qui pouvait savoir quand le vice s'éveillerait en lui ?

— Vous parlez comme un animal domestique !

Il rit amèrement. Il savait combien Taylor avait souffert d'être rejetée. Et pourtant, c'était plus fort que lui, il fallait qu'il lui dise la vérité. Il avait besoin qu'elle l'accepte tel qu'il était, avec ses défauts. Quel cauchemar ! Car une fois qu'elle connaîtrait la vérité, jamais plus elle ne lui ferait confiance, jamais plus elle ne pourrait l'aimer comme il le voulait. Comme il en rêvait.

— Taylor…, commença-t-il.

— Ce ton ne me fait plus ni chaud ni froid, répliqua-t-elle joyeusement.

— Je doute qu'il vous ait jamais réellement impressionnée, répliqua-t-il, amusé par son impertinence. Alors, souhaitez-vous connaître la suite ?

— Je sais tout ce que j'ai besoin de savoir. Vous

prendrez soin de moi et de Nick, et après vous ferez en sorte que nous ne manquions de rien.

Tout était dit. Parfaitement clair. Y compris l'évidence d'une séparation au bout d'un an. Elle envisageait apparemment sans aucune difficulté la rupture, et donc de lui refuser ce qu'il souhaitait le plus au monde.

— C'est plus que personne n'a jamais fait pour moi, ajouta-t-elle. C'est suffisant.

Cela ne l'était pas, pour lui. Il aurait dû se sentir heureux d'avoir pu épouser cette femme qui l'obsédait. Cependant, il ne pouvait s'empêcher de se sentir frustré. Parce qu'il attendait trop d'elle ? Parce qu'il était à peu près aussi certain qu'elle qu'une fois l'année écoulée, ils se sépareraient ?

Parce qu'elle ne lui donnerait pas d'enfants. Parce qu'il n'arriverait pas à la convaincre de lui en donner un.

Taylor. Pourrait-elle le mener, comme il le pensait encore récemment, hors du tunnel ?

Un an. Ils avaient un an. Et pourquoi pas, après tout ? Une fois qu'elle porterait son enfant, peut-être pourrait-il lui apprendre à aimer ? Oui, aujourd'hui, cela paraissait encore possible. Possible seulement.

— Je crois que nous devrions au moins faire une apparition à la réception de ce soir, dit-il à Taylor dans

368

l'après-midi. Ce sont les propriétaires du palace qui l'organisent.

Ils avaient passé des heures à remplir divers formulaires, ne s'accordant qu'une brève récréation pour enfiler des combinaisons et des masques à oxygène et visiter le récif de corail à la suite du moniteur de plongée de l'hôtel. La balade avait été un vrai plaisir, essentiellement grâce au regard émerveillé de Taylor durant cette petite heure qui lui avait révélé un royaume de couleurs et de vie.

Après leur retour, elle s'était isolée un long moment au téléphone avec sa thérapeute. Ce n'était pas l'envie qui lui avait manqué, mais il s'était interdit de l'interroger à ce sujet.

— Oh, zut ! N'y allons pas, marmonna Taylor.

Habitué à sa nature rieuse, il fut un instant désemparé par sa mine renfrognée.

— Pourquoi non ?

Elle le fixa, l'air crispé.

— Je suis une fille issue d'un milieu modeste, Jackson. Je ne saurais pas comment me comporter. Avec vous, chez vous, c'est différent, mais ici ce n'est pas mon territoire.

Son explication le surprit. Elle était généralement si sûre d'elle, si confiante ! Au point qu'il regrettait parfois qu'elle n'ait pas plus besoin de lui. En revanche, il ne voulait certainement pas qu'elle se sente déplacée.

— Vous avez travaillé dans le milieu du cinéma…

— Comme secrétaire ! l'interrompit-elle en s'éloignant vers la véranda. Ils me regarderaient de haut.

Il lui emboîta le pas, venant se placer derrière elle, les mains sur ses épaules.

— Ma chérie, je ne laisserai personne vous manquer de respect.

Taylor ne dit rien, se mordillant la lèvre, l'air buté. Autant il comprenait sa défiance envers les hommes et leurs grandes promesses, autant il ne pouvait supporter qu'elle ne croit pas suffisamment en lui pour se sentir en sécurité en sa présence.

— Jamais je ne permettrai que l'on vous manifeste un quelconque mépris, reprit-il, cherchant à l'envelopper de cette tendresse dont elle avait tant besoin.

Mais il était conscient que sa voix manquait de douceur et prenait plutôt des accents autoritaires. Ridicule. Pouvait-on forcer quelqu'un à vous faire confiance ? Cependant, à sa grande surprise, elle réagit favorablement. Faisant volte-face, elle le défia un moment du regard.

— Je n'ai rien à me mettre.

— Allons faire notre shopping dans les boutiques de l'hôtel. Vous choisirez ce qui vous fait envie.

De façon inattendue, elle lui sourit. Sourire resplendissant d'une petite fille vivant un conte de fées, plus que sourire de femme. Du moins, de ces femmes qu'il avait l'habitude de fréquenter.

— Merci, dit-elle. Vous êtes si gentil.

Elle se hissa sur la pointe des pieds et déposa un baiser sur sa bouche.

Serrant les dents, il enfouit ses mains dans ses poches, refoulant l'envie qui le submergeait de la prendre, là, maintenant, sous cette véranda.

« Gentil » ? Un homme véritablement « gentil » aurait tenté de lui venir en aide sans penser d'abord à l'épouser. En réalité, lorsque l'idée lui était venue, il n'avait pas réfléchi plus loin que ça. Il voulait Taylor pour lui, point barre. Rien que pour lui.

Les Santorini n'étaient guère réputés pour aimer partager.

Taylor eut le coup de foudre pour une robe de soirée d'un bleu électrique sertie de paillettes, idéale pour une nuit tropicale. Longue, sans manches, avec un décolleté qui mettait sa poitrine en valeur, elle tenait aux épaules par deux fines bretelles en strass. Un modèle ravissant, mais presque entièrement dos nu, ce qui la fit longuement hésiter.

Bougeant devant le miroir, elle se regarda sous toutes les coutures, s'arrêtant chaque fois, sceptique, sur sa chute de reins rehaussée par le bleu miroitant du tissu.

Si elle sortait vêtue de cette façon, les mains de son mari risquaient de rester scotchées sur son dos une bonne partie de la nuit. Jackson était extrêmement possessif. Il n'hésiterait pas à la toucher en public, pour faire comprendre à tous qu'elle était sienne.

Elle tressaillit à cette idée, mais la sensation était plutôt agréable. Non, elle n'éprouvait aucune angoisse à la pensée des mains de Jackson sur elle. Maggie n'avait pas tort. C'était là la preuve d'une confiance absolue. *Ou presque*. Parviendrait-elle un jour à oublier l'agression de la buanderie, ou encore ces mains plaquées sur sa bouche, dans le parc ?

— Mais que redoutez-vous ? lui avait demandé la thérapeute un peu plus tôt dans la journée, lors de sa consultation téléphonique quotidienne.

— De souffrir, d'être humiliée, de… d'avoir accordé ma confiance à tort, une fois de plus.

— Oh ! Jackson vous a déjà fait du mal, il vous humilie régulièrement, c'est cela ?

— Mais non, voyons ! s'était-elle exclamée. Comment pouvez-vous dire cela ?

— Dans ce cas, avait remarqué Maggie, de quoi avez-vous peur, je veux dire, réellement peur ?

Elle avait mis un long moment à répondre.

— De moi-même. Qu'adviendra-t-il si je ne peux lui donner ce dont il a besoin ?

— Et vous êtes-vous demandée ce qu'il adviendra si vous y parvenez ? Pourquoi ne pas essayer ?

Essayer. Essayer de laisser Jackson promener ses mains sur elle.

L'idée était tentante, quand elle repensait au plaisir qu'elle avait ressenti à le caresser, lui.

Comme elle retirait sa robe, elle se figea, stupéfaite, fixant son reflet dans le miroir. Ses seins frémissaient presque sous l'effet du désir. Le besoin de sentir les mains de son mari courant sur sa peau balaya tous ses doutes, toutes ses craintes. Ce soir, elle porterait cette robe.


La soirée ne fut pas aussi pénible qu'elle l'avait appréhendé.

Il lui avait toujours été difficile de tirer un trait sur les moqueries et le mépris de Lance lorsque, adolescente, elle voulait se mettre en valeur, mais il s'avéra que ce soir-là elle s'était angoissée pour rien.

Fidèle à sa parole, Jackson resta à son côté, et une fois qu'il fut bien clair qu'elle lui appartenait, les gens lui manifestèrent une sorte de sympathie chaleureuse.

Taylor s'appliqua à dissimuler son amusement. Elle n'avait jamais inspiré de crainte à personne, au contraire apparemment de son italien de mari. L'autorité était une vertu indispensable dans son milieu, se rappelat-elle. L'autorité d'un homme d'honneur, car elle savait que Jackson ne se serait jamais attaqué à plus faible que lui et qu'il protégeait toujours ceux qu'il prenait sous son aile. Non, Jackson Santorini ne lui faisait pas peur.

De la peur ? Quelle peur ? Au contraire, impossible de le nier, elle aimait voir dans ses yeux l'éclat du désir.

Si elle avait été une femme normale et sans aucune appréhension, sans doute seraient-ils arrivés à la fête très en retard, ou peut-être même pas du tout. A la minute où elle s'était présentée devant lui habillée pour la réception, le visage de Jackson s'était crispé, et il lui avait donné le choix : soit ils ne sortaient pas, soit elle quittait sans tarder cette foutue robe « à damner un saint ».

Elle n'en n'avait rien fait, bien sûr.

Elle savait au fond d'elle même qu'avec toute autre femme, Jackson ne se serait certainement pas retenu de lui arracher cette robe avant de l'entraîner directement dans sa chambre pour l'y retenir de mille manières jusqu'à ce qu'il fût trop tard pour se rendre à la réception. Le désir primitif qui avait allumé son regard quand il l'avait vue ne laissait aucun doute sur ce qu'il avait envie de faire avec elle. Ni sa façon de la considérer comme sienne. S'ils finissaient par faire l'amour ensemble, elle devrait prendre garde à ce qu'il ne prenne trop d'ascendant sur elle...

Il était tel qu'il était. Un homme libre, indépendant, rude, et terriblement irrésistible. Mais peut-être à force de tendresse parviendrait-elle à le dompter ?

Oui, peut-être finirait-elle non pas par le dominer, mais au moins l'égaler ? Etre sa femme était un réel défi. Un défi qu'il lui avait sciemment lancé et qu'elle était prête à relever.

Elle avait l'impression de découvrir avec lui un monde où la règle était une surenchère constante de sensualité. Faire confiance à Jackson sur un plan physique devenait chaque jour une éventualité de plus en plus attractive, de moins en moins angoissante.

Une contrariété, une seule, se présenta au cours de la soirée. Vers la fin, une blonde pulpeuse se mit à tourner autour de Jackson, ignorant Taylor, indifférente à la main de son mari sur son dos nu. Car, comme elle s'y était attendue, toutes les dix secondes Jackson posait négligemment une main sur le bas de son dos, effleurant parfois ses reins du pouce, caresse anodine mais qui avait le don de lui couper chaque fois le souffle.

La chaleur de sa main sur sa peau suffisait à la troubler, mais lorsqu'il s'aventurait ainsi à une caresse, alors… Oh oui ! Elle avait envie de le supplier de continuer. Les mains de Jackson sur elle la troublaient chaque fois un peu plus.

A un moment, la blonde pulpeuse s'exclama :

— Jackson Santorini ! Je savais bien que c'était toi…

Et la bimbo commit l'erreur de poser une main sur la manche de chemise de Jackson.

Sourcils froncés, Taylor repoussa instantanément cette main aux ongles outrageusement peints.

— Prenez garde, la chemise de mon mari est… tachée. Tu as vu, mon chéri ?

Elle se tourna vers Jackson, le regard menaçant, et vit qu'il réprimait un sourire.

— Merci, ma chérie.

A l'éclat de ses yeux, elle comprit que son petit accès de jalousie le remplissait de joie. Elle s'en moquait bien. Oublié tout ce qu'elle avait dit à propos d'une éventuelle maîtresse. Si jamais il lui prenait l'envie de poser la main sur une autre femme, elle leur tordrait le cou à tous les deux.

— Nous nous connaissons ? demanda Jackson à l'intruse en serrant Taylor contre lui, la rassurant par ce geste possessif.

Une lueur de colère traversa le regard de la blonde.

— Belle Bouvier. Nous nous sommes rencontrés à la soirée Vanderbilt, le printemps dernier.

— Toutes mes excuses, Belle. Je ne vous avais pas reconnue.

— Oh ! s'exclama la blonde avec un sourire crétin, je me souviens ! J'étais brune, à l'époque.

— Je comprends mieux pourquoi je ne vous ai pas remarquée ce soir…

Taylor eut le sentiment qu'il faisait de son mieux pour ne pas éclater de rire.

376

— Bonjour, Belle. Je m'appelle Taylor.

— Heureuse de faire votre connaissance, dit la belle en lui lançant un regard plein de fiel. Je tenais à féliciter Jackson.

— Pourquoi donc ? demanda celui-ci.

— J'ai appris que *Glitter Magazine* vous a désigné comme le célibataire le plus sexy de l'année.

— Terminé, le célibat ! annonça-t-il en regardant Taylor qui fulminait. Merci Belle, mais je vous prie de m'excuser. Notre hôtesse me fait signe.

Comme ils s'éloignaient, Taylor marmonna entre ses dents :

— Bouvier, tu parles...

Jackson rit doucement en l'attirant contre lui. Il était évident que l'indifférence avec laquelle Taylor avait d'abord envisagé qu'il prenne une maîtresse ne tenait plus. Elle se révélait au contraire plutôt possessive. Et il aimait ça.

— Son nom de scène, je suppose.

Il déplaça sa main sur son dos nu, l'esprit confiant et léger. Oui, il adorait se considérer comme la propriété de sa charmante épouse. Cela ne pouvait qu'annoncer de bonnes choses pour l'avenir.

Il effleura sa chute de reins et, surprise, elle émit un petit cri à sa caresse, quand soudain un homme s'approcha, interrompant leurs cajoleries.

Henry Carey, un réalisateur besogneux qui séduisait notoirement ses interprètes les unes après les autres.

Jackson détestait l'individu. Cette soirée était décidément celle des mauvaises rencontres.

— Santorini.

— Carey, dit-il en serrant Taylor contre lui.

— Félicitations pour votre mariage !

— Les nouvelles vont vite.

— Vous savez ce que c'est, ricana Henry en se tournant vers Taylor. Comme ce doit être intéressant, d'être l'épouse d'un homme si puissant, si célèbre, et si sexy d'après ces dames…

L'insinuation était claire. Les tabloïds s'en étaient donné à cœur joie après le suicide de Bonnie, montrant Jackson du doigt et faisant paraître sa photo comme celle du monstre coupable d'avoir mené son épouse au désespoir.

Généralement, Jackson faisait en sorte d'ignorer Carey, trouvant le personnage pitoyable, mais ce soir sa fierté se rebella : Taylor risquait d'entendre ce salaud raconter des mensonges sur lui. Surtout pas ça !

Prêt à s'en prendre au déplaisant personnage, il fut stoppé par sa femme qui s'interposa.

— Quel petit homme odieux vous faites ! dit Taylor d'une voix cinglante. Mon mari est un homme meilleur que vous ne le serez jamais, espèce de prétentieux. Je parie que vous ne savez même pas quoi faire avec une femme… Quand il s'en trouve une suffisamment ivre pour accepter de vous suivre !

378

Jackson n'en crut pas ses oreilles. Taylor le défendait en insultant copieusement Carey !

Visiblement, le type n'avait pas l'habitude de se voir humilié par une femme qui ne prenait pas même la peine d'obéir aux règles les plus basiques de la courtoisie.

— Co... Comment osez-vous ? commença celui-ci, la bouche pincée.

— Bah, allez, de l'air, dit-elle avec un geste méprisant de la main. Vous nous ennuyez. Et si jamais j'apprenais que vous dites encore du mal de mon mari, je raconterai à tout le monde comment vous avez obtenu des fonds pour votre dernier film minable.

Henry blêmit.

— De... De quoi parlez-vous ?

Jackson était littéralement fasciné. Totalement admiratif.

Il se tenait derrière sa femme, le bras passé autour de sa taille, une main sur son ventre, aux anges. Jamais personne ne s'était interposé pour venir à son aide. Il fut surpris du sentiment de bonheur qui le submergea devant la réaction de Taylor.

— Vous devriez montrer plus de discrétion, lâcha-t-elle, royale. A présent, disparaissez !

Et toc ! Henry s'exécuta sans rien rajouter, non sans avoir auparavant regardé Taylor avec une crainte mêlée d'effroi.

— Ma chérie ?

— Oui.

Elle lui fit face, bras croisés, l'air d'un brave petit soldat.

— Que savez-vous de lui ?

— Les secrétaires savent tout de tout le monde. J'ai beaucoup d'amies qui travaillent dans le cinéma. Disons que Henry a organisé une sorte de coucherie collective...

— Non ?

— Si.

# 8.

Jackson commençait tout juste à déboutonner la chemise noire de son smoking quand Taylor traversa le salon à sa rencontre, nonchalante. L'air appliqué, elle paraissait rencontrer des problèmes avec le fermoir de son collier.

— Chéri, s'il vous plaît, dit-elle.

Lui tournant le dos, elle dégagea ses longs cheveux auburn de sa nuque délicate, si virginale à côté du bleu électrique de la robe.

Il approcha les mains, impatient du contact de sa peau. « Chéri », l'avait-elle appelé, comme s'ils étaient un couple normal. Cette soirée avait été riche d'enseignements. Taylor s'était révélée possessive autant que protectrice à son égard. Mais ils n'étaient pas un couple normal, et ces révélations n'y changeraient rien. Il était condamné à désirer sans espoir son épouse, sa douce, sa sensuelle…

Il se concentra sur le fermoir, se gardant bien de prononcer le moindre mot de peur que sa frustration n'explose s'il venait à ouvrir la bouche. Cette satanée robe... Un cauchemar. Il avait passé la soirée une main plaquée en permanence sur le dos de Taylor afin d'éloigner les prédateurs. Car les regards de certains ne lui avaient pas échappé. Il savait que s'il venait à s'éloigner, ils fonceraient aussitôt sur elle tels des rapaces. Rien n'avait pu le distraire du corps de sa femme à côté de lui, rien. Et elle-même avait paru trouver à son goût la main possessive posée sur elle tout le long de la soirée.

Lorsque le collier glissa dans la paume de Taylor, elle ne s'éloigna pas mais pencha légèrement la tête, comme pour observer de plus près le bijou. Il ne put résister. Se penchant à son tour, il saisit sa taille et pressa ses lèvres sur sa nuque.

— Jackson ? dit-elle, à l'évidence surprise.

— Oui.

Comme elle ne bougeait toujours pas, il l'embrassa une nouvelle fois, ses mains enserrant plus fermement sa taille. Le besoin de se plaquer contre elle, d'apaiser son corps impatient fut plus fort que lui.

— Que faites-vous ?

— Juste un petit peu de plaisir, chuchota-t-il.

Encore un baiser. Ses mains remontèrent vers ses seins tandis qu'il la retenait contre lui.

— De plaisir... sexuel ? lâcha-t-elle dans un soupir.

Il sentit sa gorge se nouer sous l'effet de la culpabilité. Aussitôt, il recula.

— Je suis désolée, ma chérie. Je n'aurais pas dû insister.

Elle resta sans bouger, ne lui adressant même pas un regard, puis :

— Insistez.

Il fronça les sourcils.

— Taylor ?

— J'en ai assez de mes appréhensions. Je veux savoir comment ce… Ce que ça fait de… Oh, et puis je pense vraiment ce que j'ai dit à ce sale type. Vous êtes un homme bon. Vous ne m'avez jamais fait le moindre mal et je n'ai donc aucune raison d'avoir peur de vous. S'il vous plaît, montrez-moi…

Ravalant un grognement de joie, contenant la passion et le feu qui s'élançaient dans ses veines, il demanda, ne voulant pas la brusquer :

— Vous êtes sûre ?

Elle lui lança un regard préoccupé par-dessus son épaule.

— Oui, dit-elle en posant son collier sur la table basse près d'eux. Jackson, que… Que se passera-t-il, si… Si je ne peux aller jusqu'au bout ? Si je me bloque ?

— Ma chérie, c'est vous qui déciderez. Moi, je m'exécuterai.

Il prit de nouveau ses hanches entre ses mains, conscient de devoir tempérer les impatiences de ses sens. Cette première fois serait déterminante. Qu'il y en ait d'autres par la suite ou plus jamais, cela dépendait de lui. Ce soir, il devait laisser s'exprimer toute la tendresse qu'il y avait en lui et réduire au silence le séducteur latin avide de jouissance.

— Promettez-moi d'arrêter si je vous le demande, chuchota-t-elle, visiblement nerveuse.

— Je suis à vos ordres, dit-il en resserrant son étreinte, quand soudain une idée le traversa. Ma chérie, prenez-vous la pilule ?

Question purement formelle, car après tout, il savait qu'elle était vierge. En outre, il ne voulait qu'une chose, qu'elle tombe enceinte. C'était bien les termes de leur marché, non ?

— Je sais ce que nous étions convenus de faire, Jackson, mais c'est la première fois et… C'est déjà difficile pour moi. Alors si en plus je dois penser à, euh… Ne pouvons-nous faire une exception, ce soir ?

Il déposa un baiser sur sa nuque.

— D'accord, ma chérie. Chaque chose en son temps.

Ce fut l'homme civilisé qui acquiesça à cette demande. L'Italien, lui, éprouva plus de difficulté à se raisonner. Mais elle n'avait pas tort. Ce soir, c'était trop lui en demander. D'abord, il devait faire en sorte de la séduire jusqu'à ce que ses craintes disparaissent. Puis il lui ferait l'amour, encore et encore, et si souvent que bientôt elle renoncerait à vouloir se préserver d'une grossesse. Et un jour… Un jour, elle porterait son enfant.

— Merci, dit-elle avec un soupir de soulagement. Si nous arrivons à… le faire, alors, oui, je vous promets, j'accéderai à votre demande. Avez-vous des…

— Oui.

En dépit de son plan, il avait apporté effectivement ce qu'il fallait, conscient qu'il ne pouvait trop et trop vite exiger d'elle.

— Je suis parfaitement sain, vous savez.

Dès qu'il avait eu vent des infidélités de Bonnie, il avait fait faire le test. Mais Taylor n'était pas Bonnie, se dit-il, tandis que le désir balayait les souvenirs douloureux.

— Oui.

— Ma femme, ma femme, répéta-t-il en se plaquant contre elle, tressaillant au contact de ses reins contre son propre ventre.

Elle ne se débattit pas en sentant pourtant impérieuse de son désir contre le bas de son dos. Alors il s'enhardit, posant une main sur le ventre de Taylor, tandis qu'avec l'autre il lui caressait tendrement les seins. Elle laissa échapper une imperceptible plainte mais parut disposée à le laisser faire ce qu'il souhaitait.

Il se demanda si elle serait une maîtresse passive. La pensée lui déplaisait. Taylor était une femme passionnée, et si elle n'exprimait pas de passion, cela signifierait qu'il avait échoué.

— Jackson ? dit-elle d'une voix éminemment sensuelle.

— Oui ? répondit-il sur un ton rendu méconnaissable à force de désir.

— Puis-je vous toucher, moi aussi ?

Elle effleura son bras, ses doigts voletant sur sa peau.

— Partout où cela vous chante, parvint-il à plaisanter, tandis que lui revenaient à la mémoire ses mains se promenant sur lui, la nuit passée.

— Oh, bon. Mais je vous préviens, j'éprouve le plus grand mal à me contrôler avec vous.

Il rit et l'enlaça, enfouissant son visage dans son cou, s'enivrant de son parfum.

— Qu'y a-t-il de si amusant ? demanda-t-elle en se laissant aller contre lui, enfermant entre ses mains la main qu'il avait posé sur son ventre.

— J'étais en train de penser que j'avais le même problème avec vous, dit-il en couvrant sa gorge de baisers.

Elle avait une saveur incomparable. Femme sucrée, femme épicée. Et son corps tout en douceur épousait avec volupté le sien.

— Jackson, murmura-t-elle d'une voix étouffée dans la nuit tropicale.

— Hmm ?

Il continua d'embrasser son cou, écartant ses cheveux pour n'oublier aucun centimètre carré de sa peau.

— Votre chemise est à moitié déboutonnée, remarqua-t-elle.

— Oui, répondit-il en lui mordillant le lobe de l'oreille.

Elle pencha la tête, l'invitant à plus. Il sourit et fit courir ses dents sur son cou.

— Puis-je finir ?

Cela lui prit quelques secondes avant qu'il comprenne ce qu'elle voulait dire.

— Maintenant ?

— Maintenant, répondit-elle sur un ton où perçait un certain défi.

Ce qu'il redoutait, ce n'était pas tant que son propre désir soit mis à l'épreuve, non. Ce qu'il redoutait avant tout, c'était qu'elle fuie son regard, maintenant, plus tard, après, tant son dégoût de lui serait profond. Cela, il ne pourrait le supporter. Il la fit se retourner, prêt à surprendre dans ses yeux l'insoutenable. Mais aussitôt, elle entreprit de déboutonner sa chemise avec un petit sourire. Soulagé, il la laissa faire tout en la couvrant de baisers, se préparant au bonheur…

Jusqu'à ce qu'elle le repousse.

Il recula alors d'un pas. Nouvelle poussée de ses mains sur son torse nu. Nouveau pas en arrière. Puis elle leva les yeux et le dévisagea. De nouveau elle répéta son geste, puis il sentit le bord du lit heurter ses mollets.

— Assis, ordonna-t-elle.

Plus qu'un ordre, il comprit que c'était l'impatience qui la rendait extrêmement nerveuse. Nerveuse, mais confiante, s'il en croyait son sourire.

Il s'assit donc, et se félicita d'avoir obéi lorsqu'elle se glissa entre ses jambes. Incapable d'attendre, il posa ses mains sur son dos, juste au niveau des reins. Son sourire s'élargit, et elle prit son visage entre ses mains. Un bref instant, elle ferma les yeux tout en se mordillant la lèvre.

Il était maintenant dans un état d'excitation phénoménal. Il se sentit soudain mal à l'aise. Taylor était plus grande que la moyenne des femmes, en revanche elle paraissait mille fois plus vulnérable qu'une autre. Lui jusqu'alors si sûr de lui, de sa force, si fier de sa puissance, il eut en cet instant le sentiment d'être une brute. N'était-ce pas d'ailleurs ce qu'avait coutume de lui reprocher Bonnie ? Alors, pourquoi pas Taylor ?

Il s'empressa de réprimer son anxiété. Taylor n'était pas Bonnie, se répéta-t-il. Jamais elle ne s'amuserait à l'humilier, à le rabaisser. Cependant, du fait de ses malheureuses expériences avec les représentants les plus brutaux du sexe fort, il se demanda si elle n'allait pas le trouver trop lourd, trop fort. Car d'ici peu, il ne s'agirait plus qu'elle le caresse sans qu'il réagisse, comme il l'avait fait la nuit dernière. Possessif et impatient comme il était, un rejet pourrait bien l'anéantir.

Elle se pencha et entreprit de faire tomber la chemise déboutonnée de ses épaules, ses doigts courant sur sa

388

peau comme pour tester son sens du toucher. Ses seins étaient si proches de son visage que c'était pour lui une véritable torture de rester immobile.

— Aidez-moi, dit-elle, la voix grave. Je vous en prie, Jackson. J'essaie de me montrer courageuse parce que je comprends bien qu'il me faut aujourd'hui combattre mes peurs, mais… Peut-être ne suis-je pas si courageuse.

Elle était à lui. Totalement. Sa femme. Et il était l'homme qui allait l'aider à trouver son chemin vers la plus douce des sensualités.

Il vint donc à son secours, se débarrassant fébrilement de sa chemise.

Il s'apprêtait à reposer ses mains là où elles se trouvaient quelques secondes auparavant, quand elle secoua la tête et recula d'un pas. Détermination et courage marquaient son visage. Plongeant ses yeux dans les siens, elle leva la main et fit doucement glisser les bretelles de sa robe, épaule après épaule.

Le souffle court, Jackson regarda voleter jusqu'à ses pieds le bout de tissu pailleté qu'elle enjamba aussitôt pour revenir près de lui.

Vêtue maintenant seulement de bas noirs qui lui arrivaient à mi-cuisses et d'un slip noir en dentelle, Taylor manqua lui arracher un grognement de désir animal. Il s'ordonna de ne pas lever les yeux, sachant que s'il venait à regarder ses seins nus, il la dévorerait.

— Jackson ?

Elle était revenue se placer tout contre lui. Lorsqu'il leva les yeux, elle s'assit sur l'une de ses cuisses, passa son bras autour de son cou puis croisa ses jambes entre les siennes.

— Oui ? parvint-il à articuler.

— C'est à vous, maintenant, chuchota-t-elle, ses grands yeux exprimant toute la solennité qu'elle accordait à ce moment. Je ne sais pas ce qu'il faut faire ensuite.

Il ne dit rien. D'ailleurs il doutait de pouvoir même réussir à prononcer un mot. Il se contenta donc de soutenir son regard, regard à la fois de femme et de jeune fille, puis il approcha son visage du sien. Les lèvres de Taylor s'entrouvrirent dans un appel muet. Il prit sa bouche. Il savait qu'elle aimait ses baisers, il l'embrassa donc longtemps et tendrement d'abord, puis plus voluptueusement ensuite.

Il commença à caresser son dos, déplaçant prudemment son autre main du genou de Taylor vers sa cuisse, jusqu'à ce périmètre de peau nue entre bas et slip. Instantanément, elle se raidit. Si elle avait toute confiance en lui, ses craintes plongeaient trop profondément et depuis trop longtemps en elle pour qu'elle s'abandonne sans crainte.

Comment la libérer de ses peurs ? Comment la séduire ? Il voulait tant qu'elle oublie le passé. Il voulait tant qu'elle se donne, ronronne, supplie…

390

Il s'écarta de ses lèvres et surprit son regard anxieux.

— Que va-t-il se passer, à présent ? demanda-t-elle.

— Il se passera ce que vous souhaitez qu'il se passe, chuchota-t-il, son pouce dessinant de petits cercles sur sa cuisse.

Elle se redressa entre ses bras, ses bras noués autour de son cou, puis se blottit contre lui, ses seins se pressant contre son torse. Il dut faire appel à tout son self-control pour se retenir de les gober l'un après l'autre entre ses dents. Il pouvait presque sentir le goût de leur chair tendre et chaude sur sa langue.

— Je n'ai aucune expérience, je crois qu'il vaut mieux que vous me dirigiez, dit-elle d'une voix à peine audible.

Si grave, si solennelle. Tellement innocente. Elle venait de lui donner l'autorisation de prendre la direction des opérations. Une petite fille devant son professeur. Comme elle était attendrissante. Et lui qu'habitait un appétit férocement sensuel, comme il était brut à côté d'elle !

Voilà des mois qu'il se négligeait sur ce plan-là. Qu'il se fichait de sa sensualité, se moquait de ses sensations. Il avait fallu cette rencontre, l'autre nuit : Taylor sous cette pluie battante. Cela lui avait fait l'effet d'un électrochoc. Brusquement, tous ses sens étaient revenus à la vie, et cette impression de renaissance n'avait fait que s'accentuer au cours des derniers jours.

Ce soir, l'heure qu'il espérait plus que tout avait sonné. Et curieusement, après avoir tant attendu que Taylor veuille bien de lui, c'était lui maintenant qui hésitait. Il fallait qu'il fût certain de sa confiance. Son désir était si intense, il avait tant de passion à lui offrir, qu'il craignait de l'effrayer.

— J'ai peur de vous faire mal, admit-il.

Sa main glissa sur sa cuisse jusqu'à sa taille. Sa peau était si soyeuse. Prenant ses mains, il les baisa avec tendresse.

— Je suis tellement fort. Je crains de vous briser, murmura-t-il.

Elle le fixa, mêlant ses doigts aux siens, puis à son tour embrassa sa main.

La douceur de cette caresse lui arracha presque une plainte, et son désir fut supplanté soudain par l'émotion. Aucune femme ne l'avait jamais touché ainsi. Comme si elle craignait de lui faire mal… à lui ?

— Oh, ma petite chérie, dit-il, retirant sa main pour la poser sur sa taille. J'ai tant envie de vous donner du plaisir…

— Je ne suis pas petite, répliqua-t-elle en enfouissant ses mains dans ses cheveux. Ou alors oui, mais auprès de vous, uniquement.

De nouveau, il l'embrassa.

— Dites-moi, ma petite femme, chuchota-t-il contre

ses lèvres. Quelles caresses voulez-vous de moi ? Celle-ci ? demanda-t-il en faisant tourner son pouce sur l'intérieur de sa cuisse.

— Oui, soupira-t-elle.

— Ou ceci ?

Il abandonna sa bouche pour couvrir ses seins de baisers, s'interdisant de poser ses mains d'homme sur sa poitrine qu'un jour un salaud avait tripotée.

— Oh oui, pouvez-vous… ?

Levant la tête, son cœur de macho italien déjà sur le point de crier victoire, il demanda :

— Oui, ma chérie ?

Elle rougit puis secoua la tête.

— Non, non…

— Dites-moi. Je ne veux pas agir comme une brute.

Il ne voulait surtout pas commettre d'impair. Il ne savait plus rien devant elle. Il se retrouvait, lui l'amant latin, complètement démuni devant cette femme, et il redoutait plus que tout de l'effrayer, de la blesser.

— Vous n'êtes *pas* une brute, protesta-t-elle, enfonçant ses ongles dans ses épaules. Ne laissez jamais personne prétendre cela.

Il lui sourit.

— Alors répondez-moi. Que voulez-vous de moi ?

Les joues roses, elle baissa la tête puis la releva.

Dans ces dessous de dentelle ultra-sexy, elle gardait une innocence déconcertante.

— Je, euh… Je me demandais juste si…

— Oui ? l'encouragea-t-il en la berçant, souffrant le martyr au contact de ses seins nus contre son torse.

— Vous savez combien j'aime vous toucher, commença-t-elle.

Oh oui, il le savait ! Etre sa chose, se soumettre à ses caresses la nuit dernière avait été l'un des moments les plus sensuels de son existence.

— Mmoui, dit-il.

— Euh… Je me disais que… Peut-être pourriez-vous faire de même avec moi ?

Fou de désir, cela lui prit quelques secondes pour prendre toute la mesure de sa requête. Emu, il enfouit son visage dans ses cheveux, respira son parfum, s'en enivra. La fièvre le consumait. Oui, il brûlait littéralement pour elle.

— Non ? lâcha-t-elle alors, hésitante. Vous n'aimerez pas ça ?

Relevant vivement la tête, il l'embrassa, cette fois avec ferveur.

— Je n'aimerai pas ça ? répéta-t-il. Mais vous exaucez là le plus cher de mes rêves, ma chérie.

Elle le dévisagea, l'air surpris.

— Pourquoi ?

— Parce que je peux enfin vous toucher, dit-il en caressant sa taille. Vous embrasser et…

Effleurant sa gorge, il fit glisser sa main qu'il referma sur son sein, avec douceur, lui arrachant une plainte.

— … vous aimer, acheva-t-il.

Sur ce, il se leva et la posa sur le lit, puis il s'allongea près d'elle.

— Puis-je vous toucher partout ? demanda-t-il, juché sur le coude.

— Je n'y vois pas d'opposition, répondit-elle, ses grands yeux brillant de malice.

Il rit puis posa sa main sur son ventre opalin.

— Aimez-vous la manière dont je me comporte, jusqu'ici ?

Elle opina avec tant d'enthousiasme qu'il en fut ému.

— Et qu'aimez-vous, de moi ? enchaîna-t-il.

Il se pencha plus près d'elle, les enveloppant tous deux d'une bulle de sensualité.

— Vos mains sur moi.

— Dans ce cas…

Abandonnant son ventre, il fit descendre sa main jusqu'au porte-jarretelles.

— Puis-je ?

— Laissez-moi faire, je…, s'empressa-t-elle.

Comme elle voulait lui venir en aide, ses doigts effleurèrent son propre ventre et il dut se faire violence pour ne pas la supplier de descendre plus bas.

— Non, dit-il, je vous en prie.

Après quelques tâtonnements, il réussit à dégrafer ici et là chaque pièce du carcan de soie qu'il jeta loin du lit. Voilà. Maintenant, sa femme ne portait plus que son slip et ses bas.

Il la dévisagea, nota sa nervosité. Elle n'osa pas le regarder, ce qui valait peut-être mieux. Peut-être serait-elle effrayée du désir animal qu'elle avait éveillé en lui. Le peu de raison et de calme qu'il était parvenu à garder jusqu'ici s'était, semblait-il, envolé avec le porte-jarretelles.

Les seins de Taylor étaient tels qu'il l'avait soupçonné. Généreux et parfaitement adaptés à ses larges mains. En revanche, jamais il n'avait pensé qu'ils pussent être aussi délicats, que sa peau fût si fine. Il pourrait passer des heures à genoux à contempler cette poitrine abondante et ferme que surmontaient deux délicieux mamelons couleur corail. Mais pourquoi attendre des heures ?

Ceux-ci réagirent instantanément en se dressant sous la caresse de son pouce.

— Ooh !

Le corps de Taylor s'arqua et elle écarquilla les yeux.

Quittant à regret le spectacle fascinant de ses seins, il croisa son regard. Elle devait apprendre le contact de ses mains sur elle, associer les caresses au plaisir, car il comptait bien désormais ne lui laisser aucun répit.

Jouant avec ses seins, il commença à les pétrir, lentement, avec application. Le corps de Taylor se tendit instantanément, et son cœur se mit à battre à un rythme d'enfer.

— Respirez, ordonna-t-il sans la brusquer.

— Mais, je… ne peux pas, pas lorsque vous me faites ça !

Elle reprit alors son souffle avant de rajouter :

— Comme c'est bon…

Ses paroles se perdirent dans une plainte quand il serra entre le pouce et l'index le bout de son sein.

— Oh, Jackson. Non, n'arrêtez pas…

Il retint un sourire de satisfaction à cette petite victoire, continuant de jouer avec ses seins, la faisant tressaillir sous ses caresses jusqu'à ce que des gouttes de sueur perlent sur son corps. Il remerciait Dieu qu'elle ne lui ait pas encore demandé d'éteindre la lumière. Son corps s'éveillant au plaisir était pour lui une vision indescriptible. Ses seins étaient d'une sensibilité extrême. Une caresse et elle se cambrait, son corps bandé dans l'attente, l'espoir, d'autre chose.

Comme elle gémissait, exigeant sans savoir ce qu'elle exigeait, il se pencha et prit le bout de son sein entre ses lèvres. Cette fois-ci, un cri s'échappa de sa gorge et elle cessa de respirer. Puis elle frissonna langoureusement, enfonçant ses doigts dans ses cheveux. Ayant tété avec tendresse son sein droit, il sourit puis se consacra avec vénération au gauche. Il n'aurait

397

aucune pitié, il ne la laisserait pas en repos. Surtout pas maintenant que lui-même se sentait sur le point de céder à un désir qui en cet instant lui consumait les entrailles.

Retenant le mamelon entre ses dents, il finit pas le relâcher, provoquant en elle une série d'ondes sismiques qui la firent frémir des pieds à la tête. Comme elle semblait maintenant plongée dans un état second, il se débarrassa du reste de ses vêtements. A peine réagit-elle quand il revint contre elle.

Il ne vit aucune crainte dans ses yeux, mais au contraire comme l'éclat d'une joie pure et certainement pas hostile. Et ce regard lui était adressé, à lui. Rassuré et encouragé, il fit glisser ses doigts sur la soie de son slip, encore et encore. Puis il referma sa main et sentit sous sa paume à travers le tissu une chaleur humide. Une faim sauvage le submergea. Pressant ses doigts contre elle, il s'enfouit doucement en elle.

— Jackson…

Elle semblait perdue, en train de sombrer dans un précipice.

Alors il se plaça au-dessus d'elle, prenant bien garde à ne pas l'écraser avec son corps si lourd. Mais sitôt que sa peau entra en contact avec la sienne, elle se détendit. Nouant ses bras autour de sa taille, elle entrouvrit les jambes. Ce geste d'abandon accentua son trouble. Glissant alors une main sous sa nuque, il attira son visage près du sien et l'embrassa. Baiser

398

ardent auquel elle répondit avec une fièvre qui le transperça, ses seins plaqués contre son torse. Tout ce temps, de son autre main il continua de la caresser, accompagnant la montée de son désir.

Il laissa échapper un grognement quand elle commença à émettre de petits cris. Elle était à lui ! Jamais aucun autre homme ne l'avait touchée comme il la touchait, lui. Et jamais aucun autre homme ne la toucherait jamais ainsi. Une année ? Au diable ce contrat ! Enfant ou pas, il ne laisserait jamais Taylor le quitter, lui, son mari.

La sensation du torse duveteux de Jackson contre sa poitrine éveilla en Taylor une joie indescriptible. Toutes ces années, elle avait eu honte de ses seins, trop généreux, trop féminins. Après cette nuit, si par miracle elle survivait à cette nuit, elle les associerait désormais à cet éclat ardent qu'elle avait surpris dans les yeux de Jackson à leur vue. Il s'était jusqu'ici montré d'une tendresse absolue et à présent elle sentait son corps prêt. Prêt à quoi, elle ne le savait pas exactement et s'en moquait à vrai dire, se contentant de sentir, d'écouter ses caresses, son souffle sur sa peau.

A cet instant, il retira sa main d'entre ses cuisses. S'arrachant à ses lèvres, elle protesta :

— Non ! Revenez !

Elle se surprit elle-même de son audace. Vingt-quatre années de privations sexuelles l'avaient rendue avide. Et l'extrême sollicitude de Jackson l'avait, semblait-il, libérée de ses complexes, de ses angoisses. Une joie inconnue et intime palpitait en elle.

Il marmonna quelque chose à son oreille, comme une prière, et de nouveau l'embrassa. Bientôt, à bout de souffle, elle le repoussa. Il s'affaissa sur l'oreiller en soupirant, puis la seconde d'après elle sentit sa main s'insinuer sous la soie son slip. Désemparée par son geste, elle se figea une seconde. Seconde qu'il mit à profit pour faire descendre le slip sur ses cuisses. Puis il fit ce qu'elle lui avait demandé en posant sa main sur son sexe. Mais cette fois, la soie n'était plus là pour protéger sa chair secrète de la puissance de sa main. De ses doigts.

Elle se lova contre lui, l'attira, recherchant la sensation de son poids sur elle. Lorsqu'il se plaqua contre elle, elle noua ses jambes autour de sa taille. Mais… Il était nu !

— Quand vous êtes-vous… ? dit-elle, ouvrant subitement les yeux.

Il ne répondit pas, trop occupé à couvrir sa gorge de baisers tandis que ses doigts allaient et venaient, l'aspirant peu à peu, lui faisant perdre le peu de raison qu'il lui restait encore.

Elle enfonça ses ongles dans son bras, tenta de le forcer à arrêter.

Il leva la tête, les yeux noirs plus noirs que jamais.

— Que voulez-vous ? demanda-t-il d'une voix presque méconnaissable.

S'il n'avait été à elle, elle en aurait été effrayée. Mais cet homme était à elle, et c'était le désir qu'il avait d'elle qui expliquait sa fièvre.

— Vous, chuchota-t-elle, sentant son sexe dur contre sa cuisse.

Jackson Santorini la désirait, elle seule.

— Je vous veux, vous, répéta-t-elle.

— Vous n'êtes pas prête, répondit-il en promenant sa langue entre ses seins.

— Si ! protesta-t-elle en agrippant ses cheveux. Je le suis.

— Je suis trop… Je pourrais vous blesser.

Elle ravala sa salive, fermant les yeux pour mieux se concentrer sur le va-et-vient des doigts de Jackson entre ses cuisses. Trop puissant, trop lourd pour elle ? Non, décida-t-elle soudain. Tant pis, elle le voulait, elle ne pouvait plus attendre.

— Jackson, par pitié !

— Je dois d'abord vous préparer, ma chérie. Je ne veux que votre plaisir.

Puis il glissa un doigt plus profondément en elle. Instantanément, elle s'arqua, en voulant plus, maintenant. Elle chercha son regard. Elle devait lui dire… Elle ne pouvait plus attendre. A ce moment, elle sentit un second doigt la pénétrer. Comme il bougeait en elle, elle poussa de petits cris. Puis, alors qu'il accélérait ses mouvements, elle cessa de crier, tendue, attentive au feu qui embrasait son ventre. Et elle s'abandonna, emportée par les vagues sensuelles d'un plaisir délicieux qui la submergea.

— Pourquoi ? `

Ce fut tout ce qu'elle fut capable de dire quand elle eut repris son souffle. Elle lut dans ses yeux qui la fixaient une infinie tendresse, mais sut aussi reconnaître la tension du désir qu'il s'efforçait de maîtriser. Pour elle.

— Je dois prendre soin de vous, ma chérie. Je veux que vous soyez parfaitement prête.

A court d'arguments, elle lui tendait ses lèvres, quand elle sentit un troisième doigt la pénétrer. Elle laissa échapper un cri, surprise, puis s'accrocha à lui désespérément. Non, cette fois, elle le voulait.

— Maintenant ! ordonna-t-elle. Maintenant, Jackson !

Il plongea ses yeux dans les siens, l'air grave, mais une ébauche de sourire au coin des lèvres.

— A vos ordres, madame Santorini.

Et il retira ses doigts pour venir se placer au-dessus d'elle, bras tendus de chaque côté de sa tête. Puis il fit glisser une main sous ses fesses, maintint sa cuisse entre ses jambes et… Sans autre préliminaire, il la pénétra, plongeant loin en elle.

Elle cria.

— Chut, la douleur va disparaître, chuchota-t-il.

Ses paroles adoucirent sa stupéfaction, et peu à peu cette douleur à laquelle elle ne s'était pas attendue s'évanouit. Recouvrant son souffle, elle regarda l'homme qui était en elle.

— Je ne m'attendais pas à tant de puissance, murmura-t-elle.

Voulant lui assurer plus de confort, elle bougea. Aussitôt, il ferma les yeux.

— Oh, Jackson, je vous ai fait mal ?

Il laissa échapper un soupir puis de nouveau la regarda :

— Vous me torturez, Taylor. Mais par pitié, bougez, oui, bougez pour moi. Mais lentement... lentement. Venez avec moi.

Et il commença à aller et venir lentement, éveillant en elle un feu qu'elle ne soupçonnait pas, quand soudain il s'arrêta.

— Je ne peux pas.

— Vous ne pouvez pas ? s'exclama-t-elle, submergée par la frustration.

Il la dévisagea de ce regard mâle et animal qui l'avait toujours effrayée chez les autres.

— Je ne peux pas... bouger lentement, expliqua-t-il avec difficulté, le souffle court.

— Alors, allez à votre rythme, gémit-elle, agrippant son cou et nouant ses jambes autour de ses reins.

— Taylor..., supplia-t-il.

Et puis ce fut un déchaînement de passion, de cris et

de sueur. Son mari la posséda et elle en fut définitivement bouleversée, marquée à jamais. Pour la première fois, elle perdit toute conscience d'elle-même, ne fut plus que sienne. Et lorsqu'elle explosa de plaisir, elle cria son nom, de tout son corps, de toute son âme.

Elle était à lui. Son mari.

# 9.

Lorsque Jackson ouvrit les yeux au petit matin, Taylor dormait, enlacée à lui. Doucement, il s'écarta.

— Qu'y a-t-il ? marmonna-t-elle à moitié endormie.

— Je risque de t'étouffer, dit-il en caressant son ventre satiné.

— Hmm, ronronna-t-elle en ouvrant ses grands yeux bleus. J'aime ton poids sur moi, ta force en moi. Tu es si…

— Je ne t'ai pas fait mal ? demanda-t-il, la gorge serrée.

Elle se hissa sur le coude et couvrit son torse de baisers.

— Mal ? Comment ?

Il rit tandis qu'elle mordillait le bout de ses seins. Il la laissa faire quand elle le força à s'allonger et qu'elle entreprit de faire courir sa langue sur son ventre. Il tressaillit puis prit son visage entre ses mains et l'attira vers lui. Mutine, elle lui sourit.

— Pitié, chuchota-t-il, ou bien je ne réponds plus de moi.

— Chiche, le défia-t-elle.

Puis elle se blottit contre lui, garda un moment le silence, quand soudain, les yeux ronds, elle remarqua :

— Quelle égoïste je fais ! Je réalise que je n'ai pas pensé une seule fois à Nick.

— Rien d'étonnant à cela, plaisanta-t-il. Plus sérieusement, je crois que nous avons fait tout ce qu'il fallait faire. Alors détends-toi, profitons de ce moment. Bientôt, je le crains, nous serons harcelés par les paparazzi.

— Qu'un seul ose vous faire du mal et je le tue, s'exclama-t-elle.

Il rit et l'enlaça.

— Merci pour ta sollicitude, dit-il sans aucune ironie, réellement ému que quelqu'un se souciât réellement de lui.

— C'est normal, dit-elle.

Puis elle se redressa et le dévisagea avec gravité.

— Jackson ?

— Oui, ma chérie ?

Il éprouva une telle tendresse pour elle qu'il lui parlait comme il n'avait jamais parlé à aucun autre être humain.

— Merci pour cette nuit.

Elle le remerciait ? Elle à qui il devait le moment le plus sensuel de toute son existence ?

— C'est moi qui te remercie, Taylor. Le premier

mot qui me vient quand je pense à cette nuit, c'est…
Torride.

— Moi ? dit-elle en rampant sur son torse.
Torride ?

Ses cheveux caressaient sa peau tandis qu'elle le
regardait avec un sourire plus lumineux encore que
le soleil des Tropiques.

— Oui, répondit-il, terriblement torride. Oh, j'ai
oublié de te donner quelque chose, hier soir.

— Quoi donc ?

— Là, dans le tiroir.

Il n'avait pu s'empêcher d'acheter ce cadeau dans
un moment d'espoir, attendant cependant qu'elle l'ait
accepté pour amant pour le lui offrir.

Elle s'écarta de lui, drapée de la seule lumière
matinale.

— Cette boîte ? demanda-t-elle tandis que dans
sa hâte, elle révélait à son regard ses longs cheveux
tombant en cascade sur ses reins.

— Mmoui, marmonna-t-il en réprimant un violent
accès de désir.

Cette femme le rendait fou.

Il s'assit pendant qu'elle déchirait fébrilement le
papier, dévoilant le nom d'un célèbre créateur de
lingerie fine.

— Ooh, chuchota-t-elle, les yeux écarquillés, en
sortant de la boîte les dessous chic de soie. Ce… C'est
un cadeau pour moi ou pour toi ?

Il rit et déposa un baiser sur son menton.

— Pour nous deux.

Remettant les dessous dans leur boîte, elle s'étira, langoureuse, un sourire radieux aux lèvres.

— J'ai l'impression que mes appréhensions ont totalement disparu, Jackson. Je n'ai plus peur, désormais.

Il plongea ses yeux dans les siens.

— Peut-être te sens-tu en sécurité dans mon lit, ma chérie, mais crois-tu réellement être débarrassée de toutes tes craintes ? Que se passe-t-il, là ?

Il toucha son cœur et attendit. Elle parut troublée.

— Faire l'amour ne suffit donc pas ?

— C'est un bon début, dit-il en l'attirant contre lui.

Il devait maintenant apprendre à Taylor à lui faire confiance autrement que sur le plan physique. Il voulait son amour plus que tout. Mais il savait que ses blessures étaient trop profondes pour qu'une seule nuit d'amour ait guéri son cœur. C'était encore trop tôt.


Taylor était bien forcée d'admettre qu'elle aimait faire l'amour avec Jackson. Le sexe avec lui était tout sauf sale, sauf pervers, sauf brutal. Deux jours et deux nuits d'amour n'avaient pu apaiser son désir. Elle savourait sa victoire. Non, elle ne redoutait plus les choses du plaisir.

Sans doute aujourd'hui les termes de leur marché ne

l'effrayaient-ils plus, sur le plan physique en tout cas. Mais voilà que Jackson évoquait à présent sa défiance envers les choses du cœur. Mais, elle, où en était-elle ? Etait-elle suffisamment forte, suffisamment sûre d'elle pour donner à Jackson ce qu'il voulait ? A la vérité, elle n'en savait trop rien. Elle ne pouvait s'imaginer avec aucun autre homme, mais une partie d'elle-même se refusait à croire qu'il ne viendrait pas un jour à la quitter, la condamnant à ce même désespoir dont Helena avait souffert. Si sa mère ne l'avait pas eue, sans doute aurait-elle été moins vulnérable face à Lance ? Et si Helena n'avait pas eu Nick de Lance, sans doute aurait-elle été moins désespérée de son départ ? C'était peut-être trop lui demander, mais c'était pire encore pour elle d'imaginer avoir un enfant.

Bah, elle n'était pas Helena, tenta-t-elle de se convaincre, et Jackson ne ressemblait à aucun autre homme. Lance ne l'avait jamais acceptée parce qu'elle était l'enfant d'un autre. Oui, mais Jackson, lui, semblait prêt à se comporter comme un père avec Nick.

Peut-être le temps finirait-il par démentir ses craintes, qui le savait ? Malheureusement, elle n'avait pas le temps. Si elle ne tombait pas enceinte avant douze mois, elle perdrait son mari. Une année !

Assise sur le lit, elle vit à cet instant Jackson sortir de la salle de bains. Aussitôt, elle balaya ses angoisses. Elle voulait vivre pleinement cette semaine. Une fois rentrés, ils n'auraient plus guère de temps ensemble.

Une serviette nouée autour des reins, il passa la main sur ses cheveux humides. Au lieu de revêtir son peignoir, il resta au centre de la chambre, la mine renfrognée.

Comme il était beau. Tellement sexy, se dit-elle, un feu subit embrasant son ventre. Si mâle. Et elle, si femme. Oui, elle avait appris à aimer le sexe dans ses bras. C'était encore si nouveau pour elle. A regarder le corps de son mari, si puissant, si fort, elle brûlait d'envie de le toucher, de se frotter à lui.

Son cœur se mit à battre bruyamment et, désemparée, elle chercha à s'arracher à son trouble.

— A quoi penses-tu ? demanda-t-elle doucement en s'agenouillant sur le lit.

Le boxer de soie offert par Jackson caressa ses cuisses.

— Hmm ?

Il approcha du lit.

— Au coup de fil de ce matin. L'actrice de notre prochain film, Britnee Case, exige un million supplémentaire au cachet convenu.

Taylor fronça les sourcils.

— Elle ne les vaut pas.

— Je suis bien d'accord. Mais c'est elle seule que David veut.

— Hmm, murmura-t-elle en faisant glisser son index sur son ventre plat et chaud. Remplace David, dans ce cas.

410

Il caressa ses cheveux, songeur. Avec la chaleur, elle eût préféré les coiffer en chignon, mais cela aurait déplu à son mari. Et elle ne voulait que lui plaire.

— Non, il est excellent. Son dernier film est nominé aux Oscars. Chacune de ses réalisations rapporte des millions de dollars.

— David tient trop à sa réputation. Fais-lui comprendre que si tu accèdes à l'exigence de Britnee, tu auras l'air de faire une faveur à la maîtresse du réalisateur. Il parlera à Britnee.

— Maîtresse ?

— C'est ce qu'un petit oiseau m'a murmuré.

— Taylor, tu es une mine. Et dire que tu n'as pas travaillé dans le milieu du cinéma depuis un an !

Tout en discutant, elle dessinait du bout du doigt des cercles sur son ventre, sa main s'insinuant par moments sous le nœud de la serviette. Quand il agrippa subitement ses cheveux, elle comprit qu'il n'était pas insensible à ses caresses.

— Je suis restée en contact avec l'équipe. Cela te choque ?

En réalité, elle n'avait jamais pu se résoudre à le perdre de vue. Puis un jour, les rumeurs lui étaient parvenues d'elles-mêmes. Comme elle s'était sentie blessée pour lui, et impuissante !

— Non, d'autant que le premier clap est dans trois jours.

— Hmm.

Juste pour voir sa réaction, elle voulut mordiller son ventre. En vain, pas le moindre soupçon de graisse sur lequel elle pût avoir prise. Il attira sa tête en arrière, l'obligeant à le regarder.

— Que fais-tu, ma chérie ?

Elle répondit sans même le temps de la réflexion.

— Je veux être une femme à part entière pour toi. Je veux tout te donner.

— Rien ne presse.

Son regard de braise démentit la sagesse de ses paroles, et elle reprit confiance en elle.

— Comptes-tu rester ainsi au garde-à-vous devant moi encore longtemps, dit-elle, mutine, avant de couvrir son torse de baisers. Combien d'heures de gym fais-tu pour avoir de tels abdominaux ?

Elle léchait avec application le bout de ses seins quand, de nouveau, il la força à le regarder, ses yeux brillant maintenant d'un éclat qu'elle ne lui avait vu qu'au lit. Un éclat qui lui donnait envie de s'abandonner, de le supplier.

— Oh, j'ai toujours été sportif, mais depuis la mort de Bonnie, je passe des heures entières en salle.

Bonnie, songea-t-elle avec un éclair de colère. Si cruelle envers lui !

— Puis-je te regarder ? demanda-t-elle subitement.

— Regarder... quoi ?

Elle savait ce que cachait la serviette, mais c'était

plus fort qu'elle. Elle brûlait à présent d'une envie scandaleuse. Lentement, elle effleura le bas de son dos du bout des doigts. Instantanément, il se cambra, amenant son ventre plus près de sa bouche.

— Te regarder faire de la muscu, chuchota-t-elle, le souffle court, les yeux rivés sur la serviette, presque honteuse des pensées obsédantes qui l'agitaient. Te voir transpirer.

Il ne dit rien puis soudain, fronçant les sourcils, il déclara :

— J'espère que tu sais ce que tu es en train de faire, parce que sinon, tu risques d'avoir un problème.

Elle rit à sa menace avant de se mettre debout sur le lit, le dépassant de ce fait de quelques centimètres.

— Ça veut dire que je te fais de l'effet ?

— Plus que ça, répondit-il en caressant la soie qui recouvrait ses fesses. Veux-tu que je te montre quel effet tu as sur moi ?

Nouant ses bras autour de son cou, elle l'étreignit. Elle voulait le rendre fou. Lui donner à son tour du plaisir, lui arracher des cris, des prières, comme il l'avait fait avec elle.

— Allonge-toi, ordonna-t-il, la voix rauque, alors qu'il se plaquait contre elle, cherchant à la faire basculer sur le lit.

Mais elle s'échappa de ses bras avant qu'il puisse parvenir à ses fins et lui lança un regard qui le laissa un instant interdit.

— Non, dit-elle alors en le repoussant quand il fit mine de la suivre sur le lit. Je veux...

Renonçant à achever sa phrase, elle s'agenouilla devant lui, et en deux secondes ses mains dénouèrent la serviette qui glissa sur les hanches de Jackson. Elle retint un cri.

Il avait redouté qu'elle ne fut traumatisée par son corps, mais à cet instant il ne surprit dans son regard rien qui ressemblât à de la peur. Il y lut plutôt de la gourmandise. Une gourmandise sans pudeur, le désir d'une femme pour un homme.

— Ma chérie, commença-t-il.

Il était déjà si follement heureux qu'elle ait fini par surmonter ses complexes et ses angoisses. Il n'en demandait pas plus, dans l'immédiat tout du moins. Il ne demandait simplement qu'à pouvoir continuer de l'aimer, d'adorer ce corps qu'elle lui avait donné.

Elle lui sourit, sourire à travers lequel il comprit qu'elle avait lu dans ses pensées, puis de nouveau elle baissa les yeux sur cette partie de son corps tout entière vouée à elle. En une fraction de seconde, son sexe en érection fut entre ses doigts. Fermant les yeux, il s'ordonna de ne pas répondre aux injonctions de son instinct. Il craignait trop de l'effrayer, de gâcher ce moment de confiance absolue.

— Jackson ?

— Mmouais ?

— Que... Comment dois-je faire ?

414

L'innocence de sa question le ramena à la raison. Ils avaient fait l'amour à de nombreuses reprises déjà, mais chaque fois il avait fait en sorte de rester maître de lui, de ne pas laisser ses démons se déchaîner. C'était si important. Et à présent, ce qui arrivait l'était peut-être plus encore. Lentement, il posa sa main sur la sienne et la guida.

— Plus fort, dit-il entre ses dents. Oui, ma chérie, comme cela…

Puis, elle fit ce qu'il n'attendait pas, ce qu'il n'espérait même pas. Ecartant sa main, elle le prit dans sa bouche pour un baiser d'abord voluptueux, et très vite d'une sensualité si brute qu'il perdit tout contrôle. Agrippant ses cheveux, le corps agité de tremblements, il jouit entre ses lèvres, yeux clos, s'offrant à sa femme.

La seconde qui suivit sa défaite, il s'écroula sur le lit à côté d'elle, quand elle recommença à le caresser.

— Non, gémit-il.

Elle rampa sur lui, vint frotter ses lèvres sur les siennes.

— Pourquoi, non ? N'est-ce pas toi qui m'as initiée au plaisir, mon cher mari, dit-elle.

Puis elle reprit son sexe entre ses lèvres, le torturant jusqu'à l'extase une fois encore.

— Mon Dieu, trouva-t-il la force de plaisanter après qu'il eût recouvré son souffle, au bout d'un long moment, alors que Taylor reposait sur lui, repue. Aurais-je créé un monstre ?

Elle rit. Alors, se hissant sur les coudes, il la dévisagea, le cœur battant.

— Pourquoi n'es-tu pas encore déshabillée ? demanda-t-il alors que ses seins durs pointaient sous le petit haut de dentelle.

Sans rien dire, elle l'enfourcha et retira avec une extrême lenteur son déshabillé. Tout de suite, il reconnut le boxer de soie.

— Tu portes mon cadeau, dit-il en tendant la main.

Il tressaillit au contact du tissu chaud et humide entre ses cuisses. Puis il fit glisser ses doigts entre sa chair palpitante, la pénétrant le plus qu'il pût.

— Oh oui, Jackson ! soupira-t-elle en s'ouvrant à lui.

Il ne se fit pas prier, continuant d'explorer sa chair, d'aller et venir en elle. Au bout d'une minute de ce traitement, il retira ses doigts.

— Oh ! cria-t-elle, le fixant, éplorée.

— Chut. Allonge-toi.

— Mais…

Il l'obligea à se coucher puis se laissa glisser sur elle avant de prendre son sexe entre ses lèvres. Elle agrippa ses cheveux, se cambra.

— Jackson ! voulut-elle protester, resserrant néanmoins ses cuisses pour le retenir.

416

— Comme tu es bonne, chuchota-t-il avant de reprendre son festin.

Elle cessa de protester, se laissant submerger par la douceur de ses baisers, par la déferlante d'un plaisir dans lequel elle sombra pour l'éternité.


Ils passèrent leur dernier après-midi à la plage. Taylor s'enduisit de crème solaire et supplia Jackson de la laisser lui en faire autant. Agenouillée, elle enduisit consciencieusement ses épaules, tressaillant malgré le soleil au contact de sa peau.

— Viens te baigner, décida-t-il soudain.

Finissant de poser l'écran total, elle s'empressa de trouver une excuse :

— Pas après notre balade de ce matin. Je suis fourbue.

En vérité, leur petite incursion dans les jardins tropicaux de l'île l'avait enchantée. Si ce séjour s'était avéré épuisant, c'était sur un tout autre plan.

Jackson esquissa un sourire qu'elle ne comprit que trop tard. Bondissant sur elle, il la saisit et l'emporta dans ses bras malgré ses gesticulations. Deux secondes plus tard, il la jetait à l'eau.

Ecartant ses cheveux trempés de son visage, elle se releva promptement et le fixa tandis qu'il riait aux éclats. En guise de représailles, elle l'aspergea.

— Oh oh. Serait-ce une déclaration de guerre, ma chérie ? gronda-t-il, braquant ses yeux noirs sur elle.

De nouveau, elle plongea les mains dans l'eau et l'arrosa. Le pugilat aquatique qui s'ensuivit fut un moment de bonheur innocent comme Taylor n'en avait vécu depuis longtemps. Elle rit tellement qu'elle finit par en attraper une crampe au niveau des côtes, et lorsque Jackson s'autoproclama vainqueur, elle ne trouva pas la force de contester.

Sortant de l'eau, elle se laissa tomber sur le sable blanc et chaud, alors que son mari décidément débordant de vitalité s'éloignait vers le large d'un crawl rapide. Elle le suivit des yeux, et soudain ce fut la révélation : elle était heureuse ! Oui, il semblait qu'elle avait enfin droit à sa part de bonheur.

Jamais elle n'oublierait ces moments, se dit-elle en soupirant, fermant les yeux pour mieux sentir la caresse du soleil tropical.


Reprendre contact avec la réalité le jour suivant fut un réel traumatisme. Surtout que, sitôt rentrée, Taylor découvrit, sur le dessus de la pile de courrier que le personnel avait relevé durant leur absence, une enveloppe avec en-tête de la société de Lance. Elle saisit l'enveloppe et se dirigea vers le salon, la gorge serrée.

Jackson, la rejoignant, vint se placer juste derrière elle, ses mains sur sa taille.

— Elle a été postée il y plus d'une semaine, chuchota-t-elle. Puis on l'a fait suivre à cette adresse.

Elle déchira l'enveloppe et en sortit une liasse de documents.

— Les papiers concernant la première audience pour la garde de Nick… Oh, mon Dieu, lis ! Il prétend que je suis dangereuse pour Nick !

Un sentiment de panique s'abattit sur elle.

Un bras toujours passé autour de sa taille, Jackson s'empara des documents. Après un bref examen, il lui rendit les papiers en haussant les épaules. Puis, sans rien ajouter, il prit le téléphone et composa le numéro de Lance.

— Monsieur Hegerty, ici Jackson Santorini.

Silence.

— Je vais bien. Ma femme, en revanche, pas vraiment. Il semblerait que vous ayez engagé un procès contre elle pour la garde de son frère. Je me trompe ?

Nouvelle pause.

Son attention scotchée sur le visage de Jackson, Taylor tentait de comprendre ce qui se passait. Il paraissait tout à fait calme, mais elle décelait quelque chose d'anormal dans sa voix, quelque chose de… dangereux.

— Je comprends, monsieur Hegerty, mais je suis extrêmement contrarié pour ma femme. Me fais-je bien comprendre ?

Elle comprit soudain ce qui la troublait dans sa voix. Jackson avait ce ton froid et menaçant des gangsters les plus féroces dans les films de Scorsese.

— Je crois que ma famille risque de ne pas bien prendre tout ceci. Les Santorini n'aiment pas les histoires, Hegerty.

Elle resta bouche bée.

— Oui, c'est cela, réfléchissez. Et rappelez-moi d'ici trois à quatre jours.

Puis il raccrocha.

— Ta famille ? Je croyais que tu ne fréquentais plus les tiens ? s'étonna-t-elle.

— Les Italiens ont de très grandes familles. A dix-huit ans, je suis parti vivre quelque temps en Italie chez mes grands-parents paternels et mes oncles. Depuis, nous sommes restés en contact. Je les considère comme ma seule et vraie famille. D'ailleurs, ils me pressent de t'emmener là-bas, tant ils sont impatients de faire ta connaissance et celle de Nick.

— Euh, oui, bien sûr, bredouilla-t-elle, surprise.

Jusqu'ici, Jackson lui avait tu ces liens, et cette omission la troublait car il semblait que ces gens comptaient énormément pour lui. Avait-il préféré garder le silence à leur sujet parce qu'il s'agissait de personnages peu fréquentables ? Peut-être même des membres de la mafia, qui sait ? se dit-elle en frissonnant. Elle ne craignait pas pour elle, mais ses pensées allaient à Nick, si vulnérable, si influençable.

— Euh, reprit-elle en chassant ses appréhensions, qu'a dit Lance à propos de Nick ?

— Il va réfléchir. Peu importe, il n'obtiendra pas gain de cause et devra se résigner à ce que j'adopte ton frère.

— Tu parais bien sûr de toi !

— Exact. Il n'a pas le choix. Il retirera sa plainte contre toi, à moins de risquer de voir exposer au grand jour son passé peu reluisant.

Il vint près d'elle, caressa tendrement sa joue.

— Ne t'inquiète de rien. Je respecterai ma part de notre marché. Viens dans mes bras, ma chérie.

Elle se blottit contre lui, se laissa bercer par ses murmures réconfortants.

Cependant, quelque chose la retenait de s'abandonner complètement. Oui, ils avaient conclu un marché, mais ce n'était pas l'unique raison pour laquelle elle avait voulu l'épouser. A cette seconde, il se plaqua contre elle, son corps brûlant la pressant, et elle oublia tout.


Le lendemain marquait le vrai début de leur nouvelle existence.

Nick avait débarqué peu après leur retour, enthousiaste à l'idée de commencer l'entraînement de foot avec son copain, et à cette heure il était déjà en route pour l'école. Non sans mal, elle l'avait laissé partir avec Jackson sans l'accabler de recommandations. Manifestement,

Nick avait besoin de partager des moments privilégiés avec son mari, comme il avait besoin de s'afficher avec une figure paternelle, masculine.

— Bonne journée, ma chérie, appelle-moi si tu as besoin de moi.

Jackson l'avait embrassée, puis elle s'était retrouvée seule dans sa nouvelle maison.

Elle avait téléphoné à Maggie et pris un nouveau rendez-vous, s'interrogeant ensuite sur la manière d'occuper le reste de la journée.

Son mari lui avait suggéré de penser à l'organisation d'une petite réception amicale. Leur mariage maintenant rendu public, les règles de la courtoisie voulaient que certaines connaissances soient conviés plus intimement à fêter la nouvelle. De plus, ils partiraient tous deux d'ici deux mois pour Los Angeles, où Jackson la présenterait au cercle des personnages les plus puissants du milieu du cinéma.

Connaissant les différentes relations de son mari, elle ne devrait rencontrer aucun problème à établir une liste d'invités, se dit-elle en s'attelant à la tâche.

Pourtant aux alentours de 11 heures, elle ressentait un certain malaise : Bonnie avait fait le vide autour de Jackson. La presse à scandale l'avait tant avili que nombre de ses relations s'étaient détournées de lui. Heureusement, sa force de caractère et son dynamisme lui avaient permis de faire son retour parmi les producteurs les plus en vue du 7e art.

En fin de journée, elle arbora un sourire satisfait. Elle avait fait du bon travail.

Son frère ayant pour la première fois entraînement de foot, il était prévu que Jackson passerait le chercher avant de rentrer. Elle commençait à s'impatienter, piétinant devant la baie vitrée, quand elle vit la voiture remonter l'allée.

— Alors ? demanda-t-elle à Nick quand il sortit de la voiture.

— Je crois qu'ils veulent me prendre comme goal, répondit son frère avec un sourire plein de fierté. L'entraîneur dit que j'ai des dons.

Ravie, elle prit Nick dans ses bras.

— Génial ! Maintenant, file sous la douche, mon chéri.

Pendant que Nick se précipitait dans la maison, elle se tourna vers Jackson.

— Je suis heureuse que tu aies insisté, dit-elle.

Lorsque Nick l'avait suppliée de signer l'autorisation exigée par le centre sportif, elle avait hésité. Et s'il venait à se blesser ? Puis Jackson étant intervenu, avec tact et gentillesse, elle avait fini par se laisser convaincre.

— Moi, je suis simplement heureux de t'avoir épousée.

Cette réponse inattendue la remplit de joie. Elle sourit à son mari et se hissa sur la pointe des pieds pour l'embrasser. Il était adorable.

A cet instant, un flash crépita.

# 10.

Surprise, elle s'écarta de Jackson, qui se plaça immédiatement devant elle pour la protéger.

Mais avant qu'il pût dire quoi que ce soit, elle le contourna. Elle faisait désormais partie de sa vie, y compris de sa vie publique, et elle était prête à assumer ses responsabilités.

— Hello ! lança-t-elle gaiement.

Son appareil photo prêt à les mitrailler encore, l'homme se trouvait à quelques mètres à peine devant eux. Elle le défia du regard tout en s'interrogeant sur la façon dont l'importun avait pu franchir la clôture de sécurité.

— Vous comptez faire paraître la photo de ce baiser ? enchaîna-t-elle sur un ton parfaitement calme.

— Eh bien, oui, répondit l'homme en tenant l'appareil comme s'il s'agissait d'un bouclier.

— A votre place, je ne ferais pas ça. Voyons, que diriez-vous de conclure un marché ?

La réputation des paparazzi était telle qu'elle ne

425

doutait pas que l'homme accepterait sa proposition. Sentant son mari fulminer à côté d'elle, elle lui donna un discret coup de coude.

— Que proposez-vous ? demanda l'individu.

— Nous coopérons pour un certain quota de photos. Et vous avez l'exclusivité sur notre couple.

Le paparazzi regarda Jackson.

— Pas mal. Vous êtes d'accord ?

— Mais vous devez me rendre cette pellicule, reprit Taylor.

— Vous ne me faites pas confiance ?

Elle eut un léger haussement d'épaules, auquel l'homme réagit par un air entendu avant de lui donner ce qu'elle demandait.

— Pourriez-vous faire en sorte que M. Santorini cesse de me fixer comme s'il allait m'étrangler ?

— Accordez-nous une minute, dit-elle en prenant Jackson par le bras pour l'entraîner un peu à l'écart.

— Mais quel marché es-tu donc en train de passer avec ce vautour ? demanda-t-il, manifestement furieux.

Elle reconnut l'éclat de la douleur dans ses yeux. Des gens de la même espèce que ce type à trois mètres d'eux l'avaient humilié et montré du doigt.

— Ou nous coopérons, ou pas. Et dans ce cas, ils auront de toute façon leurs clichés. Au moins, en coopérant, garderons-nous quelque contrôle sur l'image que le public aura de nous.

— Manipuler les médias ? Le jeu est dangereux,

remarqua Jackson, un lueur d'intérêt néanmoins dans le regard.

— Du fait de ta profession, nous ne pouvons faire autrement que d'accepter d'être régulièrement traqués. Le choix est simple : soit combattre la presse et perdre la bataille, soit l'exploiter pour mieux la contrôler.

— Que suggères-tu ?

De le voir prendre son parti l'emplit de joie. Elle sourit et tendrement, arrangea le col de sa chemise noire.

— Tu es beau, sexy et… terriblement impression-nant. Inutile de faire ces yeux-là, ce type sait très bien de quoi tu es capable. Je te demande simplement de te comporter autrement que comme un gangster de série B.

Elle eut parié qu'il se retenait d'éclater de rire.

— D'accord, marmonna-t-il.

Portant la main à ses cheveux, elle retira la barrette qui les retenait et les laissa retomber librement sur les épaules de son chemisier bleu.

— Allons-y.

Ils prirent la pose, Jackson derrière elle l'enlaçant. Le photographe commença à les mitrailler. Après une dizaine de clichés, Taylor leva la main.

— Stop.

— Avez-vous pris aussi des photos de Nick ? s'enquit alors Jackson.

Elle se figea, prise de panique. En effet, elle n'avait pas pensé à cela.

— Mouais.

— Si vous les faites publier, notre marché est rompu.

— Les gens ont envie de savoir.

— Quiconque exploitera des photos du gamin aura à faire à moi, prévint Jackson avec un calme glacial.

L'homme soupira bruyamment, mais Taylor crut comprendre qu'il était plutôt satisfait de la tournure des événements. Il continua de prendre quelques photos d'eux puis, ayant atteint son quota, il prit congé. Jackson appela aussitôt après le service de sécurité afin que soient vérifiés les systèmes d'alarme. Puis il attira Taylor contre lui et l'embrassa.

Une fois Nick couché, Taylor redescendit rejoindre son mari. Elle le trouva au bureau, en train de feuilleter un vieux magazine. Un magazine qu'elle reconnut tout de suite.

Furieuse, elle le lui arracha des mains.

— Pourquoi te fais-tu du mal ainsi ?

Ce torchon l'avait carrément désigné comme le meurtrier de Bonnie, insinuant que par sa violence, il était responsable de la dépression puis du suicide de sa femme.

Sourcils froncés, elle regarda autour d'elle. La boîte d'archives ouverte sur le bureau regorgeait de coupures de presse extraites de divers tabloïds.

— Parfois, je me demande si je n'aurais pas pu la sauver, dit-il à voix basse, comme pour lui-même.

— Voilà ma réponse, lâcha-t-elle.

S'emparant de la boîte, elle se dirigea avec détermination vers la déchiqueteuse et commença à insérer les coupures de presse entre les mâchoires de l'appareil. Ses mains tremblaient tant elle était en colère.

Dieu, comme elle haïssait Bonnie ! Cette femme avait fait tellement souffrir Jackson qu'il n'oserait certainement plus jamais aimer une femme. Non pas qu'elle veuille que l'amour vienne compliquer les choses entre eux… Le voulait-elle ? Voulait-elle que le cœur de Jackson batte pour elle ?

— Taylor, tu ignores combien…

— Est-ce toi qui l'as forcée à avaler ces satanés médicaments ? Est-ce que tu l'as poussée dans les bras de ses amants ?

Serrant les poings, elle maudit le paparazzi qui par sa seule présence avait réveillé le passé.

— Tu ne sais pas…

— Je ne sais pas quoi ? s'écria-t-elle. Je sais parfaitement en tout cas une chose. C'est moi ta femme, aujourd'hui. Pas Bonnie. Et moi, je n'ai pas l'intention de te tromper.

Il s'était levé et il la fixait, visiblement désemparé par son coup d'éclat. En bon macho, il devait être peu habitué à entendre une femme le remettre sur la bonne voie. Lui, l'homme blessé, l'homme trahi.

Taylor le dévisagea, émue.

— Cesse donc de me regarder comme si j'attentais à ton honneur et à celui de la *famiglia*, murmura-t-elle. Rassieds-toi.

A sa grande surprise, il obéit. Pour une raison qui lui échappait, il ne protesta même pas.

— Voila, c'est mieux comme ça, reprit-elle en venant s'asseoir sur ses genoux. Pourquoi es-tu toujours en colère, Jackson ?

Il glissa son bras autour de sa taille, tendrement.

Comme elle détestait quand il était en colère ! La colère le rendait froid et distant, elle l'éloignait d'elle. Et cela, elle ne le supportait pas. Il était à elle.

— Tu le sais bien, marmonna-t-il.

La vérité, c'était qu'il lui en voulait. Oui, il lui en voulait de ce marché qu'elle avait conclu avec ce salaud de photographe. Qu'est-ce que ça signifiait de marchander ainsi avec la pire racaille que l'humanité ait jamais connue ? Il était encore à vif, sa douleur intacte, son chagrin entier, et elle traitait avec ces assassins ? Il était si vulnérable encore aujourd'hui. Mille fois plus que jamais, maintenant qu'il comprenait que Taylor lui était essentielle. Maintenant qu'il était terrifié à l'idée qu'elle lui fasse endurer ce que Bonnie lui avait fait endurer.

— Dis-moi.

— Non.

Après un silence pesant, elle chercha son regard.

Il l'étreignit, fasciné par l'éclat furieux de ses yeux bleus.

— Eh bien, garde tes secrets, je m'en moque, dit-elle en relevant le menton. Tout ce que je voulais, c'était te protéger.

Le protéger, lui ?

— Ce que je suis bête de vouloir négocier avec les vautours pour éviter qu'ils ne le harcèlent. C'est vrai, de quoi je me mêle ? De toute façon...

Elle semblait prête pour une tirade qui allait les mener jusqu'au milieu de la nuit, il devait faire quelque chose. Et la seule chose qu'il trouva à faire fut de l'embrasser.

D'abord elle chercha à fuir ses lèvres.

— Non, je t'interdis de m'embrasser, Jackson Santorini. Inutile de chercher à m'amadouer. Dieu, pourquoi est-ce que je me fais autant de souci pour toi...

Jackson la fixa, amusé.

— Ma chérie, chuchota-t-il, apaisé par ses paroles protectrices. Pourquoi ce marché avec le paparazzi ?

— Pour te préserver, Jackson, dit-elle en le regardant, éplorée. Je n'ai pas même songé à Nick, imagine-toi !

— Oui.

— Je ne veux pas les laisser faire. Tourner notre histoire en quelque chose de sordide. Chacun de nos baisers est si précieux… Non, nous ne sommes pas ce qu'ils donneraient à voir de nous. Voilà pourquoi.

— Je comprends, dit-il, ému.

— Tu n'es plus fâché contre moi ?

— Non.

Elle le fixa en silence quelques secondes, puis elle se pencha et l'embrassa avant de chuchoter contre ses lèvres :

— Je ne suis pas Bonnie, Jackson, d'accord ?

Il opina. Taylor décidément n'avait rien de commun avec sa première femme.

— Excuse-moi, ma chérie.

— Tu sais l'effet que tu me fais quand tu te mets dans cet état, quand ton sang italien s'échauffe ?

Oui, il le supposait. Il détestait lui-même ce côté Mister Hyde en lui. Mais fallait-il mettre son agressivité sur le compte de ses origines italiennes ? N'était-ce pas plutôt la cruauté de son destin qui l'avait rendu amer et violent ? Et l'inhumanité des valeurs qui régissaient le monde des affaires, et le harcèlement de la presse à scandale… Il ne se cherchait pas d'excuses, mais c'était peut-être là un début de piste pour essayer d'évoluer. Pour Taylor, pour lui. Pour tous les deux.

Mais quand il voulut embrasser sa femme, elle le repoussa encore, le fixant avec gravité.

— Qu'est-ce qu'elle t'a donc fait ? demanda-t-elle.

Il comprit tout de suite à qui elle faisait allusion.

— Tout le monde sait ce qui s'est passé, répondit-il avec un haussement d'épaules.

La douleur de l'humiliation demeurait encore vive. Taylor secoua la tête.

— Non, Jackson. Il y a autre chose. Quelque chose de terrible, il me semble, et que la presse n'a pas découvert.

Il ferma les yeux et soupira.

— Je n'ai pas envie d'en parler.

— Je ne peux t'y obliger, dit-elle en effleurant tendrement sa joue. Mais je ferai tout pour que ce mariage fonctionne, Jackson. Et pour cela, j'ai besoin de savoir.

Il hésita une seule petite seconde.

— Bonnie était enceinte de notre bébé lorsqu'elle a avalé ces médicaments.

Silence.

— Oh, quel monstre ! dit Taylor entre ses dents, soudain au bord des larmes.

Il ne se formalisa pas de cette réaction. Taylor avait en elle un réel instinct maternel.

— Oui, remarqua-t-il, c'est ce qu'elle était devenue vers la fin.

— Je comprends mieux maintenant, reprit-elle, les yeux brillant de larmes contenues. Laisse-moi t'aider, Jackson. Renonce à ce satané caractère de macho. Je sais que tu souffres. J'ai tant de tendresse à te donner.

Il la serra contre lui.

— Avec toi, je reprends confiance.

Taylor se leva et prit sa main. Il s'en remit totalement à elle, la laissa le guider jusqu'à la chambre et lui faire l'amour avec une tendresse qui le vida de toute rancœur, de toute haine, de toute peur. Il s'endormit entre ses bras, bercé par les mots d'amour qu'elle chuchotait à son oreille.

Il se réveilla au milieu de la nuit, encore troublé par l'émotion que Taylor avait éveillée en lui. A force de douceur, elle était venue à bout de son état de colère permanent.

Il était à elle.

Après son expérience avec Bonnie, il n'imaginait pas pouvoir éprouver un jour ce sentiment d'abandon auprès d'une femme. Curieusement, ce qu'il ressentait aujourd'hui pour Taylor le rendait plus fort. C'était comme s'il retrouvait le pouvoir de s'élever, de vivre. C'était merveilleux, il lui devait tant. Oh oui ! A son tour, se promit-il, il lui apprendrait le pouvoir magique de l'amour.

Lorsque les journaux furent livrés, Taylor était déjà levée.

Jackson prenait sa douche et Nick dormait encore. Soucieuse de préserver son mari, elle feuilleta fébrilement les quotidiens pour découvrir leurs photos.

Un long moment, elle resta debout, le journal à la

434

main, stupéfaite. Elle s'était attendue à voir un Jackson l'air grognon, à la rigueur indifférent ou méprisant. Eh bien, non ! Le photographe l'avait en réalité surpris alors qu'il la regardait, elle. Et quelque chose dans ce regard lui coupait littéralement le souffle.

— Qu'est-ce que c'est ? lança Nick, surgissant dans la pièce en pyjama. Waoh ! Jackson a l'air de t'aimer beaucoup, dis donc !

Elle le regarda, radieuse, et l'embrassa sur la joue.

— Euh, oui, je crois…

Comme elle voulait y croire ! Croire que ce regard tendre et protecteur signifiait que… Oh, quelle incorrigible romantique elle faisait ! Qu'allait-elle imaginer ?

— Que regardez-vous ? s'enquit Jackson qui venait à son tour de paraître.

Vêtu d'un costume gris ardoise et d'une chemise blanche au col ouvert, il vint derrière elle.

Un courant chaud et sensuel la traversa, réminiscence de leur nuit. Jackson s'était entièrement défait pendant cette nuit de ses prétentions machistes, s'abandonnant à elle avec confiance et douceur. Pour un homme si autoritaire, si dominateur, c'était là une marque de…

Il avait révélé une sensibilité qui la forçait à s'interroger : Jackson lui avait accordé sa confiance en dépit de toutes les trahisons qui avaient émaillé son passé. Et elle, était-elle capable d'en faire autant, ou resterait-elle à jamais condamnée à ne pouvoir s'engager, s'engager vraiment, auprès de quiconque ?

Elle le regarda ébouriffer les cheveux de Nick, puis il l'enlaça et chuchota à son oreille :

— Bonjour, ma femme.

— Bonjour, mon mari, répondit-elle, s'arrachant à ses pensées.

Il lui prit doucement le journal des mains.

— Eh bien, dit-il légèrement, il ne semble rien y avoir de trop préjudiciable là-dedans.

Nick avait disparu du côté de la cuisine.

— Tu as remarqué ? lança-t-elle sur le même ton léger. Ils parlent de moi comme de ta délicieuse nouvelle épouse…

Il ne releva pas, et elle se dit qu'elle avait dû rêver en trouvant dans l'expression de Jackson sur la photo quelque chose qui ressemblait à de l'amour. Déçue, elle se renfrogna.

Il glissa à cet instant ses mains sous son peignoir.

— J'ai une réunion très importante que je ne puis remettre, chuchota-t-il en effleurant son cou de ses lèvres.

— Tsst, protesta-t-elle en tressaillant à sa caresse. Tu veux du café ?

— Je te veux toi.

Elle le fixa, et l'espace d'un instant ils se dévisagèrent avec une gravité nouvelle. Puis il retira ses mains.

— Café ! lança-t-elle en s'éloignant.

**\*
\*\***

436

Taylor occupa l'essentiel de sa journée à finaliser l'organisation de la réception. Une fois qu'elle eut fini, elle décida de téléphoner à ses camarades secrétaires préférées pour les convier à un genre de fête bien différent.

— Une fête chez Jackson Santorini ? s'exclama Tina Feld. Tu es sûre qu'on laissera entrer des nanas de notre genre ?

— Il a épousé l'une de nous, ma chérie !

— Oh ! mais toi, c'est autre chose. Tu as la classe... Bon, je viendrai à ton barbecue avec grand plaisir, Taylor. Bye !

— Bye, Tina.

Après avoir raccroché, une vague inquiétude s'insinua dans son esprit.

Elle n'était pas chez elle. Pas vraiment, en tout cas. Elle profitait de la maison de Jackson parce qu'elle avait conclu un marché avec lui. Rien dans ce marché ne disait qu'elle jouissait des mêmes droits qu'une épouse normale. Mal à l'aise, elle composa le numéro du bureau de Jackson.

— Ma chérie ? répondit celui-ci d'une voix douce et chaude.

— Jackson, j'aimerais inviter quelques amies, y compris des gens de cinéma, à un barbecue juste après notre réception...

Pas de réponse.

— C'est d'accord ?

— Des... amis ?

Elle fronça les sourcils au ton inhabituel de sa voix.

— Oui, en majorité des secrétaires intérimaires comme moi.

— Alors, ils sont les bienvenus chez nous. Tes copines ne vont pas me lyncher, j'espère ?

Oh, c'était cela qui le tracassait ! comprit-elle, soulagée.

— Certainement pas, je te protégerai !

— Alors, pas de problème.

Cet homme, *son homme*, cachait un cœur d'or. Un cœur d'une sensibilité qu'elle n'aurait jamais cru possible chez un homme !

— Super. Des nouvelles de Lance ?

— Il semblerait qu'il soit sur le point de retirer sa plainte. Je te tiens au courant, bien sûr.

Longtemps après ce coup de fil, elle pensa et repensa encore à l'écho de sa voix.


Assis à son bureau, Jackson tentait d'y voir un peu plus clair dans ses émotions.

Une partie de lui-même était en proie à une jalousie irrationnelle envers ces gens pour lesquels Taylor éprouvait de l'amitié. Il avait décidé de conclure un marché avec elle, et à la vérité il ne regrettait pas son choix. Elle se montrait protectrice, tendre et sexy...

Après tout, c'était son problème s'il avait espéré quelque chose de plus. Quelque chose qui semblait décidément le fuir.

Que dirait-elle si elle venait à découvrir que l'impressionnant, le tout-puissant Jackson Santorini ne rêvait que d'une chose : lui offrir son cœur, si seulement elle voulait bien de son amour et lui donner le sien en retour ? Que disparaissent à jamais ces fantômes qui la hantaient, que lui soit enfin libéré de sa malédiction, et que tous deux enfin puissent connaître le bonheur.

Il soupira.

Il en était convaincu, sa femme n'avait pas pensé un seul instant que ce mariage pût être aussi celui de l'amour. Tout l'amour dont Taylor était capable était réservé à Nick. Selon elle, personne n'était assez digne de confiance sur cette terre pour avoir le droit de s'immiscer entre son frère et elle. Pourtant, si le père de Nick avait trahi son affection, lui savait ce qu'était l'enfance d'un petit garçon mal aimé et solitaire. Et il ne souhaitait cela à personne.

Avant qu'il rencontre Taylor, il pensait que l'amour n'était qu'une illusion, un sentiment volatile entre des êtres volages. Il suffisait qu'il regarde ses parents, ses frères, sa sœur. Amoureux de quelqu'un d'autre tous les mois et abonnés au bureau des divorces et séparations.

Après tout, il avait de la chance : aujourd'hui, il avait recréé une famille, et tous trois s'entendaient à merveille. Nick l'adorait et c'était réciproque. Il devait faire en sorte que ce bonheur-là dure, plutôt que de chercher à obtenir de Taylor un amour qu'elle ne pouvait lui donner.

En revanche, il devait faire en sorte qu'elle ne le quitte jamais, car il n'y survivrait pas. Un enfant. Oui, un enfant l'attacherait à lui pour toujours. Il devait la mettre enceinte sans tarder.

Ce soir-là, Taylor se brossait devant le miroir de la salle de bains.

Elle tournait le dos à Jackson qui, allongé sur leur lit, bras repliés derrière la tête et vêtu seulement d'un boxer, ne perdait aucun de ses gestes. Etait-ce la soie de son déshabillé qui le fascinait ainsi ?

— A quoi penses-tu donc aussi intensément ? lança-t-elle en capturant son regard dans le miroir.

— Hmm... Lance Hegerty a retiré sa plainte. J'en ai eu la confirmation vers 17 heures. Je lui ai également conseillé de ne pas s'opposer à l'adoption de Nick. Hegerty tient plus à son argent qu'à son fils, j'ai l'impression.

— Oh, Jackson ! C'est merveilleux. Merci, merci !

Elle fit volte-face, prête à courir dans ses bras. Mais lorsqu'elle surprit son expression, elle se ravisa.

— Qu'y a-t-il ? s'enquit-elle, sur le qui-vive.

440

— Le problème est réglé de ce côté, mais… — Il la fixa, ses yeux plus noirs que jamais. — Je voudrais que tu… ne prennes pas la pilule.

— Oh, je… Pourquoi ne pas attendre encore un peu ?

Le matin même, elle avait prévu de voir sa gynécologue.

— Je ne veux t'obliger à rien, bien évidemment, expliqua-t-il d'une voix calme. Dis-moi seulement une chose. Crois-tu, euh… Envisages-tu de porter un jour notre enfant ?

— Je… A vrai dire, je n'y ai pas encore sérieusement réfléchi, dit-elle, prise de panique.

Si elle venait à avoir un bébé de Jackson, elle savait qu'elle serait exposée, vulnérable. Cet enfant deviendrait son point faible. Elle serait liée à son mari de manière définitive, sans espoir de pouvoir lui échapper. Jackson ne renoncerait jamais à son droit de voir grandir son enfant jour après jour, et elle pas plus. Pire encore, d'avoir conçu une vie ensemble les lierait sur le plan émotionnel, au point qu'elle serait à jamais incapable de quitter Jackson. Et l'idée d'aimer un homme la terrorisait.

— Quand souhaites-tu avoir un enfant ?

— Bientôt, répondit Jackson en croisant son regard. Cet enfant sera en sécurité sur le plan affectif comme matériel, je peux te l'assurer.

— Je sais.

441

Cela faisait partie de leur marché. Et il était en droit d'attendre qu'elle respecte son engagement, maintenant que lui avait fait ce qu'il fallait de son côté à propos de Lance. Bien sûr, il avait promis de se montrer patient. Si elle prétendait ne pas être prête, il ne dissoudrait pas pour autant leur mariage aussitôt. Elle avait encore quelques mois devant elle avant le terme de cette année fatidique.

Un enfant.

Depuis toujours, lorsqu'elle pensait à la maternité, elle se disait que c'était là un bonheur qu'il ne lui serait pas donné de connaître. Il en fallait de la confiance, pour faire un enfant avec un homme ! Et quelle souffrance, quel désespoir quand il s'avérait que cette confiance était trompée !

Elle se détourna et s'accrocha au bord du lavabo, les mains tremblantes.

Heureusement, jamais elle ne ferait suffisamment confiance à un homme pour éprouver ce genre de désespoir. Mais… Jackson. Il n'était pas comme les autres. Il la comprenait au point qu'il évoquait la sécurité dont cet enfant bénéficierait. La sécurité financière. *L'argent.*

Prenant soudain conscience de la teneur de ses paroles, elle s'assit sur le tabouret à côté d'elle, sous le choc.

Son mari essayait de l'acheter pour qu'elle lui donne un bébé ! Comme il l'avait achetée pour qu'elle devienne

442

sa femme. Dans le premier cas, il avait mis la sécurité de Nick dans la balance. Ce soir, il évoquait celle de l'enfant qu'ils auraient ensemble. S'il l'avait emmenée dans ce palace sous les tropiques, c'était aussi pour l'acheter, comprenait-elle. L'acheter sexuellement !

Oh, peut-être n'agissait-il pas consciemment, mais aujourd'hui elle voyait clair dans son comportement. Oui, tout s'expliquait. Comme ce délicieux collier de diamants que le plus chic des bijoutiers de la ville était venu lui présenter dans la journée en prévision de la réception.

Brusquement, elle comprenait ce que cachaient les silences douloureux de son mari : Jackson n'attendait rien de personne sans qu'il se sentît obligé de promettre quelque chose en échange. Il n'attendait pas plus qu'on lui montrât de l'amour sans payer pour cela. Elle avait été si égoïste. Et lui, il l'avait laissée profiter de ce bonheur si nouveau pour elle…

Oui, bien sûr, tout cela était logique, légitime. Il avait eu une enfance malheureuse, ballottée de nounou en nounou dont l'affection était monnayée par des parents richissimes et absents.

Elle sentit les larmes lui brûler les yeux. Respirant profondément, elle serra les poings.

Si elle venait à porter l'enfant de Jackson, elle serait alors terriblement vulnérable. Mais d'un autre côté, elle savait qu'il était en même temps le seul homme avec lequel elle pût concevoir un tel acte de confiance. Que faire ? Ne jamais porter d'enfant, ne jamais connaître cette joie, ne jamais donner à Nick le bonheur de jouer les grands frères ? Et, plus important que tout, ne jamais offrir à son mari l'enfant dont il avait un besoin vital pour oublier la cruauté de Bonnie ?

Jamais Jackson ne la trahirait, elle le savait. En dépit des frasques de sa première épouse, il lui était resté fidèle. Jamais non plus il n'abuserait d'elle. Et s'ils devaient se séparer, il avait trop d'honneur pour la laisser sans rien. Tout cela, elle en avait l'intime conviction.

Elle se renfrogna. Si leur mariage ne durait pas, ni lui ni elle ne seraient à blâmer.

Mais pourquoi cette pensée ? Une petite flamme vacilla dans son cœur.

Jackson lui aussi cherchait désespérément à être heureux. Il croyait fermement en la notion d'engagement, en celle de famille. Oui, il serait toujours auprès d'elle, à moins qu'elle ne lui donne une raison de la quitter. Ce qu'elle n'envisageait même pas.

Elle était à lui. Il était à elle.

# 11.

Lorsque Taylor s'enferma dans la salle de bains, Jackson resta allongé, immobile dans la semi-obscurité de la chambre. Cette femme qu'il avait entourée de tendresse et d'amour se cachait de lui. Comme s'il était un monstre. Toujours ce même reproche que lui faisait Bonnie.

Une douleur fulgurante lui déchira le cœur.

Les termes de leur marché étaient clairs : un enfant dans l'année ou la séparation. Balivernes. Jamais il ne pourrait la laisser s'en aller. Même si pour cela il devait renoncer à être père. Car à l'évidence, sa femme ne lui ferait jamais ce cadeau. Il n'avait pas le droit de lui faire de reproches, et pourtant, bon sang, ce n'était pas l'envie qui lui manquait ! Il l'adorait, il chérirait leur enfant comme il chérissait Nick… Mais apparemment, elle n'était pas animée du besoin de créer entre eux d'autres liens que ceux qui les unissaient déjà.

Il sourit, amer. En réalité, que partageaient-ils ? Ils n'étaient somme toute unis que par ce satané marché.

Malheureusement pour elle, il ressemblait à son grand-père Josef. Il avait fait son choix : Taylor. Et son cœur était trop passionné, trop entier pour renoncer à elle. Non, il n'avait pas dit son dernier mot. Il se battrait, jusqu'à ce qu'elle accepte de lui faire confiance, définitivement. Les Santorini pouvaient être des maris adorables, mais ils savaient aussi se montrer redoutables.

La porte de la salle de bains s'ouvrit.

Clignant des yeux, il ravala son chagrin et se reprit. Cela ne valait rien de laisser voir sa vulnérabilité. Il avait déjà commis cette erreur avec Bonnie, et elle l'avait piétiné.

Taylor approcha et vint s'asseoir sur le lit.

— Je dois te dire quelque chose, chuchota-t-elle en posant une main sur son torse.

— Oui, je sais, répondit-il en s'efforçant de dissimuler sa tristesse.

— Non, tu ne sais rien. Ecoute-moi.

Dans la pénombre, elle lui souriait. Emu par la tendresse de son expression, il tendit la main et effleura sa joue. Cette femme avait le pouvoir de le faire souffrir mille fois plus que Bonnie ne l'avait jamais eu.

— Je t'écoute, ma chérie.

Elle prit sa main dans la sienne, la serra à la broyer.

— J'ai peur d'avoir un enfant. Pas physiquement, mais à cause de l'état de vulnérabilité dans lequel cela me mettra.

446

— A cause de ta mère, dit-il, comprenant tout de suite ce qu'elle voulait dire.

— Oui, enchaîna-t-elle. Je ne peux pas oublier le cauchemar qu'a été sa vie, à cause de la confiance qu'elle accordait aux hommes. Tout cela est si vif dans ma mémoire.

Jackson avala sa salive avec difficulté. Il était écartelé, littéralement écartelé. Entre son envie de la protéger et son besoin d'exaucer le plus cher de ses rêves, celui d'être père. Un choix s'imposait néanmoins.

— Je comprends, ma chérie. Et puis, nous avons Nick.

Elle lui avait donné un fils, après tout. Cela devrait lui suffire.

Les yeux emplis de larmes, elle secoua la tête.

— Non, il ne faut pas dire cela. Comme je me déteste d'avoir si peur, Jackson ! Je me sens prisonnière. Pourtant, je ne suis pas Helena, et vous n'êtes pas Lance. Nous sommes plus forts qu'eux !

— Oui, dit-il, fasciné par sa lucidité.

Il n'était pas au bout de ses surprises.

— Tu m'as appris à faire l'amour sans crainte. Accepterais-tu de m'apprendre à passer par-dessus la terreur d'avoir un enfant ?

Profondément ému, il ne répondit pas tout de suite.

— Comment ? souffla-t-il enfin. Comment, ma chérie ?

— En me prenant dans tes bras, en me parlant, en étant là, tout simplement, dit-elle à voix basse.

Il lui ouvrit les bras, et lorsqu'elle vint se blottir contre lui, il murmura :

— Je serai toujours près de toi, ma chérie, toujours.

— Ne m'abandonne jamais, Jackson, ni moi ni notre enfant, chuchota-t-elle en essuyant ses larmes.

Pour la première fois, il prit réellement conscience de l'étendue de sa souffrance. Abandonnée non seulement par son père biologique, mais aussi par son beau-père. Oui, Taylor avait enduré une solitude au moins aussi intense que celle du petit garçon riche envoyé en pension à l'âge de cinq ans.

— Sur le nom que tu portes, Taylor Santorini, je te promets de ne jamais t'abandonner, ni toi ni notre enfant.

Paroles simples, mais dans lesquelles il mit tout son cœur.

Elle sourit tristement.

— Je te crois.

Il effaça ses larmes, bouleversé par le nouveau degré de confiance qu'elle lui témoignait. Il en fallait du courage pour lutter contre les leçons du passé. Oui, un sacré courage !

— Prends-moi dans tes bras, Jackson…

Toute la nuit il la berça, toute la nuit il lui chuchota des mots tendres.

448

Taylor avait appris très jeune à ne compter que sur elle-même et à n'avoir jamais besoin de personne. Mais aujourd'hui, Jackson lui était indispensable. Et, chose merveilleuse, il était toujours là pour elle. Comme en cet instant.

A quelques minutes de recevoir leurs invités, il l'enlaça avec tendresse.

— Vous êtes ravissante, madame Santorini, dit-il en promenant ses mains sur elle. Que diriez-vous d'arriver en retard à la réception ?

— Vous n'êtes pas mal non plus, répondit-elle en riant. Attention, je ne veux pas voir une seule blonde vous tourner autour !

Il sourit, ému. Il aimait être à elle.

— Je voulais te remercier, ma chérie, pour ces nuits d'amour. Tes lèvres…

— Chut ! ordonna-t-elle en posant ses lèvres sur les siennes.

Elle n'avait pas encore vaincu toutes ses peurs, mais nuit après nuit elle devenait plus forte, plus femme. Pour lui.

— Nick était content d'aller passer le week-end chez son camarade. Je crois que l'idée d'une fête de « vieux » ne l'excitait pas vraiment.

— Moi, je te trouve follement excitant, susurra-t-elle à son oreille, provocante.

— Prenez garde, madame Santorini, ne me tentez

pas, la sermonna-t-il gentiment. Allons donc recevoir nos invités.

Souhaitant créer une atmosphère intime, Taylor avait certes recouru aux services d'un traiteur mais limité le nombre de serviteurs à deux seulement. Vêtus avec élégance et sobriété, les deux hommes étaient arrivés une heure auparavant et se tenaient maintenant prêts à remplir leur office. L'un se tenait au garde-à-vous devant le bar dressé dans un coin du salon tandis que son collègue se préparait à servir les petits fours.

— Merci, dit Taylor après avoir goûté un canapé au saumon, fleur de sel et caviar. C'est délicieux, je suis ravie.

Les deux hommes s'inclinèrent. Une seconde plus tard, la sonnette retentit.

— C'est parti, dit Jackson en lui tendant le bras.

Elle se serra contre lui, respira profondément, et le laissa la guider jusqu'à la porte.

En faction au portail principal de la propriété, le service de sécurité était chargé de vérifier l'identité des invités, qui venaient ensuite garer leur véhicule devant l'entrée de la maison.

— Ensemble, dit Jackson en cherchant son regard avant d'ouvrir la porte.

— Ensemble, répondit-elle en nouant ses doigts aux siens.

Et elle afficha son sourire le plus enjôleur.

D'abord, les invités se montrèrent un peu distants,

l'observant lui semblait-il comme s'ils s'attendaient à trouver une réplique de Bonnie. Puis, au bout de quelques minutes, elle remarqua qu'ils se détendaient, notamment grâce à l'attention pleine de chaleur que leur manifestait son adorable mari, prévenant, chaleureux, rieur.

— C'est la première fois que je vois Jackson comme ça, lui confia Temple Givens, la célèbre scénariste. Quelle pilule miracle lui avez-vous donnée ?

Taylor sourit à la jeune femme. Toutes deux avaient immédiatement sympathisé.

— C'est moi, sa pilule miracle, plaisanta-t-elle, assez fort pour que Jackson, qui passait près d'elles, puisse l'entendre.

Il se retourna alors et lança à la cantonade :

— Et vous valez toutes les pilules du monde, ma chérie !

Temple resta un instant bouche bée, tandis que d'autres convives éclataient de rire.

En réalité, les invités semblaient stupéfaits de la complicité évidente qui les liait tous les deux, comme de la tendresse que son mari lui manifesta tout au long de la soirée. Ils s'appartenaient l'un à l'autre à la face du monde. La soirée s'écoula, chaleureuse, et quand ils prirent congé, nombre des invités les invitèrent à de prochaines réceptions chez eux.

— Un vrai succès ! Bravo, ma petite femme

adorée, chuchota Jackson à son oreille lorsque tout fut terminé.

Il fut déshabillé en moins de dix secondes et bondit dans le lit pour se blottir contre elle, moment d'intimité qu'elle affectionnait particulièrement. Comme tous ceux qu'elle passait en compagnie de Jackson, à vrai dire.

Malgré la nervosité qu'elle ressentait à l'idée de concevoir un enfant avec lui, elle sentit poindre aussitôt ce trouble délicieux qu'il avait le pouvoir d'éveiller en elle.

— Merci, cher ange, répondit-elle avant de fermer les yeux, gémissant sous la chaleur de ses mains, la douceur de ses lèvres.

Les jours suivants, Taylor reçut plusieurs appels la remerciant chaleureusement de la soirée charmante organisée par ses soins. Puis des cadeaux commencèrent à arriver, cadeaux de noce légèrement à retardement.

— Je crois que nous nous sommes faits des amis, dit-elle à Jackson ce soir-là.

Revêtu simplement d'un short noir moulant frappé de deux bandes blanches sur les côtés, il était occupé à mettre un peu d'ordre dans la chambre, tandis qu'elle était assise dans le lit, un livre à la main. Inutile de préciser qu'avec son mari en train d'aller et venir sous ses yeux dans cette tenue légère, elle n'avait pas avancé d'une page.

— C'est grâce à toi et à toi seule, dit-il en effectuant une révérence comme devant une reine. Vous êtes si délicieuse, madame, que personne ne peut résister à votre charme.

Elle rit et lui envoya un oreiller à la tête.

— Incorrigible charmeur ! Tu n'as pas besoin de me séduire, don Juan. Je suis déjà à toi.

Jackson attrapa l'oreiller puis se glissa à côté d'elle, ses yeux noirs brillant d'un éclat qui la fit frissonner par anticipation. Sa passion pour lui prenait à chaque nouvelle étreinte plus d'ampleur. Une dimension qu'elle ne soupçonnait même pas autrefois, lorsqu'elle se laissait aller à rêver d'intimité avec un homme.

Il caressa sa joue, plongea son regard dans le sien, puis soudain une étincelle pleine de malice illumina ses yeux.

— Je ne t'intéresse pas ? Dans ce cas, je vais faire un peu d'exercice.

Aussitôt, elle se redressa et le fixa. De la gym ? Depuis le temps qu'elle rêvait de le regarder en plein effort ! Il rit en voyant sa réaction puis il sauta hors du lit, lançant juste avant de quitter la chambre, sur un ton mystérieux :

— Si cela te dit ?

Au grand désappointement de Jackson, Taylor ne courut pas après lui. Peut-être commençait-elle à se lasser de son corps ? se demanda-t-il, le ventre noué.

Tel un automate, il commença les échauffements, perdu dans ses pensées. Quelques minutes plus tard, il entendit la porte de la salle de gym se refermer doucement. Tournant la tête, il aperçut Taylor assise sur la dernière marche de l'escalier, une carafe d'eau posée à côté d'elle et un verre à la main.

— Pour moi ? demanda-t-il en désignant la carafe.

— Oh, certainement pas. Pour moi... Je crois que j'en aurai grand besoin.

Il se détourna et commença à attraper les haltères pour une série d'exercices. Une minute plus tard, il en laissait échapper une. Jamais il n'avait fait preuve d'une telle maladresse ! Et il transpirait comme après une heure d'exercice intense.

Baissant subitement les bras, il soupira.

— Quelque chose ne va pas ? demanda Taylor.

— Non, non. J'ai juste besoin de me concentrer, répondit-il alors que son corps le suppliait d'autre chose que de le soumettre à la torture d'une séance de musculation.

Il tressaillit en sentant une main glisser sur son ventre nu.

— Peut-être pourrais-je t'être utile ? demanda alors Taylor, la voix câline.

454

Faisant volte-face, il la fixa, puis la prit dans ses bras.

— Je ne comprends pas, avoua-t-il. Je sens en moi une énergie phénoménale. Habituellement, dans ces cas-là, la musculation m'apaise, mais aujourd'hui…

— Peut-être l'heure est-elle venue de canaliser ton énergie autrement ? Dans quelque chose de plus… de plus constructif ?

— C'est-à-dire ?

— Jackson, je crois que je suis prête.

Comprenant aussitôt ce qu'elle voulait dire, il se trouva incapable de la moindre réaction. Quelques secondes lui furent nécessaires pour recouvrer le souffle et la parole.

— En es-tu certaine ? N'est-ce pas un peu tôt ? demanda-t-il, submergé par l'émotion.

— Tu es le seul homme avec lequel je peux imaginer prendre ce risque. Et à présent, je sens que le moment est venu.

Un accès de passion s'abattit à cette seconde sur lui, le disputant à l'émotion. Il sut alors que tout cet attirail qui l'entourait — haltères, rameurs et punching-ball — n'avait servi qu'à une chose. A évacuer sa haine. Haine de son enfance, de Bonnie, des paparazzi. Et aujourd'hui, il regardait tout cela sans comprendre, ou presque. Il lui semblait que toute haine avait disparu en lui, remplacée par l'amour. Oui, il en avait fini de

455

se battre, de suer sang et eau pour essayer de survivre. Il avait trouvé une vraie raison de vivre.

— Merci, merci, ma chérie, chuchota-t-il, ému jusqu'au plus profond de son être.

— Pour être tout à fait honnête, Jackson, il semblerait que quelque chose dans mon corps se soit dénoué avant même que consciemment je prenne ma décision.

— Tu veux dire…

— Je pense que ce sera un *bambino*, chuchota-t-elle, les yeux baissés.

— Un… un *bambino* ?

— Oui ! Je sens qu'il est déjà en route.

Fermant les yeux, Jackson prit le temps de dérouler et de dérouler encore la phrase dans sa tête. Les mots résonnaient, chantants, musique du bonheur, symphonie magique de l'amour, de la vie. Recouvrant ses esprits, il regarda sa femme, puis il se mit à rire en la soulevant de terre. A rire encore et encore.

Et Taylor l'imita.

# 12.

Deux semaines plus tard, Taylor eut la confirmation de son intuition. Elle attendait bien un bébé. Debout devant Jackson, assis dans son fauteuil, elle nota l'étincelle qui illumina ses yeux noirs à cette nouvelle.

— Un enfant ! chuchota-t-il en posant ses mains sur ses hanches. Notre enfant.

— Oui, je porte notre enfant, répéta-t-elle, s'étonnant elle-même de la facilité avec laquelle elle prononçait ces mots tant redoutés.

— Viens près de moi, ma chérie.

Elle se blottit entre ses bras et tous deux restèrent ainsi un long moment l'un contre l'autre, silencieux, prenant conscience de l'événement.

Elle se sentait le cœur empli d'une tendresse souveraine quand, soudain, telle une onde de choc, la terreur la rattrapa. Le spectre hideux de la menace troubla son regard. L'écho odieux du désespoir lui noua la gorge.

Elle ravala une plainte. Le combat n'était pas fini.

A l'image de Jackson, Nick ne dissimula pas sa joie à l'annonce de la nouvelle.

— Oh ! Un bébé ? Super cool ! s'exclama-t-il en dansant sur place.

Mais l'instant d'après, son visage s'assombrit. Il les regarda tour à tour, l'air paniqué.

Taylor fronça les sourcils, inquiète, mais heureusement Jackson comprit au quart de tour l'angoisse subite de son frère.

— Ne te bile pas, Nick. Les formalités d'adoption sont achevées. Tu es mon fils aîné.

Celui-ci se jeta alors au cou de Jackson, avant de s'écarter promptement pour lui serrer la main de manière plus virile.

Au bord des larmes, elle remercia le ciel que son mari ait su nouer avec Nick des relations affectueuses autant que complices. Elle attendit que le garçon soit sorti pour laisser couler ses larmes.

— Il va me manquer pendant ce séjour au centre sportif, soupira-t-elle en pensant au petit garçon en train de devenir un adolescent.

— Allons, cela ne dure que quelques jours, la consola Jackson en la serrant contre lui.

— Il sera bientôt un homme, que deviendrai-je alors ?

Déposant un baiser sur son front, son mari se mit à rire joyeusement.

458

— Tu pourras t'occuper de nos quatre enfants, suggéra-t-il.

— Quatre ? s'exclama-t-elle. Commençons déjà par le premier.

— Rien n'interdit de rêver.

Elle se pressa contre lui, s'enivrant de son parfum.

— Je suis impatiente d'être à demain. Nick est si heureux de revoir Mme Willis. Et elle l'adore.

— Nous le déposerons chez elle en nous rendant au théâtre. Mais je tiens à ce qu'il soit présent pour la première de notre prochain film, dans trois mois. Toutes les familles de la société sont conviées.

Elle sourit, reconnaissante à Jackson de tenir compte de son frère.

— Il sera enchanté de venir. Y aura-t-il une projection comme la dernière fois ?

La précédente soirée de Nick parmi les personnalités les plus en vue du cinéma international avait été pour lui un conte de fées de bout en bout... Excepté la projection du film, une œuvre d'art et d'essai qui l'avait plongé dans un état de profonde léthargie.

— Je te rassure, dit-il en riant. Il s'agit cette fois d'un film d'action qui devrait faire un tabac.

— Je te fais confiance. Tu as beaucoup de goût, Jackson Santorini.

— Tu en es la preuve éclatante, renchérit-il avant de baisser la voix. Dis-moi, Nick fait ses devoirs à côté, ne veux-tu pas monter avec moi ? J'aimerais avoir une… discussion avec toi.

Absolument pas dupe de la manœuvre, elle fit néanmoins l'innocente.

Sitôt dans leur chambre, Jackson s'agenouilla devant Taylor et la déshabilla.

Jour après jour, il l'aimait physiquement avec une passion toujours plus vive à laquelle elle s'abandonnait, de plus en plus voluptueuse, de plus en plus hardie. Il avait gagné sa confiance sur un plan sexuel, mais il demeurait insatisfait. Il voulait maintenant son amour.

Mais l'amour n'entrait pas dans leur marché.

Presque deux semaines plus tard, un vendredi matin, Taylor finit d'arranger le col de Nick avant de l'embrasser sur les deux joues.

— J'espère que tu vas bien t'amuser au centre sportif.

— Sûr ! répondit son frère, tout sourires.

Puis il s'éloigna en courant avec un geste de la main et bondit dans le minibus, dont l'entraîneur, une armoire à glace, referma bruyamment la portière.

— Tout se passera bien, dit Jackson en regardant sa montre. Au cas où, je lui ai donné un téléphone portable. Bon, j'ai une réunion à 10 heures, chérie, ajouta-t-il avant de l'embrasser. Pense à moi, ma petite femme.

— Je ne suis plus petite depuis longtemps !

Elle avait parlé sur un ton exagérément léger pour masquer l'anxiété qui la rongeait.

Une angoisse irrépressible. Une menace dont elle pressentait l'imminence sans savoir en quoi consistait le cataclysme annoncé.

— Pour moi, tu resteras toujours ma petite femme chérie, dit-il, caressant sa joue.

Comme elle avait besoin de ses bras autour d'elle ! Elle aurait tout donné pour qu'il renonce à partir travailler ce matin. Ravalant son angoisse, elle arbora néanmoins un large sourire et fit comme si de rien n'était.

Sitôt la voiture de Jackson hors de vue cependant, elle cessa de sourire. Qu'est-ce qui clochait, chez elle ? se demanda-t-elle avec lassitude.

Le début de sa grossesse se passait sans réel problème. Excepté les nausées qui venaient la perturber, des nausées violentes qui la laissaient K.O.

Deux heures s'écoulèrent qu'elle passa au lit, écrasée de fatigue, quand subitement une douleur fulgurante la plia en deux. Pendant le quart d'heure suivant, son état ne s'améliora pas. Pressentant un problème, elle composa le numéro du bureau de Jackson.

— Il est en conférence, expliqua Naomi, la nouvelle secrétaire. Je peux le joindre et…

— Non, chuchota-t-elle alors qu'une nouvelle crampe la déchirait. Dites-lui simplement de… rentrer après sa conférence, voulez-vous ?

— Pas avant deux bonnes heures.

— D'accord.

Sans doute serait-il agacé de devoir rentrer en milieu de journée avec toute sa charge de travail, se dit-elle, désemparée. Autant essayer de se reposer un peu.

Une demi-heure passa, à peu près paisible, lorsqu'elle rouvrit les yeux avec un sentiment de désarroi et de vide intense.

Elle baissa les yeux. Une tache d'un rouge presque noir maculait les draps bleu ciel.

Horrifiée, elle ouvrit la bouche sans pouvoir crier. Elle sut à cet instant qu'elle avait perdu le bébé. Leur bébé. Non, non ! Elle s'agenouilla sur le lit, mains crispées sur son ventre. Oh, Jackson ! Comment allait-il réagir ? Elle avait perdu leur bébé. Elle avait tout gâché. Cet enfant auquel son mari tenait tant, ce terme de leur marché… Tout était fini. Il allait la détester comme il avait détesté Bonnie. Comme Bonnie, elle avait tué l'enfant de son mari.

Dans le silence assourdissant de la chambre, elle se mit à pleurer.


Jackson prit avec agacement l'interruption de Naomi pendant la conférence, mais quand sa secrétaire lui eut résumé l'appel de Taylor, il quitta sur-le-champ ses collaborateurs pour téléphoner à la maison. Pas de réponse.

Inquiet, il fonça jusqu'à sa voiture. Une fois à la

maison, il cria le nom de sa femme. Un silence mortel lui répondit.

La gorge nouée, le cœur battant à tout rompre, il fonça à l'étage, et là, il vit le lit.

Tout de suite, il comprit que cette tache sur les draps annonçait un malheur. Puis un bruit lui parvint de la salle de bains. Taylor se tenait près du lavabo, cheveux trempés, livide, un drap de bain passé autour de ses épaules.

Il serra les dents.

— Le bébé... J'ai perdu le bébé.

— Perdu ?

Il ne put s'empêcher à cet instant de penser à Bonnie. La cruauté du sort qui s'acharnait sur lui, la malédiction qui le frappait une nouvelle fois. L'espace d'une seconde, il fut furieux contre Taylor, puis il se souvint qu'elle n'était pas Bonnie. Elle était blême, les yeux pleins de larmes, et le regardait, suppliante.

— Qu'est-il arrivé ?

— Je suis désolée, désolée...

Il s'approcha d'elle et tendit la main. Glacée, elle était glacée et tremblait de tous ses membres.

Alors il cessa de penser à sa douleur, à sa frustration, à sa colère. Il ne pensa plus soudain qu'à Taylor, sa femme. La femme qu'il aimait. Il ne voulait pas la perdre.

Il comprit à cette seconde que sa vie sans elle n'aurait aucun sens. Car il l'aimait de tout son cœur, de tout son être, comme seuls les Santorini savaient aimer, avec passion, sans partage. Son grand-père Josef lui-même n'avait survécu que trois jours au décès de sa femme.

— Taylor, ma chérie, dit-il avec tendresse.

Il la prit dans ses bras et l'emporta vers la chambre, dans l'intention de la déposer sur le lit.

— Non, gémit-elle.

Renonçant à comprendre, il alla s'asseoir sur le sofa près de la fenêtre, en cet endroit de la chambre baigné par le soleil qu'elle affectionnait particulièrement. L'ayant enveloppée du plaid posé là, il entreprit ensuite de la réchauffer, la berçant patiemment, amoureusement.

— Pourquoi es-tu si gentil ? demanda-t-elle au bout d'un long moment.

— Pourquoi ne le serais-je pas ?

— J'ai perdu notre bébé.

Il sentit son cœur se briser à l'écho douloureux de sa voix. Non, jamais Taylor n'aurait tenté quoi que ce soit contre leur enfant. Pas sa femme adorée. Pas elle, qui avait élevé son frère avec tant d'amour.

— Mais comprends-tu ce que je te dis, répéta-t-elle, ses yeux bleus emplis de désespoir. Perdu… perdu.

— Oui, ma chérie. Mais tu es là, Dieu soit loué. Que serais-je sans toi ? Que deviendrions-nous, Nick et moi ?

Elle se tut, parut se calmer un peu, mais soudain elle gémit de plus belle.

— J'ai tout gâché ! Je n'ai pas su… Ce sang, le bébé, hoqueta-t-elle.

Ravalant ses propres larmes, Jackson s'obstina à la réconforter. Il continua de la bercer. Sa douleur lui était insupportable.

— As-tu téléphoné au médecin ? demanda-t-il au bout d'une minute, pensant à sa santé.

— Pour quoi faire ? répliqua-t-elle, agressive.

Il détourna les yeux puis soudain, fronça les sourcils. Les draps. Cette tache. Et si elle avait perdu trop de sang ? Sortant son téléphone portable de sa poche, il composa le numéro des urgences.

Lorsque le Samu arriva, Taylor ne réagit même pas. En quelques secondes, elle fut allongée sur la civière et emportée par l'ambulance. A l'hôpital, il arpenta la salle d'attente tel un lion en cage jusqu'à ce qu'on vienne le rassurer sur l'état de sa femme, qui passerait néanmoins vingt-quatre heures en observation. Elle pourrait envisager une nouvelle grossesse un peu plus tard, lui expliqua l'obstétricien, une fois qu'elle serait rétablie de sa fausse couche.

Jackson s'empressa d'aller retrouver sa femme dans la chambre. Il s'assit près du lit et prit sa main quand elle se remit à pleurer.

— Comme je voudrais pouvoir apaiser ton chagrin, ma chérie, chuchota-t-il au bout d'un moment. Que puis-je faire ?

— Mon chagrin ? Mais… Et le tien ? Le tien, Jackson ?

— Je n'ai pas traversé ce que tu as traversé. Je vais bien.

— Oh, Jackson !

— Essuie donc ces yeux que j'aime tant. Je veux que notre enfant ait les mêmes.

— Et moi, je veux que notre enfant ait le cœur de son papa.

A cette seconde, et pour la première fois de sa vie, Jackson se sentit comme vidé. Oui, lui, Jackson Santorini, l'homme au corps d'athlète, le producteur tout-puissant, il s'abandonna entre les bras de sa femme pour pleurer, sans rien cacher de sa vulnérabilité.


Le lendemain, Jackson et Taylor retrouvèrent la maison. Sitôt arrivés, ils s'installèrent sur les quelques marches qui menaient à la véranda avec une tasse de thé.

— L'infirmière prétend qu'il faut penser à l'avenir, dit Taylor au bout d'un moment de silence. Facile à dire.

— Il faut aussi être indulgente avec toi-même, dit Jackson en l'attirant contre lui. Et surtout cesser de te faire des reproches, cesser de culpabiliser.

— Facile à…

— … dire, je sais, la coupa-t-il.

Le regard perdu, mais intimement enlacés, ils replongèrent dans leurs pensées, s'efforçant l'un et l'autre de dépasser leur chagrin, de vaincre leurs doutes.

— Nous pouvons réessayer, suggéra bientôt Jackson, hésitant, presque honteux.

Elle le dévisagea, plongeant son regard dans le sien, puis elle lui sourit. Premier sourire depuis le drame.

— Oui… D'autant que le médecin m'a donné toutes les chances d'espérer. Oui, nous pouvons réessayer.

Il se réjouit de la lueur qui venait de briller dans les yeux bleus noyés de larmes.

— Il faut d'abord que tu sois entièrement rétablie. Pas question de faire quoi que ce soit tant que…

— Tu ne veux plus de moi comme mère de tes enfants ? l'interrompit-elle. Tu avais dit un an pour…

Il posa son index sur ses lèvres.

— Je ne veux plus entendre parler de cette stupide échéance d'une année. Je ne pourrais pas survivre si quelque chose devait t'arriver, *mia amore*.

Le cœur de Taylor s'arrêta de battre à cet aveu.

— Mais Jackson, ce bébé, c'était ton rêve le plus précieux !

— Mon rêve le plus précieux, c'est toi, Taylor Santorini. Tu es tout, oui, tout pour moi ! murmura-t-il en la berçant.

A partir de cet instant, l'univers de Taylor bascula. Jusqu'ici, elle s'était toujours méfiée de l'amour, car l'idée d'être émotionnellement dépendante de quelqu'un la terrifiait. Jusqu'ici, jamais elle n'aurait même osé rêver qu'un homme pût l'aimer, elle. Jusqu'ici, jamais elle n'aurait imaginé que Jackson pût lui offrir son cœur après les souffrances que lui avait infligées Bonnie.

Nick rentra le lendemain soir. Tous trois pleurèrent ensemble en pensant à l'enfant ravi à leur affection. Jackson n'avait pas quitté Taylor d'une semelle, et il fallut une semaine encore avant qu'elle le convainque de retourner aux studios.

— Tu es certaine que tout ira bien ? Je peux aussi bien rester près de toi.

— Ne t'inquiète pas, mon chéri. J'ai l'intention de me mettre aux fourneaux et de préparer un gâteau pour l'équipe de foot de Nick.

— C'est un garçon très courageux.

— Nous sommes tous les trois courageux. Et ensemble, nous réussirons à nous en sortir.

L'heure était venue pour elle de réapprendre à vivre. Elle était consciente que son mari et son frère l'avaient entourée de soins affectueux, la cajolant, apaisant ainsi peu à peu le désespoir qui la rongeait.

Oui, ils s'étaient montrés forts pour elle, à son tour maintenant de se montrer à la hauteur de *ses hommes*. Cet enfant perdu resterait à jamais dans son cœur, mais Nick comme Jackson avaient besoin d'elle.

Déterminée à chasser ses idées noires, elle écarta tous les rideaux, ouvrit tous les volets de la maison qui, inondée de lumière, parut soudain revivre. Puis elle entreprit de préparer le gâteau qui allait consacrer les talents de goal de Nick, si heureux, mercredi, quand l'un de ses arrêts avait permis la victoire de son équipe.

Une fois le gâteau dans le four, elle s'assit avec une tasse de thé, pensant à ce mariage, au marché conclu avec son mari.

Il l'avait appelée *mia amore*. Mon amour.

Jackson Santorini. L'aimait-il ? Ou avait-il un instant été abusé par l'ampleur de la tragédie ?

Elle l'avait épousé parce qu'elle savait que, grâce à lui, Nick serait à l'abri. Mais aujourd'hui, que ressentait-elle pour lui, hors la reconnaissance, hors la gratitude pour sa gentillesse, sa patience, sa générosité ? Elle tressaillit à la pensée qu'il puisse malgré ses promesses décider de mettre un terme à leur union. Perdre Jackson ?

Alors, elle sut. Si elle perdait Jackson, c'est son âme qu'elle perdrait. C'était aussi clair que ça. Même Nick ne pourrait compenser cette perte. Son mari était devenu une part d'elle-même. Il lui était indispensable comme l'air qu'elle respirait. Elle l'aimait. Et même s'il s'avérait que lui ne l'aimait pas comme elle l'aimait, tant pis. Elle était à lui et le serait malgré lui.

Au lieu de la remplir de terreur comme cela se serait produit encore un mois plus tôt, cette prise de conscience la remplit de bonheur.

\*\*
\*

Finalement, ce jour-là, Jackson rentra du bureau à 14 heures avec plusieurs dossiers qu'il avait l'intention d'étudier au calme.

Balivernes, se dit-il avec un haussement d'épaules, la vérité c'est qu'il était trop impatient de retrouver sa femme, de prendre de ses nouvelles. De la voir, tout simplement.

— Oh, je n'espérais pas que tu rentres si tôt ! s'exclama-t-elle en se jetant à son cou dès qu'il eut refermé la porte.

— Comment va ma petite femme ?

— A merveille, mon chéri.

Plutôt que de prendre la direction de son bureau, il abandonna ses dossiers sur la console de l'entrée et la suivit alors qu'elle trottinait vers la cuisine. Un parfum alléchant flottait, et il regarda avec envie le cake encore fumant posé sur le comptoir. Ils s'assirent face à face, bavardèrent de choses et d'autres tout en dégustant une tranche de gâteau. Puis Taylor pencha la tête de côté, l'air mystérieux.

— Jackson ? J'ai réfléchi, ce matin.

Il fixa son visage, d'abord inquiet, puis rassuré par le sourire de ses yeux.

— Signe de bonne santé, dit-il en riant. Et à quoi donc ?

— A l'amour. Je…

— Oui ? l'encouragea-t-il, le cœur battant.

— J'avais prévu de te faire une déclaration en

bonne et due forme, mais… Oh, je ne sais plus. Bah, je t'aime, voilà !

Une joie immense le submergea. Il fut soudain incapable d'avaler quoi que ce soit. Il regarda sa femme, mais ne vit rien que son sourire. Et ses lèvres qui frémirent avant de répéter :

— Je t'aime.

Alors, après avoir avalé non sans difficulté son bout de gâteau, il chuchota :

— Merci, merci, mon amour… Je t'aime aussi.


Onze mois plus tard, Nick penché sur le berceau se déclara certain que Josef Blade Santorini ferait un joueur de foot exceptionnel. Il se proposa d'entraîner son frère sitôt que celui-ci serait en âge de courir.

— Ce qui serait génial, ce serait de former une équipe rien qu'avec des garçons Santorini, suggéra-t-il en caressant tendrement les cheveux épars du bébé endormi.

Taylor et Jackson éclatèrent de rire.

— Et si ce sont des filles ? s'enquit Taylor.

— Pas de problème. Les filles jouent au foot de nos jours, et même très bien !

— L'idée me semble bonne, remarqua Jackson en faisant mine de réfléchir. Si je compte bien, une équipe de foot, ça fait onze joueurs. Il n'en manque donc plus que neuf. Parfait…

— Oh, Jackson ! soupira Taylor en serrant la main de son mari.

## Le nouveau visage de la collection Or

◆

## AMOURS D'AUJOURD'HUI

Afin de mieux exprimer sa modernité et de vous séduire encore davantage, votre collection Or a changé de couverture et de nom depuis le 1er mars 1995.

Rassurez-vous, les romans, eux, ne changent pas, et vous pourrez retrouver dans la collection **Amours d'Aujourd'hui** tous vos auteurs préférés.

Comme chaque mois, en effet, vous y attendent des héros d'aujourd'hui, aux prises avec des passions fortes et des situations difficiles...

**COLLECTION
AMOURS D'AUJOURD'HUI :**
Quand l'amour guérit des blessures de la vie...

Chère lectrice,

Vous nous êtes fidèle depuis longtemps?
Vous venez de faire notre connaissance?

C'est pour votre plaisir que nous avons
imaginé un rendez-vous chaque mois
avec vos auteurs préférés, vos
**AUTEURS VEDETTE** dans les
collections Azur et Horizon.

Les **AUTEURS VEDETTE** vous
donneront rendez-vous pour de
nouveaux livres vedette.

Pour les reconnaître, cherchez
l'étoile... Elle vous guidera!

Éditions Harlequin

**HARLEQUIN**

*LE FORUM DES LECTEURS ET LECTRICES*

CHERS(ES) LECTEURS ET LECTRICES,

VOUS NOUS ETES FIDÈLES DEPUIS LONGTEMPS?

VOUS VENEZ DE FAIRE NOTRE CONNAISSANCE?

SI VOUS AVEZ DES COMMENTAIRES, DES CRITIQUES À
FORMULER, DES SUGGESTIONS À OFFRIR, N'HÉSITEZ
PAS… ÉCRIVEZ-NOUS À:

> LES ENTERPRISES HARLEQUIN LTÉE.
> 498 RUE ODILE
> FABREVILLE, LAVAL, QUÉBEC.
> H7R 5X1

C'EST AVEC VOS PRÉCIEUX COMMENTAIRES QUE NOUS
ALLONS POUVOIR MIEUX VOUS SERVIR.

DE PLUS, SI VOUS DÉSIREZ RECEVOIR UNE OU
PLUSIEURS DE VOS SÉRIES HARLEQUIN PRÉFÉRÉE(S)
À VOTRE DOMICILE, NE TARDEZ PAS À CONTACTER LE
SERVICE D'ABONNEMENT; EN APPELANT AU
(514) 875-4444 (RÉGION DE MONTRÉAL) OU 1-800-667-4444
(EXTÉRIEUR DE MONTRÉAL) OU TÉLÉCOPIEUR
(514) 523-4444 OU COURRIER ELECTRONIQUE:
AQCOURRIER@ABONNEMENT.QC.CA OU EN ÉCRIVANT À:

> ABONNEMENT QUÉBEC
> 525 RUE LOUIS-PASTEUR
> BOUCHERVILLE, QUÉBEC
> J4B 8E7

MERCI, À L'AVANCE, DE VOTRE COOPÉRATION.

BONNE LECTURE.

HARLEQUIN.

*VOTRE PASSEPORT POUR LE MONDE DE L'AMOUR.*

# <u>COLLECTION HORIZON</u>

**Des histoires d'amour romantiques qui vous mènent au bout du monde!**

**Découvrez la passion et les vives émotions qu'apportent à la Collection Horizon des auteurs de renommée internationale!**

**Captivantes, voire irrésistibles, ces histoires d'amour vous iront assurément droit au coeur.**

**Surveillez nos trois nouveaux titres chaque mois!**

69 L'ASTROLOGIE EN DIRECT
TOUT AU LONG
DE L'ANNÉE.

(France métropolitaine uniquement)
**Par téléphone 08.92.68.41.01**
0,34 € la minute (Serveur JET MULTIMÉDIA).


Composé et édité par les
*éditions* Harlequin
Achevé d'imprimer en juin 2006

**BUSSIÈRE**
GROUPE CPI

à Saint-Amand-Montrond (Cher)
Dépôt légal : juillet 2006
N° d'imprimeur : 61135 — N° d'éditeur : 12195

*Imprimé en France*